COLLECTION
FOLIO CLASSIQUE

Honoré de Balzac

Le Chef-d'œuvre inconnu

Pierre Grassou
et autres nouvelles

*Édition présentée et annotée
par Adrien Goetz*
Maître de conférences
à l'Université de Paris-Sorbonne

Gallimard

© Éditions Gallimard, 1994.

PRÉFACE

Ce volume rassemble des œuvres brèves, de ces « sauts périlleux » que sont toujours, selon le mot de Paul Morand, les nouvelles. Balzac, qui publiait en revue, était coutumier du genre. En réunir sept, parmi les plus colorées, c'est un peu jouer à constituer une collection de peintures : on imagine, dans le cabinet ou la bibliothèque d'un amateur vers 1830 — maintes aquarelles d'intérieur témoignent de ces tableautins pendus, comme en désordre, sur les damas bleu ciel mis à la mode par la duchesse de Berry — une marine nocturne qui rappellerait Vernet, avec la tempête battant les rochers de Bretagne, une composition de style troubadour figurant Louis XI devant Plessis-lez-Tours, une scène romantique dans le goût de Delacroix intitulée, par exemple, Une fête à Ferrare au temps de la jeunesse de Don Juan, *un tableau de genre à la hollandaise, halte de voyageurs dans une auberge, trois portraits médiocres et fidèles dans des cadres à palmettes — M. Vervelle, sa femme, sa fille, sans doute propriétaires des lieux et qui aspirent, avec vingt ans de retard, à la postérité qu'Ingres sut donner à Monsieur, Madame et Caroline Rivière —, une* veduta *vénitienne prise du côté des prisons, datant peut-être de cent ans. Enfin, occupant tout un pan de mur et masqué d'un rideau, l'unique tableau d'un artiste oublié du règne de*

Louis XIII, Frenhofer, sa « Belle-noiseuse » : Le Chef-d'œuvre inconnu.

Balzac peintre fait siens tous les styles. Ces sept nouvelles, parues durant la grande décennie balzacienne, entre 1830 et 1840, le montrent. Tous les succès des autres travaillent alors au renom de ce qui devient, en 1842 sur les couvertures de l'édition Furne, La Comédie humaine : *le roman noir, le théâtre de Molière, Byron, les contes d'Hoffmann,* Notre-Dame de Paris *que Victor Hugo a fait paraître en 1831. L'art le passionne. Pourquoi n'écrirait-il pas sur la peinture ? Collectionneur plus tard, par goût littéraire du bric-à-brac, comme après lui et en d'autres genres, Hugo, les Goncourt, Loti ou d'Annunzio, il le fut par amour aussi, pour créer à Paris un cadre qui fût digne de l'Étrangère. Il a rencontré Delacroix — dont il fit le dédicataire de* La Fille aux yeux d'or *—, écrit sur Gavarni ou Grandville. Il espéra ensuite acheter un* Enlèvement d'Europe *du Dominiquin et une* Aurore *qu'il attribua lui-même à Guido Reni. Jacques Thuillier a parfaitement montré que les toiles que Balzac rêva de posséder, on ne doit pas en chercher trace dans l'inventaire de sa maison rue Fortunée, mais qu'en revanche « il y a chez le cousin Pons un Balzac ayant réussi cette fabuleuse collection à laquelle l'amant de Mme Hanska savait bien, tout au fond de soi, ne pouvoir prétendre qu'en littérature*[1] ». *Au-delà de ses personnages de peintres — Joseph Bridau, Théodore de Sommervieux, Servin et son élève Ginevra di Piombo, Hippolyte Schinner, Pierre Grassou —, des quelques romans où ils paraissent et qui parlent de peinture —* La Rabouilleuse, la Maison du Chat-qui-pelote, La Vendetta, La Bourse *—, des comparaisons artistiques qui émaillent*

---

1. Préface au *Cousin Pons*, Gallimard, Folio, 1973, p. 11

chaque description, chaque portrait — les madones de Raphaël, l'Antinoüs reviennent à chaque instant —, l'éclairage que l'on aimerait porter sur ces quelques tableaux de La Comédie humaine *se voudrait celui de l'amateur d'art : comment lire* L'Élixir de longue vie, L'Auberge rouge, Maître Cornélius, Un drame au bord de la mer, Facino Cane, *si on les rapproche du* Chef-d'œuvre inconnu *et de* Pierre Grassou*?*

Des sept romans — nouvelles, contes, récits — réunis ici, seul Le Chef-d'œuvre inconnu *a pris rang, pour la postérité, au nombre des grands textes balzaciens. Il touche même un public indifférent au reste de l'œuvre. Dernier avatar en date : un film de Jacques Rivette,* La Belle Noiseuse, *en 1991, a mis en scène, dans les jardins du château d'Assas, Emmanuelle Béart en Gillette — rebaptisée Marianne, en souvenir peut-être de la Marianna de* Gambara *— et Michel Piccoli en Frenhofer. Roman historique peu soucieux d'Histoire, au même titre que* L'Élixir de longue vie *ou* Maître Cornélius, *aussi invraisemblable que* L'Auberge rouge *ou* Facino Cane, *on y relèverait sans peine les « défauts » propres aux œuvres mineures de Balzac — n'est-ce pas risquer d'amoindrir un chef-d'œuvre que de le ranger à nouveau parmi les petits romans dont, à l'époque, on ne le distinguait pas? Frenhofer, génie de la peinture, peut-il souffrir d'être comparé à Grassou le « gâcheur de toiles »? À moins d'admettre que l'on aime* Le Chef-d'œuvre inconnu *pour de « mauvaises raisons » : celles qui en font une énigme pour le lecteur du XXe siècle.*

On peut en effet admirer Chardin parce qu'il préfigure Cézanne, Uccello parce que André Breton en a parlé ou s'extasier à lire, dans Le Malade imaginaire, *des dialogues qui sonnent comme du Beckett. L'essentiel de l'intérêt porté au* Chef-d'œuvre inconnu *viendrait-il de ce que l'on a voulu y voir une géniale intuition des découvertes picturales du XX*[e] *siècle, déguser hâtivement le vieux Frenhofer en Jackson Pollock et faire de Balzac le prophète — en avance et, comme de juste, aveugle à ses propres fulgurances — de l'abstraction ? Alors que la peinture en était au romantisme, Balzac a affirmé le premier malgré lui et malgré elle, que « la mission de l'art n'est pas de copier la nature mais de l'exprimer », qu'à force de pousser le travail mimétique, l'artiste, « plus poète que peintre », s'aperçoit qu'à la fin « il n'y a rien sur sa toile ». Rien, c'est-à-dire ni femme ni ressemblance mais un « chaos de couleurs, de tons, de nuances indécises, espèce de brouillard sans forme », où l'artiste seul peut pointer « un pâté de couleur claire » qui est son petit pan de mur jaune. Le primat de la couleur sur le dessin, l'idée que « la nouveauté est dans l'esprit qui crée, et non pas dans la nature qui est peinte*[1] *», bien sûr, on les trouve dans le* Journal *de Delacroix. Mais on n'y voit pas encore, sous les coups de brosse, les glacis, les rehauts, les nuits passées au travail, la disparition du sujet.*

Le Chef-d'œuvre inconnu *a fasciné les peintres. Émile Bernard raconte comment les larmes montaient aux yeux de Cézanne quand il lui parlait de Frenhofer : « Quelqu'un par qui il était devancé dans la vie, mais dont l'âme était prophétique, l'avait deviné*[2]*. » Picasso, en 1931, donna à Ambroise Vollard, peut-être à l'initiative de Cendrars, une série d'eaux-fortes et de bois pour servir d'illustrations au texte de Balzac — avant de s'installer*

---

1. Eugène Delacroix, *Journal*, 14 mai 1824.
2. Émile Bernard, *Souvenirs sur Paul Cézanne*, Mercure de France, 1925.

Préface **11**

lui-même dans la maison où commence le conte, rue des Grands-Augustins et d'y peindre Guernica. *Animé de ce « don de seconde vue » que, dans* Facino Cane, *il prête aux créateurs, Balzac, méchant collectionneur, assez peu habitué des milieux artistiques de son temps, mais passionné, a fraternisé, à un siècle de distance, avec les plus grands inventeurs.*

Cédant au plaisir facile de détruire un mythe, on peut aisément ne voir là qu'un malentendu. Pour ce faire, il suffit de relire les propos de Frenhofer dans leur contexte de 1830. Expliquer l'« anachronisme » d'une telle œuvre laissera toujours aux larmes de Cézanne, à l'enthousiasme de Picasso, ce qu'ils ont de stupéfiant. Balzac, avant de vouloir faire un conte sur l'art cherche à plaire au public. Une toile de fond historique, un vieillard arraché aux contes d'Hoffmann, de la « philosophie ». C'est Lucien de Rubempré écrivant L'Archer de Charles IX. *En 1830, l'année d'*Hernani, *Balzac a lancé dans la mêlée* Un épisode sous la Terreur, El Verdugo, Étude de femme, La Vendetta, Gobseck, Le bal de Sceaux, La Maison du Chat-qui-pelote, Une double famille, La paix du ménage, Les deux Rêves, L'Adieu, L'Élixir de longue vie, Une passion dans le désert... *En 1831, il vient de donner coup sur coup* L'Enfant maudit, La Femme de trente ans, Le Réquisitionnaire, Les Proscrits, La Peau de chagrin, L'Auberge rouge. Le chef-d'œuvre inconnu, *à la confluence des modes littéraires de 1830, historique, en costumes, fantastique, est déjà prêt à occuper, dans la* Comédie *à venir, sa place au nombre des études consacrées au monde de l'art, avec* Gambara *et* Massimilla Doni, La Vendetta *et* Pierre Grassou — *série inachevée puisque manquent* La Frélore *et* Les deux Sculpteurs — : *Frenhofer rejoindra Cornélius l'avare, Gobsek le richissime, Facino Cane, monomane de l'or — que Géricault* eût pu prendre pour modèle — dans la galerie des vieux fous et deviendra ainsi l'ancêtre lointain des jeunes peintres du monde balzacien, Sommervieux ou Grassou. Dans sa première version, il ne faut pas encore chercher grande philosophie à ce Conte philosophique. La philosophie de Balzac c'est l'ésotérisme au sens le plus vague, l'étrange, du Swedenborg rebouilli mélangé aux divagations de Mme de Krüdner. Frenhofer tient du mage et de l'alchimiste. Retravaillant son texte pour sa réédition de 1837, Balzac l'enrichit : les développements sur l'art prennent plus de place. Si l'œuvre a vraiment échappé à son auteur, c'est à ce moment.

Balzac qui, faute de moyens, ne succombe pas encore à ses accès de « bricabracomanie », connaît incomparablement moins bien les milieux artistiques que ceux de la banque ou des études notariales, moins encore l'histoire de l'art du XVIIe siècle : or, il choisit Nicolas Poussin comme héros de sa nouvelle. On a répété, à la suite de Pierre Laubriet, que les sources historiques de Balzac pour Le Chef-d'œuvre inconnu tenaient en quelques ouvrages : les Entretiens de Félibien (1666-1668), le Guide des amateurs de tableaux pour les écoles allemande, flamande et hollandaise de Gault de Saint-Germain (1818) et surtout les quatre volumes de La Vie des peintres flamands, allemands et hollandais de Descamps (1753-1763). Laubriet affirme en effet « [Descamps] rapporte l'anecdote de la robe en papier peint que fit Mabuse afin de remplacer une étoffe vendue pour boire. Seul Descamps rapporte cette histoire ; Balzac n'a pu la découvrir que là [1]. » C'est oublier que la documentation balzacienne, vers 1830, est rarement de première

---

1. Pierre Laubriet, *Un catéchisme esthétique*, Le Chef-d'œuvre inconnu *de Balzac*, Didier, 1961, p. 45.

main. Le romancier va vite. Nicole Cazauran a prouvé que, dans la rédaction du plus « historique » de ses ouvrages, Sur Catherine de Médicis, *la source de loin principale n'est autre que la* Biographie universelle *de Louis-Gabriel Michaud*[1]. *Balzac en possède les cinquante-deux volumes, publiés entre 1811 et 1828, dans sa bibliothèque : une comédie humaine — et qui dispense de lire Descamps, mais aussi Félibien, Baldinucci, Passeri, de Piles, Dézallier d'Argenville ou Papillon de la Ferté. On y trouve, sans surprise, l'anecdote du costume en papier peint, tout ce que Balzac dit de Mabuse, Poussin et Porbus, et nulle trace d'un Frenhofer — à moins qu'il ne faille le chercher à l'article Rembrandt. Balzac, à cette date, ne prétend pas creuser plus en 1849 seulement, il se soucie de faire venir l'ouvrage de Descamps dans sa retraite ukrainienne de Berditcheff. C'est dans Michaud encore qu'il prend Facino Cane, condottière, tyran d'Alexandrie, qui comme son lointain descendant, le père Canet de la nouvelle, « marchait à de plus grandes conquêtes lorsqu'il tomba grièvement malade... » Si l'on ajoute à ce trésor, le pratique* Manuel du peintre et du sculpteur *d'Arsenne publié chez Roret en 1833, a-t-on épuisé les sources du* Chef-d'œuvre inconnu *?*

Balzac a été marqué par la lecture de Diderot : René Guise a mis en lumière maintes pages de ses écrits esthétiques qui peuvent compter comme source littéraire du Chef-d'œuvre inconnu. *Il reste tentant de considérer parallèlement, dans l'entourage de Balzac entre 1831 et 1837, si quelques artistes ou critiques n'ont pas pu lui donner ce sens de la peinture qui perce dans son conte,*

---

1. Nicole Cazauran, *Catherine de Médicis et son temps dans* La Comédie humaine, Genève, Librairie Droz, 1976, p. 109-111

notamment dans les pages où il décrit son peintre « les brosses à la main ». Le beau-frère de sa sœur Laure, Adolphe Midy, artiste médiocre, maudit sans génie ? Plutôt un inspirateur de Grassou. Théophile Gautier ? Ses idées sur la peinture, la théorie de l'art pour l'art, ont intéressé Balzac, mais pas au point de faire de lui, comme on le disait autrefois, le véritable auteur du Chef-d'œuvre inconnu. L'hypothèse, séduisante, n'a pas résisté aux investigations imparables des balzaciens.

Delacroix ? René Guise en doute, à bon droit : certes, rien ne prouve — même pas vraiment la mention d'une rencontre durant l'hiver 1829-1830 dans le Journal du peintre — que Balzac ait jamais parlé de peinture avec le héros des Massacres de Scio. Pourtant, Delacroix a eu l'honneur d'une dédicace en 1843 : Balzac, au fait des modes, qui ne négligeait pas le Salon — il l'évoque dans Pierre Grassou —, a compris que, dans la galaxie romantique, ce dandy que l'on dit fils de Talleyrand compte autant que Hugo, Liszt, Berlioz. Comme Baudelaire, Balzac a vu la modernité de Delacroix. Il a dit à Mme Hanska qu'il aurait aimé lui acheter les Femmes d'Alger. Et puis l'on a cette lettre du peintre à Balzac pour le féliciter de Louis Lambert : « J'ai été moi-même une espèce de Lambert, moins la profondeur[1]... » Bien sûr, parler d'influence n'a jamais grand sens, mais la lecture de romans comme ceux que l'on a rassemblés ici ne peut manquer de faire surgir des souvenirs dans l'esprit du lecteur habitué des musées. Seulement, nul ne pourra jamais prouver que la baroque fête à Ferrare qui ouvre L'Élixir de longue vie tient de La Mort de Sardanapale (au Salon en 1828), que la demeure médiévale

---

1. *Correspondance générale d'Eugène Delacroix* publiée par André Joubin, Plon, 1935, tome I (1804-1837), p. 343-344.

de maître Cornélius est aussi obscure que la salle gothique de L'Assassinat de l'évêque de Liège *(Salon de 1831), que Gillette a la pose de la* Femme aux bas blancs *du Louvre ou de la* Femme au perroquet *du musée de Lyon, que ces « superbe homard et [...] araignée de mer accrochés à une cordelette » que porte le pêcheur d'*Un drame au bord de la mer *pourraient être une réminiscence, moins d'une promenade au Croisic que de la rouge* Nature morte aux homards *(Salon de 1827). L'intérieur d'alchimiste (perdu) peint vers 1828 reflète le succès du mythe faustien, que Delacroix vient d'illustrer en lithographie, aussi sûrement que les personnages de Frenhofer et de don Juan Belvidéro. Le* Melmoth *du musée de Philadelphie (1831) s'inspire de ce roman de l'Irlandais Charles-Robert Maturin que Balzac aime citer dans ces mêmes années. En l'absence de document, on ne peut que conclure à « l'air du temps ». Quitte à se dire que Delacroix, ensuite, a fréquenté l'œuvre de Balzac — ce dont, en revanche, on est sûr. Il reste que lire, en revenant du Louvre,* L'Élixir de longue vie, L'Auberge rouge, Maître Cornélius *ou* Un drame au bord de la mer, *c'est acquérir la certitude que Balzac avait regardé Delacroix :* Dante et Virgile, *l'évêque de Liège assassiné,* Sardanapale. *Avec ces images en tête, sur sa table le volume XXXV de Michaud qui contient à la fois Porbus et Poussin, et le Manuel Roret pour la philosophie, il pouvait écrire.*

Ce qui ne signifie pas qu'il fasse de Delacroix son Frenhofer. Identifier la touche de Delacroix, en particulier entre 1825 et 1840, et ce que Balzac dit de la technique du vieux maître reste très hasardeux. Dans la nouvelle, il oppose deux manières, deux écoles : la manière allemande, fondée sur le primat du dessin, de la ligne — Holbein, Dürer — et l'école vénitienne où l'emportent la couleur et la lumière — Titien, Véronèse, Giorgione — celle que Frenhofer, malgré son nom germanique, veut pousser au plus haut point de perfection. Superposer à ce schéma manichéen le combat des classiques et des romantiques peut sembler tentant. Frenhofer-Delacroix inventerait une peinture où les chromatismes s'équilibrent, où la touche se libère et qui, malgré l'incompréhension du classique Poussin et de l'archaïque Porbus, qui ne voient pas qu'il a raison trop tôt, l'emporterait au bout du compte. Frenhofer, romantique égaré dans le XVIIe *siècle n'a plus qu'à brûler ses toiles en un bûcher de vanités. Le texte peut-il se lire ainsi ? Certes, ces figures peintes qui ne prennent forme que vues de loin, tous ces « rehauts fortement empâtés », peuvent faire penser à Delacroix. Un Delacroix dans la tradition des grands maîtres du style enlevé, de Frans Hals, de Rembrandt, du Fragonard des « figures de fantaisie ». Pour les jeunes peintres de la Restauration, les dernières œuvres du Titien, les empâtements de Rembrandt suffisaient à montrer que les réussites d'Ingres et de ses élèves n'étaient pas toute la peinture. Balzac voyait Titien et Rembrandt au Louvre et même, malgré tout ce qu'un tel constat peut avoir de décevant, il lui suffisait de lire à l'article Rembrand de la* Biographie de Michaud *que la touche du maître « extrêmement fine et fondue dans quelques parties de ses tableaux [on pense au pied de* La Belle-Noiseuse*] est, le plus souvent, heurtée, irrégulière, raboteuse [...]. On va jusqu'à prétendre, pour donner une idée de l'épaisseur de sa couleur, qu'il cherchait plus à modeler qu'à peindre [Balzac fait dire à Frenhofer : " C'est en modelant qu'on dessine "] [...]. Aussi avait-il intérêt à répéter chaque jour qu'on ne devait jamais examiner de près l'ouvrage d'un peintre [...]. Autant sa touche irrégulière perd quelquefois à être vue de près,* *autant, à une distance convenable, elle est d'un effet harmonieux. »* En homme de l'art qui s'adresse à des connaisseurs, Frenhofer commet l'imprudence d'inviter les deux autres à s'approcher. Il les a pourtant avertis : *« De près ce travail semble cotonneux et paraît manquer de précision, mais à deux pas, tout se raffermit, s'arrête et se détache ; le corps tourne, les formes deviennent saillantes, l'on sent l'air circuler tout autour. »*

Le chaos final — la « muraille de peinture » d'où seul un pied émerge — serait dès lors une dérive de ces extravagances, de ces audaces exacerbées. Pourtant, ce fondu des coloris, ce brouillard de lumière, l'illusion de la vie, ce sfumato giorgionesque hérité de Léonard, qui l'enchante, c'est chez un néo-classique que Balzac les retrouve : Girodet, dont l'Endymion, peint à Rome en 1791, est sans conteste son tableau favori. Les fins glacis de Frenhofer semblent bien en effet on ne peut plus classiques. Ce qu'il dit de sa technique dans son premier entretien ne choquerait pas un élève d'Ingres. De même que le XVIIe siècle que Balzac recrée peut évoquer le romantisme sage de Paul Delaroche. Peut-on alors envisager une lecture inverse de la précédente ? Frenhofer signerait-il l'impasse dans laquelle se trouvent les davidiens et les ingristes qui, avec leurs touches parfaites, leurs tons fondus et lisses, ne peuvent s'approcher plus près de « la nature » et voient bien qu'ils manquent leur cible ? Leur idéal de beauté pure est aussi périmé que sont désuètes leurs brosses caressantes. À moins que, dans un moment de folie, ils ne brouillent tout, changent de manière, veuillent inventer autre chose qui ne serait ni vénitien ni allemand, ni romantique, ni classique — ni de leur temps.

On est au cœur du drame. La vraie folie de Frenhofer se dévoile en une phrase : *« Vois comme, par une suite de*

touches et de rehauts *fortement empâtés, je suis parvenu à accrocher la véritable lumière et à la combiner avec la blancheur luisante des tons éclairés ;* et comme, par un travail contraire, *en effaçant les saillies et le grain de la pâte, j'ai pu, à force de caresser le contour de ma figure noyé dans la demi-teinte, ôter jusqu'à l'idée de dessin...* »
Il vient d'accomplir une révolution : autour du point-virgule de cette phrase, de ces mots « par un travail contraire... », *tout bascule. C'est la folie d'un peintre néo-classique, maître de l'illusionnisme, qui d'un coup s'est mis à adopter la touche des romantiques ; avant de se reprendre, de retravailler, selon les lois de son ancienne technique, ce qu'il venait de refaire. Impossible synthèse qui le mène à l'aporie. Il avait appris à faire disparaître le dessin sous une superposition d'infimes couches de vernis, de* « jus » *successifs, qui, selon le mot d'Ingres, ne* « dénoncent pas la main », *pour obtenir le modelé vivant : cette technique, il l'applique aux lignes vigoureuses et fortes qu'il vient de laisser sur sa toile, grands coups de pinceau qui donnaient une illusion tout aussi vaine, mais radicalement différente, de la vie. On n'estompe pas avec des ombres suaves à la Girodet un trait de rouge posé par Delacroix. Du coup, l'échec, dans cette scène de cauchemar où un classique devient romantique et se ravise, c'est celui de toute peinture qui veut imiter le réel, égaler son sujet, ressembler à un modèle.*

Le Chef-d'œuvre inconnu *est donc tout sauf un* « catéchisme esthétique ». *On comprend comment la logique de son temps conduisait le génie de Balzac à se faire visionnaire — et ce que Cézanne, habité du désir de voir prendre chair ses figures peintes, et qui entendait mieux que personne ces pages* « techniques », *pouvait reconnaître entre ces lignes. Leur conclusion va bien au-delà de l'opposition entre une manière vive et un faire lisse et académique — pas nécessairement irréconciliables si l'on songe, par exemple, à Frans Hals — elle emporte dans un même échec deux conceptions esthétiques.*

Balzac ignorait sans doute les pages de Vasari où la dernière manière du Titien, « fatta di macchie », faite de taches, est décrite et certainement le témoignage de Boschini qui, reprenant Palma le Jeune, détaille ainsi la technique du vieux maître vénitien : « *Même les dernières retouches consistaient de temps en temps à frotter du bout des doigts les zones les plus claires pour les rapprocher des demi-tons et à unir une teinte avec l'autre ; d'autres fois il posait aussi avec le doigt une touche d'un ton de rouge clair comme une goutte de sang, qui rehaussait l'expression d'un sentiment ; et il amenait ainsi à la perfection ses figures pleines d'animation. Et Palma m'assurait qu'à la vérité, dans les finitions, il peignait davantage avec les doigts qu'avec les pinceaux*[1]. » Lisant aujourd'hui ces textes, devant les éclats de couleur pure de l'*Écorchement de Marsyas du Titien*, le terrible tableau du château archiépiscopal de Kroměříž, on reconnaît Frenhofer, le vieux fou qui brûla ses toiles — autant qu'en lisant Le Chef-d'œuvre inconnu, on pense aux tableaux de Cézanne.

Saluer en Balzac un prophète de l'art moderne, c'est être contraint d'admettre aussitôt que ce fut malgré lui. « *Il est reconnu qu'il [l'artiste] n'est pas lui-même dans le secret de son intelligence* », écrit-il, conscient comme toujours de son inconscience, en 1830, dans un article de La Silhouette intitulé Des artistes. La meilleure preuve en est qu'il condamne Frenhofer, vieux fou, à l'instant où il

---

1. Cité par Francesco Valcanover, catalogue de l'exposition *Le Siècle de Titien*, Réunion des Musées nationaux, 1993, p. 603.

touche au sublime. C'est même pour cet échec que le conte est écrit, il en est la morale, à l'unisson des autres Études philosophiques *dont le propos est de montrer les ravages de la pensée quand elle passe ses limites. Conclusion ambiguë.* « S'il est devenu fou, c'est à force d'être savant », *disait de Hölderlin le menuisier Zimmer*[1]. *Le point de vue du jeune Nicolas Poussin,* « peintre en espérance », *n'est pas encore celui d'un maître : comme le public, il ne comprend pas; Porbus devine, et se tait. Balzac, dans son article* Des artistes, *explique :* « L'artiste [...] doit paraître déraisonner fort souvent. Là où le public voit du rouge, lui voit bleu. » *La folie de Frenhofer le rachète et n'est pas, pour Balzac, ce qui le perd. Il n'agit en fou qu'au moment où il brûle ses œuvres.* « Le génie de l'artiste peut certes être comparé à une difformité du cerveau, à une folie — mais c'est croire que la perle est une infirmité de l'huître. » *Le véritable Nicolas Poussin, devenu à son tour un vieillard, adopta enfin, dans le frémissement de la dernière peinture qu'il eût achevée,* Le Déluge, *ce flou des lignes et des formes, ce* « tremblement du temps » *que Chateaubriand, dans la* Vie de Rancé, *dit tellement admirer.*

Autoportrait du romancier en peintre, Frenhofer est Balzac lui-même qui, édition après édition, retravaille, retranche, superpose les vernis, sait comment « au moyen de quatre touches et d'un petit glacis bleuâtre » *il peut* « faire circuler l'air » *autour de ses héros. Balzac souvent décrit un paysage comme s'il s'agissait d'un tableau.* « Pour pouvoir en parler, il faut que l'écrivain, par un rite initial, transforme d'abord le " réel " en objet peint

---

1. Cité par Jean-Claude Lebensztejn dans « Cinq lignes de points » dans *Autour du* Chef-d'œuvre inconnu *de Balzac*, École nationale supérieure des Arts décoratifs, 1985.

(encadré) ; après quoi il peut décrocher cet objet, le tirer de sa peinture : en un mot : le dé-peindre », écrit Roland Barthes[1]. *Balzac pratique, sans le dire, la transposition d'art. Car un tableau pour lui recelait un roman Chateaubriand pensait bien au Lorrain quand il décrivait la campagne de Rome pour M. de Fontanes. L'œil de Balzac est romanesque. Baudelaire, rendant compte de l'Exposition universelle de 1855, montre avec humour qu'il a compris la manière dont Balzac regardait la peinture :* « *On raconte que Balzac (qui n'écouterait avec respect toutes les anecdotes, si petites qu'elles soient, qui se rapportent à ce grand génie ?), se trouvant un jour en face d'un beau tableau, un tableau d'hiver, tout mélancolique et chargé de frimas, clairsemé de cabanes et de paysans chétifs, — après avoir contemplé une maisonnette d'où montait une maigre fumée, s'écria :* " *Que c'est beau ! Mais que font-ils dans cette cabane ? à quoi pensent-ils, quels sont leurs chagrins ? les récoltes ont-elles été bonnes ? ils ont sans doute des échéances à payer ?* " *Rira qui voudra de M. de Balzac. J'ignore quel est le peintre qui a eu l'honneur de faire vibrer, conjecturer et s'inquiéter l'âme du grand romancier, mais je pense qu'il nous a donné ainsi, avec son adorable naïveté, une excellente leçon de critique. Il m'arrivera souvent d'apprécier un tableau uniquement par la somme d'idées ou de rêveries qu'il apportera dans mon esprit.* »

Un exemple de cela, pris dans un roman : L'Auberge rouge *commence par la description d'un dîner. Le narrateur,* « *chercheur de tableaux* », *admire, et il semble qu'il parle d'une œuvre d'art :* « *ces visages égayés par un sourire, éclairés par les bougies, et que la bonne chère avait empourprés ; leurs expressions diverses pro-*

---

1. *S/Z*, Éditions du Seuil, collection « Tel Quel », 1970, p. 61.

duisaient de piquants effets à travers les candélabres, les corbeilles en porcelaine, les fruits et les cristaux. » Cette assemblée devient un groupe à la hollandaise, un Teniers, cette table où les plats sont abandonnés, une nature morte. Jusqu'au convive en face, de moins bonne facture, « *immobile comme les personnages peints dans un Diorama* ». Et aussitôt, la réaction notée par Baudelaire : « *Quand j'eus longtemps examiné cette face équivoque, elle me fit penser :* " *Souffre-t-il ? [...] Est-il ruiné par la baisse des fonds publics ? Songe-t-il à jouer ses créanciers ?* " » Et le roman commence.

Balzac a senti la peinture — on se souvient de Raphaël de Valentin : « *Il grelottait en voyant une tombée de neige de Mieris, ou se battait en regardant un combat de Salvator Rosa* » — mais a souvent vibré de même, devant les « tableaux » qu'il brosse, comme s'il s'agissait de pièces de collection. Un tableau est une description en puissance, le germe de tout un récit.

Nul n'irait chercher dans Pierre Grassou *le moindre* « *catéchisme esthétique* », moins encore une prophétie pour l'art moderne. Le roman constitue, dans l'ensemble de La Comédie humaine, *un pendant ironique au Chef-d'œuvre inconnu. La figure du mauvais artiste, jamais prise au sérieux, se situe aux antipodes de Frenhofer et de Poussin ; celle du collectionneur Vervelle n'y a pas les accents tragiques de Sylvain Pons.* Le Chef-d'œuvre inconnu *était un roman pour les artistes,* Pierre Grassou *n'est peut-être bien qu'un document pour les historiens de l'art.*

Il est vrai qu'ils y trouveront tout ce qui faisait la vie artistique parisienne sous la Restauration et la monarchie de Juillet : le musée du Louvre, le Salon, les ateliers, le marché de l'art, les commandes royales, la constitution d'une collection privée, et même une analyse des rapports entre le peintre et ses clients. La nouvelle commence par une description du Salon, inspirée à Balzac par sa visite de 1839 — l'action du roman, antérieure, débute sous Charles X. Balzac se plaint de l'inflation des œuvres et de leur piètre qualité : prise de position politique. C'est en effet le régime de Louis-Philippe qui, en transformant le jury, a rendu possible la multiplication des peintures qui envahissent le Louvre. Balzac, légitimiste, écrit ainsi : « Tout fut perdu dès que le Salon se continua dans la galerie. [...] Une expérience de dix ans a prouvé la bonté de l'ancienne institution. Au lieu d'un tournoi, vous avez une émeute ; [...] au lieu du choix, vous avez la totalité. Qu'arrive-t-il ? Le grand artiste y perd. »

Après ce préambule en forme de déploration, où s'opposent clairement valeurs aristocratiques et valeurs nouvelles, Balzac revient à l'époque des débuts de Pierre Grassou, jeune « gâcheur de toile » venu de Fougères à Paris. Seul le Chien-Caillou de Champfleury[1], en 1847, le graveur sans le sou qui tire ses planches avec du cirage, dans la série des artistes maudits de la littérature romantique, est plus misérable que lui. La description que Balzac donne de son atelier ressemble ici encore à un intérieur hollandais ou à un tableau de Drolling ; le cadre où vit le peintre, comme dans Le Chef-d'œuvre inconnu, paraît lui-même une peinture. Dans l'atelier de Grassou, dont Zola se souvint pour celui de Claude Lantier dans L'Œuvre, modeste, bien différent, par exemple, de celui mis en scène dans La Maison du Chat-qui-pelote ou de celui de Frenhofer, règnent ces plaisanteries et ces bons mots qui constituent le fameux « esprit d'atelier » — dont

---

1. Champfleury, *Chien-Caillou, Fantaisies d'Hiver*, texte présenté et annoté par Bernard Leuilliot, Éditions des Cendres, 1988.

on trouve bon nombre de traces chez Balzac, toujours soucieux de transcrire les idiomes, et dont la langue du Mistigris d'Un début dans la vie est peut-être le plus beau croquis.

Dans ce décor de misère, on peut reconstituer la filière du commerce de l'art : Grassou, artiste médiocre, imite ou, au mieux, pastiche les toiles du Musée. Il les cède à Magus, le rival de Pons, marchand d'art et de curiosités, qui les revend comme authentiques. À l'autre extrémité de cette chaîne, le ridicule Vervelle, marchand de bouteilles enrichi, qui achète tout, et pose au collectionneur. L'artiste Grassou, qui a renoncé à avoir du talent, gère sagement : il place tout ce qu'il gagne chez le notaire Cardot, qui est aussi celui de la famille Vervelle. Le circuit de l'argent, parallèle à celui des œuvres, pousse les personnages à échanger leurs rôles : l'artiste se comporte en commerçant aspirant à devenir rentier, Vervelle place ses revenus en affichant des prétentions artistiques. Seul Magus fait de vrais bénéfices. Face à l'idéal du nouvel enrichi qui déclare « nous aimons les Arts » et prétend posséder non pas une « collection » aristocratique, mais un « musée » — beau comme le Musée public, mais à lui seul —, Balzac peint la figure d'un artisan-artiste, qui fabrique et vend des toiles, à l'opposé de Frenhofer ou du jeune Poussin. Et ces barbouillages trouvent preneur : ne serait-ce pas l'illustre provenance, littéraire, de ce Vélasquez du duc de Guermantes que Swann attribuait « à la malveillance » ?

Le Musée, idée des Lumières mais grande institution de l'époque, résume cet univers fermé. Source d'inspiration, répertoire de modèles où, comme Géricault, Bonington ou Delacroix, va puiser Grassou, point d'arrivée, avec le Musée en réduction qui se constitue : « Le marchand de bouteilles semblait avoir voulu lutter avec le roi Louis-Philippe et les galeries de Versailles. » La galerie de

M. Vervelle — *Versailles ou le Louvre chez soi* — *reflète les modes officielles, dans le choix des peintures espagnoles par exemple. Elle rivalise avec la Grande Galerie ou la récente Galerie des Batailles qui enthousiasmait la comtesse de Boigne*[1] ; *son possesseur, Vervelle, ignorant, c'est la plus belle ironie de ce récit, qu'elle en est, en effet, l'exacte reproduction.*

Magus a proposé à Grassou de faire les portraits de la famille Vervelle : il mettait ainsi en relation, par goût du jeu, les extrémités de la chaîne. Séduction réciproque, le peintre conquiert le marchand de bouteilles qui veut lui donner sa fille et l'invite à visiter sa collection dans sa villa de Ville-d'Avray — *Balzac, propriétaire des* Jardies, *sait-il que dans le voisinage se trouve la maison de Corot ?* — *: « grand coup de théâtre », Vervelle dévoile ses collections comme Frenhofer, d'un geste, avait abattu son drap de serge verte. « Les tableaux magnifiquement encadrés avaient des étiquettes où se lisaient en lettres noires sur fond d'or :*

RUBENS

Danses de faunes et de nymphes.

REMBRANDT

Intérieur d'une salle de dissection.
Le docteur Tromp faisant sa leçon à ses élèves.

Il y avait cent cinquante tableaux tous vernis, époussetés, quelques-uns étaient couverts de rideaux verts qui ne se tiraient pas en présence des jeunes personnes. »

---

1. *Mémoires de la comtesse de Boigne née d'Osmond*, tome II *De 1820 à 1848*, Mercure de France, collection le Temps retrouvé, p. 351-355.

La description égale en splendeurs muséographiques les merveilles mobilières de l'appartement de César Birotteau à son apogée. Rien n'est décrit des toiles elles-mêmes, seuls sont admirés l'éclairage, les cadres, les cartels, les rideaux, la propreté de l'ensemble. Les Goncourt y songeaient sans doute, évoquant leur « tailleur homme du monde », « meublant son salon de toiles sans nom, baptisées par ses amis et au-dessous desquelles il faisait mettre en grosses lettres sculptées : RAPHAËL, RUBENS, etc. [1] *». Le modèle du musée sort perverti de sa recréation domestique : rival de la galerie du roi, il en est la caricature, n'a plus pour but de montrer des œuvres, mais prétend montrer un musée, y ressembler coûte que coûte. Peu importe si toutes les toiles sont fausses, pourvu qu'y soient l'éclairage et les bordures dorées. La muséographie l'emporte sur le musée, le prix d'une « collection » sur la valeur des œuvres.*

La chute a de quoi surprendre — Balzac a le goût du dialogue, de la scène de théâtre —, elle affirme le triomphe de la seule authentique valeur, l'argent :

« Le peintre prit le père Vervelle par le bouton de son habit, et l'emmena dans un coin, sous prétexte de voir un Murillo. Les tableaux espagnols étaient alors à la mode.

" Vous avez acheté vos tableaux chez Élie Magus ?

— Oui, tous originaux ! [...]

— J'ai fait tous ces tableaux-là, lui dit à l'oreille Pierre Grassou, je ne les ai pas vendus tous ensemble pour plus de dix mille francs...

— Prouvez-le-moi, dit le marchand de bouteilles, et je double la dot de ma fille, car alors vous êtes Rubens, Rembrandt, Terburg, Titien ! " »

---

1. *Journal*, collection Bouquins, Robert Laffont, 1989, tome I. p. 99.

L'œil du marchand Vervelle estime plus le pasticheur que l'artiste, plus Grassou que Rembrandt, parce qu'importe pour lui non l'acte de création — l'invention — mais son résultat : le tableau, à vendre. Ce jugement de goût qui se fonde uniquement sur le produit encadré et fini équivaut à apprécier le « musée » dans sa globalité sans s'intéresser aux pièces qui le composent : ce qui prime, c'est l'ensemble ; ce qui est admirable, et justifie du coup qu'on ait fait un musée, c'est que toutes ces toiles soient sorties du même pinceau. Pour le père Vervelle, l'achat d'un Titien pour quarante mille francs n'est pas une mauvaise affaire puisque sa vanité en est satisfaite et que nul, dans le public de son musée, n'est capable de découvrir la supercherie. Qu'importe donc que Grassou et Vervelle aient été tous deux les dupes de Magus ? La conclusion du récit pourrait se lire ainsi comme victoire non de l'art — puisqu'il ne s'agit ici que d'un « crouteum[1] *» — mais de l'amour de l'art — du moment toutefois que ce sentiment ne vient en rien contrarier les intérêts de la boutique.*

Pierre Grassou occupe successivement toutes les places qu'un artiste peut avoir face au musée : il copie d'abord, non pour tromper — l'escroc, c'est Magus — mais pour s'instruire. Primordiale fonction pédagogique du musée au XIXe *siècle. Puis, seconde étape, Grassou pastiche, avec son tableau de* La Toilette d'un Chouan, *condamné à mort en 1809, transposition inversée des figures et de la composition de* La Femme hydropique *de celui que l'on nomme alors « Gérard Dow » — les historiens actuels préfèrent dire « Gerrit Dou », de même qu'ils ont justement rectifié « Porbus » en « Pourbus ». Le tableau, exposé au Salon, plaît à Charles X, pour des motifs*

---

1. Balzac forge le mot dans *Le Cousin Pons.*

uniquement politiques et religieux. Grassou, décoré, sort de la misère pour devenir un artiste établi qui reçoit des commandes. Et de même qu'au Salon, décrit en introduction, les toiles neuves se superposent aux toiles des maîtres d'autrefois — des cloisons provisoires étaient placées contre les murs pour ne pas avoir à décrocher ce qui ne s'appelle pas encore les « collections permanentes » ; Balzac n'en parle pas mais ses lecteurs de 1839 le savaient —, *de même dans la production de Grassou, les toiles à la mode sont-elles peintes comme en palimpseste sur les chefs-d'œuvre qu'elles imitent. C'est la construction sur deux plans que l'on peut lire dans* Pierre Grassou : *l'art authentique et l'imitation mercantile, le Musée et le Salon,* La Femme hydropique *et* La Toilette d'un Chouan, *les galeries dédiées « À toutes les Gloires de la France » et la galerie vouée aux gloires conquises en vendant des bouteilles.*

Grassou, qui se fait appeler M. de Fougères, finit « peintre, bon père et bon époux », décoré, briguant l'Institut, servant dans la Garde nationale — on pense au peintre Feder de Stendhal, jumeau littéraire de Grassou[1] *—, et consécration suprême, reçoit une commande officielle, une bataille qui plus est, pour le nouveau Versailles. Il entre donc enfin au musée et, pour que la conclusion soit totalement heureuse, prend en charge la collection de son beau-père. Le ramassis composé par ce M. Jourdain sans maître d'art se transforme grâce à Grassou, connaît une rédemption du point de vue de l'esthétique comme de celui de sa valeur marchande.* « Fougères » « *achète des tableaux aux peintres célèbres quand ils sont gênés, et il remplace les croûtes de la galerie de Ville-d'Avray par de vrais chefs-d'œuvre, qui ne*

---

1. Héros de la nouvelle intitulée *Feder*.

sont pas de lui. » Même si Grassou ne devient pas un bon artiste, son musée est digne de prendre rang aux côtés de celui de Pons et de celui de l'antiquaire de La Peau de chagrin : *il ouvre la voie aux grands « musées » romanesques du XIXe siècle, celui de Bouvard et Pécuchet, le Louvre que parcourt la noce de Gervaise en déroute, celui que cache à tous le capitaine Nemo à bord du* Nautilus.

Balzac lui-même n'allait guère au musée, ou alors souhaitait d'y être seul. Il cherche à se procurer un laissez-passer pour voir l'*Endymion avant l'arrivée du public. Il appartient plutôt à la race des collectionneurs de l'ancien temps. Le Musée, pour l'homme de cabinet qu'il était, c'était en premier lieu l'un de ces livres qui s'intitulent «* Musées » *parce que justement peut-être, pour les connaisseurs de l'époque, ils en constituent l'équivalent. Musées de papier qui permettent de connaître les Beaux-Arts de toute l'Europe en voyageant autour de sa chambre et qui posent du coup la question, importante dans l'histoire du goût, de l'appréciation de marbres sans reliefs et de tableaux sans couleurs. L'art, pour Balzac, c'est d'abord l'estampe. La Femme hydropique figure en bonne place chez Robillard-Péronville et chez Lauren, les grands ouvrages qui reproduisent les toiles du Louvre*[1]*. À travers* La Comédie humaine, *chaque fois que Balzac cite, à titre de comparaison, une œuvre du Musée, c'est dans Robillard-Péronville ou dans Lauren qu'il la trouve. Pour peindre son premier pastiche, Grassou inverse le modèle ; pour voir si la* Sainte *de Porbus est achevée, Frenhofer la regarde dans un miroir : gestes de graveurs. Balzac a d'abord vu Venise — qu'il a décrite dans* Facino Cane *sans y être allé — à travers les*

---

1. Robillard-Péronville, *Le Musée français*, Paris, 1805-1808, et Henri Lauren, *Le Musée royal*, Paris, 1816-1818.

gravures anglaises : il leur attribue d'ailleurs, dans une lettre à la comtesse Clara Maffei, sa déception lors de son voyage italien de 1837. Et le plus beau cadeau que Birotteau puisse faire à Vauquelin son bienfaiteur, c'est une épreuve « avant la lettre » de la gravure de Johann Friedrich Müller d'après la Madone *de Dresde de Raphaël. L'estampe, chez Balzac, constitue souvent une étape entre l'œuvre d'art — ou le paysage — et sa métamorphose en description romanesque.*

Les peintres du XIXe siècle ont tous été des Grassou. Certains « mineurs » sans doute : le paysagiste Jean-Joseph-Xavier Bidauld (1758-1846), par exemple, a d'abord vécu en copiant des tableaux de Nicolaes Berchem ou de Paulus Potter pour le compte de Dulac, marchand de tableaux qui fut son Magus et l'envoya, à ses frais, passer cinq ans en Italie. On en citerait de nombreux autres, à commencer, dans la partie de sa famille dont Balzac n'est pas trop fier, par Adolphe Midy qui, avec sa femme, brosse des copies pour le marchand Susse. Mais il faut aller plus loin. Les plus grands ont compris que créer passe par la copie et que ce n'est pas seulement en raison de nécessités alimentaires que « copier, c'est vivre ».

Car au-delà de cette formule, Pierre Grassou renferme bien sûr son « catéchisme esthétique ». Il vaut pour l'écrivain. Pour Balzac, qui entre 1820 et 1824, avec Jean-Louis *ou* L'Héritière *de Birague, a multiplié les petits romans « dans le goût de » dont il n'était pas dupe et qui trouvèrent leur public. Il vaut pour Marcel Proust qui ne put commencer d'écrire qu'après avoir exorcisé, par le pastiche, la littérature des autres. À la fin du deuxième tome de la première édition des* Scènes de la vie privée, *les lecteurs de 1830 pouvaient lire cette proclamation : « La marque distinctive du talent est sans doute l'invention. Mais, aujourd'hui que toutes les combinaisons possibles paraissent épuisées, [...] l'auteur croit fermement que les détails seuls constitueront désormais le mérite des ouvrages improprement appelés* Romans. *S'il avait le loisir de suivre la carrière du docteur Mathanasius*[1], *il lui serait facile de prouver qu'il y a peu d'ouvrages de lord Byron et de sir Walter Scott dont l'idée première leur appartienne, et que Boileau n'est pas l'auteur des vers de son* Art poétique. *Il pense, en outre, qu'entreprendre de peindre des époques historiques, et s'amuser à chercher des fables neuves, c'est mettre plus d'importance au cadre qu'au tableau*[2]. »

Picasso lui-même, en ce sens, est autant fils de Grassou que de Frenhofer, lui qui déclarait : « Qu'est-ce au fond qu'un peintre ? C'est un collectionneur qui veut se constituer une collection en faisant lui-même les tableaux qu'il aime chez les autres. C'est comme ça, et puis ça devient autre chose[3]. » Poussin prenait ainsi pour un Giorgione l'un des « premiers barbouillages » de Frenhofer. Indissociable de la création, il y a chez Picasso à toute époque de sa vie cette inspiration qui le pousse à refaire sans cesse, comme le Pierre Ménard de Borgès écrivant le Quichotte, ses Ménines *ou ses* Femmes d'Alger.

Le Chef-d'œuvre inconnu *n'a rien en effet d'une* « *fable neuve* » : *roman de Pygmalion,* « *le seigneur*

---

1. Hyacinthe Cordonnier (1684-1746) avait publié sous ce pseudonyme en 1714 un pamphlet intitulé *Le Chef-d'œuvre d'un inconnu.*
2. Pléiade, t. I, p. 1175.
3. Cité par Pierre Cabanne, *Picasso et son siècle,* 2. *L'époque des métamorphoses* (1912-1937), nouvelle édition revue et augmentée, Gallimard, Folio essais, 1992, p. 528.

Pygmalion » *qu'invoque Frenhofer, il traite de l'échange entre une créature et une création. Les spécialistes l'accrocheront entre* Les Élixirs du Diable *d'Hoffmann,* Le Portrait ovale *de Poe et* Le Portrait de Dorian Gray *d'Oscar Wilde aux cimaises de la littérature comparée. Thème mythique de l'échange qui règle les rapports du peintre et de son modèle et permet de mener jusqu'à la perfection, dans le discours fabuleux uniquement, la représentation mimétique. L'archétype en est à la fois le sculpteur d'Ovide à qui Vénus accorde de voir sa statue devenir femme et l'anecdote rapportée par Pline l'Ancien, reprise à l'envi par les peintres, d'Apelle et de Campaspe. Apelle, le premier peintre de la Grèce, favori d'Alexandre le Grand, faisant le portrait de la favorite du conquérant, s'éprend d'elle : Alexandre, préférant conserver le chef-d'œuvre impérissable, offre le modèle au peintre. L'être de chair se substitue ainsi à la figure fabriquée. Le chef-d'œuvre s'incarne.* « *Les fruits de l'amour passent vite, ceux de l'art sont immortels* », *écrit Balzac dans* Le Chef-d'œuvre inconnu. *Son Poussin échange sa maîtresse — qu'il prête au regard du peintre — contre un coup d'œil à la femme peinte qui possède le vieux Frenhofer. M. Vervelle commande un portrait de sa fille et, tel un Alexandre de comédie, l'échange, puisqu'il l'offre en mariage à l'artiste, Pierre Grassou — qui, par cette union, redevient de surcroît maître d'un tableau désormais pour lui, comme l'avait prédit Magus le prophète,* « *portrait de famille* ». *Frenhofer échoue. Mais Balzac a joué à donner au barbouilleur la destinée d'Apelle et le bonheur de Pygmalion.*

Le risque de l'invisibilité guette Grassou autant que Frenhofer. C'est l'angoisse de l'écrivain qui, trop maître du style des autres ne peut trouver le sien propre. Grassou n'est bon qu'au pastiche. Frenhofer excelle quand on peut le confondre avec Giorgione ou qu'il parachève les tableaux de Porbus. L'envie de créer du nouveau l'habite autant que Balzac dans sa soupente de la rue de Lesdiguières — à l'époque où, faute d'arriver à écrire, il s'était fait écrivain, de profession, un Grassou de la littérature. Avec les romans de 1830, il veut laisser une œuvre. Qui s'en rend compte? Qui peut alors le voir? Frenhofer pensait être parvenu à un tel degré de vérité que sa peinture ne se distinguerait pas du réel alentour. En effet, son tableau est « invisible ». Pour Balzac, le risque d'une œuvre trop proche de la réalité qui soit en même temps fantastique et habitée d'idéal, c'est celui de l'illisibilité. Il jugera ainsi, avec une sévère lucidité, Louis Lambert, *qui, précisément pour ces raisons, lui avait tenu à cœur. En 1831, Balzac avec le peintre Frenhofer avoue cette hantise, en 1839, avec Grassou, il montre qu'il est libre de s'en moquer. La confrontation de ces sept textes courts prouve que Balzac, entre 1830 et 1840, n'a pas renoncé à ses ambitions de jeunesse : être le Walter Scott français, égaler Hoffmann et Byron, avoir autant de succès que Hugo. Et qu'il s'est forgé un idéal qui ne devait plus rien à ces rêves. En 1830, dans* Des artistes, *il écrivait :* « *Nous avons recueilli les testaments de vingt siècles ; mais nous ne devons pas perdre de vue, si nous voulons nous expliquer parfaitement l'artiste, ses malheurs et les bizarreries de sa cohabitation terrestre, que les arts ont quelque chose de surnaturel.* » *Le testament de l'art, c'est le musée imaginé par Grassou, le travail de Picasso sur les chefs-d'œuvre connus : ce qui permet d'inventer du nouveau. Voilà pourquoi un roman sur la peinture peut être aussi un conte fantastique. Pourquoi* La Belle-Noiseuse *ne souffre d'être dévoilée, que l'on écarte enfin le drap de serge verte, qu'à côté des autres peintures qu'on a disposées autour d'elle. Balzac est allé ainsi bien au-delà de son projet de 1831.* « *Demandant des mots au silence, des idées à la nuit* », *comme son Dante dans* Les Proscrits, *il a peint avec* Le Chef-d'œuvre inconnu *plus qu'une figure de l'artiste. Pour le jeune Poussin qu'il invente, comme pour Cézanne, pour Picasso, pour tous ses lecteurs,* « *l'Art lui-même, l'art avec ses secrets, ses fougues et ses rêveries* », *c'est à jamais ce vieillard fou, rencontré dans l'escalier de chez Porbus semblable à un tableau sans cadre, Frenhofer, toujours prêt à discourir et à masquer ses œuvres les mieux aimées.*

Adrien Goetz

Le Chef-d'œuvre inconnu

À UN LORD[1]

. . . .
. . . .
. . . .
. . . .
. . . .

1845

I

GILLETTE

Vers la fin de l'année 1612, par une froide matinée de décembre, un jeune homme dont le vêtement était de très mince apparence se promenait devant la porte d'une maison située rue des Grands-Augustins, à Paris[2]. Après avoir assez longtemps marché dans cette rue avec l'irrésolution d'un amant qui n'ose se présenter chez sa première maîtresse, quelque facile qu'elle soit, il finit par franchir le seuil de cette porte, et demanda si maître François Porbus[3] était en son logis. Sur la réponse affirmative que lui fit une vieille femme occupée à balayer une salle basse, le jeune homme monta lentement les degrés et s'arrêta de marche en marche, comme quelque courtisan de fraîche date inquiet de l'accueil que le Roi va lui faire. Quand il parvint en haut de la vis, il demeura pendant un moment sur le palier, incertain s'il prendrait le heurtoir grotesque qui ornait la porte de l'atelier où travaillait sans doute le peintre de Henri IV, délaissé pour Rubens par Marie de Médicis[1]. Le jeune homme éprouvait cette sensation profonde qui a dû faire vibrer le cœur des grands artistes, quand, au fort de la jeunesse et de leur amour pour l'art, ils ont abordé un homme de génie ou quelque chef-d'œuvre. Il existe dans tous les sentiments humains une fleur primitive, engendrée par un noble enthousiasme qui va toujours faiblissant, jusqu'à ce que le bonheur ne soit plus qu'un souvenir et la gloire un mensonge. Parmi nos émotions fragiles, rien ne ressemble à l'amour comme la jeune passion d'un artiste commençant le délicieux supplice de sa destinée de gloire et de malheur, passion pleine d'audace et de timidité, de croyances vagues et de découragements certains. À celui qui, léger d'argent, qui, adolescent de génie, n'a pas vivement palpité en se présentant devant un maître, il manquera toujours une corde dans le cœur, je ne sais quelle touche de pinceau, un sentiment dans l'œuvre, une certaine expression de poésie. Si quelques fanfarons bouffis d'eux-mêmes croient trop tôt à l'avenir, ils ne sont gens d'esprit que pour les sots. À ce compte, le jeune inconnu paraissait avoir un vrai mérite, si le talent doit se mesurer sur cette timidité première, sur cette pudeur indéfinissable que les gens promis à la gloire savent perdre dans l'exercice de leur art, comme les jolies femmes perdent la leur dans le manège de la coquetterie. L'habitude du triomphe amoindrit le doute, et la pudeur est un doute peut-être.

Accablé de misère et surpris en ce moment de son

outrecuidance, le pauvre néophyte ne serait pas entré chez le peintre auquel nous devons l'admirable portrait de Henri IV, sans un secours extraordinaire que lui envoya le hasard. Un vieillard vint à monter l'escalier. À la bizarrerie de son costume, à la magnificence de son rabat de dentelle, à la prépondérante sécurité de sa démarche, le jeune homme devina dans ce personnage ou le protecteur ou l'ami du peintre. Il se recula sur le palier pour lui faire place, et l'examina curieusement, espérant trouver en lui la bonne nature d'un artiste, ou le caractère serviable des gens qui aiment les arts ; mais il y avait quelque chose de diabolique dans cette figure, et surtout ce *je ne sais quoi* qui affriande les artistes. Imaginez un front chauve, bombé, proéminent, retombant en saillie sur un petit nez écrasé, retroussé du bout comme celui de Rabelais ou de Socrate ; une bouche rieuse et ridée, un menton court, fièrement relevé, garni d'une barbe grise taillée en pointe ; des yeux vert de mer, ternis en apparence par l'âge, mais qui, par le contraste du blanc nacré dans lequel flottait la prunelle, devaient parfois jeter des regards magnétiques au fort de la colère ou de l'enthousiasme. Le visage était d'ailleurs singulièrement flétri par les fatigues de l'âge, et plus encore par ces pensées qui creusent également l'âme et le corps. Les yeux n'avaient plus de cils, et à peine voyait-on quelques traces de sourcils au-dessus de leurs arcades saillantes. Mettez cette tête sur un corps fluet et débile, entourez-la d'une dentelle étincelante de blancheur et travaillée comme une truelle à poisson, jetez sur le pourpoint noir du vieillard une lourde chaîne d'or, et vous aurez une image imparfaite de ce personnage auquel le jour faible de l'escalier prêtait encore une couleur fantastique. Vous eussiez dit une toile de Rembrand marchant silencieusement et sans cadre dans la noire atmosphère que s'est appropriée ce grand peintre[1]. Il jeta sur le jeune homme un regard empreint de sagacité, frappa trois coups à la porte, et dit à un homme valétudinaire, âgé de quarante ans environ, qui vint ouvrir : « Bonjour, maître. »

Porbus s'inclina respectueusement, il laissa entrer le jeune homme en le croyant amené par le vieillard[2] et s'inquiéta d'autant moins de lui que le néophyte demeura sous le charme que doivent éprouver les peintres-nés à l'aspect du premier atelier qu'ils voient et où se révèlent quelques-uns des procédés matériels de l'art. Un vitrage ouvert dans la voûte éclairait l'atelier de maître Porbus. Concentré sur une toile accrochée au chevalet, et qui n'était encore touchée que de trois ou quatre traits blancs[3], le jour n'atteignait pas jusqu'aux noires profondeurs des angles de cette vaste pièce ; mais quelques reflets égarés allumaient dans cette ombre rousse une paillette argentée au ventre d'une cuirasse de reître[4] suspendue à la muraille, rayaient d'un brusque sillon de lumière la corniche sculptée et cirée d'un antique dressoir chargé de vaisselles curieuses, ou piquaient de points éclatants la trame grenue de quelques vieux rideaux de brocart d'or, aux grands plis cassés, jetés là comme modèles[5]. Des écorchés de plâtre, des fragments et des torses de déesses antiques, amoureusement polis par les baisers des siècles, jonchaient les tablettes et les consoles. D'innombrables ébauches, des études aux trois crayons[6], à la sanguine ou à la plume, couvraient les murs jusqu'au plafond. Des boîtes à couleurs, des bouteilles d'huile et d'essence, des escabeaux renversés ne laissaient qu'un étroit chemin pour arriver sous l'auréole que projetait la haute verrière, dont les rayons tombaient à plein sur la pâle figure de Porbus et sur le crâne d'ivoire de l'homme singulier[7]. L'attention du jeune homme fut bientôt exclusivement acquise à un tableau qui, par ce temps de trouble et de révolutions, était déjà devenu célèbre, et que visitaient quelques-uns de ces entêtés auxquels on doit la conservation du feu sacré pendant les jours mauvais. Cette belle page représentait une *Marie égyptienne* se disposant à payer le passage du bateau. Ce chef-d'œuvre, destiné à Marie de Médicis, fut vendu par elle aux jours de sa misère [1].

« Ta sainte me plaît, dit le vieillard à Porbus, et je te la paierais dix écus d'or au-delà du prix que donne la reine ; mais aller sur ses brisées ?... du diable !

— Vous la trouvez bien ?

— Heu ! heu ! fit le vieillard [2], bien ; oui et non. Ta bonne femme n'est pas mal troussée, mais elle ne vit pas. Vous autres, vous croyez avoir tout fait lorsque vous avez dessiné correctement une figure et mis chaque chose à sa place d'après les lois de l'anatomie ! Vous coloriez ce linéament avec un ton de chair fait d'avance sur votre palette en ayant soin de tenir un côté plus sombre que l'autre, et parce que vous regardez de temps en temps une femme nue qui se tient debout sur une table, vous croyez avoir copié la nature, vous vous imaginez être des peintres et avoir dérobé le secret de Dieu !... Prrr ! Il ne suffit pas pour être un grand poète de savoir à fond la syntaxe et de ne pas faire de fautes de langue ! Regarde ta sainte, Porbus ? Au premier aspect elle semble admirable, mais au second coup d'œil on s'aperçoit qu'elle est collée au fond de la toile et qu'on ne pourrait pas faire le tour de son corps ; c'est une silhouette qui n'a qu'une seule face, c'est une apparence découpée qui ne saurait se retourner, ni changer de position. Je ne sens pas d'air entre ce bras et le champ du tableau ; l'espace et la profondeur manquent ; cependant tout est bien en perspective, et la dégradation aérienne est exactement observée : mais malgré de si louables efforts, je ne saurais croire que ce beau corps soit animé par le tiède souffle de la vie. Il me semble que si je portais la main sur cette gorge d'une si ferme rondeur, je la trouverais froide comme du marbre ! Non, mon ami, le sang ne court pas sous cette peau d'ivoire, l'existence ne gonfle pas de sa rosée de pourpre les veines fibrilles[1] qui s'entrelacent en réseau sous la transparence ambrée des tempes et de la poitrine. Cette place palpite, mais cette autre est immobile ; la vie et la mort luttent dans chaque morceau : ici c'est une femme, là une statue, plus loin un cadavre. Ta création est incomplète. Tu n'as pu souffler qu'une portion de ton âme à ton œuvre chérie. Le flambeau de Prométhée[2] s'est éteint plus d'une fois dans tes mains, et beaucoup d'endroits de ton tableau n'ont pas été touchés par la flamme céleste.

— Mais pourquoi, mon cher maître ? dit respectueusement Porbus au vieillard, tandis que le jeune homme avait peine à réprimer une forte envie de le battre.

— Ah ! voilà, dit le petit vieillard. Tu as flotté indécis entre les deux systèmes, entre le dessin et la couleur, entre le flegme minutieux, la raideur précise des vieux maîtres allemands et l'ardeur éblouissante, l'heureuse abondance des peintres italiens. Tu as voulu imiter à la fois Hans Holbein et Titien, Albrecht Dürer et Paul Véronèse[3]. Certes c'était là une magnifique ambition ! Mais qu'est-il arrivé ? Tu n'as eu ni le charme sévère de la sécheresse, ni les décevantes magies du clair-obscur. Dans cet endroit, comme un bronze en fusion qui crève son trop faible moule[4], la riche et blonde couleur du Titien a fait éclater le maigre contour d'Albrecht Dürer où tu l'avais coulée. Ailleurs, le linéament a résisté et contenu les magnifiques débordements de la palette vénitienne. Ta figure n'est ni parfaitement dessinée, ni parfaitement peinte, et porte partout les traces de cette malheureuse indécision. Si tu ne te sentais pas assez fort pour fondre ensemble au feu de ton génie les deux manières rivales, il fallait opter franchement entre l'une ou l'autre, afin d'obtenir l'unité qui simule[1] une des conditions de la vie. Tu n'es vrai que dans les milieux, tes contours sont faux, ne s'enveloppent pas et ne promettent rien par derrière. Il y a de la vérité ici, dit le vieillard en montrant la poitrine de la sainte. — Puis, ici, reprit-il en indiquant le point où sur le tableau finissait l'épaule. — Mais là, fit-il en revenant au milieu de la gorge, tout est faux. N'analysons rien, ce serait faire ton désespoir. »

Le vieillard s'assit sur une escabelle, se tint la tête dans les mains et resta muet.

« Maître, lui dit Porbus, j'ai cependant bien étudié sur le nu cette gorge ; mais, pour notre malheur, il est des effets vrais dans la nature qui ne sont plus probables sur la toile...

— La mission de l'art n'est pas de copier la nature, mais de l'exprimer ! Tu n'es pas un vil copiste, mais un poète[2] ! s'écria vivement le vieillard en interrompant Porbus par un geste despotique. Autrement, un sculpteur serait quitte de tous ses travaux en moulant une femme ! Hé bien, essaie de mouler la main de ta maîtresse et de la poser devant toi, tu trouveras un horrible cadavre sans aucune ressemblance, et tu seras forcé d'aller trouver le ciseau de l'homme qui, sans te la copier exactement, t'en figurera le mouvement et la vie. Nous avons à saisir l'esprit, l'âme, la physionomie des choses et des êtres. Les effets ! les effets ! mais ils sont les accidents de la vie, et non la vie. Une main, puisque j'ai pris cet exemple, une main ne tient pas seulement au corps, elle exprime et continue une pensée qu'il faut saisir et rendre. Ni le peintre, ni le poète, ni le sculpteur ne doivent séparer l'effet de la cause qui sont invinciblement l'un dans l'autre ! La véritable lutte est là. Beaucoup de peintres triomphent instinctivement sans connaître ce thème de l'art. Vous dessinez une femme, mais vous ne la voyez pas ! Ce n'est pas ainsi que l'on parvient à forcer l'arcane de la nature[1]. Votre main reproduit, sans que vous y pensiez, le modèle que vous avez copié chez votre maître[2]. Vous ne descendez pas assez dans l'intimité de la forme, vous ne la poursuivez pas avec assez d'amour et de persévérance dans ses détours et dans ses fuites. La beauté est une chose sévère et difficile qui ne se laisse point atteindre ainsi ; il faut attendre ses heures, l'épier, la presser et l'enlacer étroitement pour la forcer à se rendre. La forme est un Protée bien plus insaisissable et plus fertile en replis que le Protée de la fable[3] ; ce n'est qu'après de longs combats qu'on peut la contraindre à se montrer sous son véritable aspect ; vous autres, vous vous contentez de la première apparence qu'elle vous livre, ou tout au plus de la seconde, ou de la troisième ; ce n'est pas ainsi qu'agissent les victorieux lutteurs ! Ces peintres invaincus ne se laissent pas tromper à tous ces faux-fuyants ; ils persévèrent jusqu'à ce que la nature en soit réduite à se montrer toute nue et dans son véritable esprit[4]. Ainsi a procédé Raphaël, dit le vieillard en ôtant son bonnet de velours noir, pour exprimer le respect que lui inspirait le roi de l'art[5] ; sa grande supériorité vient du sens intime qui, chez lui, semble vouloir briser la forme. La forme est, dans ses figures, ce qu'elle est chez nous, un truchement pour se communiquer des idées, des sensations, une vaste poésie. Toute figure est un monde, un portrait dont le modèle est apparu dans une vision sublime, teint de lumière, désigné par une voix intérieure, dépouillé par un doigt céleste qui a montré, dans le passé de toute une vie, les sources de l'expression. Vous faites à vos femmes de belles robes de chair, de belles draperies de cheveux, mais où est le sang qui engendre le calme ou la passion et qui cause des effets particuliers ? Ta sainte est une femme brune, mais ceci, mon pauvre Porbus, est d'une blonde ! Vos figures sont alors de pâles fantômes coloriés que vous nous promenez devant les yeux, et vous appelez cela de la peinture et de l'art. Parce que vous avez fait quelque chose qui ressemble plus à une femme qu'à une maison, vous pensez avoir touché le but, et, tout fiers de n'être plus obligés d'écrire à côté de vos figures, *currus venustus* ou *pulcher homo*[1], comme les premiers peintres, vous vous imaginez être des artistes merveilleux ! Ha ! ha ! vous n'y êtes pas encore, mes braves compagnons, il vous faudra user bien des crayons, couvrir bien des toiles avant d'arriver. Assurément, une femme porte sa tête de cette manière, elle tient sa jupe ainsi, ses yeux s'alanguissent et se fondent avec cet air de douceur résignée ; l'ombre palpitante des cils flotte ainsi sur les joues ! C'est cela, et ce n'est pas cela. Qu'y manque-t-il ? Un rien, mais ce rien est tout. Vous avez l'apparence de la vie, mais vous n'exprimez pas son trop-plein qui déborde, ce je ne sais quoi qui est l'âme peut-être et qui flotte nuageusement sur l'enveloppe ; enfin, cette fleur de vie que Titien et Raphaël ont surprise En partant du point extrême où vous arrivez, on ferait peut-être d'excellente peinture ; mais vous vous lassez trop vite. Le vulgaire admire, et le vrai connaisseur sourit. Ô Mabuse[2] ! ô mon maître ! ajouta ce singulier personnage, tu es un voleur, tu as emporté la vie avec toi ! — À cela près, reprit-il, cette toile vaut mieux que les peintures de ce faquin de Rubens, avec ses montagnes de viandes flamandes[3], saupoudrées de vermillon, ses ondées de chevelures rousses, et son tapage de couleurs. Au moins, avez-vous là couleur, sentiment et dessin, les trois parties essentielles de l'art.

— Mais cette sainte est sublime, bon homme ! s'écria d'une voix forte le jeune homme en sortant d'une rêverie profonde. Ces deux figures, celle de la sainte et celle du batelier, ont une finesse d'intention ignorée des peintres italiens. Je n'en sais pas un seul qui eût inventé l'indécision du batelier.

— Ce petit drôle est-il à vous ? demanda Porbus au vieillard.

— Hélas ! maître, pardonnez à ma hardiesse, répondit le néophyte en rougissant. Je suis inconnu, mais barbouilleur d'instinct, et arrivé depuis peu dans cette ville, source de toute science.

— À l'œuvre ! » lui dit Porbus en lui présentant un crayon rouge et une feuille de papier.

L'inconnu copia lestement la Marie au trait[1].

« Oh ! oh ! s'écria le vieillard. Votre nom ? »

Le jeune homme écrivit au bas *Nicolas Poussin*[2].

« Voilà qui n'est pas mal pour un commençant, dit le singulier personnage qui discourait si follement. Je vois que l'on peut parler peinture devant toi. Je ne te blâme pas d'avoir admiré la sainte de Porbus. C'est un chef-d'œuvre pour tout le monde, et les initiés aux plus intimes arcanes de l'art peuvent seuls découvrir en quoi elle pèche. Mais puisque tu es digne de la leçon, et capable de comprendre, je vais te faire voir combien peu de chose il faudrait pour compléter cette œuvre. Sois tout œil et tout attention, une pareille occasion de t'instruire ne se représentera peut-être jamais. Ta palette, Porbus ? »

Porbus alla chercher palette et pinceaux. Le petit vieillard retroussa ses manches avec un mouvement de brusquerie convulsive, passa son pouce dans la palette diaprée et chargée de tons que Porbus lui tendait ; il lui arracha des mains plutôt qu'il ne les prit une poignée de brosses de toutes dimensions, et sa barbe taillée en pointe se remua soudain par des efforts menaçants qui exprimaient le prurit d'une amoureuse fantaisie[1]. Tout en chargeant son pinceau de couleur, il grommelait entre ses dents : « Voici des tons bons à jeter par la fenêtre avec celui qui les a composés, ils sont d'une crudité et d'une fausseté révoltantes ; comment peindre avec cela ? » Puis il trempait avec une vivacité fébrile la pointe de la brosse dans les différents tas de couleurs dont il parcourait quelquefois la gamme entière plus rapidement qu'un organiste de cathédrale ne parcourt l'étendue de son clavier à l'*O Filii* de Pâques[2].

Porbus et Poussin se tenaient immobiles chacun d'un côté de la toile, plongés dans la plus véhémente contemplation.

« Vois-tu, jeune homme, disait le vieillard sans se détourner, vois-tu comme au moyen de trois ou quatre touches et d'un petit glacis bleuâtre, on pouvait faire circuler l'air autour de la tête de cette pauvre sainte qui devait étouffer et se sentir prise dans cette atmosphère épaisse ? Regarde comme cette draperie voltige à présent et comme on comprend que la brise la soulève ! Auparavant elle avait l'air d'une toile empesée et soutenue par des épingles[3]. Remarques-tu comme le luisant satiné que je viens de poser sur la poitrine rend bien la grasse souplesse d'une peau de jeune fille, et comme le ton mélangé de brun rouge et d'ocre calciné réchauffe la grise froideur de cette grande ombre où le sang se figeait au lieu de courir[4]. Jeune homme, jeune homme, ce que je te montre là, aucun maître ne pourrait te l'enseigner. Mabuse seul possédait le secret de donner de la vie aux figures. Mabuse n'a eu qu'un élève, qui est moi[5]. Je n'en ai pas eu, et je suis vieux ! Tu as assez d'intelligence pour deviner le reste, par ce que je te laisse entrevoir. »

Tout en parlant, l'étrange vieillard touchait à toutes les

parties du tableau : ici deux coups de pinceau, là un seul, mais toujours si à propos qu'on aurait dit une nouvelle peinture, mais une peinture trempée de lumière. Il travaillait avec une ardeur si passionnée que la sueur se perlait[1] sur son front dépouillé, il allait si rapidement par de petits mouvements si impatients, si saccadés, que pour le jeune Poussin il semblait qu'il y eût dans le corps de ce bizarre personnage un démon qui agissait par ses mains en les prenant fantastiquement contre le gré de l'homme : l'éclat surnaturel de ses yeux, ses convulsions qui semblaient l'effet d'une résistance donnaient à cette idée un semblant de vérité qui devait agir sur une jeune imagination[2]. Il allait disant : « Paf, paf, paf ! voilà comment cela se beurre, jeune homme ! venez, mes petites touches, faites-moi roussir ce ton glacial ! Allons donc ! Pon ! pon ! pon ! » disait-il en réchauffant les parties où il avait signalé un défaut de vie, en faisant disparaître par quelques plaques de couleur les différences de tempérament, et rétablissant l'unité de ton que voulait une ardente Égyptienne.

« Vois-tu, petit, il n'y a que le dernier coup de pinceau qui compte. Porbus en a donné cent, moi, je n'en donne qu'un. Personne ne nous sait gré de ce qui est dessous. Sache bien cela ! »

Enfin ce démon s'arrêta, et se tournant vers Porbus et Poussin muets d'admiration, il leur dit : « Cela ne vaut pas encore ma Catherine Lescault[3], cependant on pourrait mettre son nom au bas d'une pareille œuvre. Oui, je la signerais, ajouta-t-il en se levant pour prendre un miroir dans lequel il la regarda. — Maintenant, allons déjeuner, dit-il. Venez tous deux à mon logis. J'ai du jambon fumé, du bon vin ! Hé ! hé ! malgré le malheur des temps[4], nous causerons peinture ! Nous sommes de force. Voici un petit bonhomme, ajouta-t-il en frappant sur l'épaule de Nicolas Poussin, qui a de la facilité. »

Apercevant alors la piètre casaque du Normand[1], il tira de sa ceinture une bourse de peau, y fouilla, prit deux pièces d'or, et les lui montrant : « J'achète ton dessin, dit-il.

— Prends, dit Porbus à Poussin en le voyant tressaillir et rougir de honte, car il avait la fierté du pauvre. Prends donc, il a dans son escarcelle la rançon de deux rois ! »

Tous trois descendirent de l'atelier et cheminèrent en devisant sur les arts, jusqu'à une belle maison de bois, située près du pont Saint-Michel, et dont les ornements, le heurtoir, les encadrements de croisée, les arabesques émerveillèrent Poussin. Le peintre en espérance se trouva tout à coup dans une salle basse, devant un bon feu, près d'une table chargée de mets appétissants, et par un bonheur inouï, dans la compagnie de deux grands artistes pleins de bonhomie.

« Jeune homme, lui dit Porbus en le voyant ébahi devant un tableau, ne regardez pas trop cette toile, vous tomberiez dans le désespoir. »

C'était l'*Adam* que fit Mabuse pour sortir de prison où ses créanciers le retinrent si longtemps[2]. Cette figure offrait, en effet, une telle puissance de réalité, que Nicolas Poussin commença dès ce moment à comprendre le véritable sens des confuses paroles dites par le vieillard. Celui-ci regardait le tableau d'un air satisfait, mais sans enthousiasme, et semblait dire : « J'ai fait mieux[3] ! »

« Il y a de la vie, dit-il, mon pauvre maître s'y est surpassé ; mais il manquait encore un peu de vérité dans le fond de la toile. L'homme est bien vivant, il se lève et va venir à nous. Mais l'air, le ciel, le vent que nous respirons, voyons et sentons, n'y sont pas. Puis il n'y a encore là qu'un homme ! Or le seul homme qui soit immédiatement sorti des mains de Dieu, devait avoir quelque chose de divin qui manque. Mabuse le disait lui-même avec dépit quand il n'était pas ivre. »

Poussin regardait alternativement le vieillard et Porbus avec une inquiète curiosité. Il s'approcha de celui-ci comme pour lui demander le nom de leur hôte ; mais le peintre se mit un doigt sur les lèvres d'un air de mystère, et le jeune homme, vivement intéressé, garda le silence, espérant que tôt ou tard quelque mot lui permettrait de deviner le nom de son hôte, dont la richesse et les talents étaient suffisamment attestés par le respect que Porbus lui témoignait, et par les merveilles entassées dans cette salle.

Poussin, voyant sur la sombre boiserie de chêne un magnifique portrait de femme, s'écria : « Quel beau Giorgion[1] !

— Non ! répondit le vieillard, vous voyez un de mes premiers barbouillages.

— Tudieu ! je suis donc chez le dieu de la peinture », dit naïvement le Poussin.

Le vieillard sourit comme un homme familiarisé depuis longtemps avec cet éloge.

« Maître Frenhofer[2] ! dit Porbus, ne sauriez-vous faire venir un peu de votre bon vin du Rhin pour moi ?

— Deux pipes[3], répondit le vieillard. Une pour m'acquitter du plaisir que j'ai eu ce matin en voyant ta jolie pécheresse, et l'autre comme un présent d'amitié.

— Ah ! si je n'étais pas toujours souffrant, reprit Porbus, et si vous vouliez me laisser voir votre *maîtresse*, je pourrais faire quelque peinture haute, large et profonde, où les figures seraient de grandeur naturelle.

— Montrer mon œuvre, s'écria le vieillard tout ému. Non, non, je dois la perfectionner encore[4]. Hier, vers le soir, dit-il, j'ai cru avoir fini. Ses yeux me semblaient humides, sa chair était agitée. Les tresses de ses cheveux remuaient. Elle respirait ! Quoique j'aie trouvé le moyen de réaliser sur une toile plate le relief et la rondeur de la nature, ce matin, au jour, j'ai reconnu mon erreur. Ah ! pour arriver à ce résultat glorieux, j'ai étudié à fond les grands maîtres du coloris, j'ai analysé et soulevé couche par couche les tableaux de Titien, ce roi de la lumière ; j'ai, comme ce peintre souverain, ébauché ma figure dans un ton clair avec une pâte souple et nourrie, car l'ombre n'est qu'un accident, retiens cela, petit. Puis je suis revenu sur mon œuvre, et au moyen de demi-teintes et de glacis dont je diminuais de plus en plus la transparence, j'ai rendu les ombres les plus vigoureuses et jusqu'aux noirs les plus fouillés ; car les ombres des peintres ordinaires sont d'une autre nature que leurs tons éclairés ; c'est du bois, de l'airain, c'est tout ce que vous voudrez, excepté de la chair dans l'ombre. On sent que si leur figure changeait de position, les places ombrées ne se nettoieraient pas et ne deviendraient pas lumineuses. J'ai évité ce défaut où beaucoup d'entre les plus illustres sont tombés, et chez moi la blancheur se révèle sous l'opacité de l'ombre la plus soutenue ! Comme une foule d'ignorants qui s'imaginent dessiner correctement parce qu'ils font un trait soigneusement ébarbé, je n'ai pas marqué sèchement les bords extérieurs de ma figure et fait ressortir jusqu'au moindre détail anatomique, car le corps humain ne finit pas par des lignes. En cela, les sculpteurs peuvent plus approcher de la vérité que nous autres. La nature comporte une suite de rondeurs qui s'enveloppent les unes dans les autres. Rigoureusement parlant, le dessin n'existe pas ! Ne riez pas, jeune homme ! Quelque singulier que vous paraisse ce mot, vous en comprendrez quelque jour les raisons. La ligne est le moyen par lequel l'homme se rend compte de l'effet de la lumière sur les objets ; mais il n'y a pas de lignes dans la nature où tout est plein[1] : c'est en modelant qu'on dessine, c'est-à-dire qu'on détache les choses du milieu où elles sont, la distribution du jour donne seule l'apparence au corps ! Aussi, n'ai-je pas arrêté les linéaments, j'ai répandu sur les contours un nuage de demi-teintes blondes et chaudes qui font que l'on ne saurait précisément poser le doigt sur la place où les contours se rencontrent avec les fonds. De près, ce travail semble cotonneux et paraît manquer de précision, mais à deux pas, tout se raffermit, s'arrête et se détache[2] ; le corps tourne, les formes deviennent saillantes, l'on sent l'air circuler tout autour. Cependant je ne suis pas encore content, j'ai des doutes. Peut-être faudrait-il ne pas dessiner un seul trait, et vaudrait-il mieux attaquer une figure par le milieu en s'attachant d'abord aux saillies les plus éclairées, pour passer ensuite aux portions plus sombres. N'est-ce pas ainsi que procède le soleil, ce divin peintre de l'univers. Oh ! nature, nature ! qui jamais t'a surprise dans tes fuites ! Tenez, le trop de science, de même que l'ignorance, arrive à une négation[3]. Je doute de mon œuvre ! »

Le vieillard fit une pause, puis il reprit : « Voilà dix ans, jeune homme, que je travaille ; mais que sont dix petites années quand il s'agit de lutter avec la nature ? Nous ignorons le temps qu'employa le seigneur Pygmalion pour faire la seule statue qui ait marché[4] ! »

Le vieillard tomba dans une rêverie profonde, et resta les yeux fixes en jouant machinalement avec son couteau.

« Le voilà en conversation avec son *esprit*[5] », dit Porbus à voix basse.

À ce mot, Nicolas Poussin se sentit sous la puissance d'une inexplicable curiosité d'artiste. Ce vieillard aux yeux blancs, attentif et stupide, devenu pour lui plus qu'un homme, lui apparut comme un génie fantasque qui vivait dans une sphère inconnue. Il réveillait mille idées confuses en l'âme. Le phénomène moral de cette espèce de fascination ne peut pas plus se définir qu'on ne peut traduire l'émotion excitée par un chant qui rappelle la patrie au cœur de l'exilé[1]. Le mépris que ce vieil homme affectait d'exprimer pour les plus belles tentatives de l'art, sa richesse, ses manières, les déférences de Porbus pour lui, cette œuvre tenue si longtemps secrète, œuvre de patience, œuvre de génie sans doute, s'il fallait en croire la tête de vierge que le jeune Poussin avait si franchement admirée, et qui belle encore, même près de l'*Adam* de Mabuse, attestait le faire impérial d'un des princes de l'art; tout en ce vieillard allait au-delà des bornes de la nature humaine[2]. Ce que la riche imagination de Nicolas Poussin put saisir de clair et de perceptible en voyant cet être surnaturel, était une complète image de la nature artiste, de cette nature folle à laquelle tant de pouvoirs sont confiés, et qui trop souvent en abuse, emmenant la froide raison, les bourgeois et même quelques amateurs, à travers mille routes pierreuses, où, pour eux, il n'y a rien; tandis que folâtre en ses fantaisies, cette fille aux ailes blanches y découvre des épopées, des châteaux, des œuvres d'art. Nature moqueuse et bonne, féconde et pauvre! Ainsi, pour l'enthousiaste Poussin, ce vieillard était devenu, par une transfiguration subite, l'art lui-même, l'art avec ses secrets, ses fougues et ses rêveries.

« Oui, mon cher Porbus, reprit Frenhofer, il m'a manqué jusqu'à présent de rencontrer une femme irréprochable, un corps dont les contours soient d'une beauté parfaite, et dont la carnation... Mais où est-elle vivante, dit-il en s'interrompant, cette introuvable Vénus des anciens, si souvent cherchée, et dont nous rencontrons à peine quelques beautés éparses ? Oh ! pour voir un moment, une seule fois, la nature divine complète, l'idéal enfin, je donnerais toute ma fortune, mais j'irai te chercher dans tes limbes, beauté céleste ! Comme Orphée, je descendrai dans l'enfer de l'art pour en ramener la vie[1]. »

« Nous pouvons partir d'ici, dit Porbus à Poussin, il ne nous entend plus, ne nous voit plus !

— Allons à son atelier, répondit le jeune homme émerveillé.

— Oh ! le vieux reître a su en défendre l'entrée. Ses trésors sont trop bien gardés pour que nous puissions y arriver. Je n'ai pas attendu votre avis et votre fantaisie pour tenter l'assaut du mystère.

— Il y a donc un mystère ?

— Oui, répondit Porbus. Le vieux Frenhofer est le seul élève que Mabuse ait voulu faire. Devenu son ami, son sauveur, son père, Frenhofer a sacrifié la plus grande partie de ses trésors à satisfaire les passions de Mabuse ; en échange Mabuse lui a légué le secret du relief, le pouvoir de donner aux figures cette vie extraordinaire, cette fleur de nature, notre désespoir éternel ; mais dont il possédait si bien *le faire,* qu'un jour, ayant vendu et bu le damas à fleurs avec lequel il devait s'habiller à l'entrée de Charles-Quint, il accompagna son maître avec un vêtement de papier peint en damas. L'éclat particulier de l'étoffe portée par Mabuse surprit l'empereur, qui voulant en faire compliment au protecteur du vieil ivrogne, découvrit la supercherie[2]. Frenhofer est un homme passionné pour notre art, qui voit plus haut et plus loin que les autres peintres. Il a profondément médité sur les couleurs, sur la vérité absolue de la ligne ; mais, à force de recherches, il est arrivé à douter de l'objet même de ses recherches. Dans ses moments de désespoir, il prétend que le dessin n'existe pas et qu'on ne peut rendre avec des traits que des figures géométriques ; ce qui est trop absolu, puisque avec le trait et le noir, qui n'est pas une couleur, on peut faire une figure ; ce qui prouve que notre art est, comme la nature, composé d'une infinité d'éléments : le dessin donne un squelette, la couleur est la vie, mais la vie sans le squelette est une chose plus incomplète que le squelette sans la vie Enfin, il y a quelque chose de plus vrai que tout ceci, c'est que la pratique et l'observation sont tout chez un peintre, et que si le raisonnement et la poésie se querellent avec les brosses, on arrive au doute comme le bonhomme, qui est aussi fou que peintre. Peintre sublime, il a eu le malheur de naître riche, ce qui lui a permis de divaguer. Ne l'imitez pas ! Travaillez ! les peintres ne doivent méditer que les brosses à la main.

— Nous y pénétrerons », s'écria Poussin n'écoutant plus Porbus et ne doutant plus de rien.

Porbus sourit à l'enthousiasme du jeune inconnu, et le quitta en l'invitant à venir le voir.

Nicolas Poussin revint à pas lents vers la rue de la Harpe, et dépassa sans s'en apercevoir la modeste hôtellerie où il était logé. Montant avec une inquiète promptitude son misérable escalier, il parvint à une chambre haute, située sous une toiture en colombage, naïve et légère couverture des maisons du vieux Paris. Près de l'unique et sombre fenêtre de cette chambre, il vit une jeune fille qui, au bruit de la porte, se dressa soudain par un mouvement d'amour ; elle avait reconnu le peintre à la manière dont il avait attaqué le loquet.

« Qu'as-tu ? lui dit-elle.

— J'ai, j'ai, s'écria-t-il en étouffant de plaisir, que je me suis senti peintre ! J'avais douté de moi jusqu'à présent, mais ce matin j'ai cru en moi-même ! Je puis être un grand homme ! Va, Gillette, nous serons riches, heureux ! Il y a de l'or dans ces pinceaux. »

Mais il se tut soudain. Sa figure grave et vigoureuse perdit son expression de joie quand il compara l'immensité de ses espérances à la médiocrité de ses ressources. Les murs étaient couverts de simples papiers chargés d'esquisses au crayon. Il ne possédait pas quatre toiles propres. Les couleurs avaient alors un haut prix, et le pauvre gentilhomme[1] voyait sa palette à peu près nue. Au sein de cette misère, il possédait et ressentait d'incroyables richesses de cœur, et la surabondance d'un génie dévorant. Amené à Paris par un gentilhomme de ses amis, ou peut-être par son propre talent, il y avait rencontré soudain une maîtresse, une de ces âmes nobles et généreuses qui viennent souffrir près d'un grand homme, en épousent les misères et s'efforcent de comprendre leurs caprices ; fortes pour la misère et l'amour, comme d'autres sont intrépides à porter le luxe, à faire parader leur insensibilité. Le sourire errant sur les lèvres de Gillette dorait ce grenier et rivalisait avec l'éclat du ciel. Le soleil ne brillait pas toujours, tandis qu'elle était toujours là, recueillie dans sa passion, attachée à son bonheur, à sa souffrance, consolant le génie qui débordait dans l'amour avant de s'emparer de l'art.

« Écoute, Gillette, viens. »

L'obéissante et joyeuse fille sauta sur les genoux du peintre. Elle était toute grâce, toute beauté, jolie comme un printemps, parée de toutes les richesses féminines et les éclairant par le feu d'une belle âme.

« Ô Dieu ! s'écria-t-il, je n'oserai jamais lui dire...

— Un secret ! reprit-elle. Oh ! je veux le savoir. »

Le Poussin resta rêveur.

« Parle donc.

— Gillette ! pauvre cœur aimé !

— Oh ! tu veux quelque chose de moi ?
— Oui.
— Si tu désires que je pose encore devant toi comme l'autre jour, reprit-elle d'un petit air boudeur, je n'y consentirai plus jamais ; car, dans ces moments-là, tes yeux ne me disent plus rien. Tu ne penses plus à moi, et cependant tu me regardes.

— Aimerais-tu mieux me voir copier une autre femme ?

— Peut-être, dit-elle, si elle était bien laide.

— Eh bien, reprit le Poussin d'un ton sérieux, si pour ma gloire à venir, si pour me faire grand peintre, il fallait aller poser chez un autre ?

— Tu veux m'éprouver, dit-elle. Tu sais bien que je n'irais pas. »

Le Poussin pencha sa tête sur sa poitrine comme un homme qui succombe à une joie ou à une douleur trop forte pour son âme.

« Écoute, dit-elle en tirant Poussin par la manche de son pourpoint usé, je t'ai dit, Nick, que je donnerais ma vie pour toi : mais je ne t'ai jamais promis, moi vivante, de renoncer à mon amour.

— Y renoncer ? s'écria Poussin.

— Si je me montrais ainsi à un autre, tu ne m'aimerais plus. Et, moi-même, je me trouverais indigne de toi. Obéir à tes caprices, n'est-ce pas chose naturelle et simple ? Malgré moi, je suis heureuse, et même fière de faire ta chère volonté. Mais pour un autre ! fi donc.

— Pardonne, ma Gillette, dit le peintre en se jetant à ses genoux. J'aime mieux être aimé que glorieux. Pour moi, tu es plus belle que la fortune et les honneurs. Va, jette mes pinceaux, brûle ces esquisses. Je me suis trompé, ma vocation est de t'aimer. Je ne suis pas peintre, je suis amoureux. Périssent et l'art et tous ses secrets ! »

Elle l'admirait, heureuse, charmée ! Elle régnait, elle sentait instinctivement que les arts étaient oubliés pour elle et jetés à ses pieds comme un grain d'encens.

« Ce n'est pourtant qu'un vieillard, reprit Poussin. Il ne pourra voir que la femme en toi[1]. Tu es si parfaite !

— Il faut bien aimer, s'écria-t-elle prête à sacrifier ses scrupules d'amour pour récompenser son amant de tous les sacrifices qu'il lui faisait. Mais, reprit-elle, ce serait me perdre. Ah ! me perdre pour toi. Oui, cela est bien beau ! mais tu m'oublieras. Oh ! quelle mauvaise pensée as-tu donc eue là !

— Je l'ai eue et je t'aime, dit-il avec une sorte de contrition, mais je suis donc un infâme.

— Consultons le père Hardouin ? dit-elle.

— Oh, non ! que ce soit un secret entre nous deux.

— Eh bien, j'irai ; mais ne sois pas là, dit-elle. Reste à la porte, armé de ta dague ; si je crie, entre et tue le peintre. »

Ne voyant plus que son art, le Poussin pressa Gillette dans ses bras[2].

« Il ne m'aime plus ! » pensa Gillette quand elle se trouva seule.

Elle se repentait déjà de sa résolution. Mais elle fut bientôt en proie à une épouvante plus cruelle que son repentir ; elle s'efforça de chasser une pensée affreuse qui s'élevait dans son cœur. Elle croyait aimer déjà moins le peintre en le soupçonnant moins estimable.

II

CATHERINE LESCAULT

Trois mois après la rencontre du Poussin et de Porbus, celui-ci vint voir maître Frenhofer. Le vieillard était alors en proie à l'un de ces découragements profonds et spontanés dont la cause est, s'il faut en croire les mathématiciens de la médecine, dans une digestion mauvaise, dans le vent, la chaleur ou quelque empâtement des hypocondres[1]; et, suivant les spiritualistes, dans l'imperfection de notre nature morale; le bonhomme s'était purement et simplement fatigué à parachever son mystérieux tableau. Il était languissamment assis dans une vaste chaire de chêne sculpté, garnie de cuir noir, et, sans quitter son attitude mélancolique, il lança sur Porbus le regard d'un homme qui s'était établi dans son ennui.

« Eh bien, maître, lui dit Porbus, l'*outremer* que vous êtes allé chercher à Bruges était-il mauvais ? est-ce que vous n'avez pas su broyer notre nouveau blanc ? votre huile est-elle méchante, ou les pinceaux rétifs ?

— Hélas ! s'écria le vieillard, j'ai cru pendant un moment que mon œuvre était accomplie; mais je me suis, certes, trompé dans quelques détails, et je ne serai tranquille qu'après avoir éclairci mes doutes. Je me décide à voyager et vais aller en Turquie, en Grèce, en Asie pour y chercher un modèle et comparer mon tableau à diverses natures[2]. Peut-être ai-je là-haut, reprit-il en laissant échapper un sourire de contentement, la nature elle-même. Parfois, j'ai quasi peur qu'un souffle ne me réveille cette femme et qu'elle ne disparaisse. »

Puis il se leva tout à coup, comme pour partir.

« Oh ! oh ! répondit Porbus, j'arrive à temps pour vous éviter la dépense et les fatigues du voyage.

— Comment, demanda Frenhofer étonné.

— Le jeune Poussin est aimé par une femme dont l'incomparable beauté se trouve sans imperfection aucune. Mais, mon cher maître, s'il consent à vous la prêter, au moins faudra-t-il nous laisser voir votre toile. »

Le vieillard resta debout, immobile, dans un état de stupidité parfaite.

« Comment ! s'écria-t-il enfin douloureusement, montrer ma créature, mon épouse ? déchirer le voile dont j'ai chastement couvert mon bonheur ? Mais ce serait une horrible prostitution ! Voilà dix ans que je vis avec cette femme. Elle est à moi, à moi seul. Elle m'aime. Ne m'a-t-elle pas souri à chaque coup de pinceau que je lui ai donné ? Elle a une âme, l'âme dont je l'ai douée. Elle rougirait si d'autres yeux que les miens s'arrêtaient sur elle. La faire voir ! mais quel est le mari, l'amant assez vil pour conduire sa femme au déshonneur ? Quand tu fais un tableau pour la cour, tu n'y mets pas toute ton âme, tu ne vends aux courtisans que des mannequins coloriés. Ma peinture n'est pas une peinture, c'est un sentiment, une passion ! Née dans mon atelier, elle doit y rester vierge, et n'en peut sortir que vêtue. La poésie et les femmes ne se livrent nues qu'à leurs amants ! Possédons-nous les figures de Raphaël, l'Angélique de l'Arioste, la Béatrix du Dante[1] ? Non ! nous n'en voyons que les formes ! Eh bien ! l'œuvre que je tiens là-haut sous mes verrous est une exception dans notre art ; ce n'est pas une toile, c'est une femme ! une femme avec laquelle je pleure, je ris, je cause et pense. Veux-tu que tout à coup je quitte un bonheur de dix années comme on jette un manteau ? Que tout à coup je cesse d'être père, amant et Dieu ? Cette femme n'est pas une créature, c'est une création. Vienne ton jeune homme, je lui donnerai mes trésors, je lui donnerai des tableaux du Corrège, de Michel-Ange, du Titien, je baiserai la marque de ses pas dans la poussière ; mais en faire mon rival ? honte à moi ! Ha ! ha ! je suis plus amant encore que je ne suis peintre. Oui, j'aurai la force de brûler ma Catherine à mon dernier soupir[1] ; mais lui faire supporter le regard d'un homme, d'un jeune homme, d'un peintre ? non, non ! Je tuerais le lendemain celui qui l'aurait souillée d'un regard ! Je te tuerais à l'instant, toi, mon ami, si tu ne la saluais pas à genoux ! Veux-tu maintenant que je soumette mon idole aux froids regards et aux stupides critiques des imbéciles ? Ah ! l'amour est un mystère ; il n'a de vie qu'au fond des cœurs, et tout est perdu quand un homme dit même à son ami : " Voilà celle que j'aime ! " »

Le vieillard semblait être redevenu jeune[2] ; ses yeux avaient de l'éclat et de la vie ; ses joues pâles étaient nuancées d'un rouge vif, et ses mains tremblaient. Porbus, étonné de la violence passionnée avec laquelle ces paroles furent dites, ne savait que répondre à un sentiment aussi neuf que profond. Frenhofer était-il raisonnable ou fou ? Se trouvait-il subjugué par une fantaisie d'artiste, ou les idées qu'il avait exprimées procédaient-elles de ce fanatisme inexprimable, produit en nous par le long enfantement d'une grande œuvre ? Pouvait-on jamais espérer de transiger avec cette passion bizarre ?

En proie à toutes ces pensées, Porbus dit au vieillard : « Mais n'est-ce pas femme pour femme ? Poussin ne livre-t-il pas sa maîtresse à vos regards ?

— Quelle maîtresse, répondit Frenhofer. Elle le trahira tôt ou tard. La mienne me sera toujours fidèle !

— Eh bien ! reprit Porbus, n'en parlons plus. Mais avant que vous trouviez, même en Asie, une femme aussi belle, aussi parfaite, vous mourrez peut-être sans avoir achevé votre tableau.

— Oh ! il est fini, dit Frenhofer. Qui le verrait, croirait apercevoir une femme couchée sur un lit de velours, sous des courtines. Près d'elle un trépied d'or exhale des parfums. Tu serais tenté de prendre le gland des cordons qui retiennent les rideaux, et il te semblerait voir le sein de Catherine[1] rendre le mouvement de sa respiration. Cependant, je voudrais bien être certain...

— Va en Asie », répondit Porbus en apercevant une sorte d'hésitation dans le regard de Frenhofer. Et Porbus fit quelques pas vers la porte de la salle.

En ce moment, Gillette et Nicolas Poussin étaient arrivés près du logis de Frenhofer. Quand la jeune fille fut sur le point d'y entrer, elle quitta le bras du peintre, et se recula comme si elle eût été saisie par quelque soudain pressentiment.

« Mais que viens-je donc faire ici, demanda-t-elle à son amant d'un son de voix profond et en le regardant d'un œil fixe.

— Gillette, je t'ai laissée maîtresse et veux t'obéir en tout. Tu es ma conscience et ma gloire. Reviens au logis, je serai plus heureux, peut-être, que si tu...

— Suis-je à moi quand tu me parles ainsi ? Oh ! non, je ne suis plus qu'une enfant. — Allons, ajouta-t-elle en paraissant faire un violent effort, si notre amour périt, et si je mets dans mon cœur un long regret, ta célébrité ne sera-t-elle pas le prix de mon obéissance à tes désirs ? Entrons, ce sera vivre encore que d'être toujours comme un souvenir dans ta palette. »

En ouvrant la porte de la maison, les deux amants se rencontrèrent avec Porbus qui, surpris par la beauté de Gillette dont les yeux étaient alors pleins de larmes, la saisit toute tremblante, et l'amenant devant le vieillard :

« Tenez, dit-il, ne vaut-elle pas tous les chefs-d'œuvre du monde ? »

Frenhofer tressaillit. Gillette était là, dans l'attitude naïve et simple d'une jeune Géorgienne innocente et peureuse, ravie et présentée par des brigands à quelque marchand d'esclaves[1]. Une pudique rougeur colorait son visage, elle baissait les yeux, ses mains étaient pendantes à ses côtés, ses forces semblaient l'abandonner, et des larmes protestaient contre la violence faite à sa pudeur. En ce moment, Poussin, au désespoir d'avoir sorti ce beau trésor de son grenier, se maudit lui-même. Il devint plus amant qu'artiste[2], et mille scrupules lui torturèrent le cœur quand il vit l'œil rajeuni du vieillard, qui, par une habitude de peintre, déshabilla pour ainsi dire cette jeune fille en en devinant les formes les plus secrètes. Il revint alors à la féroce jalousie du véritable amour.

« Gillette, partons ! » s'écria-t-il.

À cet accent, à ce cri, sa maîtresse joyeuse leva les yeux sur lui, le vit, et courant dans ses bras.

« Ah ! tu m'aimes donc », répondit-elle en fondant en larmes.

Après avoir eu l'énergie de taire sa souffrance, elle manquait de force pour cacher son bonheur.

« Oh ! laissez-la-moi pendant un moment, dit le vieux peintre, et vous la comparerez à ma Catherine. Oui, j'y consens. »

Il y avait encore de l'amour dans le cri de Frenhofer. Il semblait avoir de la coquetterie pour son semblant de femme, et jouir par avance du triomphe que la beauté de sa vierge allait remporter sur celle d'une vraie jeune fille.

« Ne le laissez pas se dédire, s'écria Porbus en frappant sur l'épaule de Poussin. Les fruits de l'amour passent vite, ceux de l'art sont immortels.

— Pour lui, répondit Gillette en regardant attentivement le Poussin et Porbus, ne suis-je donc pas plus qu'une femme[1] ? » Elle leva la tête avec fierté ; mais quand, après avoir jeté un coup d'œil étincelant à Frenhofer, elle vit son amant occupé à contempler de nouveau le portrait qu'il avait pris naguère pour un Giorgion : « Ah ! dit-elle, montons ! Il ne m'a jamais regardée ainsi.

— Vieillard, reprit Poussin tiré de sa méditation par la voix de Gillette, vois cette épée, je la plongerai dans ton cœur au premier mot de plainte que prononcera cette jeune fille, je mettrai le feu à ta maison, et personne n'en sortira. Comprends-tu ? »

Nicolas Poussin était sombre. Sa parole terrible, son attitude, son geste consolèrent Gillette qui lui pardonna presque de la sacrifier à la peinture et à son glorieux avenir. Porbus et Poussin restèrent à la porte de l'atelier, se regardant l'un l'autre en silence. Si, d'abord, le peintre de la Marie égyptienne se permit quelques exclamations : « Ah ! elle se déshabille. Il lui dit de se mettre au jour ! Il la compare ! » bientôt il se tut à l'aspect du Poussin dont le visage était profondément triste ; et quoique les vieux peintres n'aient plus de ces scrupules, si petits en présence de l'art, il les admira tant ils étaient naïfs et jolis. Le jeune homme avait la main sur la garde de sa dague et l'oreille presque collée à la porte. Tous deux, dans l'ombre et debout, ressemblaient ainsi à deux conspirateurs attendant l'heure de frapper un tyran.

« Entrez, entrez, leur dit le vieillard rayonnant de bonheur. Mon œuvre est parfaite, et maintenant je puis la montrer avec orgueil. Jamais peintre, pinceaux, couleurs, toile et lumière ne feront une rivale à *Catherine Lescault* ! »

En proie à une vive curiosité, Porbus et Poussin coururent au milieu d'un vaste atelier couvert de poussière, où tout était en désordre, où ils virent çà et là des tableaux accrochés aux murs[1]. Ils s'arrêtèrent tout d'abord devant une figure de femme de grandeur naturelle, demi-nue, et pour laquelle ils furent saisis d'admiration.

« Oh ! ne vous occupez pas de cela, dit Frenhofer, c'est une toile que j'ai barbouillée pour étudier une pose, ce tableau ne vaut rien. Voilà mes erreurs », reprit-il en leur montrant de ravissantes compositions suspendues aux murs, autour d'eux.

À ces mots, Porbus et Poussin, stupéfaits de ce dédain pour de telles œuvres, cherchèrent le portrait annoncé, sans réussir à l'apercevoir.

« Eh bien ! le voilà ! leur dit le vieillard dont les cheveux étaient en désordre, dont le visage était enflammé par une exaltation surnaturelle, dont les yeux pétillaient, et qui haletait comme un jeune homme ivre d'amour. — Ah ! ah ! s'écria-t-il, vous ne vous attendiez pas à tant de perfection ! Vous êtes devant une femme et vous cherchez un tableau. Il y a tant de profondeur sur cette toile, l'air y est si vrai, que vous ne pouvez plus le distinguer de l'air qui nous environne. Où est l'art ? perdu, disparu ! Voilà les formes mêmes d'une jeune fille. N'ai-je pas bien saisi la couleur, le vif de la ligne qui paraît terminer le corps ? N'est-ce pas le même phénomène que nous présentent les objets qui sont dans l'atmosphère comme les poissons dans l'eau ? Admirez comme les contours se détachent du fond ? Ne semble-t-il pas que vous puissiez passer la main sur ce dos ? Aussi, pendant sept années, ai-je étudié les effets de l'accouplement du jour et des objets. Et ces cheveux, la lumière ne les inonde-t-elle pas ? Mais elle a respiré, je crois ! Ce sein, voyez ? Ah ! qui ne voudrait l'adorer à genoux ? Les chairs palpitent. Elle va se lever, attendez.

— Apercevez-vous quelque chose ? demanda Poussin à Porbus.

— Non. Et vous ?

— Rien. »

Les deux peintres laissèrent le vieillard à son extase, regardèrent si la lumière, en tombant d'aplomb sur la toile qu'il leur montrait, n'en neutralisait pas tous les effets ; ils examinèrent alors la peinture en se mettant à droite, à gauche, de face, en se baissant et se levant tour à tour.

« Oui, oui, c'est bien une toile, leur disait Frenhofer en se méprenant sur le but de cet examen scrupuleux. Tenez, voilà le châssis, le chevalet, enfin voici mes couleurs, mes pinceaux. » Et il s'empara d'une brosse qu'il leur présenta par un mouvement naïf.

« Le vieux lansquenet[1] se joue de nous, dit Poussin en revenant devant le prétendu tableau. Je ne vois là que des couleurs confusément amassées et contenues par une multitude de lignes bizarres qui forment une muraille de peinture.

— Nous nous trompons, voyez », reprit Porbus.

En s'approchant, ils aperçurent dans un coin de la toile le bout d'un pied nu qui sortait de ce chaos de couleurs, de tons, de nuances indécises, espèce de brouillard sans forme ; mais un pied délicieux, un pied vivant ! Ils restèrent pétrifiés d'admiration devant ce fragment échappé à une incroyable, à une lente et progressive destruction. Ce pied apparaissait là comme le torse de quelque Vénus en marbre de Paros qui surgirait parmi les décombres d'une ville incendiée.

« Il y a une femme là-dessous », s'écria Porbus en faisant remarquer à Poussin les diverses couches de couleurs que le vieux peintre avait successivement superposées en croyant perfectionner sa peinture[2].

Les deux peintres se tournèrent spontanément vers Frenhofer, en commençant à s'expliquer, mais vaguement, l'extase dans laquelle il vivait.

« Il est de bonne foi, dit Porbus.

— Oui, mon ami, répondit le vieillard en se réveillant, il faut de la foi, de la foi dans l'art, et vivre pendant longtemps avec son œuvre pour produire une semblable création. Quelques-unes de ces ombres m'ont coûté bien des travaux. Tenez, il y a là sur sa joue, au-dessous des yeux, une légère pénombre qui, si vous l'observez dans la nature, vous paraîtra presque intraduisible. Eh bien, croyez-vous que cet effet ne m'ait pas coûté des peines inouïes à reproduire ? Mais aussi, mon cher Porbus, regarde attentivement mon travail, et tu comprendras mieux ce que je te disais sur la manière[1] de traiter le modelé et les contours, regarde la lumière du sein, et vois comme, par une suite de touches et de *rehauts*[2] fortement empâtés, je suis parvenu à accrocher la véritable lumière et à la combiner avec la blancheur luisante des tons éclairés ; et comme, par un travail contraire, en effaçant les saillies et le grain de la pâte, j'ai pu, à force de caresser le contour de ma figure noyé dans la demi-teinte, ôter jusqu'à l'idée de dessin et de moyens artificiels, et lui donner l'aspect et la rondeur même de la nature[3]. Approchez, vous verrez mieux ce travail. De loin, il disparaît. Tenez ? là il est, je crois, très remarquable. » Et du bout de sa brosse, il désignait aux deux peintres un pâté de couleur claire.

Porbus frappa sur l'épaule du vieillard en se tournant vers Poussin : « Savez-vous que nous voyons en lui un bien grand peintre ? dit-il.

— Il est encore plus poète que peintre[4], répondit gravement Poussin.

— Là, reprit Porbus en touchant la toile, finit notre art sur terre[5].

— Et, de là, il va se perdre dans les cieux, dit Poussin.

— Combien de jouissances sur ce morceau de toile ! » s'écria Porbus.

Le vieillard absorbé ne les écoutait pas, et souriait à cette femme imaginaire.

« Mais, tôt ou tard, il s'apercevra qu'il n'y a rien sur sa toile, s'écria Poussin.

— Rien sur ma toile, dit Frenhofer en regardant tour à tour les deux peintres et son prétendu tableau.

— Qu'avez-vous fait ? » répondit Porbus à Poussin.

Le vieillard saisit avec force le bras du jeune homme et lui dit : « Tu ne vois rien, manant ! maheustre[1] ! bélître ! bardache[2] ! Pourquoi donc es-tu monté ici ? — Mon bon Porbus, reprit-il en se tournant vers le peintre, est-ce que, vous aussi, vous vous joueriez de moi, répondez ? Je suis votre ami, dites, aurais-je donc gâté mon tableau ? »

Porbus, indécis, n'osa rien dire ; mais l'anxiété peinte sur la physionomie blanche du vieillard était si cruelle, qu'il montra la toile en disant : « Voyez ! »

Frenhofer contempla son tableau pendant un moment et chancela.

« Rien, rien ! Et avoir travaillé dix ans. »

Il s'assit et pleura. « Je suis donc un imbécile, un fou ! je n'ai donc ni talent, ni capacité, je ne suis plus qu'un homme riche qui, en marchant, ne fait que marcher[3] ! Je n'aurai donc rien produit ! » Il contempla sa toile à travers ses larmes, il se releva tout à coup avec fierté, jeta sur les deux peintres un regard étincelant.

« Par le sang, par le corps, par la tête du Christ[4], vous êtes des jaloux qui voulez me faire croire qu'elle est gâtée pour me la voler ! Moi, je la vois ! cria-t-il, elle est merveilleusement belle. »

En ce moment, Poussin entendit les pleurs de Gillette, oubliée dans un coin.

« Qu'as-tu, mon ange ? lui demanda le peintre redevenu subitement amoureux.

— Tue-moi ! dit-elle. Je serais une infâme de t'aimer encore, car je te méprise. Tu es ma vie, et tu me fais horreur. Je crois que je te hais déjà [1]. »

Pendant que Poussin écoutait Gillette, Frenhofer recouvrait sa Catherine d'une serge verte, avec la sérieuse tranquillité d'un joaillier qui ferme ses tiroirs en se croyant en compagnie d'adroits larrons [2]. Il jeta sur les deux peintres un regard profondément sournois, plein de mépris et de soupçon, les mit silencieusement à la porte de son atelier, avec une promptitude convulsive. Puis, il leur dit sur le seuil de son logis : « Adieu, mes petits amis. »

Cet adieu les glaça. Le lendemain, Porbus inquiet revint voir Frenhofer, et apprit qu'il était mort dans la nuit, après avoir brûlé ses toiles [3].

Paris, février 1832

L'Élixir de longue vie

AU LECTEUR

Au début de la vie littéraire de l'auteur, un ami, mort depuis longtemps, lui donna le sujet de cette Étude, que plus tard il trouva dans un recueil publié vers le commencement de ce siècle ; et, selon ses conjectures, c'est une fantaisie due à Hoffmann de Berlin, publiée dans quelque almanach d'Allemagne, et oubliée dans ses œuvres par les éditeurs [1]. La Comédie humaine *est assez riche en inventions pour que l'auteur avoue un innocent emprunt ; comme le bon La Fontaine, il aura traité, d'ailleurs à sa manière, et sans le savoir, un fait déjà conté. Ceci ne fut pas une de ces plaisanteries à la mode en 1830, époque à laquelle tout auteur faisait de l'atroce pour le plaisir des jeunes filles. Quand vous serez arrivé à l'élégant parricide de don Juan, essayez de deviner la conduite que tiendraient, en des conjonctures à peu près semblables, les honnêtes gens qui, au dix-neuvième siècle, prennent de l'argent à rentes viagères, sur la foi d'un catarrhe, ou ceux qui louent une maison à une vieille femme pour le reste de ses jours ? Ressusciteraient-ils leurs rentiers ? Je désirerais que des peseurs-jurés de conscience examinassent quel degré de similitude il peut exister entre don Juan et les pères qui marient leurs enfants à cause* des *espérances ? La société humaine, qui marche, à entendre quelques philosophes, dans une voie de progrès, considère-t-elle comme un pas vers le bien l'art d'attendre les trépas ? Cette science a créé des métiers honorables, au moyen desquels on vit de la mort. Certaines personnes ont pour état d'espérer un décès, elles le couvent, elles s'accroupissent chaque matin sur un cadavre, et s'en font un oreiller le soir : c'est les coadjuteurs, les cardinaux, les surnuméraires, les tontiniers* [2], *etc. Ajoutez-y* beaucoup de gens délicats, empressés d'acheter une propriété dont le prix dépasse leurs moyens, mais qui établissent logiquement et à froid les chances de vie qui restent à leurs pères ou à leurs belles-mères, octogénaires ou septuagénaires, en disant : « Avant trois ans, j'hériterai nécessairement, et alors... » Un meurtrier nous dégoûte moins qu'un espion. Le meurtrier a cédé peut-être à un mouvement de folie, il peut se repentir, s'ennoblir. Mais l'espion est toujours espion ; il est espion au lit, à table, en marchant, la nuit, le jour ; il est vil à toute minute. Que serait-ce donc d'être meurtrier comme un espion est vil ? Hé bien, ne venez-vous pas de reconnaître au sein de la société une foule d'êtres amenés par nos lois, par nos mœurs, par les usages, à penser sans cesse à la mort des leurs, à la convoiter ? Ils pèsent ce que vaut un cercueil en marchandant des cachemires pour leurs femmes, en gravissant l'escalier d'un théâtre, en désirant aller aux Bouffons, en souhaitant une voiture. Ils assassinent au moment où de chères créatures, ravissantes d'innocence, leur apportent, le soir, des fronts enfantins à baiser en disant : « Bonsoir, père ! » Ils voient à toute heure des yeux qu'ils voudraient fermer, et qui se rouvrent chaque matin à la lumière, comme celui de Belvidéro dans cette Étude. Dieu seul sait le nombre des parricides qui se commettent par la pensée ! Figurez-vous un homme ayant à servir mille écus de rentes viagères à une vieille femme, et qui, tous deux, vivent à la campagne, séparés par un ruisseau, mais assez étrangers l'un à l'autre pour pouvoir se haïr cordialement sans manquer à ces convenances humaines qui mettent un masque sur le visage de deux frères dont l'un aura le majorat, et l'autre une légitime[1]. Toute la civilisation européenne repose sur l'HÉRÉDITÉ comme sur un pivot, ce serait folie que de le supprimer ; mais ne pourrait-on, comme dans les machines qui font l'orgueil de notre Âge, perfectionner ce rouage essentiel ?

Si l'auteur a conservé cette vieille formule AU LECTEUR dans un ouvrage où il tâche de représenter toutes les formes littéraires, c'est pour placer une remarque relative à quelques Études, et surtout à celle-ci. Chacune de ses compositions est basée sur des idées plus ou moins neuves, dont l'expression lui semble utile, il peut tenir à la priorité de certaines formes, de certaines pensées qui, depuis, ont passé dans le domaine *littéraire, et s'y sont parfois vulgarisées. Les dates de la publication primitive de chaque Étude ne doivent donc pas être indifférentes à ceux des lecteurs qui voudront lui rendre justice.*

La lecture nous donne des amis inconnus, et quel ami qu'un lecteur ! nous avons des amis connus qui ne lisent rien de nous ! l'auteur espère avoir payé sa dette en dédiant cette œuvre DIIS IGNOTIS [1].

Dans un somptueux palais de Ferrare, par une soirée d'hiver, don Juan Belvidéro régalait un prince de la maison d'Este. À cette époque[1], une fête était un merveilleux spectacle que de royales richesses ou la puissance d'un seigneur pouvaient seules ordonner. Assises autour d'une table éclairée par des bougies parfumées, sept joyeuses femmes échangeaient de doux propos, parmi d'admirables chefs-d'œuvre dont les marbres blancs se détachaient sur des parois en stuc rouge et contrastaient avec de riches tapis de Turquie. Vêtues de satin, étincelantes d'or et chargées de pierreries qui brillaient moins que leurs yeux, toutes racontaient des passions énergiques, mais diverses comme l'étaient leurs beautés. Elles ne différaient ni par les mots ni par les idées ; l'air, un regard, quelques gestes ou l'accent servaient à leurs paroles de commentaires libertins, lascifs, mélancoliques ou goguenards.

L'une semblait dire : « Ma beauté sait réchauffer le cœur glacé des vieillards. »

L'autre : « J'aime à rester couchée sur des coussins, pour penser avec ivresse à ceux qui m'adorent. »

Une troisième, novice de ces fêtes, voulait rougir : « Au fond du cœur je sens un remords ! disait-elle. Je suis catholique, et j'ai peur de l'enfer. Mais je vous aime tant, oh ! tant et tant, que je puis vous sacrifier l'éternité. »

La quatrième, vidant une coupe de vin de Chio, s'écriait : « Vive la gaieté ! Je prends une existence nouvelle à chaque aurore ! Oublieuse du passé, ivre encore des assauts de la veille, tous les soirs j'épuise une vie de bonheur, une vie pleine d'amour ! »

La femme assise auprès de Belvidéro le regardait d'un œil enflammé. Elle était silencieuse. « Je ne m'en remettrais pas à des *bravi*[1] pour tuer mon amant, s'il m'abandonnait ! » Puis elle avait ri ; mais sa main convulsive brisait un drageoir d'or miraculeusement sculpté.

« Quand seras-tu grand-duc ? » demanda la sixième au prince avec une expression de joie meurtrière dans les dents, et du délire bachique dans les yeux.

« Et toi, quand ton père mourra-t-il ? » dit la septième en riant, en jetant son bouquet à don Juan par un geste enivrant de folâtrerie. C'était une innocente jeune fille accoutumée à jouer avec toutes les choses sacrées.

« Ah ! ne m'en parlez pas, s'écria le jeune et beau don Juan Belvidéro, il n'y a qu'un père éternel dans le monde, et le malheur veut que je l'aie ! »

Les sept courtisanes de Ferrare, les amis de don Juan et le prince lui-même jetèrent un cri d'horreur. Deux cents ans après et sous Louis XV, les gens de bon goût eussent ri de cette saillie. Mais peut-être aussi, dans le commencement d'une orgie, les âmes avaient-elles encore trop de lucidité ? Malgré le feu des bougies, le cri des passions, l'aspect des vases d'or et d'argent, la fumée des vins, malgré la contemplation des femmes les plus ravissantes, peut-être y avait-il encore, au fond des cœurs, un peu de cette vergogne pour les choses humaines et divines qui lutte jusqu'à ce que l'orgie l'ait noyée dans les derniers flots d'un vin pétillant ? Déjà néanmoins les fleurs avaient été froissées, les yeux s'hébétaient, et l'ivresse gagnait, selon l'expression de Rabelais, jusqu'aux sandales[1]. En ce moment de silence, une porte s'ouvrit ; et, comme au festin de Balthazar[2], Dieu se fit reconnaître, il apparut sous les traits d'un vieux domestique en cheveux blancs, à la démarche tremblante, aux sourcils contractés ; il entra d'un air triste, flétrit d'un regard les couronnes, les coupes de vermeil, les pyramides de fruits, l'éclat de la fête, la pourpre des visages étonnés et les couleurs des coussins foulés par le bras blanc des femmes ; enfin, il mit un crêpe à cette folie en disant ces sombres paroles d'une voix creuse : « Monsieur, votre père se meurt. »

Don Juan se leva en faisant à ses hôtes un geste qui peut se traduire par : « Excusez-moi, ceci n'arrive pas tous les jours. »

La mort d'un père ne surprend-elle pas souvent les jeunes gens au milieu des splendeurs de la vie, au sein des folles idées d'une orgie ? La mort est aussi soudaine dans ses caprices qu'une courtisane l'est dans ses dédains ; mais plus fidèle, elle n'a jamais trompé personne.

Quand don Juan eut fermé la porte de la salle et qu'il marcha dans une longue galerie froide autant qu'obscure, il s'efforça de prendre une contenance de théâtre ; car, en songeant à son rôle de fils, il avait jeté sa joie avec sa serviette. La nuit était noire. Le silencieux serviteur qui conduisait le jeune homme vers une chambre mortuaire éclairait assez mal son maître, en sorte que la MORT, aidée par le froid, le silence, l'obscurité, par une réaction d'ivresse, peut-être, put glisser quelques réflexions dans l'âme de ce dissipateur, il interrogea sa vie et devint pensif comme un homme en procès qui s'achemine au tribunal.

Bartholoméo Belvidéro, père de don Juan, était un vieillard nonagénaire qui avait passé la majeure partie de sa vie dans les combinaisons du commerce. Ayant traversé souvent les talismaniques contrées de l'Orient, il y avait acquis d'immenses richesses et des connaissances plus précieuses, disait-il, que l'or et les diamants, desquels alors il ne se souciait plus guère. « Je préfère une dent à un rubis, et le pouvoir au savoir », s'écriait-il parfois en souriant. Ce bon père aimait à entendre don Juan lui raconter une étourderie de jeunesse, et disait d'un air goguenard, en lui prodiguant l'or : « Mon cher enfant, ne fais que les sottises qui t'amuseront. » C'était le seul vieillard qui éprouvât du plaisir à voir un jeune homme, l'amour paternel trompait sa caducité par la contemplation d'une si brillante vie. À l'âge de soixante ans, Belvidéro s'était épris d'un ange de paix et de beauté. Don Juan avait été le seul fruit de cette tardive et passagère amour. Depuis quinze années, le bonhomme déplorait la perte de sa chère Juana. Ses nombreux serviteurs et son fils attribuaient à cette douleur de vieillard les habitudes singulières qu'il avait contractées. Réfugié dans l'aile la plus incommode de son palais, Bartholoméo n'en sortait que très rarement, et don Juan lui-même ne pouvait pénétrer dans l'appartement de son père sans en avoir obtenu la permission. Si ce volontaire anachorète allait et venait dans le palais ou par les rues de Ferrare, il semblait chercher une chose qui lui manquait ; il marchait tout rêveur, indécis, préoccupé comme un homme en guerre avec une idée ou avec un souvenir. Pendant que le jeune homme donnait des fêtes somptueuses et que le palais retentissait des éclats de sa joie, que les chevaux piaffaient dans les cours, que les pages se disputaient en jouant aux dés sur les degrés, Bartholoméo mangeait sept onces de pain par jour et buvait de l'eau. S'il lui fallait un peu de volaille, c'était pour en donner les os à un barbet noir, son compagnon fidèle[1]. Il ne se plaignait jamais du bruit. Durant sa maladie, si le son du cor et les aboiements des chiens le surprenaient dans son sommeil, il se contentait de dire : « Ah ! c'est don Juan qui rentre ! » Jamais sur cette terre un père si commode et si indulgent ne s'était rencontré ; aussi le jeune Belvidéro, accoutumé à le traiter sans cérémonie, avait-il tous les défauts des enfants gâtés ; il vivait avec Bartholoméo comme vit une capricieuse courtisane avec un vieil amant, faisant excuser une impertinence par un sourire, vendant sa belle humeur, et se laissant aimer. En reconstruisant, par une pensée, le tableau de ses jeunes années, don Juan s'aperçut qu'il lui serait difficile de trouver la bonté de son père en faute. En entendant, au fond de son cœur, naître un remords, au moment où il traversait la galerie, il se sentit près de pardonner à Belvidéro d'avoir si longtemps vécu. Il revenait à des sentiments de piété filiale, comme un voleur devient honnête homme par la jouissance possible d'un million, bien dérobé. Bientôt le jeune homme franchit les hautes et froides salles qui composaient l'appartement de son père. Après avoir éprouvé les effets d'une atmosphère humide, respiré l'air épais, l'odeur rance qui s'exhalaient de vieilles tapisseries et d'armoires couvertes de poussière, il se trouva dans la chambre antique du vieillard, devant un lit nauséabond, auprès d'un foyer presque éteint. Une lampe, posée sur une table de forme gothique, jetait, par intervalles inégaux, des nappes de lumière plus ou moins forte sur le lit, et montrait ainsi la figure du vieillard sous des aspects toujours différents. Le froid sifflait à travers les fenêtres mal fermées ; et la neige, en fouettant sur les vitraux, produisait un bruit sourd. Cette scène formait un contraste si heurté avec la scène que don Juan venait d'abandonner, qu'il ne put s'empêcher de tressaillir. Puis il eut froid quand, en approchant du lit, une assez violente rafale de lueur, poussée par une bouffée de vent, illumina la tête de son père : les traits en étaient décomposés, la peau collée fortement sur les os avait des teintes verdâtres que la blancheur de l'oreiller, sur lequel le vieillard reposait, rendait encore plus horribles ; contractée par la douleur, la bouche entrouverte et dénuée de dents laissait passer quelques soupirs dont l'énergie lugubre était soutenue par les hurlements de la tempête. Malgré ces signes de destruction, il éclatait sur cette tête un caractère incroyable de puissance. Un esprit supérieur y combattait la mort. Les yeux, creusés par la maladie, gardaient une fixité singulière. Il semblait que Bartholoméo cherchât à tuer, par son regard de mourant, un ennemi assis au pied de son lit. Ce regard, fixe et froid, était d'autant plus effrayant, que la tête restait dans une immobilité semblable à celle des crânes posés sur une table chez les médecins. Le corps entièrement dessiné par les draps du lit annonçait que les membres du vieillard gardaient la même roideur. Tout était mort, moins les yeux. Les sons qui sortaient de la bouche avaient enfin quelque chose de mécanique. Don Juan éprouva une certaine honte d'arriver auprès du lit de son père mourant en gardant un bouquet de courtisane dans son sein, en y apportant les parfums d'une fête et les senteurs du vin.

« Tu t'amusais ! » s'écria le vieillard en apercevant son fils.

Au même moment, la voix pure et légère d'une cantatrice qui enchantait les convives, fortifiée par les accords de la viole sur laquelle elle s'accompagnait, domina le râle de l'ouragan, et retentit jusque dans cette chambre funèbre. Don Juan voulut ne rien entendre de cette sauvage affirmation donnée à son père.

Bartholoméo dit : « Je ne t'en veux pas, mon enfant. »

Ce mot plein de douceur fit mal à don Juan, qui ne pardonna pas à son père cette poignante bonté.

« Quels remords pour moi, mon père ! lui dit-il hypocritement.

— Pauvre Juanino, reprit le mourant d'une voix sourde, j'ai toujours été si doux pour toi, que tu ne saurais désirer ma mort ?

— Oh ! s'écria don Juan, s'il était possible de vous rendre la vie en donnant une partie de la mienne ! » (Ces choses-là peuvent toujours se dire, pensait le dissipateur, c'est comme si j'offrais le monde à ma maîtresse !) À peine sa pensée était-elle achevée, que le vieux barbet aboya. Cette voix intelligente fit frémir don Juan, il crut avoir été compris par le chien.

« Je savais bien, mon fils, que je pouvais compter sur toi, s'écria le moribond. Je vivrai. Va, tu seras content. Je vivrai, mais sans enlever un seul des jours qui t'appartiennent. »

« Il a le délire », se dit don Juan. Puis il ajouta tout haut : « Oui, mon père chéri, vous vivrez, certes, autant que moi, car votre image sera sans cesse dans mon cœur.

— Il ne s'agit pas de cette vie-là », dit le vieux seigneur en rassemblant ses forces pour se dresser sur son séant, car il fut ému par un de ces soupçons qui ne naissent que sous le chevet des mourants. « Écoute, mon fils, reprit-il d'une voix affaiblie par ce dernier effort, je n'ai pas plus envie de mourir, que tu ne veux te passer de maîtresses, de vin, de chevaux, de faucons, de chiens et d'or. »

« Je le crois bien », pensa encore le fils en s'agenouillant au chevet du lit et en baisant une des mains cadavéreuses de Bartholoméo. « Mais, reprit-il à haute voix, mon père, mon cher père, il faut se soumettre à la volonté de Dieu.

— Dieu, c'est moi, répliqua le vieillard en grommelant.

— Ne blasphémez pas, s'écria le jeune homme en voyant l'air menaçant que prirent les traits de son père. Gardez-vous-en bien, vous avez reçu l'extrême-onction, et je ne me consolerais pas de vous voir mourir en état de péché.

— Veux-tu m'écouter ! » s'écria le mourant dont la bouche grinça.

Don Juan se tut. Un horrible silence régna. À travers les sifflements lourds de la neige, les accords de la viole et la voix délicieuse arrivèrent encore, faibles comme un jour naissant. Le moribond sourit.

« Je te remercie d'avoir invité des cantatrices, d'avoir amené de la musique ! Une fête, des femmes jeunes et belles, blanches, à cheveux noirs ! tous les plaisirs de la vie, fais-les rester, je vais renaître.

— Le délire est à son comble, dit don Juan.

— J'ai découvert un moyen de ressusciter. Tiens ! Cherche dans le tiroir de la table, tu l'ouvriras en pressant un ressort caché par le griffon.

— J'y suis, mon père.

— Là, bien, prends un petit flacon de cristal de roche.

— Le voici.

— J'ai employé vingt ans à... » En ce moment, le vieillard sentit approcher sa fin, et rassembla toute son énergie pour dire : « Aussitôt que j'aurai rendu le dernier soupir, tu me frotteras tout entier de cette eau, je renaîtrai.

— Il y en a bien peu », répliqua le jeune homme.

Si Bartholoméo ne pouvait plus parler, il avait encore la faculté d'entendre et de voir : sur ce mot, sa tête se tourna vers don Juan par un mouvement d'une effrayante brusquerie, son cou resta tordu comme celui d'une statue de marbre que la pensée du sculpteur a condamnée à regarder de côté, ses yeux agrandis contractèrent une hideuse immobilité[1]. Il était mort, mort en perdant sa seule, sa dernière illusion. En cherchant un asile dans le cœur de son fils, il y trouvait une tombe plus creuse que les hommes ne la font d'habitude à leurs morts. Aussi, ses cheveux furent-ils éparpillés par l'horreur, et son regard convulsé parlait-il encore. C'était un père se levant avec rage de son sépulcre pour demander vengeance à Dieu !

« Tiens ! le bonhomme est fini », s'écria don Juan.

Empressé de présenter le mystérieux cristal à la lueur de la lampe, comme un buveur consulte sa bouteille à la fin d'un repas, il n'avait pas vu blanchir l'œil de son père. Le chien béant contemplait alternativement son maître mort et l'élixir, de même que don Juan regardait tour à tour son père et la fiole. La lampe jetait des flammes ondoyantes. Le silence était profond, la viole muette. Belvidéro tressaillit en croyant voir son père se remuer. Intimidé par l'expression roide de ses yeux accusateurs, il les ferma, comme il aurait poussé une persienne battue par le vent pendant une nuit d'automne. Il se tint debout, immobile, perdu dans un monde de pensées. Tout à coup un bruit aigre, semblable au cri d'un ressort rouillé, rompit ce silence. Don Juan, surpris, faillit laisser tomber le flacon. Une sueur, plus froide que ne l'est l'acier d'un poignard, sortit de ses pores. Un coq de bois peint surgit au-dessus d'une horloge et chanta trois fois[2]. C'était une de ces ingénieuses machines à l'aide desquelles les savants de cette époque se faisaient éveiller à l'heure fixée pour leurs travaux. L'aube rougissait déjà les croisées. Don Juan avait passé dix heures à réfléchir. La vieille horloge était plus fidèle à son service qu'il ne l'était dans l'accomplissement de ses devoirs envers Bartholoméo. Ce mécanisme se composait de bois, de poulies, de cordes, de rouages, tandis que lui avait ce mécanisme particulier à l'homme, et nommé un cœur. Pour ne plus s'exposer à perdre la mystérieuse liqueur, le sceptique don Juan la replaça dans le tiroir de la petite table gothique. En ce moment solennel, il entendit dans les galeries un tumulte sourd : c'était des voix confuses, des rires étouffés, des pas légers, les froissements de la soie, enfin le bruit d'une troupe joyeuse qui tâche de se recueillir. La porte s'ouvrit, et le prince, les amis de don Juan, les sept courtisanes, les cantatrices apparurent dans le désordre bizarre où se trouvent des danseuses surprises par les lueurs du matin, quand le soleil lutte avec les feux pâlissants des bougies. Ils arrivaient tous pour donner au jeune héritier les consolations d'usage.

« Oh ! oh ! le pauvre don Juan aurait-il donc pris cette mort au sérieux, dit le prince à l'oreille de la Brambilla.

— Mais son père était un bien bon homme », répondit-elle.

Cependant les méditations nocturnes de don Juan avaient imprimé à ses traits une expression si frappante, qu'elle imposa silence à ce groupe. Les hommes restèrent immobiles. Les femmes, dont les lèvres étaient séchées par le vin, dont les joues avaient été marbrées par des baisers, s'agenouillèrent et se mirent à prier. Don Juan ne put s'empêcher de tressaillir en voyant les splendeurs, les joies, les rires, les chants, la jeunesse, la beauté, le pouvoir, toute la vie personnifiée se prosternant ainsi devant la mort[1]. Mais, dans cette adorable Italie, la débauche et la religion s'accouplaient alors si bien, que la religion y était une débauche et la débauche une religion ! Le prince serra affectueusement la main de don Juan ; puis, toutes les figures ayant formulé simultanément une même grimace mi-partie de tristesse et d'indifférence, cette fantasmagorie disparut, laissant la salle vide. C'était bien une image de la vie ! En descendant les escaliers, le prince dit à la Rivabarella ·

« Hein ! qui aurait cru don Juan un fanfaron d'impiété ? Il aime son père !

— Avez-vous remarqué le chien noir ? demanda la Brambilla.

— Le voilà immensément riche, repartit en soupirant la Bianca Cavatolino.

— Que m'importe ! s'écria la fière Varonèse, celle qui avait brisé le drageoir.

— Comment, que t'importe ? s'écria le duc. Avec ses écus il est aussi prince que moi. »

D'abord don Juan, balancé par mille pensées, flotta entre plusieurs partis. Après avoir pris conseil du trésor amassé par son père, il revint, sur le soir, dans la chambre mortuaire, l'âme grosse d'un effroyable égoïsme. Il trouva dans l'appartement tous les gens de sa maison occupés à rassembler les ornements du lit de parade sur lequel *feu monseigneur* allait être exposé le lendemain, au milieu d'une superbe chambre ardente, curieux spectacle que tout Ferrare devait venir admirer. Don Juan fit un signe, et ses gens s'arrêtèrent tous, interdits, tremblants.

« Laissez-moi seul ici, dit-il d'une voix altérée, vous n'y rentrerez qu'au moment où j'en sortirai. »

Quand les pas du vieux serviteur qui s'en allait le dernier ne retentirent plus que faiblement sur les dalles, don Juan ferma précipitamment la porte, et, sûr d'être seul, il s'écria : « Essayons ! »

Le corps de Bartholoméo était couché sur une longue table. Pour dérober à tous les yeux le hideux spectacle d'un cadavre qu'une extrême décrépitude et la maigreur rendaient semblable à un squelette, les embaumeurs avaient posé sur le corps un drap qui l'enveloppait, moins la tête. Cette espèce de momie gisait au milieu de la chambre, et le drap, naturellement souple, en dessinait vaguement les formes, mais aiguës, roides et grêles. Le visage était déjà marqué de larges taches violettes qui indiquaient la nécessité d'achever l'embaumement. Malgré le scepticisme dont il était armé, don Juan trembla en débouchant la magique fiole de cristal. Quand il arriva près de la tête, il fut même contraint d'attendre un moment, tant il frissonnait. Mais ce jeune homme avait été, de bonne heure, savamment corrompu par les mœurs d'une cour dissolue ; une réflexion digne du duc d'Urbin vint donc lui donner un courage qu'aiguillonnait un vif sentiment de curiosité, il semblait même que le démon lui eût soufflé ces mots qui résonnèrent dans son cœur : *Imbibe un œil !* Il prit un linge, et, après l'avoir parcimonieusement mouillé dans la précieuse liqueur, il le passa légèrement sur la paupière droite du cadavre. L'œil s'ouvrit.

« Ah ! ah ! » dit don Juan en pressant le flacon dans sa main comme nous serrons en rêvant la branche à laquelle nous sommes suspendus au-dessus d'un précipice.

Il voyait un œil plein de vie, un œil d'enfant dans une tête de mort, la lumière y tremblait au milieu d'un jeune fluide ; et, protégée par de beaux cils noirs, elle scintillait pareille à ces lueurs uniques que le voyageur aperçoit dans une campagne déserte, par les soirs d'hiver. Cet œil flamboyant paraissait vouloir s'élancer sur don Juan, et il pensait, accusait, condamnait, menaçait, jugeait, parlait, il criait, il mordait. Toutes les passions humaines s'y agitaient. C'était les supplications les plus tendres : une colère de roi, puis l'amour d'une jeune fille demandant grâce à ses bourreaux ; enfin le regard profond que jette un homme sur les hommes en gravissant la dernière marche de l'échafaud. Il éclatait tant de vie dans ce fragment de vie [1], que don Juan épouvanté recula, il se promena par la chambre, sans oser regarder cet œil, qu'il revoyait sur les planchers, sur les tapisseries. La chambre était parsemée de pointes pleines de feu, de vie, d'intelligence. Partout brillaient des yeux qui aboyaient après lui !

« Il aurait bien revécu cent ans », s'écria-t-il involontairement au moment où, ramené devant son père par une influence diabolique, il contemplait cette étincelle lumineuse.

Tout à coup la paupière intelligente se ferma et se rouvrit brusquement, comme celle d'une femme qui consent. Une voix eût crié : « Oui ! » don Juan n'aurait pas été plus effrayé.

« Que faire ? » pensa-t-il. Il eut le courage d'essayer de clore cette paupière blanche. Ses efforts furent inutiles.

« Le crever ? Ce sera peut-être un parricide ? se demanda-t-il.

— Oui, dit l'œil par un clignotement d'une étonnante ironie.

— Ha ! ha ! s'écria don Juan, il y a de la sorcellerie là-dedans. » Et il s'approcha de l'œil pour l'écraser. Une grosse larme roula sur les joues creuses du cadavre, et tomba sur la main de Belvidéro.

« Elle est brûlante », s'écria-t-il en s'asseyant.

Cette lutte l'avait fatigué comme s'il avait combattu, à l'exemple de Jacob, contre un ange[1].

Enfin il se leva en se disant : « Pourvu qu'il n'y ait pas de sang ! » Puis, rassemblant tout ce qu'il faut de courage pour être lâche, il écrasa l'œil, en le foulant avec un linge, mais sans le regarder. Un gémissement inattendu, mais terrible, se fit entendre. Le pauvre barbet expirait en hurlant.

« Serait-il dans le secret », se demanda don Juan en regardant le fidèle animal.

Don Juan Belvidéro passa pour un fils pieux. Il éleva un

monument de marbre blanc sur la tombe de son père, et en confia l'exécution des figures aux plus célèbres artistes du temps[1]. Il ne fut parfaitement tranquille que le jour où la statue paternelle, agenouillée devant la Religion, imposa son poids énorme sur cette fosse, au fond de laquelle il enterra le seul remords qui ait effleuré son cœur dans les moments de lassitude physique. En inventoriant les immenses richesses amassées par le vieil orientaliste[2], don Juan devint avare, n'avait-il pas deux vies humaines à pourvoir d'argent ? Son regard profondément scrutateur pénétra dans le principe de la vie sociale, et embrassa d'autant mieux le monde qu'il le voyait à travers un tombeau[3]. Il analysa les hommes et les choses pour en finir d'une seule fois avec le Passé, représenté par l'Histoire ; avec le Présent, configuré par la Loi ; avec l'Avenir, dévoilé par les Religions. Il prit l'âme et la matière, les jeta dans un creuset, n'y trouva rien, et dès lors il devint DON JUAN !

Maître des illusions de la vie, il s'élança, jeune et beau, dans la vie, méprisant le monde, mais s'emparant du monde. Son bonheur ne pouvait pas être cette félicité bourgeoise qui se repaît d'un *bouilli* périodique, d'une douce bassinoire en hiver, d'une lampe pour la nuit et de pantoufles neuves à chaque trimestre. Non, il se saisit de l'existence comme un singe qui attrape une noix, et sans s'amuser longtemps il dépouilla savamment les vulgaires enveloppes du fruit pour en discuter la pulpe savoureuse. La poésie et les sublimes transports de la passion humaine ne lui allèrent plus au cou-de-pied. Il ne commit point la faute de ces hommes puissants qui, s'imaginant parfois que les petites âmes croient aux grandes, s'avisent d'échanger les hautes pensées de l'avenir contre la petite monnaie de nos idées viagères. Il pouvait bien, comme eux, marcher les pieds sur terre et la tête dans les cieux ;

mais il aimait mieux s'asseoir, et sécher, sous ses baisers, plus d'une lèvre de femme tendre, fraîche et parfumée ; car, semblable à la Mort, là où il passait, il dévorait tout sans pudeur, voulant un amour de possession, un amour oriental, aux plaisirs longs et faciles. N'aimant que *la femme* dans les femmes, il se fit de l'ironie une allure naturelle à son âme. Quand ses maîtresses se servaient d'un lit pour monter aux cieux où elles allaient se perdre au sein d'une extase enivrante, don Juan les y suivait, grave, expansif, sincère autant que sait l'être un étudiant allemand. Mais il disait JE, quand sa maîtresse, folle, éperdue, disait NOUS ! Il savait admirablement bien se laisser entraîner par une femme. Il était toujours assez fort pour lui faire croire qu'il tremblait comme un jeune lycéen qui dit à sa première danseuse, dans un bal : « Vous aimez la danse ? » Mais il savait aussi rugir à propos, tirer son épée puissante et briser les commandeurs. Il y avait de la raillerie dans sa simplicité et du rire dans ses larmes, car il sut toujours pleurer autant qu'une femme, quand elle dit à son mari : « Donne-moi un équipage, ou je meurs de la poitrine. » Pour les négociants, le monde est un ballot ou une masse de billets en circulation ; pour la plupart des jeunes gens, c'est une femme ; pour quelques femmes, c'est un homme ; pour certains esprits, c'est un salon, une coterie, un quartier, une ville ; pour don Juan, l'univers était lui ! Modèle de grâce et de noblesse, d'un esprit séduisant, il attacha sa barque[1] à tous les rivages ; mais en se faisant conduire, il n'allait que jusqu'où il voulait être mené. Plus il vit, plus il douta. En examinant les hommes, il devina souvent que le courage était de la témérité ; la prudence, une poltronnerie ; la générosité, finesse ; la justice, un crime ; la délicatesse, une niaiserie ; la probité, une organisation : et, par une singulière fatalité, il s'aperçut que les gens vraiment probes, délicats, justes, généreux, prudents et courageux, n'obtenaient aucune considération parmi les hommes. « Quelle froide plaisanterie ! se dit-il. Elle ne vient pas d'un dieu. » Et alors, renonçant à un monde meilleur, il ne se découvrit jamais en entendant prononcer un nom, et considéra les saints de pierre dans les églises comme des œuvres d'art[1]. Aussi, comprenant le mécanisme des sociétés humaines, ne heurtait-il jamais trop les préjugés, parce qu'il n'était pas aussi puissant que le bourreau ; mais il tournait les lois sociales avec cette grâce et cet esprit si bien rendus dans sa scène avec monsieur Dimanche[2]. Il fut en effet le type du *Don Juan* de Molière, du *Faust* de Goethe, du *Manfred* de Byron et du *Melmoth* de Maturin[3]. Grandes images tracées par les plus grands génies de l'Europe, et auxquelles les accords de Mozart ne manqueront pas plus que la lyre de Rossini peut-être[4] ! Images terribles que le principe du Mal, existant chez l'homme, éternise, et dont quelques copies se retrouvent de siècle en siècle ; soit que ce type entre en pourparler avec les hommes en s'incarnant dans Mirabeau ; soit qu'il se contente d'agir en silence, comme Bonaparte ; ou de presser l'univers dans une ironie, comme le divin Rabelais ; ou bien encore qu'il se rie des êtres, au lieu d'insulter aux choses, comme le maréchal de Richelieu ; et mieux peut-être, soit qu'il se moque à la fois des hommes et des choses, comme le plus célèbre de nos ambassadeurs[5]. Mais le génie profond de don Juan Belvidéro résuma, par avance, tous ces génies. Il se joua de tout. Sa vie était une moquerie qui embrassait hommes, choses, institutions, idées. Quant à l'éternité, il avait causé familièrement une demi-heure avec le pape Jules II[6], et à la fin de la conversation, il lui dit en riant : « S'il faut absolument choisir, j'aime mieux croire en Dieu qu'au diable ; la puissance unie à la bonté offre toujours plus de ressource que n'en a le Génie du Mal.

— Oui, mais Dieu veut qu'on fasse pénitence dans ce monde...

— Vous pensez donc toujours à vos indulgences ? répondit Belvidéro. Eh bien, j'ai, pour me repentir des fautes de ma première vie, toute une existence en réserve.

— Ah ! si tu comprends ainsi la vieillesse, s'écria le pape, tu risques d'être canonisé.

— Après votre élévation à la papauté, l'on peut tout croire. »

Et ils allèrent voir les ouvriers occupés à bâtir l'immense basilique consacrée à saint Pierre.

« Saint Pierre est l'homme de génie qui nous a constitué notre double pouvoir, dit le pape à don Juan, il mérite ce monument. Mais parfois, la nuit, je pense qu'un déluge passera l'éponge sur cela, et ce sera à recommencer... »

Don Juan et le pape se prirent à rire, ils s'étaient entendus. Un sot serait allé, le lendemain, s'amuser avec Jules II chez Raphaël ou dans la délicieuse Villa-Madama[1] ; mais Belvidéro alla le voir officier pontificalement, afin de se convaincre de ses doutes. Dans une débauche, La Rovère aurait pu se démentir et commenter l'*Apocalypse.*

Toutefois cette légende n'est pas entreprise pour fournir des matériaux à ceux qui voudront écrire des mémoires sur la vie de don Juan, elle est destinée à prouver aux honnêtes gens que Belvidéro n'est pas mort dans son duel avec une pierre, comme veulent le faire croire quelques lithographes[2]. Lorsque don Juan Belvidéro atteignit l'âge de soixante ans, il vint se fixer en Espagne. Là, sur ses vieux jours, il épousa une jeune et ravissante Andalouse. Mais, par calcul, il ne fut ni bon père ni bon époux. Il avait observé que nous ne sommes jamais si tendrement aimés que par les femmes auxquelles nous ne songeons guère. Dona Elvire [1], saintement élevée par une vieille tante au fond de l'Andalousie, dans un château, à quelques lieues de San Lucar, était tout dévouement et tout grâce. Don Juan devina que cette jeune fille serait femme à longtemps combattre une passion avant d'y céder, il espéra donc pouvoir la conserver vertueuse jusqu'à sa mort. Ce fut une plaisanterie sérieuse, une partie d'échecs qu'il voulut se réserver de jouer pendant ses vieux jours. Fort de toutes les fautes commises par son père Bartholoméo, don Juan résolut de faire servir les moindres actions de sa vieillesse à la réussite du drame qui devait s'accomplir sur son lit de mort. Ainsi la plus grande partie de ses richesses resta enfouie dans les caves de son palais à Ferrare, où il allait rarement. Quant à l'autre moitié de sa fortune, elle fut placée en viager, afin d'intéresser à la durée de sa vie et sa femme et ses enfants, espèce de rouerie que son père aurait dû pratiquer ; mais cette spéculation de machiavélisme ne lui fut pas très nécessaire. Le jeune Philippe Belvidéro, son fils, devint un Espagnol aussi consciencieusement religieux que son père était impie, en vertu peut-être du proverbe : *À père avare, enfant prodigue* [2]. L'abbé de San Lucar fut choisi par don Juan pour diriger les consciences de la duchesse de Belvidéro et de Philippe. Cet ecclésiastique était un saint homme, de belle taille, admirablement bien proportionné, ayant de beaux yeux noirs, une tête à la Tibère, fatiguée par les jeûnes, blanche de macérations, et journellement tenté comme le sont tous les solitaires. Le vieux seigneur espérait peut-être pouvoir encore tuer un moine avant de finir son premier bail de vie. Mais, soit que l'abbé fût aussi fort que don Juan pouvait l'être lui-même, soit que dona Elvire eût plus de prudence ou de vertu que l'Espagne n'en accorde aux femmes, don Juan fut contraint de passer ses derniers jours comme un vieux curé de campagne, sans scandale chez lui. Parfois il prenait plaisir à trouver son fils ou sa femme en faute sur leurs devoirs de religion, et voulait impérieusement qu'ils exécutassent toutes les obligations imposées aux fidèles par la cour de Rome. Enfin il n'était jamais si heureux qu'en entendant le galant abbé de San Lucar, dona Elvire et Philippe occupés à discuter un cas de conscience. Cependant, malgré les soins prodigieux que le seigneur don Juan Belvidéro donnait à sa personne, les jours de la décrépitude arrivèrent; avec cet âge de douleur, vinrent les cris de l'impuissance, cris d'autant plus déchirants, que plus riches étaient les souvenirs de sa bouillante jeunesse et de sa voluptueuse maturité. Cet homme, en qui le dernier degré de la raillerie était d'engager les autres à croire aux lois et aux principes dont il se moquait, s'endormait le soir sur un *peut-être!* Ce modèle du bon ton, ce duc, vigoureux dans une orgie, superbe dans les cours, gracieux auprès des femmes dont les cœurs avaient été tordus par lui comme un paysan tord un lien d'osier, cet homme de génie avait une pituite opiniâtre, une sciatique importune, une goutte brutale. Il voyait ses dents le quittant comme à la fin d'une soirée, les dames les plus blanches, les mieux parées, s'en vont, une à une, laissant le salon désert et démeublé. Enfin ses mains hardies tremblèrent, ses jambes sveltes chancelèrent, et un soir l'apoplexie lui pressa le cou de ses mains crochues et glaciales. Depuis ce jour fatal, il devint morose et dur. Il accusait le dévouement de son fils et de sa femme, en prétendant parfois que leurs soins touchants et délicats ne lui étaient si tendrement prodigués que parce qu'il avait placé sa fortune en rentes viagères. Elvire et Philippe versaient alors des larmes amères et redoublaient de caresses auprès du malicieux vieillard, dont la voix cassée devenait affectueuse pour leur dire :

« Mes amis, ma chère femme, vous me pardonnez, n'est-ce pas ? Je vous tourmente un peu. Hélas ! grand Dieu ! comment te sers-tu de moi pour éprouver ces deux célestes créatures ? Moi, qui devrais être leur joie, je suis leur fléau. » Ce fut ainsi qu'il les enchaîna au chevet de son lit, leur faisant oublier des mois entiers d'impatience et de cruauté par une heure où, pour eux, il déployait les trésors toujours nouveaux de sa grâce et d'une fausse tendresse. Système paternel qui lui réussit infiniment mieux que celui dont avait usé jadis son père envers lui. Enfin, il parvint à un tel degré de maladie que, pour le mettre au lit, il fallait le manœuvrer comme une felouque entrant dans un chenal dangereux. Puis le jour de la mort arriva. Ce brillant et sceptique personnage, dont l'entendement survivait seul à la plus affreuse de toutes les destructions, se vit entre un médecin et un confesseur, ses deux antipathies. Mais il fut jovial avec eux. N'y avait-il pas, pour lui, une lumière scintillante derrière le voile de l'avenir ? Sur cette toile, de plomb pour les autres et diaphane pour lui, les légères, les ravissantes délices de la jeunesse se jouaient comme des ombres.

Ce fut par une belle soirée d'été que don Juan sentit les approches de la mort. Le ciel de l'Espagne était d'une admirable pureté, les orangers parfumaient l'air, les étoiles distillaient de vives et fraîches lumières, la nature semblait lui donner des gages certains de sa résurrection[1], un fils pieux et obéissant le contemplait avec amour et respect. Vers onze heures, il voulut rester seul avec cet être candide.

« Philippe », lui dit-il d'une voix si tendre et si affectueuse que le jeune homme tressaillit et pleura de bonheur. Jamais ce père inflexible n'avait prononcé ainsi : « Philippe ! » « Écoute-moi, mon fils, reprit le moribond. Je suis un grand pécheur. Aussi ai-je pensé, pendant toute ma vie, à ma mort. Jadis je fus l'ami du grand pape Jules II. Cet illustre pontife craignit que l'excessive irritation de mes sens ne me fît commettre quelque péché mortel entre le moment où j'expirerais et celui où j'aurais reçu les saintes huiles ; il me fit présent d'une fiole dans laquelle existe l'eau sainte jaillie autrefois des rochers, dans le désert[1]. J'ai gardé le secret sur cette dilapidation du trésor de l'Église, mais je suis autorisé à révéler ce mystère à mon fils, *in articulo mortis.* Vous trouverez cette fiole dans le tiroir de cette table gothique qui n'a jamais quitté le chevet de mon lit... Le précieux cristal pourra vous servir encore, mon bien-aimé Philippe. Jurez-moi, par votre salut éternel, d'exécuter ponctuellement mes ordres ? »

Philippe regarda son père. Don Juan se connaissait trop à l'expression des sentiments humains pour ne pas mourir en paix sur la foi d'un tel regard, comme son père était mort au désespoir sur la foi du sien.

« Tu méritais un autre père, reprit don Juan. J'ose t'avouer, mon enfant, qu'au moment où le respectable abbé de San Lucar m'administrait le viatique, je pensais à l'incompatibilité de deux puissances aussi étendues que celles du diable et de Dieu...

— Oh ! mon père !

— Et je me disais que, quand Satan fera sa paix, il devra, sous peine d'être un grand misérable, stipuler le pardon de ses adhérents. Cette pensée me poursuit. J'irais donc en enfer, mon fils, si tu n'accomplissais pas mes volontés.

— Oh ! dites-les-moi promptement, mon père !

— Aussitôt que j'aurai fermé les yeux, reprit don Juan, dans quelques minutes peut-être, tu prendras mon corps, tout chaud même, et tu l'étendras sur une table au milieu de cette chambre. Puis tu éteindras cette lampe ; la lueur des étoiles doit te suffire. Tu me dépouilleras de mes vêtements ; et pendant que tu réciteras des *Pater* et des *Ave* en élevant ton âme à Dieu, tu auras soin d'humecter, avec cette eau sainte, mes yeux, mes lèvres, toute la tête d'abord, puis successivement les membres et le corps ; mais, mon cher fils, la puissance de Dieu est si grande, qu'il ne faudra t'étonner de rien ! »

Ici, don Juan, qui sentit la mort venir, ajouta d'une voix terrible : « Tiens bien le flacon. » Puis il expira doucement dans les bras d'un fils dont les larmes abondantes coulèrent sur sa face ironique et blême.

Il était environ minuit quand don Philippe Belvidéro plaça le cadavre de son père sur la table. Après en avoir baisé le front menaçant et les cheveux gris, il éteignit la lampe. La lueur douce, produite par la clarté de la lune, dont les reflets bizarres illuminaient la campagne, permit au pieux Philippe d'entrevoir indistinctement le corps de son père, comme quelque chose de blanc au milieu de l'ombre. Le jeune homme imbiba un linge dans la liqueur, et, plongé dans la prière, il oignit fidèlement cette tête sacrée au milieu d'un profond silence. Il entendait bien des frémissements indescriptibles, mais il les attribuait aux jeux de la brise dans les cimes des arbres. Quand il eut mouillé le bras droit, il se sentit fortement étreindre le cou par un bras jeune et vigoureux, le bras de son père ! Il jeta un cri déchirant, et laissa tomber la fiole, qui se cassa. La liqueur s'évapora. Les gens du château accoururent, armés de flambeaux. Ce cri les avait épouvantés et surpris, comme si la trompette du jugement dernier eût ébranlé l'univers. En un moment, la chambre fut pleine de monde. La foule tremblante aperçut don Philippe évanoui, mais retenu par le bras puissant de son père, qui lui serrait le cou. Puis, chose surnaturelle, l'assistance vit la tête de don Juan, aussi jeune, aussi belle que celle de l'Antinoüs[1] ; une tête aux cheveux noirs, aux yeux brillants, à la bouche vermeille et qui s'agitait effroyablement sans pouvoir remuer le squelette auquel elle appartenait. Un vieux serviteur cria : « Miracle ! » Et tous ces Espagnols répétèrent : « Miracle ! » Trop pieuse pour admettre les mystères de la magie, dona Elvire envoya chercher l'abbé de San Lucar. Lorsque le prieur contempla de ses yeux le miracle, il résolut d'en profiter en homme d'esprit et en abbé qui ne demandait pas mieux que d'augmenter ses revenus. Déclarant aussitôt que le seigneur don Juan serait infailliblement canonisé, il indiqua la cérémonie de l'apothéose dans son couvent, qui désormais s'appellerait, dit-il, *San Juan de Lucar*. À ces mots, la tête fit une grimace assez facétieuse.

Le goût des Espagnols pour ces sortes de solennités est si connu, qu'il ne doit pas être difficile de croire aux féeries religieuses par lesquelles l'abbaye de San Lucar célébra la translation du *bienheureux don Juan Belvidéro* dans son église. Quelques jours après la mort de cet illustre seigneur, le miracle de son imparfaite résurrection s'était si drûment conté de village en village, dans un rayon de plus de cinquante lieues autour de Saint-Lucar, que ce fut déjà une comédie que de voir les curieux par les chemins ; ils vinrent de tous côtés, affriandés par un *Te Deum* chanté aux flambeaux. L'antique mosquée du couvent de San Lucar, merveilleux édifice bâti par les Maures, et dont les voûtes entendaient depuis trois siècles le nom de Jésus-Christ substitué à celui d'Allah, ne put contenir la foule accourue pour voir la cérémonie[2]. Pressés comme des fourmis, des hidalgos en manteaux de velours, et armés de leurs bonnes épées, se tenaient debout autour des piliers, sans trouver de place pour plier leurs genoux qui ne se pliaient que là. De ravissantes paysannes, dont les basquines[3] dessinaient les formes amoureuses, donnaient le bras à des vieillards en cheveux blancs. Des jeunes gens aux yeux de feu se trouvaient à côté de vieilles femmes parées. Puis c'était des couples frémissant d'aise, fiancées curieuses amenées par leurs bien-aimés ; des mariés de la veille ; des enfants se tenant craintifs par la main. Ce monde était là riche de couleurs, brillant de contrastes, chargé de fleurs, émaillé, faisant un doux tumulte dans le silence de la nuit. Les larges portes de l'église s'ouvrirent. Ceux qui, venus trop tard, restèrent en dehors, voyaient de loin, par les trois portails ouverts, une scène dont les décorations vaporeuses de nos opéras modernes ne sauraient donner même une faible idée[1]. Des dévotes et des pécheurs, pressés de gagner les bonnes grâces d'un nouveau saint, allumèrent en son honneur des milliers de cierges dans cette vaste église, lueurs intéressées qui donnèrent de magiques aspects au monument. Les noires arcades, les colonnes et leurs chapiteaux, les chapelles profondes et brillantes d'or et d'argent, les galeries, les découpures sarrasines, les traits les plus délicats de cette sculpture délicate, se dessinaient dans cette lumière surabondante, comme des figures capricieuses qui se forment dans un brasier rouge. C'était un océan de feux, dominé, au fond de l'église, par le chœur doré où s'élevait le maître-autel, dont la gloire eût rivalisé avec celle d'un soleil levant. En effet, la splendeur des lampes d'or, des candélabres d'argent, des bannières, des glands, des saints et des ex-voto, pâlissait devant la châsse où se trouvait don Juan. Le corps de l'impie étincelait de pierreries, de fleurs, de cristaux, de diamants, d'or, de plumes aussi blanches que les ailes d'un séraphin, et remplaçait sur l'autel un tableau du Christ. Autour de lui brillaient des cierges nombreux qui élançaient dans les airs de flamboyantes ondes. Le bon abbé de San Lucar, paré des habits pontificaux, ayant sa mitre enrichie de pierres précieuses, son rochet, sa crosse d'or, siégeait, roi du chœur, sur un fauteuil d'un luxe impérial, au milieu de tout son clergé, composé d'impassibles vieillards en cheveux argentés, revêtus d'aubes fines, et qui l'entouraient, semblables aux saints confesseurs que les peintres groupent autour de l'Éternel. Le grand-chantre et les dignitaires du chapitre, décorés des brillants insignes de leurs vanités ecclésiastiques, allaient et venaient au sein des nuages formés par l'encens, pareils aux astres qui roulent sur le firmament. Quand l'heure du triomphe fut venue, les cloches réveillèrent les échos de la campagne, et cette immense assemblée jeta vers Dieu le premier cri de louanges par lequel commence le *Te Deum.* Cri sublime ! C'était des voix pures et légères, des voix de femmes en extase, mêlées aux voix graves et fortes des hommes, des milliers de voix si puissantes, que l'orgue n'en domina pas l'ensemble, malgré le mugissement de ses tuyaux. Seulement les notes perçantes de la jeune voix des enfants de chœur et les larges accents de quelques basses-tailles suscitèrent des idées gracieuses, peignirent l'enfance et la force, dans ce ravissant concert de voix humaines confondues en sentiment d'amour.

Te Deum laudamus!

Du sein de cette cathédrale noire de femmes et d'hommes agenouillés, ce chant partit semblable à une lumière qui scintille tout à coup dans la nuit, et le silence fut rompu comme par un coup de tonnerre. Les voix montèrent avec les nuages d'encens qui jetaient alors des voiles diaphanes et bleuâtres sur les fantastiques merveilles de l'architecture. Tout était richesse, parfum, lumière et mélodie. Au moment où cette musique d'amour et de reconnaissance s'élança vers l'autel, don Juan, trop poli pour ne pas remercier, trop spirituel pour ne pas entendre raillerie, répondit par un rire effrayant, et se prélassa dans sa châsse[1]. Mais le diable l'ayant fait penser à la chance qu'il courait d'être pris pour un homme ordinaire, pour un saint, un Boniface, un Pantaléon[2], il troubla cette mélodie d'amour par un hurlement auquel se joignirent les mille voix de l'enfer. La terre bénissait, le ciel maudissait. L'église en trembla sur ses fondements antiques.

« *Te Deum laudamus !* disait l'assemblée.

— Allez à tous les diables, bêtes brutes que vous êtes ! Dieu, Dieu ! *Carajos demonios*[3], animaux, êtes-vous stupides avec votre Dieu-vieillard ! »

Et un torrent d'imprécations se déroula comme un ruisseau de laves brûlantes par une irruption[4] du Vésuve.

« *Deus sabaoth, sabaoth !* crièrent les chrétiens.

— Vous insultez la majesté de l'enfer ! » répondit don Juan dont la bouche grinçait des dents.

Bientôt le bras vivant put passer par-dessus la châsse, et menaça l'assemblée par des gestes empreints de désespoir et d'ironie.

« Le saint nous bénit », dirent les vieilles femmes, les enfants et les fiancés, gens crédules.

Voilà comment nous sommes souvent trompés dans nos adorations. L'homme supérieur se moque de ceux qui le complimentent, et complimente quelquefois ceux dont il se moque au fond du cœur.

Au moment où l'abbé, prosterné devant l'autel, chantait : *Sancte Johannes, ora pro nobis !* il entendit assez distinctement : *O coglione.*

« Que se passe-t-il donc là-haut ? s'écria le sous-prieur en voyant la châsse remuer.

— Le saint fait le diable », répondit l'abbé.

Alors cette tête vivante se détacha violemment du corps qui ne vivait plus et tomba sur le crâne jaune de l'officiant.

« Souviens-toi de dona Elvire », cria la tête en dévorant celle de l'abbé.

Ce dernier jeta un cri affreux qui troubla la cérémonie. Tous les prêtres accoururent et entourèrent leur souverain.

« Imbécile, dis donc qu'il y a un Dieu ? » cria la voix au moment où l'abbé, mordu dans sa cervelle, allait expirer.

Paris, octobre 1830

L'Auberge rouge

À MONSIEUR LE MARQUIS DE CUSTINE[1]

En je ne sais quelle année, un banquier de Paris, qui avait des relations commerciales très étendues en Allemagne, fêtait un de ces amis, longtemps inconnus, que les négociants se font de place en place, par correspondance. Cet ami, chef de je ne sais quelle maison assez importante de Nuremberg, était un bon gros Allemand, homme de goût et d'érudition, homme de pipe surtout, ayant une belle, une large figure nurembergeoise, au front carré, bien découvert, et décoré de quelques cheveux blonds assez rares. Il offrait le type des enfants de cette pure et noble Germanie, si fertile en caractères honorables, et dont les paisibles mœurs ne se sont jamais démenties, même après sept invasions. L'étranger riait avec simplesse, écoutait attentivement, et buvait remarquablement bien, en paraissant aimer le vin de Champagne autant peut-être que les vins paillés du Johannisberg[2]. Il se nommait Hermann, comme presque tous les Allemands mis en scène par les auteurs. En homme qui ne sait rien faire légèrement, il était bien assis à la table du banquier, mangeait avec ce tudesque appétit si célèbre en Europe, et disait un adieu consciencieux à la cuisine du grand CARÊME. Pour faire honneur à son hôte, le maître du logis avait convié quelques amis intimes, capitalistes ou commerçants, plusieurs femmes aimables, jolies, dont le gracieux babil et les manières franches étaient en harmonie avec la cordialité germanique. Vraiment, si vous aviez pu voir, comme j'en eus le plaisir, cette joyeuse réunion de gens qui avaient rentré leurs griffes commerciales pour spéculer sur les plaisirs de la vie, il vous eût été difficile de haïr les escomptes usuraires ou de maudire les faillites. L'homme ne peut pas toujours mal faire. Aussi, même dans la société des pirates, doit-il se rencontrer quelques heures douces pendant lesquelles vous croyez être, dans leur sinistre vaisseau, comme sur une escarpolette.

« Avant de nous quitter, monsieur Hermann va nous raconter encore, je l'espère, une histoire allemande qui nous fasse bien peur. »

Ces paroles furent prononcées au dessert par une jeune personne pâle et blonde qui, sans doute, avait lu les contes d'Hoffmann et les romans de Walter Scott. C'était la fille unique du banquier, ravissante créature dont l'éducation s'achevait au Gymnase [1], et qui raffolait des pièces qu'on y joue. En ce moment, les convives se trouvaient dans cette heureuse disposition de paresse et de silence où nous met un repas exquis, quand nous avons un peu trop présumé de notre puissance digestive. Le dos appuyé sur sa chaise, le poignet légèrement soutenu par le bord de la table, chaque convive jouait indolemment avec la lame dorée de son couteau. Quand un dîner arrive à ce moment de déclin, certaines gens tourmentent le pépin d'une poire ; d'autres roulent une mie de pain entre le pouce et l'index ; les amoureux tracent des lettres informes avec les débris des fruits ; les avares comptent leurs noyaux et les rangent sur leur assiette comme un dramaturge dispose ses comparses au fond d'un théâtre. C'est de petites félicités gastronomiques dont n'a pas tenu compte dans son livre Brillat-Savarin [2], auteur si complet d'ailleurs. Les valets avaient disparu. Le dessert était comme une escadre après le combat, tout désemparé, pillé, flétri. Les plats erraient sur la table, malgré l'obstination avec laquelle la maîtresse du logis essayait de les faire remettre en place. Quelques personnes regardaient des vues de Suisse symétriquement accrochées sur les parois grises de la salle à manger[1]. Nul convive ne s'ennuyait. Nous ne connaissons point d'homme qui se soit encore attristé pendant la digestion d'un bon dîner. Nous aimons alors à rester dans je ne sais quel calme, espèce de juste milieu entre la rêverie du penseur et la satisfaction des animaux ruminants, qu'il faudrait appeler la mélancolie matérielle de la gastronomie. Aussi les convives se tournèrent-ils spontanément vers le bon Allemand, enchantés tous d'avoir une ballade à écouter, fût-elle même sans intérêt. Pendant cette benoîte pause, la voix d'un conteur semble toujours délicieuse à nos sens engourdis, elle en favorise le bonheur négatif. Chercheur de tableaux[2], j'admirais ces visages égayés par un sourire, éclairés par les bougies, et que la bonne chère avait empourprés ; leurs expressions diverses produisaient de piquants effets à travers les candélabres, les corbeilles en porcelaine, les fruits et les cristaux.

Mon imagination fut tout à coup saisie par l'aspect du convive qui se trouvait précisément en face de moi. C'était un homme de moyenne taille, assez gras, rieur, qui avait la tournure, les manières d'un agent de change, et qui paraissait n'être doué que d'un esprit fort ordinaire, je ne l'avais pas encore remarqué ; en ce moment, sa figure, sans doute assombrie par un faux jour, me parut avoir changé de caractère ; elle était devenue terreuse ; des teintes violâtres la sillonnaient. Vous eussiez dit de la tête cadavérique d'un agonisant. Immobile comme les personnages peints dans un Diorama[1], ses yeux hébétés restaient fixés sur les étincelantes facettes d'un bouchon de cristal ; mais il ne les comptait certes pas, et semblait abîmé dans quelque contemplation fantastique de l'avenir ou du passé. Quand j'eus longtemps examiné cette face équivoque, elle me fit penser : « Souffre-t-il ? me dis-je. A-t-il trop bu ? Est-il ruiné par la baisse des fonds publics ? Songe-t-il à jouer ses créanciers ? »

« Voyez ! dis-je à ma voisine en lui montrant le visage de l'inconnu, n'est-ce pas une faillite en fleur ?

— Oh ! me répondit-elle, il serait plus gai. » Puis, hochant gracieusement la tête, elle ajouta : « Si celui-là se ruine jamais, je l'irai dire à Pékin[2] ! Il possède un million en fonds de terre ! C'est un ancien fournisseur des armées impériales[3], un bon homme assez original. Il s'est remarié par spéculation, et rend néanmoins sa femme extrêmement heureuse. Il a une jolie fille que, pendant fort longtemps, il n'a pas voulu reconnaître ; mais la mort de son fils, tué malheureusement en duel, l'a contraint à la prendre avec lui, car il ne pouvait plus avoir d'enfants. La pauvre fille est ainsi devenue tout à coup une des plus riches héritières de Paris[4]. La perte de son fils unique a plongé ce cher homme dans un chagrin qui reparaît quelquefois. »

En ce moment, le fournisseur leva les yeux sur moi ; son regard me fit tressaillir, tant il était sombre et pensif ! Assurément ce coup d'œil résumait toute une vie. Mais tout à coup sa physionomie devint gaie ; il prit le bouchon de cristal, le mit, par un mouvement machinal, à une carafe pleine d'eau qui se trouvait devant son assiette, et tourna la tête vers M. Hermann en souriant. Cet homme, béatifié par ses jouissances gastronomiques, n'avait sans doute pas deux idées dans la cervelle, et ne songeait à rien. Aussi eus-je, en quelque sorte, honte de prodiguer ma science divinatoire *in anima vili*[1] d'un épais financier. Pendant que je faisais, en pure perte, des observations phrénologiques[2], le bon Allemand s'était lesté le nez d'une prise de tabac, et commençait son histoire. Il me serait assez difficile de la reproduire dans les mêmes termes, avec ses interruptions fréquentes et ses digressions verbeuses. Aussi l'ai-je écrite à ma guise, laissant les fautes au Nurembergeois, et m'emparant de ce qu'elle peut avoir de poétique et d'intéressant, avec la candeur des écrivains qui oublient de mettre au titre de leurs livres : *traduit de l'allemand*[3].

L'IDÉE ET LE FAIT

« Vers la fin de vendémiaire, an VII, époque républicaine qui, dans le style actuel, correspond au 20 octobre 1799, deux jeunes gens, partis de Bonn dès le matin, étaient arrivés à la chute du jour aux environs d'Andernach, petite ville située sur la rive gauche du Rhin, à quelques lieues de Coblentz. En ce moment, l'armée française commandée par le général Augereau[4] manœuvrait en présence des Autrichiens, qui occupaient la rive droite du fleuve. Le quartier général de la division républicaine était à Coblentz, et l'une des demi-brigades appartenant au corps d'Augereau se trouvait cantonnée à Andernach. Les deux voyageurs étaient Français. À voir leurs uniformes bleus mélangés de blanc, à parements de velours rouge, leurs sabres, surtout le chapeau couvert d'une toile cirée verte, et orné d'un plumet tricolore, les paysans allemands eux-mêmes auraient reconnu des chirurgiens militaires, hommes de science et de mérite, aimés pour la plupart, non seulement à l'armée, mais encore dans les pays envahis par nos troupes. À cette époque, plusieurs enfants de famille arrachés à leur stage médical par la récente loi sur la conscription due au général Jourdan avaient naturellement mieux aimé continuer leurs études sur le champ de bataille que d'être astreints au service militaire, peu en harmonie avec leur éducation première et leurs paisibles destinées. Hommes de science, pacifiques et serviables, ces jeunes gens faisaient quelque bien au milieu de tant de malheurs, et sympathisaient avec les érudits des diverses contrées par lesquelles passait la cruelle civilisation de la République. Armés, l'un et l'autre, d'une feuille de route et munis d'une commission de *sous-aide* signée Coste et Bernadotte[1], ces deux jeunes gens se rendaient à la demi-brigade à laquelle ils étaient attachés. Tous deux appartenaient à des familles bourgeoises de Beauvais médiocrement riches, mais où les mœurs douces et la loyauté des provinces se transmettaient comme une partie de l'héritage. Amenés sur le théâtre de la guerre avant l'époque indiquée pour leur entrée en fonctions, par une curiosité bien naturelle aux jeunes gens, ils avaient voyagé par la diligence jusqu'à Strasbourg. Quoique la prudence maternelle ne leur eût laissé emporter qu'une faible somme, ils se croyaient riches en possédant quelques louis, véritable trésor dans un temps où les assignats étaient arrivés au dernier degré d'avilissement, et où l'or valait beaucoup d'argent. Les deux sous-aides, âgés de vingt ans au plus, obéirent à la poésie de leur situation avec tout l'enthousiasme de la jeunesse. De Strasbourg à Bonn, ils avaient visité l'Électorat et les rives du Rhin en artistes, en philosophes, en observateurs. Quand nous avons une destinée scientifique, nous sommes à cet âge des êtres véritablement multiples. Même en faisant l'amour, ou en voyageant, un sous-aide doit thésauriser les rudiments de sa fortune ou de sa gloire à venir. Les deux jeunes gens s'étaient donc abandonnés à cette admiration profonde dont sont saisis les hommes instruits à l'aspect des rives du Rhin et des paysages de la Souabe, entre Mayence et Cologne ; nature forte, riche, puissamment accidentée, pleine de souvenirs féodaux, verdoyante, mais qui garde en tous lieux les empreintes du fer et du feu. Louis XIV et Turenne ont cautérisé cette ravissante contrée. Çà et là, des ruines attestent l'orgueil, ou peut-être la prévoyance du roi de Versailles qui fit abattre les admirables châteaux dont était jadis ornée cette partie de l'Allemagne. En voyant cette terre merveilleuse, couverte de forêts, et où le pittoresque du Moyen Âge abonde, mais en ruines, vous concevez le génie allemand, ses rêveries et son mysticisme. Cependant le séjour des deux amis à Bonn avait un but de science et de plaisir tout à la fois. Le grand hôpital de l'armée gallo-batave et de la division d'Augereau était établi dans le palais même de l'Électeur. Les sous-aides de fraîche date y étaient donc allés voir des camarades, remettre des lettres de recommandation à leurs chefs, et s'y familiariser avec les premières impressions de leur métier. Mais aussi, là, comme ailleurs, ils dépouillèrent quelques-uns de ces préjugés exclusifs auxquels nous restons si longtemps fidèles en faveur des monuments et des beautés de notre pays natal. Surpris à l'aspect des colonnes de marbre dont est orné le palais électoral, ils allèrent admirant le grandiose des constructions allemandes, et trouvèrent à chaque pas de nouveaux trésors antiques ou modernes. De temps en temps, les chemins dans lesquels erraient les deux amis en se dirigeant vers Andernach les amenaient sur le piton d'une montagne de granit plus élevée que les autres. Là, par une découpure de la forêt, par une anfractuosité des rochers, ils apercevaient quelque vue du Rhin encadrée dans le grès ou festonnée par de vigoureuses végétations. Les vallées, les sentiers, les arbres exhalaient cette senteur automnale qui porte à la rêverie ; les cimes des bois commençaient à se dorer, à prendre des tons chauds et bruns, signes de vieillesse ; les feuilles tombaient, mais le ciel était encore d'un bel azur, et les chemins, secs, se dessinaient comme des lignes jaunes dans le paysage, alors éclairé par les obliques rayons du soleil couchant. À une demi-lieue d'Andernach, les deux amis marchèrent au milieu d'un profond silence, comme si la guerre ne dévastait pas ce beau pays, et suivirent un chemin pratiqué pour les chèvres à travers les hautes murailles de granit bleuâtre entre lesquelles le Rhin bouillonne. Bientôt ils descendirent par un des versants de la gorge au fond de laquelle se trouve la petite ville, assise avec coquetterie au bord du fleuve, où elle offre un joli port aux mariniers. " L'Allemagne est un bien beau pays ", s'écria l'un des deux jeunes gens, nommé Prosper Magnan, à l'instant où il entrevit les maisons peintes d'Andernach, pressées comme des œufs dans un panier, séparées par des arbres, par des jardins et des fleurs. Puis il admira pendant un moment les toits pointus à solives saillantes, les escaliers de bois, les galeries de mille habitations paisibles, et les barques balancées par les flots dans le port... »

Au moment où M. Hermann prononça le nom de Prosper Magnan, le fournisseur saisit la carafe, se versa de l'eau dans son verre, et le vida d'un trait. Ce mouvement ayant attiré mon attention, je crus remarquer un léger tremblement dans ses mains et de l'humidité sur le front du capitaliste.

« Comment se nomme l'ancien fournisseur ? demandai-je à ma complaisante voisine.

— Taillefer, me répondit-elle.

— Vous trouvez-vous indisposé ? m'écriai-je en voyant pâlir ce singulier personnage.

— Nullement, dit-il en me remerciant par un geste de politesse. J'écoute, ajouta-t-il en faisant un signe de tête aux convives, qui le regardèrent tous simultanément.

— J'ai oublié, dit M. Hermann, le nom de l'autre jeune homme. Seulement, les confidences de Prosper Magnan m'ont appris que son compagnon était brun, assez maigre et jovial. Si vous le permettez, je l'appellerai Wilhem, pour donner plus de clarté au récit de cette histoire. »

Le bon Allemand reprit sa narration après avoir ainsi, sans respect pour le romantisme et la couleur locale, baptisé le sous-aide français d'un nom germanique.

« Au moment où les deux jeunes gens arrivèrent à Andernach, il était donc nuit close. Présumant qu'ils perdraient beaucoup de temps à trouver leurs chefs, à s'en faire reconnaître, à obtenir d'eux un gîte militaire dans une ville déjà pleine de soldats, ils avaient résolu de passer leur dernière nuit de liberté dans une auberge située à une centaine de pas d'Andernach, et de laquelle ils avaient admiré, du haut des rochers, les riches couleurs embellies par les feux du soleil couchant. Entièrement peinte en rouge, cette auberge produisait un piquant effet dans le paysage, soit en se détachant sur la masse générale de la ville, soit en opposant son large rideau de pourpre à la verdure des différents feuillages, et sa teinte vive aux tons grisâtres de l'eau. Cette maison devait son nom à la décoration extérieure qui lui avait été sans doute imposée depuis un temps immémorial par le caprice de son fondateur. Une superstition mercantile assez naturelle aux différents possesseurs de ce logis, renommé parmi les mariniers du Rhin, en avait fait soigneusement conserver le costume. En entendant le pas des chevaux, le maître de *L'Auberge rouge* vint sur le seuil de la porte. " Par Dieu, s'écria-t-il, messieurs, un peu plus tard vous auriez été forcés de coucher à la belle étoile, comme la plupart de vos compatriotes qui bivouaquent de l'autre côté d'Andernach. Chez moi, tout est occupé ! Si vous tenez à coucher dans un bon lit, je n'ai plus que ma propre chambre à vous offrir. Quant à vos chevaux, je vais leur faire mettre une litière dans un coin de la cour. Aujourd'hui, mon écurie est pleine de chrétiens. — Ces messieurs viennent de France ? reprit-il après une légère pause. — De Bonn, s'écria Prosper. Et nous n'avons encore rien mangé depuis ce matin. — Oh ! quant aux vivres ! dit l'aubergiste en hochant la tête. On vient de dix lieues à la ronde faire des noces à *L'Auberge rouge*. Vous allez avoir un festin de prince, le poisson du Rhin ! c'est tout dire. " Après avoir confié leurs montures fatiguées aux soins de l'hôte, qui appelait assez inutilement ses valets, les sous-aides entrèrent dans la salle commune de l'auberge. Les nuages épais et blanchâtres exhalés par une nombreuse assemblée de fumeurs ne leur permirent pas de distinguer d'abord les gens avec lesquels ils allaient se trouver ; mais lorsqu'ils se furent assis près d'une table, avec la patience pratique de ces voyageurs philosophes qui ont reconnu l'inutilité du bruit, ils démêlèrent, à travers les vapeurs du tabac, les accessoires obligés d'une auberge allemande : le poêle, l'horloge, les tables, les pots de bière, les longues pipes ; çà et là des figures hétéroclites, juives, allemandes ; puis les visages rudes de quelques mariniers. Les épaulettes de plusieurs officiers français étincelaient dans ce brouillard, et le cliquetis des éperons et des sabres retentissait incessamment sur le carreau. Les uns jouaient aux cartes, d'autres se disputaient, se taisaient, mangeaient, buvaient ou se promenaient. Une grosse petite femme, ayant le bonnet de velours noir, la pièce d'estomac bleu et argent, la pelote, le trousseau de clefs, l'agrafe d'argent, les cheveux tressés, marques distinctives de toutes les maîtresses d'auberges allemandes, et dont le costume est, d'ailleurs, si exactement colorié dans une foule d'estampes, qu'il est trop vulgaire pour être décrit, la femme de l'aubergiste donc, fit patienter et impatienter les deux amis avec une habileté fort remarquable. Insensiblement le bruit diminua, les voyageurs se retirèrent, et le nuage de fumée se dissipa. Lorsque le couvert des sous-aides fut mis, que la classique carpe du Rhin parut sur la table, onze heures sonnaient, et la salle était vide. Le silence de la nuit laissait entendre vaguement, et le bruit que faisaient les chevaux en mangeant leur provende ou en piaffant, et le murmure des eaux du Rhin, et ces espèces de rumeurs indéfinissables qui animent une auberge pleine quand chacun s'y couche. Les portes et les fenêtres s'ouvraient et se fermaient, des voix murmuraient de vagues paroles, et quelques interpellations retentissaient dans les chambres. En ce moment de silence et de tumulte, les deux Français, et l'hôte occupé à leur vanter Andernach, le repas, son vin du Rhin, l'armée républicaine et sa femme, écoutèrent avec une sorte d'intérêt les cris rauques de quelques mariniers et les bruissements d'un bateau qui abordait au port. L'aubergiste, familiarisé sans doute avec les interrogations gutturales de ces bateliers, sortit précipitamment, et revint bientôt. Il ramena un gros petit homme derrière lequel marchaient deux mariniers portant une lourde valise et quelques ballots. Ses paquets déposés dans la salle, le petit homme prit lui-même sa valise et la garda près de lui, en s'asseyant sans cérémonie à table devant les deux sous-aides. " Allez coucher à votre bateau, dit-il aux mariniers, puisque l'auberge est pleine. Tout bien considéré, cela vaudra mieux. — Monsieur, dit l'hôte au nouvel arrivé, voilà tout ce qui me reste de provisions. " Et il montrait le souper servi aux deux Français. " Je n'ai pas une croûte de pain, pas un os. — Et de la choucroute ? — Pas de quoi mettre dans le dé de ma femme ! Comme j'ai eu l'honneur de vous le dire, vous ne pouvez avoir d'autre lit que la chaise sur laquelle vous êtes, et d'autre chambre que cette salle. " À ces mots, le petit homme jeta sur l'hôte, sur la salle et sur les deux Français un regard où la prudence et l'effroi se peignirent également.

« Ici je dois vous faire observer, dit M. Hermann en s'interrompant, que nous n'avons jamais su ni le véritable nom ni l'histoire de cet inconnu ; seulement, ses papiers ont appris qu'il venait d'Aix-la-Chapelle ; il avait pris le nom de Walhenfer, et possédait aux environs de Neuwied une manufacture d'épingles assez considérable. Comme tous les fabricants de ce pays, il portait une redingote de drap commun, une culotte et un gilet en velours vert foncé, des bottes et une large ceinture de cuir. Sa figure était toute ronde, ses manières franches et cordiales ; mais pendant cette soirée il lui fut très difficile de déguiser entièrement des appréhensions secrètes ou peut-être de cruels soucis. L'opinion de l'aubergiste a toujours été que ce négociant allemand fuyait son pays. Plus tard, j'ai su que sa fabrique avait été brûlée par un de ces hasards malheureusement si fréquents en temps de guerre. Malgré son expression généralement soucieuse, sa physionomie annonçait une grande bonhomie. Il avait de beaux traits, et surtout un large cou dont la blancheur était si bien relevée par une cravate noire, que Wilhem le montra par raillerie à Prosper... »

Ici, M. Taillefer but un verre d'eau.

« Prosper offrit avec courtoisie au négociant de partager leur souper, et Walhenfer accepta sans façon, comme un homme qui se sentait en mesure de reconnaître cette politesse ; il coucha sa valise à terre, mit ses pieds dessus, ôta son chapeau, s'attabla, se débarrassa de ses gants et de deux pistolets qu'il avait à sa ceinture. L'hôte lui ayant promptement donné un couvert, les trois convives commencèrent à satisfaire assez silencieusement leur appétit. L'atmosphère de la salle était si chaude et les mouches si nombreuses, que Prosper pria l'hôte d'ouvrir la croisée qui donnait sur la porte, afin de renouveler l'air. Cette fenêtre était barricadée par une barre de fer dont les deux bouts entraient dans des trous pratiqués aux deux coins de l'embrasure. Pour plus de sécurité, deux écrous, attachés à chacun des volets, recevaient deux vis. Par hasard, Prosper examina la manière dont s'y prenait l'hôte pour ouvrir la fenêtre.

« Mais, puisque je vous parle des localités, nous dit M. Hermann, je dois vous dépeindre les dispositions intérieures de l'auberge ; car, de la connaissance exacte des lieux, dépend l'intérêt de cette histoire. La salle où se trouvaient les trois personnages dont je vous parle avait deux portes de sortie. L'une donnait sur le chemin d'Andernach qui longe le Rhin. Là, devant l'auberge, se trouvait naturellement un petit débarcadère où le bateau, loué par le négociant pour son voyage, était amarré. L'autre porte avait sa sortie sur la cour de l'auberge. Cette cour était entourée de murs très élevés, et remplie, pour le moment, de bestiaux et de chevaux, les écuries étant pleines de monde. La grande porte venait d'être si soigneusement barricadée, que, pour plus de promptitude, l'hôte avait fait entrer le négociant et les mariniers par la porte de la salle qui donnait sur la rue. Après avoir ouvert la fenêtre, selon le désir de Prosper Magnan, il se mit à fermer cette porte, glissa les barres dans leurs trous, et vissa les écrous. La chambre de l'hôte, où devaient coucher les deux sous-aides, était contiguë à la salle commune, et se trouvait séparée par un mur assez léger de la cuisine, où l'hôtesse et son mari devaient probablement passer la nuit. La servante venait de sortir, et d'aller chercher son gîte dans quelque crèche, dans le coin d'un grenier, ou partout ailleurs. Il est facile de comprendre que la salle commune, la chambre de l'hôte et la cuisine, étaient en quelque sorte isolées du reste de l'auberge. Il y avait dans la cour deux gros chiens, dont les aboiements graves annonçaient des gardiens vigilants et très irritables. " Quel silence et quelle belle nuit ! " dit Wilhem en regardant le ciel, lorsque l'hôte eut fini de fermer la porte. Alors le clapotis des flots était le seul bruit qui se fît entendre. " Messieurs, dit le négociant aux deux Français, permettez-moi de vous offrir quelques bouteilles de vin pour arroser votre carpe. Nous nous délasserons de la fatigue de la journée en buvant. À votre air et à l'état de vos vêtements, je vois que, comme moi, vous avez fait bien du chemin aujourd'hui. " Les deux amis acceptèrent, et l'hôte sortit par la porte de la cuisine pour aller à sa cave, sans doute située sous cette partie du bâtiment. Lorsque cinq vénérables bouteilles, apportées par l'aubergiste, furent sur la table, sa femme achevait de servir le repas. Elle donna à la salle et aux mets son coup d'œil de maîtresse de maison; puis, certaine d'avoir prévenu toutes les exigences des voyageurs, elle rentra dans la cuisine. Les quatre convives, car l'hôte fut invité à boire, ne l'entendirent pas se coucher; mais, plus tard, pendant les intervalles de silence qui séparèrent les causeries des buveurs, quelques ronflements très accentués, rendus encore plus sonores par les planches creuses de la soupente où elle s'était nichée, firent sourire les amis, et surtout l'hôte. Vers minuit, lorsqu'il n'y eut plus sur la table que des biscuits, du fromage, des fruits secs et du bon vin, les convives, principalement les deux jeunes Français, devinrent communicatifs. Ils parlèrent de leur pays, de leurs études, de la guerre. Enfin, la conversation s'anima. Prosper Magnan fit venir quelques larmes dans les yeux du négociant fugitif, quand, avec cette franchise picarde et la naïveté d'une nature bonne et tendre, il supposa ce que devait faire sa mère au moment où il se trouvait, lui, sur les bords du Rhin. " Je la vois, disait-il, lisant sa prière du soir avant de se coucher ! Elle ne m'oublie certes pas, et doit se demander : 'Où est-il, mon pauvre Prosper ? ' Mais si elle a gagné au jeu quelques sous à sa voisine, — à ta mère, peut-être, ajouta-t-il en poussant le coude de Wilhem, elle va les mettre dans le grand pot de terre rouge où elle amasse la somme nécessaire à l'acquisition des trente arpents enclavés dans son petit domaine de Lescheville. Ces trente arpents valent bien environ soixante mille francs. Voilà de bonnes prairies. Ah ! si je les avais un jour, je vivrais toute ma vie à Lescheville, sans ambition ! Combien de fois mon père a-t-il désiré ces trente arpents et le joli ruisseau qui serpente dans ces prés-là ! Enfin, il est mort sans pouvoir les acheter. J'y ai bien souvent joué ! — Monsieur Walhenfer, n'avez-vous pas aussi votre *hoc erat in votis*[1] ? demanda Wilhem. — Oui monsieur, oui ! mais il était tout venu, et, maintenant... " Le bonhomme garda le silence, sans achever sa phrase. " Moi, dit l'hôte dont le visage s'était légèrement empourpré, j'ai, l'année dernière, acheté un clos que je désirais avoir depuis dix ans. " Ils causèrent ainsi en gens dont la langue était déliée par le vin, et prirent les uns pour les autres cette amitié passagère de laquelle nous sommes peu avares en voyage, en sorte qu'au moment où ils allèrent se coucher, Wilhem offrit son lit au négociant. " Vous pouvez d'autant mieux l'accepter, lui dit-il, que je puis coucher avec

Prosper. Ce ne sera, certes, ni la première ni la dernière fois. Vous êtes notre doyen, nous devons honorer la vieillesse ! — Bah ! dit l'hôte, le lit de ma femme a plusieurs matelas, vous en mettrez un par terre. " Et il alla fermer la croisée, en faisant le bruit que comportait cette prudente opération. " J'accepte, dit le négociant. J'avoue, ajouta-t-il en baissant la voix et regardant les deux amis, que je le désirais. Mes bateliers me semblent suspects. Pour cette nuit, je ne suis pas fâché d'être en compagnie de deux braves et bons jeunes gens, de deux militaires français ! J'ai cent mille francs en or et en diamants dans ma valise ! " L'affectueuse réserve avec laquelle cette imprudente confidence fut reçue par les deux jeunes gens rassura le bon Allemand. L'hôte aida ses voyageurs à défaire un des lits. Puis, quand tout fut arrangé pour le mieux, il leur souhaita le bonsoir et alla se coucher. Le négociant et les deux sous-aides plaisantèrent sur la nature de leurs oreillers. Prosper mettait sa trousse d'instruments et celle de Wilhem sous son matelas, afin de l'exhausser et de remplacer le traversin qui lui manquait, au moment où, par un excès de prudence, Walhenfer plaçait sa valise sous son chevet. " Nous dormirons tous deux sur notre fortune : vous, sur votre or ; moi, sur ma trousse ! Reste à savoir si mes instruments me vaudront autant d'or que vous en avez acquis. — Vous pouvez l'espérer, dit le négociant. Le travail et la probité viennent à bout de tout, mais ayez de la patience. " Bientôt Walhenfer et Wilhem s'endormirent. Soit que son lit fût trop dur, soit que son extrême fatigue fût une cause d'insomnie, soit par une fatale disposition d'âme, Prosper Magnan resta éveillé. Ses pensées prirent insensiblement une mauvaise pente. Il songea très exclusivement aux cent mille francs sur lesquels dormait le négociant. Pour lui, cent mille francs étaient une immense fortune tout venue. Il commença par les employer de mille manières différentes, en faisant des châteaux en Espagne, comme nous en faisons tous avec tant de bonheur pendant le moment qui précède notre sommeil, à cette heure où les images naissent confuses dans notre entendement, et où souvent, par le silence de la nuit, la pensée acquiert une puissance magique. Il comblait les vœux de sa mère, il achetait les trente arpents de prairie, il épousait une demoiselle de Beauvais à laquelle la disproportion de leurs fortunes lui défendait d'aspirer en ce moment. Il s'arrangeait avec cette somme toute une vie de délices, et se voyait heureux, père de famille, riche, considéré dans sa province, et peut-être maire de Beauvais. Sa tête picarde s'enflammant, il chercha les moyens de changer ses fictions en réalités. Il mit une chaleur extraordinaire à combiner un crime en théorie. Tout en rêvant la mort du négociant, il voyait distinctement l'or et les diamants. Il en avait les yeux éblouis. Son cœur palpitait. La délibération était déjà sans doute un crime[1]. Fasciné par cette masse d'or, il s'enivra moralement par des raisonnements assassins. Il se demanda si ce pauvre Allemand avait bien besoin de vivre, et supposa qu'il n'avait jamais existé. Bref, il conçut le crime de manière à en assurer l'impunité. L'autre rive du Rhin était occupée par les Autrichiens ; il y avait au bas des fenêtres une barque et des bateliers ; il pouvait couper le cou de cet homme, le jeter dans le Rhin, se sauver par la croisée avec la valise, offrir de l'or aux mariniers, et passer en Autriche. Il alla jusqu'à calculer le degré d'adresse qu'il avait su acquérir en se servant de ses instruments de chirurgie, afin de trancher la tête de sa victime de manière à ce qu'elle ne poussât pas un seul cri... »

Là M. Taillefer s'essuya le front et but encore un peu d'eau.

« Prosper se leva lentement et sans faire aucun bruit. Certain de n'avoir réveillé personne, il s'habilla, se rendit dans la salle commune ; puis, avec cette fatale intelligence que l'homme trouve soudainement en lui, avec cette puissance de tact et de volonté qui ne manque jamais ni aux prisonniers ni aux criminels dans l'accomplissement de leurs projets, il dévissa les barres de fer, les sortit de leurs trous sans faire le plus léger bruit, les plaça près du mur, et ouvrit les volets en pesant sur les gonds afin d'en assourdir les grincements. La lune ayant jeté sa pâle clarté sur cette scène, lui permit de voir faiblement les objets dans la chambre où dormaient Wilhem et Walhenfer. Là, il m'a dit s'être un moment arrêté. Les palpitations de son cœur étaient si fortes, si profondes, si sonores, qu'il en avait été comme épouvanté. Puis il craignait de ne pouvoir agir avec sang-froid ; ses mains tremblaient, et la plante de ses pieds lui paraissait appuyée sur des charbons ardents. Mais l'exécution de son dessein était accompagnée de tant de bonheur, qu'il vit une espèce de prédestination dans cette faveur du sort. Il ouvrit la fenêtre, revint dans la chambre, prit sa trousse, y chercha l'instrument le plus convenable pour achever son crime. " Quand j'arrivai près du lit, me dit-il, je me recommandai machinalement à Dieu. " Au moment où il levait le bras en rassemblant toute sa force, il entendit en lui comme une voix, et crut apercevoir une lumière. Il jeta l'instrument sur son lit, se sauva dans l'autre pièce, et vint se placer à la fenêtre. Là, il conçut la plus profonde horreur pour lui-même ; et sentant néanmoins sa vertu faible, craignant encore de succomber à la fascination à laquelle il était en proie, il sauta vivement sur le chemin et se promena le long du Rhin, en faisant pour ainsi dire sentinelle devant l'auberge. Souvent il atteignait Andernach dans sa promenade précipitée ;

souvent aussi ses pas le conduisaient au versant par lequel il était descendu pour arriver à l'auberge ; mais le silence de la nuit était si profond, il se fiait si bien sur les chiens de garde, que, parfois, il perdit de vue la fenêtre qu'il avait laissée ouverte. Son but était de se lasser et d'appeler le sommeil. Cependant, en marchant ainsi sous un ciel sans nuages, et en admirant les belles étoiles, frappé peut-être aussi par l'air pur de la nuit et par le bruissement mélancolique des flots, il tomba dans une rêverie qui le ramena par degrés à de saines idées de morale. La raison finit par dissiper complètement sa frénésie momentanée. Les enseignements de son éducation, les préceptes religieux, et surtout, m'a-t-il dit, les images de la vie modeste qu'il avait jusqu'alors menée sous le toit paternel, triomphèrent de ses mauvaises pensées. Quand il revint, après une longue méditation au charme de laquelle il s'était abandonné sur le bord du Rhin, en restant accoudé sur une grosse pierre, il aurait pu, m'a-t-il dit, non pas dormir, mais veiller près d'un milliard en or. Au moment où sa probité se releva fière et forte de ce combat, il se mit à genoux dans un sentiment d'extase et de bonheur, remercia Dieu, se trouva heureux, léger, content, comme au jour de sa première communion, où il s'était cru digne des anges, parce qu'il avait passé la journée sans pécher ni en paroles, ni en actions, ni en pensée. Il revint à l'auberge, ferma la fenêtre sans craindre de faire du bruit, et se mit au lit sur-le-champ. Sa lassitude morale et physique le livra sans défense au sommeil. Peu de temps après avoir posé sa tête sur son matelas, il tomba dans cette somnolence première et fantastique qui précède toujours un profond sommeil. Alors les sens s'engourdissent, et la vie s'abolit graduellement ; les pensées sont incomplètes, et les derniers tressaillements de nos sens simulent une sorte de rêverie.

" Comme l'air est lourd, se dit Prosper. Il me semble que je respire une vapeur humide. " Il s'expliqua vaguement cet effet de l'atmosphère par la différence qui devait exister entre la température de la chambre et l'air pur de la campagne. Mais il entendit bientôt un bruit périodique assez semblable à celui que font les gouttes d'eau d'une fontaine en tombant du robinet. Obéissant à une terreur panique, il voulut se lever et appeler l'hôte, réveiller le négociant ou Wilhem ; mais il se souvint alors, pour son malheur, de l'horloge de bois ; et croyant reconnaître le mouvement du balancier, il s'endormit dans cette indistincte et confuse perception. »

« Voulez-vous de l'eau, monsieur Taillefer ? » dit le maître de la maison, en voyant le banquier prendre machinalement la carafe.

Elle était vide.

M. Hermann continua son récit, après la légère pause occasionnée par l'observation du banquier.

« Le lendemain matin, dit-il, Prosper Magnan fut réveillé par un grand bruit. Il lui semblait avoir entendu des cris perçants, et il ressentait ce violent tressaillement de nerfs que nous subissons lorsque nous achevons, au réveil, une sensation pénible commencée pendant notre sommeil. Il s'accomplit en nous un fait physiologique, un sursaut, pour me servir de l'expression vulgaire, qui n'a pas encore été suffisamment observé, quoiqu'il contienne des phénomènes curieux pour la science. Cette terrible angoisse, produite peut-être par une réunion trop subite de nos deux natures, presque toujours séparées pendant le sommeil, est ordinairement rapide ; mais elle persista chez le pauvre sous-aide, s'accrut même tout à coup, et lui causa la plus affreuse horripilation, quand il aperçut une mare de sang entre son matelas et le lit de Walhenfer. La tête du pauvre Allemand gisait à terre, le corps était resté dans le lit. Tout le sang avait jailli par le cou En voyant les yeux encore ouverts et fixes, en voyant le sang qui avait taché ses draps et même ses mains, en reconnaissant son instrument de chirurgie sur le lit, Prosper Magnan s'évanouit, et tomba dans le sang de Walhenfer " C'était déjà, m'a-t-il dit, une punition de mes pensées ' Quand il reprit connaissance, il se trouva dans la salle commune. Il était assis sur une chaise, environné de soldats français et devant une foule attentive et curieuse. Il regarda stupidement un officier républicain occupé à recueillir les dépositions de quelques témoins, et à rédiger sans doute un procès-verbal. Il reconnut l'hôte, sa femme, les deux mariniers et la servante de l'auberge. L'instrument de chirurgie dont s'était servi l'assassin... »

Ici M. Taillefer toussa, tira son mouchoir de poche pour se moucher, et s'essuya le front. Ces mouvements assez naturels ne furent remarqués que par moi ; tous les convives avaient les yeux attachés sur M. Hermann, et l'écoutaient avec une sorte d'avidité. Le fournisseur appuya son coude sur la table, mit sa tête dans sa main droite, et regarda fixement Hermann. Dès lors, il ne laissa plus échapper aucune marque d'émotion ni d'intérêt ; mais sa physionomie resta pensive et terreuse, comme au moment où il avait joué avec le bouchon de la carafe.

« L'instrument de chirurgie dont s'était servi l'assassin se trouvait sur la table avec la trousse, le portefeuille et les papiers de Prosper. Les regards de l'assemblée se dirigeaient alternativement sur ces pièces de conviction et sur le jeune homme, qui paraissait mourant, et dont les yeux éteints semblaient ne rien voir. La rumeur confuse qui se faisait entendre au-dehors accusait la présence de la foule attirée devant l'auberge par la nouvelle du crime, et peut-être aussi par le désir de connaître l'assassin. Les pas des sentinelles placées sous les fenêtres de la salle, le bruit de leurs fusils dominaient le murmure des conversations populaires ; mais l'auberge était fermée, la cour était vide et silencieuse. Incapable de soutenir le regard de l'officier qui verbalisait, Prosper Magnan se sentit la main pressée par un homme, et leva les yeux pour voir quel était son protecteur parmi cette foule ennemie. Il reconnut, à l'uniforme, le chirurgien-major de la demi-brigade cantonnée à Andernach. Le regard de cet homme était si perçant, si sévère, que le pauvre jeune homme en frissonna, et laissa aller sa tête sur le dos de la chaise. Un soldat lui fit respirer du vinaigre, et il reprit aussitôt connaissance. Cependant, ses yeux hagards parurent tellement privés de vie et d'intelligence, que le chirurgien dit à l'officier, après avoir tâté le pouls de Prosper : " Capitaine, il est impossible d'interroger cet homme-là dans ce moment-ci. — Eh bien ! emmenez-le, répondit le capitaine en interrompant le chirurgien et en s'adressant à un caporal qui se trouvait derrière le sous-aide. — Sacré lâche, lui dit à voix basse le soldat, tâche au moins de marcher ferme devant ces mâtins d'Allemands, afin de sauver l'honneur de la République. " Cette interpellation réveilla Prosper Magnan, qui se leva, fit quelques pas ; mais lorsque la porte s'ouvrit, qu'il se sentit frappé par l'air extérieur, et qu'il vit entrer la foule, ses forces l'abandonnèrent, ses genoux fléchirent, il chancela. " Ce tonnerre de carabin-là mérite deux fois la mort ! Marche donc ! dirent les deux soldats qui lui prêtaient le secours de leurs bras afin de le soutenir. — Oh ! le lâche ! le lâche ! C'est lui ! c'est lui ! le voilà ! le voilà ! " Ces mots lui semblaient dits par une seule voix, la voix tumultueuse de la foule qui l'accompagnait en l'injuriant, et grossissait à chaque pas. Pendant le trajet de l'auberge à la prison, le tapage que le peuple et les soldats faisaient en marchant, le murmure des différents colloques, la vue du ciel et la fraîcheur de l'air, l'aspect d'Andernach et le frissonnement des eaux du Rhin, ces impressions arrivaient à l'âme du sous-aide, vagues, confuses, ternes comme toutes les sensations qu'il avait éprouvées depuis son réveil. Par moments il croyait, m'a-t-il dit, ne plus exister.

« J'étais alors en prison, dit M. Hermann en s'interrompant. Enthousiaste comme nous le sommes tous à vingt ans, j'avais voulu défendre mon pays, et commandais une compagnie franche que j'avais organisée aux environs d'Andernach. Quelques jours auparavant, j'étais tombé pendant la nuit au milieu d'un détachement français composé de huit cents hommes. Nous étions tout au plus deux cents. Mes espions m'avaient vendu. Je fus jeté dans la prison d'Andernach. Il s'agissait alors de me fusiller, pour faire un exemple qui intimidât le pays. Les Français parlaient aussi de représailles, mais le meurtre dont les républicains voulaient tirer vengeance sur moi ne s'était pas commis dans l'Électorat. Mon père avait obtenu un sursis de trois jours, afin de pouvoir aller demander ma grâce au général Augereau, qui la lui accorda. Je vis donc Prosper Magnan au moment où il entra dans la prison d'Andernach, et il m'inspira la plus profonde pitié. Quoiqu'il fût pâle, défait, taché de sang, sa physionomie avait un caractère de candeur et d'innocence qui me frappa vivement. Pour moi, l'Allemagne respirait dans ses longs cheveux blonds, dans ses yeux bleus. Véritable image de mon pays défaillant, il m'apparut comme une victime et non comme un meurtrier. Au moment où il passa sous ma fenêtre, il jeta, je ne sais où, le sourire amer et mélancolique d'un aliéné qui retrouve une fugitive lueur de raison. Ce sourire n'était certes pas celui d'un assassin. Quand je vis le geôlier, je le questionnai sur son nouveau prisonnier. " Il n'a pas parlé depuis qu'il est dans son cachot. Il s'est assis, a mis sa tête entre ses mains, et dort ou réfléchit à son affaire. À entendre les Français, il aura son compte demain matin, et sera fusillé dans les vingt-quatres heures. " Je demeurai le soir sous la fenêtre du prisonnier, pendant le court instant qui m'était accordé pour faire une promenade dans la cour de la prison. Nous causâmes ensemble, et il me raconta naïvement son aventure, en répondant avec assez de justesse à mes différentes questions. Après cette première conversation, je ne doutai plus de son innocence. Je demandai, j'obtins la faveur de rester quelques heures près de lui. Je le vis donc à plusieurs reprises, et le pauvre enfant m'initia sans détour à toutes ses pensées. Il se croyait à la fois innocent et coupable. Se souvenant de l'horrible tentation à laquelle il avait eu la force de résister, il craignait d'avoir accompli, pendant son sommeil et dans un accès de somnambulisme, le crime qu'il rêvait, éveillé. " Mais votre compagnon ? lui dis-je. — Oh ! s'écria-t-il avec feu, Wilhem est incapable... " Il n'acheva même pas. À cette parole chaleureuse, pleine de jeunesse et de vertu, je lui serrai la main. " À son réveil, reprit-il, il aura sans doute été épouvanté, il aura perdu la tête, il se sera sauvé. — Sans vous éveiller, lui dis-je. Mais alors votre défense sera facile, car la valise de Walhenfer n'aura pas été volée. " Tout à coup il fondit en larmes. " Oh ! oui, je suis innocent, s'écria-t-il. Je n'ai pas tué. Je me souviens de mes songes. Je jouais aux barres avec mes camarades de collège. Je n'ai pas dû couper la tête de ce négociant, en rêvant que je courais. " Puis, malgré les lueurs d'espoir qui parfois lui rendirent un peu de calme, il se sentait toujours écrasé par un remords. Il avait bien certainement levé le bras pour trancher la tête du négociant. Il se faisait justice, et ne se trouvait pas le cœur pur, après avoir commis le crime dans sa pensée. " Et cependant ! je suis bon ! s'écriait-il. Ô ma pauvre mère !

Peut-être en ce moment joue-t-elle gaiement à l'impériale [1] avec ses voisines dans son petit salon de tapisserie. Si elle savait que j'ai seulement levé la main pour assassiner un homme... oh ! elle mourrait ! Et je suis en prison, accusé d'avoir commis un crime. Si je n'ai pas tué cet homme, je tuerai certainement ma mère ! " À ces mots il ne pleura pas ; mais, animé de cette fureur courte et vive assez familière aux Picards, il s'élança vers la muraille, et, si je ne l'avais retenu, il s'y serait brisé la tête. " Attendez votre jugement, lui dis-je. Vous serez acquitté, vous êtes innocent. Et votre mère... — Ma mère, s'écria-t-il avec fureur, elle apprendra mon accusation avant tout. Dans les petites villes, cela se fait ainsi, la pauvre femme en mourra de chagrin. D'ailleurs, je ne suis pas innocent. Voulez-vous savoir toute la vérité ? Je sens que j'ai perdu la virginité de ma conscience. " Après ce terrible mot, il s'assit, se croisa les bras sur la poitrine, inclina la tête, et regarda la terre d'un air sombre. En ce moment, le porte-clefs vint me prier de rentrer dans ma chambre ; mais, fâché d'abandonner mon compagnon en un instant où son découragement me paraissait si profond, je le serrai dans mes bras avec amitié. " Prenez patience, lui dis-je, tout ira bien, peut-être. Si la voix d'un honnête homme peut faire taire vos doutes, apprenez que je vous estime et vous aime. Acceptez mon amitié, et dormez sur mon cœur, si vous n'êtes pas en paix avec le vôtre. " Le lendemain, un caporal et quatre fusiliers vinrent chercher le sous-aide vers neuf heures. En entendant le bruit que firent les soldats, je me mis à ma fenêtre. Lorsque le jeune homme traversa la cour, il jeta les yeux sur moi. Jamais je n'oublierai ce regard plein de pensées, de pressentiments, de résignation, et de je ne sais quelle grâce triste et mélancolique. Ce fut une espèce de testament silencieux et intelligible par lequel un ami léguait sa vie perdue à son dernier ami. La nuit avait sans doute été bien dure, bien solitaire pour lui ; mais aussi peut-être la pâleur empreinte sur son visage accusait-elle un stoïcisme puisé dans une nouvelle estime de lui-même. Peut-être s'était-il purifié par un remords, et croyait-il laver sa faute dans sa douleur et dans sa honte. Il marchait d'un pas ferme ; et, dès le matin, il avait fait disparaître les taches de sang dont il s'était involontairement souillé. " Mes mains y ont fatalement trempé pendant que je dormais, car mon sommeil est toujours très agité ", m'avait-il dit la veille, avec un horrible accent de désespoir. J'appris qu'il allait comparaître devant un conseil de guerre. La division devait, le surlendemain, se porter en avant, et le chef de demi-brigade ne voulait pas quitter Andernach sans faire justice du crime sur les lieux mêmes où il avait été commis... Je restai dans une mortelle angoisse pendant le temps que dura ce conseil. Enfin, vers midi, Prosper Magnan fut ramené en prison. Je faisais en ce moment ma promenade accoutumée ; il m'aperçut, et vint se jeter dans mes bras. "Perdu, me dit-il. Je suis perdu sans espoir ! Ici, pour tout le monde, je serai donc un assassin. " Il releva la tête avec fierté. " Cette injustice m'a rendu tout entier à mon innocence. Ma vie aurait toujours été troublée, ma mort sera sans reproche. Mais, y a-t-il un avenir ? " Tout le dix-huitième siècle était dans cette interrogation soudaine. Il resta pensif. " Enfin, lui dis-je, comment avez-vous répondu ? que vous a-t-on demandé ? n'avez-vous pas dit naïvement le fait comme vous me l'avez raconté ? " Il me regarda fixement pendant un moment ; puis, après cette pause effrayante, il me répondit avec une fiévreuse vivacité de paroles : "Ils m'ont demandé d'abord : 'Êtes-vous sorti de l'auberge pendant la nuit ?' J'ai dit : 'Oui. — Par où ? ' J'ai rougi, et j'ai répondu : 'Par la fenêtre. — Vous l'avez donc ouverte ? — Oui ! ai-je dit. — Vous y avez mis bien de la précaution. L'aubergiste n'a rien entendu ! ' Je suis resté stupéfait. Les mariniers ont déclaré m'avoir vu me promenant, allant tantôt à Andernach, tantôt vers la forêt. — J'ai fait, disent-ils, plusieurs voyages. J'ai enterré l'or et les diamants. Enfin, la valise ne s'est pas retrouvée ! Puis j'étais toujours en guerre avec mes remords. Quand je voulais parler : 'Tu as voulu commettre le crime ! ' me criait une voix impitoyable. Tout était contre moi, même moi !... Ils m'ont questionné sur mon camarade, et je l'ai complètement défendu. Alors ils m'ont dit : 'Nous devons trouver un coupable entre vous, votre camarade, l'aubergiste et sa femme ! Ce matin, toutes les fenêtres et les portes se sont trouvées fermées[1] ! ' — À cette observation, reprit-il, je suis resté sans voix, sans force, sans âme. Plus sûr de mon ami que de moi-même, je ne pouvais l'accuser. J'ai compris que nous étions regardés tous deux comme également complices de l'assassinat, et que je passais pour le plus maladroit ! J'ai voulu expliquer le crime par le somnambulisme, et justifier mon ami ; alors j'ai divagué. Je suis perdu. J'ai lu ma condamnation dans les yeux de mes juges. Ils ont laissé échapper des sourires d'incrédulité. Tout est dit. Plus d'incertitude. Demain je serai fusillé. — Je ne pense plus à moi, reprit-il, mais à ma pauvre mère ! " Il s'arrêta, regarda le ciel, et ne versa pas de larmes. Ses yeux étaient secs et fortement convulsés. " Frédéric ! " Ah ! l'autre se nommait Frédéric, Frédéric ! Oui, c'est bien là le nom ! » s'écria M. Hermann d'un air de triomphe.

Ma voisine me poussa le pied, et me fit un signe en me montrant M. Taillefer. L'ancien fournisseur avait négligemment laissé tomber sa main sur ses yeux ; mais, entre les intervalles de ses doigts, nous crûmes voir une flamme sombre dans son regard.

« Hein ? me dit-elle à l'oreille. S'il se nommait Frédéric. »

Je répondis en la guignant de l'œil comme pour lui dire : « Silence ! »

Hermann reprit ainsi : « " Frédéric, s'écria le sous-aide, Frédéric m'a lâchement abandonné. Il aura eu peur. Peut-être se sera-t-il caché dans l'auberge, car nos deux chevaux étaient encore le matin dans la cour. — Quel incompréhensible mystère, ajouta-t-il après un moment de silence. Le somnambulisme, le somnambulisme ! Je n'en ai eu qu'un seul accès dans ma vie, et encore à l'âge de six ans. — M'en irai-je d'ici, reprit-il, frappant du pied sur la terre, en emportant tout ce qu'il y a d'amitié dans le monde ? Mourrai-je donc deux fois en doutant d'une fraternité commencée à l'âge de cinq ans, et continuée au collège, aux écoles ! Où est Frédéric ? " Il pleura. Nous tenons donc plus à un sentiment qu'à la vie. " Rentrons, me dit-il, je préfère être dans mon cachot. Je ne voudrais pas qu'on me vît pleurant. J'irai courageusement à la mort, mais je ne sais pas faire de l'héroïsme à contre-temps, et j'avoue que je regrette ma jeune et belle vie. Pendant cette nuit je n'ai pas dormi ; je me suis rappelé les scènes de mon enfance, et me suis vu courant dans ces prairies dont le souvenir a peut-être causé ma perte. — J'avais de l'avenir, me dit-il en s'interrompant. Douze hommes ; un sous-lieutenant qui criera : 'Portez armes, en joue, feu !' un roulement de tambours ; et l'infamie ! voilà mon avenir maintenant. Oh ! il y a un Dieu, ou tout cela serait par trop niais. " Alors il me prit et me serra dans ses bras en m'étreignant avec force. " Ah ! vous êtes le dernier homme avec lequel j'aurai pu épancher mon âme. Vous serez libre, vous ! vous verrez votre mère ! Je ne sais si vous êtes riche ou pauvre, mais qu'importe ! vous êtes le monde entier pour moi. Ils ne se battront pas toujours, ceux-ci. Eh bien, quand ils seront en paix, allez à Beauvais. Si ma mère survit à la fatale nouvelle de ma mort, vous l'y trouverez. Dites-lui ces consolantes paroles : ' Il était innocent ! ' — Elle vous croira, reprit-il. Je vais lui écrire ; mais vous lui porterez mon dernier regard, vous lui direz que vous êtes le dernier homme que j'aurai embrassé. Ah ! combien elle vous aimera, la pauvre femme ! vous qui aurez été mon dernier ami. — Ici, dit-il après un moment de silence pendant lequel il resta comme accablé sous le poids de ses souvenirs, chefs et soldats me sont inconnus, et je leur fais horreur à tous. Sans vous, mon innocence serait un secret entre le ciel et moi. " Je lui jurai d'accomplir saintement ses dernières volontés. Mes paroles, mon effusion de cœur le touchèrent. Peu de temps après, les soldats revinrent le chercher et le ramenèrent au conseil de guerre. Il était condamné. J'ignore les formalités qui devaient suivre ou accompagner ce premier jugement, je ne sais pas si le jeune chirurgien défendit sa vie dans toutes les règles ; mais il s'attendait à marcher au supplice le lendemain matin, et passa la nuit à écrire à sa mère. " Nous serons libres tous deux, me dit-il en souriant, quand je l'allai voir le lendemain ; j'ai appris que le général a signé votre grâce. " Je restai silencieux, et le regardai pour bien graver ses traits dans ma mémoire. Alors il prit une expression de dégoût, et me dit : " J'ai été tristement lâche ! J'ai, pendant toute la nuit, demandé ma grâce à ces murailles. " Et il me montrait les murs de son cachot. " Oui, oui, reprit-il, j'ai hurlé de désespoir, je me suis révolté, j'ai subi la plus terrible des agonies morales. — J'étais seul ! Maintenant, je pense à ce que vont dire les autres... Le courage est un costume à prendre. Je dois aller décemment à la mort... Aussi... " »

LES DEUX JUSTICES

« Oh ! n'achevez pas ! s'écria la jeune personne qui avait demandé cette histoire, et qui interrompit alors brusquement le Nurembergeois. Je veux demeurer dans l'incertitude et croire qu'il a été sauvé. Si j'apprenais aujourd'hui qu'il a été fusillé, je ne dormirais pas cette nuit. Demain vous me direz le reste. »

Nous nous levâmes de table. En acceptant le bras de M. Hermann, ma voisine lui dit : « Il a été fusillé, n'est-ce pas ?

— Oui. Je fus témoin de l'exécution.

— Comment, monsieur, dit-elle, vous avez pu...

— Il l'avait désiré, madame. Il y a quelque chose de bien affreux à suivre le convoi d'un homme vivant, d'un homme que l'on aime, d'un innocent ! Ce pauvre jeune homme ne cessa pas de me regarder. Il semblait ne plus vivre qu'en moi ! Il voulait, disait-il, que je reportasse son dernier soupir à sa mère.

— Eh bien, l'avez-vous vue ?

— À la paix d'Amiens, je vins en France pour apporter à la mère cette belle parole : " Il était innocent. " J'avais religieusement entrepris ce pèlerinage. Mais Mme Magnan était morte de consomption. Ce ne fut pas sans une émotion profonde que je brûlai la lettre dont j'étais porteur. Vous vous moquerez peut-être de mon exaltation germanique, mais je vis un drame de mélancolie sublime dans le secret éternel qui allait ensevelir ces adieux jetés entre deux tombes, ignorés de toute la création, comme un cri poussé au milieu du désert par le voyageur que surprend un lion.

— Et si l'on vous mettait face à face avec un des

hommes qui sont dans ce salon, en vous disant : " Voilà le meurtrier ! " ne serait-ce pas un autre drame ? lui demandai-je en l'interrompant. Et que feriez-vous ? »

M. Hermann alla prendre son chapeau et sortit.

« Vous agissez en jeune homme, et bien légèrement, me dit ma voisine. Regardez Taillefer ! tenez ! assis dans la bergère, là, au coin de la cheminée, Mlle Fanny lui présente une tasse de café. Il sourit. Un assassin, que le récit de cette aventure aurait dû mettre au supplice, pourrait-il montrer tant de calme ? N'a-t-il pas un air vraiment patriarcal ?

— Oui, mais allez lui demander s'il a fait la guerre en Allemagne, m'écriai-je.

— Pourquoi non ? »

Et avec cette audace dont les femmes manquent rarement lorsqu'une entreprise leur sourit, ou que leur esprit est dominé par la curiosité, ma voisine s'avança vers le fournisseur.

« Vous êtes allé en Allemagne ? » lui dit-elle.

Taillefer faillit laisser tomber sa soucoupe.

« Moi ! madame ? non, jamais.

— Que dis-tu donc là, Taillefer ! répliqua le banquier en l'interrompant, n'étais-tu pas dans les vivres, à la campagne de Wagram ?

— Ah, oui ! répondit M. Taillefer, cette fois-là, j'y suis allé. »

« Vous vous trompez, c'est un bon homme, me dit ma voisine en revenant près de moi.

— Hé bien, m'écriai-je, avant la fin de la soirée je chasserai le meurtrier hors de la fange où il se cache. »

Il se passe tous les jours sous nos yeux un phénomène moral d'une profondeur étonnante, et cependant trop simple pour être remarqué. Si dans un salon deux hommes se rencontrent, dont l'un ait le droit de mépriser ou de haïr l'autre, soit par la connaissance d'un fait intime et latent dont il est entaché, soit par un état secret, ou même par une vengeance à venir, ces deux hommes se devinent et pressentent l'abîme qui les sépare ou doit les séparer. Ils s'observent à leur insu, se préoccupent d'eux-mêmes ; leurs regards, leurs gestes, laissent transpirer une indéfinissable émanation de leur pensée, il y a un aimant entre eux. Je ne sais qui s'attire le plus fortement, de la vengeance ou du crime, de la haine ou de l'insulte. Semblables au prêtre qui ne pouvait consacrer l'hostie en présence du malin esprit, ils sont tous deux gênés, défiants : l'un est poli, l'autre sombre, je ne sais lequel ; l'un rougit ou pâlit, l'autre tremble. Souvent le vengeur est aussi lâche que la victime. Peu de gens ont le courage de produire un mal, même nécessaire ; et bien des hommes se taisent ou pardonnent en haine du bruit, ou par peur d'un dénouement tragique. Cette intussusception de nos âmes et de nos sentiments établissait une lutte mystérieuse entre le fournisseur et moi. Depuis la première interpellation que je lui avais faite pendant le récit de M. Hermann, il fuyait mes regards. Peut-être aussi évitait-il ceux de tous les convives ! Il causait avec l'inexpériente Fanny, la fille du banquier ; éprouvant sans doute, comme tous les criminels, le besoin de se rapprocher de l'innocence, en espérant trouver du repos près d'elle. Mais, quoique loin de lui, je l'écoutais, et mon œil perçant fascinait le sien. Quand il croyait pouvoir m'épier impunément, nos regards se rencontraient, et ses paupières s'abaissaient aussitôt. Fatigué de ce supplice, Taillefer s'empressa de le faire cesser en se mettant à jouer. J'allai parier pour son adversaire, mais en désirant perdre mon argent. Ce souhait fut accompli. Je remplaçai le joueur sortant, et me trouvai face à face avec le meurtrier...

« Monsieur, lui dis-je pendant qu'il me donnait des cartes, auriez-vous la complaisance de *démarquer* ? »

Il fit passer assez précipitamment ses jetons de gauche à droite. Ma voisine était venue près de moi, je lui jetai un coup d'œil significatif.

« Seriez-vous, demandai-je en m'adressant au fournisseur, M. Frédéric Taillefer, de qui j'ai beaucoup connu la famille à Beauvais ?

— Oui, monsieur », répondit-il.

Il laissa tomber ses cartes, pâlit, mit sa tête dans ses mains, pria l'un de ses parieurs de tenir son jeu, et se leva.

« Il fait trop chaud ici, s'écria-t-il. Je crains... »

Il n'acheva pas. Sa figure exprima tout à coup d'horribles souffrances, et il sortit brusquement. Le maître de la maison accompagna Taillefer, en paraissant prendre un vif intérêt à sa position. Nous nous regardâmes, ma voisine et moi ; mais je trouvai je ne sais quelle teinte d'amère tristesse répandue sur sa physionomie.

« Votre conduite est-elle bien miséricordieuse ? me demanda-t-elle en m'emmenant dans une embrasure de fenêtre au moment où je quittai le jeu après avoir perdu. Voudriez-vous accepter le pouvoir de lire dans tous les cœurs ? Pourquoi ne pas laisser agir la justice humaine et la justice divine ? Si nous échappons à l'une, nous n'évitons jamais l'autre ! Les privilèges d'un président de Cour d'assises sont-ils donc bien dignes d'envie ? Vous avez presque fait l'office du bourreau.

— Après avoir partagé, stimulé ma curiosité, vous me faites de la morale !

— Vous m'avez fait réfléchir, me répondit-elle.

— Donc, paix aux scélérats, guerre aux malheureux, et déifions l'or ! Mais, laissons cela, ajoutai-je en riant. Regardez, je vous prie, la jeune personne qui entre en ce moment dans le salon.

— Eh bien ?

— Je l'ai vue il y a trois jours au bal de l'ambassadeur de Naples ; j'en suis devenu passionnément amoureux. De grâce, dites-moi son nom. Personne n'a pu...

— C'est Mlle Victorine Taillefer ! »

J'eus un éblouissement.

« Sa belle-mère, me disait ma voisine, dont j'entendis à peine la voix, l'a retirée depuis peu du couvent où s'est tardivement achevée son éducation. Pendant longtemps son père a refusé de la reconnaître. Elle vient ici pour la première fois. Elle est bien belle et bien riche. »

Ces paroles furent accompagnées d'un sourire sardonique. En ce moment, nous entendîmes des cris violents, mais étouffés. Ils semblaient sortir d'un appartement voisin et retentissaient faiblement dans les jardins.

« N'est-ce pas la voix de M. Taillefer ? » m'écriai-je.

Nous prêtâmes au bruit toute notre attention, et d'épouvantables gémissements parvinrent à nos oreilles. La femme du banquier accourut précipitamment vers nous, et ferma la fenêtre.

« Évitons les scènes, nous dit-elle. Si Mlle Taillefer entendait son père, elle pourrait bien avoir une attaque de nerfs ! »

Le banquier rentra dans le salon, y chercha Victorine, et lui dit un mot à voix basse. Aussitôt la jeune personne jeta un cri, s'élança vers la porte et disparut. Cet événement produisit une grande sensation. Les parties cessèrent. Chacun questionna son voisin. Le murmure des voix grossit, et des groupes se formèrent.

« M. Taillefer se serait-il... demandai-je.

— Tué, s'écria ma railleuse voisine. Vous en porteriez gaiement le deuil, je pense !

— Mais que lui est-il donc arrivé ?

— Le pauvre bonhomme, répondit la maîtresse de la

maison, est sujet à une maladie dont je n'ai pu retenir le nom, quoique M. Brousson[1] me l'ait dit assez souvent, et il vient d'en avoir un accès.

— Quel est donc le genre de cette maladie? demanda soudain un juge d'instruction.

— Oh! c'est un terrible mal, monsieur, répondit-elle. Les médecins n'y connaissent pas de remède. Il paraît que les souffrances en sont atroces. Un jour, ce malheureux Taillefer ayant eu un accès pendant son séjour à ma terre, j'ai été obligée d'aller chez une de mes voisines pour ne pas l'entendre; il pousse des cris terribles, il veut se tuer; sa fille fut alors forcée de le faire attacher sur son lit, et de lui mettre la camisole des fous. Ce pauvre homme prétend avoir dans la tête des animaux qui lui rongent la cervelle : c'est des élancements, des coups de scie, des tiraillements horribles dans l'intérieur de chaque nerf. Il souffre tant à la tête qu'il ne sentait pas les moxas[2] qu'on lui appliquait jadis pour essayer de le distraire; mais M. Brousson, qu'il a pris pour médecin, les a défendus, en prétendant que c'était une affection nerveuse, une inflammation de nerfs, pour laquelle il fallait des sangsues au cou et de l'opium sur la tête; et, en effet, les accès sont devenus plus rares, et n'ont plus paru que tous les ans, vers la fin de l'automne. Quand il est rétabli, Taillefer répète sans cesse qu'il aurait mieux aimé être roué, que de ressentir de pareilles douleurs.

— Alors, il paraît qu'il souffre beaucoup, dit un agent de change, le bel esprit du salon.

— Oh! reprit-elle, l'année dernière il a failli périr. Il était allé seul à sa terre, pour une affaire pressante; faute de secours peut-être, il est resté vingt-deux heures étendu roide, et comme mort. Il n'a été sauvé que par un bain très chaud.

— C'est donc une espèce de tétanos ? demanda l'agent de change.

— Je ne sais pas, reprit-elle. Voilà près de trente ans qu'il jouit de cette maladie gagnée aux armées ; il lui est entré, dit-il, un éclat de bois dans la tête en tombant dans un bateau ; mais Brousson espère le guérir. On prétend que les Anglais ont trouvé le moyen de traiter sans danger cette maladie-là par l'acide prussique[1]. »

En ce moment, un cri plus perçant que les autres retentit dans la maison et nous glaça d'horreur.

« Eh bien, voilà ce que j'entendais à tout moment, reprit la femme du banquier. Cela me faisait sauter sur ma chaise et m'agaçait les nerfs. Mais, chose extraordinaire ! ce pauvre Taillefer, tout en souffrant des douleurs inouïes, ne risque jamais de mourir. Il mange et boit comme à l'ordinaire pendant les moments de répit que lui laisse cet horrible supplice (la nature est bien bizarre !). Un médecin allemand lui a dit que c'était une espèce de goutte à la tête ; cela s'accorderait assez avec l'opinion de Brousson[2]. »

Je quittai le groupe qui s'était formé autour de la maîtresse du logis, et sortis avec Mlle Taillefer, qu'un valet vint chercher...

« Oh ! mon Dieu ! mon Dieu ! s'écria-t-elle en pleurant, qu'a donc fait mon père au ciel pour avoir mérité de souffrir ainsi ?... un être si bon ! »

Je descendis l'escalier avec elle, et en l'aidant à monter dans la voiture, j'y vis son père courbé en deux. Mlle Taillefer essayait d'étouffer les gémissements de son père en lui couvrant la bouche d'un mouchoir ; malheureusement, il m'aperçut, sa figure parut se crisper encore davantage, un cri convulsif fendit les airs, il me jeta un regard horrible, et la voiture partit.

Ce dîner, cette soirée, exercèrent une cruelle influence

sur ma vie et sur mes sentiments. J'aimai Mlle Taillefer, précisément peut-être parce que l'honneur et la délicatesse m'interdisaient de m'allier à un assassin, quelque bon père et bon époux qu'il pût être. Une incroyable fatalité m'entraînait à me faire présenter dans les maisons où je savais pouvoir rencontrer Victorine. Souvent, après m'être donné à moi-même ma parole d'honneur de renoncer à la voir, le soir même je me trouvais près d'elle. Mes plaisirs étaient immenses. Mon légitime amour, plein de remords chimériques, avait la couleur d'une passion criminelle. Je me méprisais de saluer Taillefer, quand par hasard il était avec sa fille ; mais je le saluais ! Enfin, par malheur, Victorine n'est pas seulement une jolie personne ; de plus elle est instruite, remplie de talents, de grâces, sans la moindre pédanterie, sans la plus légère teinte de prétention. Elle cause avec réserve ; et son caractère a des grâces mélancoliques auxquelles personne ne sait résister ; elle m'aime, ou du moins elle me le laisse croire ; elle a un certain sourire qu'elle ne trouve que pour moi ; et pour moi, sa voix s'adoucit encore. Oh ! elle m'aime ! mais elle adore son père, mais elle m'en vante la bonté, la douceur, les qualités exquises. Ces éloges sont autant de coups de poignard qu'elle me donne dans le cœur. Un jour, je me suis trouvé presque complice du crime sur lequel repose l'opulence de la famille Taillefer : j'ai voulu demander la main de Victorine. Alors j'ai fui, j'ai voyagé, je suis allé en Allemagne, à Andernach. Mais je suis revenu. J'ai retrouvé Victorine pâle, elle avait maigri ! si je l'avais revue bien portante, gaie, j'étais sauvé ! Ma passion s'est rallumée avec une violence extraordinaire. Craignant que mes scrupules ne dégénérassent en monomanie, je résolus de convoquer un sanhédrin de consciences pures, afin de jeter quelque lumière sur ce problème de haute morale et de philosophie. La question s'était encore bien compliquée depuis mon retour. Avant-hier donc, j'ai réuni ceux de mes amis auxquels j'accorde le plus de probité, de délicatesse et d'honneur. J'avais invité deux Anglais, un secrétaire d'ambassade et un puritain ; un ancien ministre dans toute la maturité de la politique ; des jeunes gens encore sous le charme de l'innocence ; un prêtre, un vieillard ; puis mon ancien tuteur, homme naïf, qui m'a rendu le plus beau compte de tutelle dont la mémoire soit restée au Palais ; un avocat, un notaire, un juge, enfin toutes les opinions sociales, toutes les vertus pratiques. Nous avons commencé par bien dîner, bien parler, bien crier ; puis, au dessert, j'ai raconté naïvement mon histoire, et demandé quelque bon avis en cachant le nom de ma prétendue.

« Conseillez-moi, mes amis, leur dis-je en terminant. Discutez longuement la question, comme s'il s'agissait d'un projet de loi. L'urne et les boules du billard vont vous être apportées, et vous voterez pour ou contre mon mariage, dans tout le secret voulu par un scrutin ! »

Un profond silence régna soudain. Le notaire se récusa.

« Il y a, dit-il, un contrat à faire. »

Le vin avait réduit mon ancien tuteur au silence, et il fallait le mettre en tutelle pour qu'il ne lui arrivât aucun malheur en retournant chez lui.

« Je comprends ! m'écriai-je. Ne pas donner son opinion, c'est me dire énergiquement ce que je dois faire. »

Il y eut un mouvement dans l'assemblée.

Un propriétaire qui avait souscrit pour les enfants et la tombe du général Foy [1] s'écria :

Ainsi que la vertu le crime a ses degrés [2] *!*

« Bavard ! » me dit l'ancien ministre à voix basse en me poussant le coude.

« Où est la difficulté ? » demanda un duc dont la fortune consiste en biens confisqués à des protestants réfractaires lors de la révocation de l'édit de Nantes.

L'avocat se leva : « En droit, l'*espèce* qui nous est soumise ne constituerait pas la moindre difficulté. Monsieur le duc a raison ! s'écria l'organe de la loi. N'y a-t-il pas prescription ? Où en serions-nous tous s'il fallait rechercher l'origine des fortunes ! Ceci est une affaire de conscience. Si vous voulez absolument porter la cause devant un tribunal, allez à celui de la pénitence. »

Le Code incarné se tut, s'assit et but un verre de vin de Champagne. L'homme chargé d'expliquer l'Évangile, le bon prêtre, se leva.

« Dieu nous a faits fragiles, dit-il avec fermeté. Si vous aimez l'héritière du crime, épousez-la, mais contentez-vous du bien matrimonial, et donnez aux pauvres celui du père.

— Mais, s'écria l'un de ces ergoteurs sans pitié qui se rencontrent si souvent dans le monde, le père n'a peut-être fait un beau mariage que parce qu'il s'était enrichi. Le moindre de ses bonheurs n'a-t-il donc pas toujours été un fruit du crime ?

— La discussion est en elle-même une sentence ! Il est des choses sur lesquelles un homme ne délibère pas, s'écria mon ancien tuteur qui crut éclairer l'assemblée par une saillie d'ivresse.

— Oui ! dit le secrétaire d'ambassade.

— Oui ! » s'écria le prêtre.

Ces deux hommes ne s'entendaient pas.

Un doctrinaire[1] auquel il n'avait guère manqué que cent cinquante voix sur cent cinquante-cinq votants pour être élu, se leva.

« Messieurs, cet accident phénoménal de la nature intellectuelle est un de ceux qui sortent le plus vivement de l'état normal auquel est soumise la société, dit-il. Donc, la décision à prendre doit être un fait extemporané de notre conscience, un concept soudain, un jugement instructif, une nuance fugitive de notre appréhension intime assez semblable aux éclairs qui constituent le sentiment du goût. Votons.

— Votons ! » s'écrièrent mes convives.

Je fis donner à chacun deux boules, l'une blanche, l'autre rouge. Le blanc, symbole de la virginité, devait proscrire le mariage ; et la boule rouge, l'approuver. Je m'abstins de voter par délicatesse. Mes amis étaient dix-sept, le nombre neuf formait la majorité absolue. Chacun alla mettre sa boule dans le panier d'osier à col étroit où s'agitent les billes numérotées quand les joueurs tirent leurs places à la poule, et nous fûmes agités par une assez vive curiosité, car ce scrutin de morale épurée avait quelque chose d'original. Au dépouillement du scrutin, je trouvai neuf boules blanches ! Ce résultat ne me surprit pas ; mais je m'avisai de compter les jeunes gens de mon âge que j'avais mis parmi mes juges. Ces casuistes étaient au nombre de neuf, ils avaient tous eu la même pensée.

« Oh ! oh ! me dis-je, il y a unanimité secrète pour le mariage et unanimité pour me l'interdire ! Comment sortir d'embarras ?

— Où demeure le beau-père ? demanda étourdiment un de mes camarades de collège, moins dissimulé que les autres.

— Il n'y a plus de beau-père, m'écriai-je. Jadis ma conscience parlait assez clairement pour rendre votre arrêt superflu. Et si aujourd'hui sa voix s'est affaiblie, voici les motifs de ma couardise. Je reçus, il y a deux mois, cette lettre séductrice. »

Je leur montrai l'invitation suivante, que je tirai de mon portefeuille.

Vous êtes prié d'assister aux convoi, service et enterrement de M. Jean-Frédéric Taillefer, de la maison Taillefer et compagnie, ancien fournisseur des vivres-viandes, en son vivant chevalier de la Légion d'honneur et de l'Éperon d'or[1], capitaine de la première compagnie de grenadiers de la deuxième légion de la garde nationale de Paris, décédé le premier mai dans son hôtel, rue Joubert, et qui se feront à... etc.

De la part de... etc.

« Maintenant, que faire ? repris-je. Je vais vous poser la question très largement. Il y a bien certainement une mare de sang dans les terres de Mlle Taillefer, la succession de son père est un vaste *hacelma*[2]. Je le sais. Mais Prosper Magnan n'a pas laissé d'héritiers ; mais il m'a été impossible de retrouver la famille du fabricant d'épingles assassiné à Andernach. À qui restituer la fortune ? Et doit-on restituer toute la fortune ? Ai-je le droit de trahir un secret surpris, d'augmenter d'une tête coupée la dot d'une innocente jeune fille, de lui faire faire de mauvais rêves, de lui ôter une belle illusion, de lui tuer son père une seconde fois, en lui disant : " Tous vos écus sont tachés " ? J'ai emprunté le *Dictionnaire des cas de conscience*[3] à un vieil ecclésiastique, et n'y ai point trouvé de solution à mes doutes. Faire une fondation pieuse pour l'âme de Prosper Magnan, de Walhenfer, de Taillefer ? nous sommes en plein XIXe siècle. Bâtir un hospice ou instituer un prix de vertu ? le prix de vertu sera donné à des fripons. Quant à la plupart de nos hôpitaux, ils me semblent devenus aujourd'hui les protecteurs du vice ! D'ailleurs ces placements plus ou moins profitables à la vanité constitueront-ils des réparations ?

et les dois-je ? Puis j'aime, et j'aime avec passion. Mon amour est ma vie ! Si je propose sans motif à une jeune fille habituée au luxe, à l'élégance, à une vie fertile en jouissance d'arts, à une jeune fille qui aime à écouter paresseusement aux Bouffons la musique de Rossini, si donc je lui propose de se priver de quinze cent mille francs en faveur de vieillards stupides ou de galeux chimériques, elle me tournera le dos en riant, ou sa femme de confiance me prendra pour un mauvais plaisant ; si, dans une extase d'amour, je lui vante les charmes d'une vie médiocre et ma petite maison sur les bords de la Loire, si je lui demande le sacrifice de sa vie parisienne au nom de notre amour, ce sera d'abord un vertueux mensonge ; puis, je ferai peut-être là quelque triste expérience, et perdrai le cœur de cette jeune fille, amoureuse du bal, folle de parure, et de moi pour le moment. Elle me sera enlevée par un officier mince et pimpant, qui aura une moustache bien frisée, jouera du piano, vantera lord Byron, et montera joliment à cheval. Que faire ? Messieurs, de grâce, un conseil... ? »

L'honnête homme, cette espèce de puritain assez semblable au père de Jenny Deans [1], de qui je vous ai déjà parlé, et qui jusque-là n'avait soufflé mot, haussa les épaules en me disant : « Imbécile, pourquoi lui as-tu demandé s'il était de Beauvais ! »

Paris, mai 1831.

Maître Cornélius

À MONSIEUR LE COMTE GEORGES MNISZECH [1]

Quelque jaloux *pourrait croire en voyant briller à cette page un des plus vieux et plus illustres noms sarmates, que j'essaye, comme en orfèvrerie, de rehausser un récent travail par un bijou ancien, fantaisie à la mode aujourd'hui ; mais, vous et quelques autres aussi, mon cher comte, sauront que je tâche d'acquitter ici ma dette au Talent, au Souvenir et à l'Amitié.*

En 1479, le jour de la Toussaint, au moment où cette histoire commença, les vêpres finissaient à la cathédrale de Tours. L'archevêque Hélie de Bourdeilles [2] se levait de son siège pour donner lui-même la bénédiction aux fidèles. Le sermon avait duré longtemps, la nuit était venue pendant l'office, et l'obscurité la plus profonde régnait dans certaines parties de cette belle église dont les deux tours n'étaient pas encore achevées. Cependant bon nombre de cierges brûlaient en l'honneur des saints sur les porte-cires triangulaires destinés à recevoir ces pieuses offrandes dont le mérite ou la signification n'ont jamais été suffisamment expliqués. Les luminaires de chaque autel et tous les candélabres du chœur étaient allumés. Inégalement semées à travers la forêt de piliers et d'arcades qui soutient les trois nefs de la cathédrale, ces masses de lumière éclairaient à peine l'immense vaisseau, car en projetant les fortes ombres des colonnes à travers les galeries de l'édifice, elles y produisaient mille fantaisies que rehaussaient encore les ténèbres dans lesquelles étaient ensevelis les cintres, les voussures et les chapelles latérales, déjà si sombres en plein jour. La foule offrait des effets non moins pittoresques. Certaines figures se dessinaient si vaguement dans le clair-obscur, qu'on pouvait les prendre pour des fantômes; tandis que plusieurs autres, frappées par des lueurs éparses, attiraient l'attention comme les têtes principales d'un tableau. Les statues semblaient animées, et les hommes paraissaient pétrifiés. Çà et là, des yeux brillaient dans le creux des piliers, la pierre jetait des regards, les marbres parlaient, les voûtes répétaient des soupirs, l'édifice entier était doué de vie. L'existence des peuples n'a pas de scènes plus solennelles ni de moments plus majestueux. À l'homme en masse, il faut toujours du mouvement pour faire œuvre de poésie; mais à ces heures de religieuses pensées, où les richesses humaines se marient aux grandeurs célestes, il se rencontre d'incroyables sublimités dans le silence; il y a de la terreur dans les genoux pliés et de l'espoir dans les mains jointes. Le concert de sentiments par lequel toutes les âmes s'élancent au ciel produit alors un explicable phénomène de spiritualité. La mystique exaltation des fidèles assemblés réagit sur chacun d'eux, le plus faible est sans doute porté sur les flots de cet océan d'amour et de foi. Puissance tout électrique, la prière arrache ainsi notre nature à elle-même. Cette involontaire union de toutes les volontés, également prosternées à terre, également élevées aux cieux, contient sans doute le secret des magiques influences que possèdent le chant des prêtres et les mélodies de l'orgue, les parfums et les pompes de l'autel, les voix de la foule et ses contemplations silencieuses. Aussi ne devons-nous pas être étonnés de voir au Moyen Âge tant d'amours commencées à l'église après de longues extases, amours souvent dénouées peu saintement, mais desquelles les femmes finissaient, comme toujours, par faire pénitence. Le sentiment religieux avait alors certainement quelques affinités avec l'amour, il en était ou le principe ou la fin. L'amour était encore une religion, il avait encore son beau fanatisme, ses superstitions naïves, ses dévouements sublimes qui sympathisaient avec ceux du christianisme. Les mœurs de l'époque expliquent assez bien d'ailleurs l'alliance de la religion et de l'amour. D'abord, la société ne se trouvait guère en présence que devant les autels. Seigneurs et vassaux, hommes et femmes n'étaient égaux que là. Là seulement, les amants pouvaient se voir et correspondre. Enfin, les fêtes ecclésiastiques composaient le spectacle du temps, l'âme d'une femme était alors plus vivement remuée au milieu des cathédrales qu'elle ne l'est aujourd'hui dans un bal ou à l'Opéra. Les fortes émotions ne ramènent-elles pas toutes les femmes à l'amour ? À force de se mêler à la vie et de la saisir dans tous ses actes, la religion s'était donc rendue également complice et des vertus et des vices. La religion avait passé dans la science, dans la politique, dans l'éloquence, dans les crimes, sur les trônes, dans la peau du malade et du pauvre ; elle était tout. Ces observations demi-savantes justifieront peut-être la vérité de cette Étude dont certains détails pourraient effaroucher la morale perfectionnée de notre siècle, un peu trop *collet monté*, comme chacun sait.

Au moment où le chant des prêtres cessa, quand les dernières notes de l'orgue se mêlèrent aux vibrations de l'*amen* sorti de la forte poitrine des chantres, pendant qu'un léger murmure retentissait encore sous les voûtes lointaines, au moment où l'assemblée recueillie attendait la bienfaisante parole du prélat, un bourgeois, pressé de rentrer en son logis, ou craignant pour sa bourse le tumulte de la sortie, se retira doucement, au risque d'être réputé mauvais catholique. Un gentilhomme, tapi contre l'un des énormes piliers qui environnent le chœur et où il était resté comme perdu dans l'ombre, s'empressa de venir prendre la place abandonnée par le prudent Tourangeau. En y arrivant, il se cacha promptement le visage dans les plumes qui ornaient son haut bonnet gris, et s'agenouilla sur la chaise avec un air de contrition auquel un inquisiteur aurait pu croire. Après avoir assez attentivement regardé ce garçon, ses voisins parurent le reconnaître, et se remirent à prier en laissant échapper certain geste par lequel ils exprimèrent une même pensée, pensée caustique, railleuse, une médisance muette. Deux vieilles femmes hochèrent la tête en se jetant un mutuel coup d'œil qui fouillait l'avenir. La chaise dont s'était emparé le jeune homme se trouvait près d'une chapelle pratiquée entre deux piliers, et fermée par une grille de fer. Le chapitre louait alors, moyennant d'assez fortes redevances, à certaines familles seigneuriales ou même à de riches bourgeois, le droit d'assister aux offices, exclusivement, eux et leurs gens, dans les chapelles latérales, situées le long des deux petites nefs qui tournent autour de la cathédrale. Cette simonie[1] se pratique encore aujourd'hui. Une femme avait sa chapelle à l'église, comme de nos jours elle prend une loge aux Italiens. Les locataires de ces places privilégiées avaient en outre la charge d'entretenir l'autel qui leur était concédé. Chacun mettait donc son amour-propre à décorer somptueusement le sien, vanité dont s'accommodait assez bien l'église. Dans cette chapelle et près de la grille, une jeune dame était agenouillée sur un beau carreau[2] de velours rouge à glands d'or, précisément auprès de la place précédemment occupée par le bourgeois. Une lampe d'argent vermeil suspendue à la voûte de la chapelle, devant un autel magnifiquement orné, jetait sa pâle lumière sur le livre d'Heures que tenait la dame. Ce livre trembla violemment dans ses mains quand le jeune homme vint près d'elle.

Amen !

À ce répons, chanté d'une voix douce, mais cruellement agitée, et qui heureusement se confondit dans la clameur générale, elle ajouta vivement et à voix basse : « Vous me perdez. »

Cette parole fut dite avec un accent d'innocence auquel devait obéir un homme délicat, elle allait au cœur et le perçait ; mais l'inconnu, sans doute emporté par un de ces paroxysmes de passion qui étouffent la conscience, resta sur sa chaise et releva légèrement la tête, pour jeter un coup d'œil dans la chapelle.

« Il dort ! » répondit-il d'une voix si bien assourdie que cette réponse dut être entendue par la jeune femme comme un son par l'écho.

La dame pâlit, son regard furtif quitta pour un moment le vélin du livre et se dirigea sur un vieillard que le jeune homme avait regardé. Quelle terrible complicité ne se trouvait-il pas dans cette œillade ? Lorsque la jeune femme eut examiné ce vieillard, elle respira fortement et leva son beau front orné d'une pierre précieuse vers un tableau où la Vierge était peinte ; ce simple mouvement, cette attitude, le regard mouillé disaient toute sa vie avec une imprudente naïveté ; perverse, elle eût été dissimulée. Le personnage qui faisait tant de peur aux deux amants était un petit vieillard, bossu, presque chauve, de physionomie farouche, ayant une large barbe d'un blanc sale et taillée en éventail ; la croix de Saint-Michel[1] brillait sur sa poitrine ; ses mains rudes, fortes, sillonnées de poils gris, et que d'abord il avait sans doute jointes, s'étaient légèrement désunies pendant le sommeil auquel il se laissait si imprudemment aller. Sa main droite semblait près de tomber sur sa dague, dont la garde formait une espèce de grosse coquille en fer sculpté ; par la manière dont il avait rangé son arme, le pommeau se trouvait sous sa main ; si, par malheur, elle venait à toucher le fer, nul doute qu'il ne s'éveillât aussitôt, et ne jetât un regard sur sa femme. Ses lèvres sardoniques, son menton pointu, capricieusement relevé, présentaient les signes caractéristiques d'un malicieux esprit, d'une sagacité froidement cruelle qui devait lui permettre de tout deviner, parce qu'il savait tout supposer. Son front jaune était plissé comme celui des hommes habitués à ne rien croire, à tout peser, et qui, semblables aux avares faisant trébucher leurs pièces d'or, cherchent le sens et la valeur exacte des actions humaines. Il avait une charpente osseuse et solide, paraissait être nerveux, partant irritable ; bref, vous eussiez dit d'un ogre manqué. Donc, au réveil de ce terrible seigneur, un inévitable danger attendait la jeune dame. Ce mari jaloux ne manquerait pas de reconnaître la différence qui existait entre le vieux bourgeois duquel il n'avait pris aucun ombrage, et le nouveau venu, courtisan jeune, svelte, élégant.

Libera nos a malo, dit-elle en essayant de faire comprendre ses craintes au cruel jeune homme.

Celui-ci leva la tête vers elle et la regarda. Il avait des pleurs dans les yeux, pleurs d'amour ou de désespoir. À cette vue la dame tressaillit, elle se perdit. Tous deux résistaient sans doute depuis longtemps, et ne pouvaient peut-être plus résister à un amour grandi de jour en jour par d'invincibles obstacles, couvé par la terreur, fortifié par la jeunesse. Cette femme était médiocrement belle, mais son teint pâle accusait de secrètes souffrances qui la rendaient intéressante. Elle avait d'ailleurs les formes distinguées et les plus beaux cheveux du monde. Gardée par un tigre, elle risquait peut-être sa vie en disant un mot, en se laissant presser la main, en accueillant un regard. Si jamais amour n'avait été plus profondément enseveli dans deux cœurs, plus délicieusement savouré, jamais aussi passion ne devait être plus périlleuse. Il était facile de deviner que, pour ces deux êtres, l'air, les sons, le bruit des pas sur les dalles, les choses les plus indifférentes aux autres hommes, offraient des qualités sensibles, des propriétés particulières qu'ils devinaient. Peut-être l'amour leur faisait-il trouver des truchements fidèles jusque dans les mains glacées du vieux prêtre auquel ils allaient dire leurs péchés, ou desquelles ils recevaient une hostie en approchant de la sainte table. Amour profond, amour entaillé dans l'âme comme dans le corps une cicatrice qu'il faut garder durant toute la vie. Quand ces deux jeunes gens se regardèrent, la femme sembla dire à son amant : « Périssons, mais aimons-nous. » Et le cavalier parut lui répondre : « Nous nous aimerons, et ne périrons pas. » Alors, par un mouvement de tête plein de mélancolie, elle lui montra une vieille duègne et deux pages. La duègne dormait. Les deux pages étaient jeunes, et paraissaient assez insouciants de ce qui pouvait arriver de bien ou de mal à leur maître.

« Ne vous effrayez pas à la sortie, et laissez-vous faire. »

À peine le gentilhomme eut-il dit ces paroles à voix basse, que la main du vieux seigneur coula sur le pommeau de son épée. En sentant la froideur du fer, le vieillard s'éveilla soudain ; ses yeux jaunes se fixèrent aussitôt sur sa femme. Par un privilège assez rarement accordé même aux hommes de génie, il retrouva son intelligence aussi nette et ses idées aussi claires que s'il n'avait pas sommeillé. C'était un jaloux. Si le jeune cavalier donnait un œil à sa maîtresse, de l'autre il guignait le mari ; il se leva lestement, et s'effaça derrière le pilier au moment où la main du vieillard voulut se mouvoir ; puis il disparut, léger comme un oiseau. La dame baissa promptement les yeux, feignit de lire et tâcha de paraître calme ; mais elle ne pouvait empêcher ni son visage de rougir, ni son cœur de battre avec une violence inusitée. Le vieux seigneur entendit le bruit des pulsations profondes qui retentissaient dans la chapelle, et remarqua l'incarnat extraordinaire répandu sur les joues, sur le front, sur les paupières de sa femme ; il regarda prudemment autour de lui ; mais, ne voyant personne dont il dût se défier · « À quoi pensez-vous donc, ma mie ? lui dit-il.

— L'odeur de l'encens me fait mal, répondit-elle.

— Il est donc mauvais d'aujourd'hui », répliqua le seigneur.

Malgré cette observation, le rusé vieillard parut croire à cette défaite ; mais il soupçonna quelque trahison secrète et résolut de veiller encore plus attentivement sur son trésor. La bénédiction était donnée. Sans attendre la fin du *secula seculorum*, la foule se précipitait comme un torrent vers les portes de l'église. Suivant son habitude, le seigneur attendit prudemment que l'empressement général fût calmé, puis il sortit en faisant marcher devant lui la duègne et le plus jeune page, qui portait un falot ; il donna le bras à sa femme, et se fit suivre par l'autre page. Au moment où le vieux seigneur allait atteindre la porte latérale ouverte dans la partie orientale du cloître et par laquelle il avait coutume de sortir, un flot de monde se détacha de la foule qui obstruait le grand portail, reflua vers la petite nef où il se trouvait avec son monde, et cette masse compacte l'empêcha de retourner sur ses pas. Le seigneur et sa femme furent alors poussés au-dehors par la puissante pression de cette multitude. Le mari tâcha de passer le premier en tirant fortement la dame par le bras ; mais, en ce moment, il fut entraîné vigoureusement dans la rue, et sa femme lui fut arrachée par un étranger. Le terrible bossu comprit soudain qu'il était tombé dans une embûche préparée de longue main. Se repentant d'avoir dormi si longtemps, il rassembla toute sa force ; d'une main ressaisit sa femme par la manche de sa robe, et de l'autre essaya de se cramponner à la porte. Mais l'ardeur de l'amour l'emporta sur la rage de la jalousie. Le jeune gentilhomme prit sa maîtresse par la taille, l'enleva si rapidement et avec une telle force de désespoir, que l'étoffe de soie et d'or, le brocart et les baleines, se déchirèrent bruyamment. La manche resta seule au mari. Un rugissement de lion couvrit aussitôt les cris poussés par la multitude, et l'on entendit bientôt une voix terrible hurlant ces mots : « À moi, Poitiers ! Au portail, les gens du comte de Saint-Vallier ! Au secours ! ici ! »

Et le comte Aymar de Poitiers, sire de Saint-Vallier[1], tenta de tirer son épée et de se faire place ; mais il se vit environné, pressé par trente ou quarante gentilshommes qu'il était dangereux de blesser. Plusieurs d'entre eux, qui étaient du plus haut rang, lui répondirent par des quolibets en l'entraînant dans le passage du cloître. Avec la rapidité de l'éclair, le ravisseur avait emmené la comtesse dans une chapelle ouverte où il l'assit derrière un confessionnal, sur un banc de bois. À la lueur des cierges qui brûlaient devant l'image du saint auquel cette chapelle était dédiée, ils se regardèrent un moment en silence, en se pressant les mains, étonnés l'un et l'autre de leur audace. La comtesse n'eut pas le cruel courage de reprocher au jeune homme la hardiesse à laquelle ils devaient ce périlleux, ce premier instant de bonheur.

« Voulez-vous fuir avec moi dans les États voisins ? lui dit vivement le gentilhomme. J'ai près d'ici deux genets d'Angleterre[1] capables de faire trente lieues d'une seule traite.

— Eh ! s'écria-t-elle doucement, en quel lieu du monde trouverez-vous un asile pour une fille du roi Louis XI ?

— C'est vrai, répondit le jeune homme stupéfait de n'avoir pas prévu cette difficulté.

— Pourquoi donc m'avez-vous arrachée à mon mari ? demanda-t-elle avec une sorte de terreur.

— Hélas ! reprit le cavalier, je n'ai pas compté sur le trouble où je suis en me trouvant près de vous, en vous entendant me parler. J'ai conçu deux ou trois plans, et maintenant tout me semble accompli, puisque je vous vois.

— Mais je suis perdue, dit la comtesse.

— Nous sommes sauvés, répliqua le gentilhomme avec l'aveugle enthousiasme de l'amour. Écoutez-moi bien.

— Ceci me coûtera la vie, reprit-elle en laissant couler les larmes qui roulaient dans ses yeux. Le comte me tuera ce soir peut-être ! Mais, allez chez le Roi, racontez-lui les tourments que depuis cinq ans sa fille a endurés. Il m'aimait bien quand j'étais petite, et m'appelait en riant : Marie-pleine-de-grâce, parce que j'étais laide. Ah ! s'il savait à quel homme il m'a donnée, il se mettrait dans une terrible colère. Je n'ai pas osé me plaindre, par pitié pour le comte. D'ailleurs, comment ma voix parviendrait-elle au Roi ? Mon confesseur lui-même est un espion de Saint-Vallier. Aussi me suis-je prêtée à ce coupable enlèvement, dans l'espoir de conquérir un défenseur. Mais puis-je me fier à... — Oh ! dit-elle en pâlissant et s'interrompant, voici le page. »

La pauvre comtesse se fit comme un voile avec ses mains pour se cacher la figure.

« Ne craignez rien, reprit le jeune seigneur, il est

gagné ! Vous pouvez vous servir de lui en toute assurance, il m'appartient. Quand le comte viendra vous chercher, il nous préviendra de son arrivée. — Dans ce confessionnal, ajouta-t-il à voix basse, est un chanoine de mes amis qui sera censé vous avoir retirée de la bagarre, et mise sous sa protection dans cette chapelle. Ainsi, tout est prévu pour tromper Saint-Vallier. »

À ces mots, les larmes de la comtesse se séchèrent, mais une expression de tristesse vint rembrunir son front.

« On ne le trompe pas ! dit-elle. Ce soir, il saura tout, prévenez ses coups ! Allez au Plessis, voyez le Roi, dites-lui que... » Elle hésita. Mais quelque souvenir lui ayant donné le courage d'avouer les secrets du mariage : « Eh bien, oui, reprit-elle, dites-lui que, pour se rendre maître de moi, le comte me fait saigner aux deux bras, et m'épuise. Dites qu'il m'a traînée par les cheveux, dites que je suis prisonnière, dites que... »

Son cœur se gonfla, les sanglots expirèrent dans son gosier, quelques larmes tombèrent de ses yeux ; et dans son agitation, elle se laissa baiser les mains par le jeune homme, auquel il échappait des mots sans suite.

« Personne ne peut parler au Roi, pauvre petite ! J'ai beau être le neveu du grand-maître des arbalétriers, je n'entrerai pas ce soir au Plessis. Ma chère dame, ma belle souveraine ! Mon Dieu, a-t-elle souffert ! Marie, laissez-moi vous dire deux mots, ou nous sommes perdus.

— Que devenir ? » dit-elle.

La comtesse aperçut à la noire muraille un tableau de la Vierge, sur lequel tombait la lueur de la lampe, et s'écria : « Sainte mère de Dieu, conseillez-nous !

— Ce soir, reprit le jeune seigneur, je serai chez vous.

— Et comment ? » demanda-t-elle naïvement.

Ils étaient dans un si grand péril, que leurs plus douces paroles semblaient dénuées d'amour.

« Ce soir, reprit le gentilhomme, je vais aller m'offrir en qualité d'apprenti à maître Cornélius, l'argentier du Roi. J'ai su me procurer une lettre de recommandation qui me fera recevoir. Son logis est voisin du vôtre. Une fois sous le toit de ce vieux ladre, à l'aide d'une échelle de soie je saurai trouver le chemin de votre appartement.

— Oh ! dit-elle pétrifiée d'horreur, si vous m'aimez, n'allez pas chez maître Cornélius !

— Ah ! s'écria-t-il en la serrant contre son cœur avec toute la force que l'on se sent à son âge, vous m'aimez donc !

— Oui, dit-elle. N'êtes-vous pas mon espérance ? Vous êtes gentilhomme, je vous confie mon honneur !

— D'ailleurs, reprit-elle en le regardant avec dignité, je suis trop malheureuse pour que vous trahissiez ma foi. Mais à quoi bon tout ceci ? Allez, laissez-moi mourir plutôt que d'entrer chez Cornélius ! Ne savez-vous pas que tous ses apprentis...

— Ont été pendus, reprit en riant le gentilhomme. Croyez-vous que ses trésors me tentent ?

— Oh ! n'y allez pas, vous y seriez victime de quelque sorcellerie.

— Je ne saurais trop payer le bonheur de vous servir, répondit-il en lui lançant un regard de feu qui lui fit baisser les yeux.

— Et mon mari ? dit-elle.

— Voici qui l'endormira, reprit le jeune homme en tirant de sa ceinture un petit flacon

— Pas pour toujours ? » demanda la comtesse en tremblant.

Pour toute réponse, le gentilhomme fit un geste d'horreur.

« Je l'aurais déjà défié en combat singulier, s'il

n'était pas si vieux, ajouta-t-il. Dieu me garde jamais de vous en défaire en lui donnant le boucon[1] !

— Pardon, dit la comtesse en rougissant, je suis cruellement punie de mes péchés. Dans un moment de désespoir, j'ai voulu tuer le comte, je craignais que vous n'eussiez eu le même désir. Ma douleur est grande de n'avoir point encore pu me confesser de cette mauvaise pensée ; mais j'ai eu peur que mon idée ne lui fût découverte, qu'il ne s'en vengeât. — Je vous fais honte, reprit-elle, offensée du silence que gardait le jeune homme. J'ai mérité ce blâme. »

Elle brisa le flacon en le jetant à terre avec violence.

« Ne venez pas, s'écria-t-elle, le comte a le sommeil léger. Mon devoir est d'attendre secours du ciel. Ainsi ferai-je ! »

Elle voulut sortir.

« Ah ! s'écria le gentilhomme, ordonnez, je le tuerai, madame. Vous me verrez ce soir.

— J'ai été sage de dissiper cette drogue, répliqua-t-elle d'une voix éteinte par le plaisir de se voir si ardemment aimée. La peur de réveiller mon mari nous sauvera de nous-mêmes.

— Je vous fiance ma vie, dit le jeune homme en lui serrant la main.

— Si le Roi veut, le pape saura casser mon mariage. Nous serions unis, alors, reprit-elle en lui lançant un regard plein de délicieuses espérances.

— Voici mon seigneur ! » s'écria le page en accourant.

Aussitôt le gentilhomme, étonné du peu de temps pendant lequel il était resté près de sa maîtresse, et surpris de la célérité du comte, prit un baiser que sa maîtresse ne sut pas refuser.

« À ce soir ! » lui dit-il en s'esquivant de la chapelle.

À la faveur de l'obscurité, l'amoureux gagna le grand

portail en s'évadant de pilier en pilier, dans la longue trace d'ombre que chaque grosse colonne projetait à travers l'église. Un vieux chanoine sortit tout à coup du confessionnal, vint se mettre auprès de la comtesse, et ferma doucement la grille devant laquelle le page se promena gravement avec une assurance de meurtrier. De vives clartés annoncèrent le comte. Accompagné de quelques amis et de gens qui portaient des torches, il tenait à la main son épée nue. Ses yeux sombres semblaient percer les ténèbres profondes et visiter les coins les plus obscurs de la cathédrale.

« Monseigneur, madame est là », lui dit le page en allant au-devant de lui.

Le sire de Saint-Vallier trouva sa femme agenouillée au pied de l'autel, et le chanoine debout, disant son bréviaire. À ce spectacle, il secoua vivement la grille, comme pour donner pâture à sa rage.

« Que voulez-vous, une épée nue à la main dans l'église ? demanda le chanoine.

— Mon père, monsieur est mon mari », répondit la comtesse.

Le prêtre tira la clef de sa manche, et ouvrit la chapelle. Le comte jeta presque malgré lui des regards autour du confessionnal, y entra ; puis, il se mit à écouter le silence de la cathédrale.

« Monsieur, lui dit sa femme, vous devez des remerciements à ce vénérable chanoine qui m'a retirée ici. »

Le sire de Saint-Vallier pâlit de colère, n'osa regarder ses amis, venus là plus pour rire de lui que pour l'assister, et repartit brièvement : « Merci Dieu, mon père, je trouverai moyen de vous récompenser ! »

Il prit sa femme par le bras, et sans la laisser achever sa révérence au chanoine, il fit un signe à ses gens, et sortit de l'église sans dire un mot à ceux qui l'avaient accompagné. Son silence avait quelque chose de farouche. Impatient d'être au logis, préoccupé des moyens de découvrir la vérité, il se mit en marche à travers les rues tortueuses qui séparaient alors la cathédrale du portail de la Chancellerie, où s'élevait le bel hôtel, alors récemment bâti par le chancelier Juvénal des Ursins [1], sur l'emplacement d'une ancienne fortification que Charles VII avait donnée à ce fidèle serviteur en récompense de ses glorieux labeurs. Là commençait une rue nommée depuis lors de la Scéellerie, en mémoire des sceaux qui y furent longtemps. Elle joignait le vieux Tours au bourg de Châteauneuf, où se trouvait la célèbre abbaye de Saint-Martin, dont tant de rois furent simples chanoines. Depuis cent ans, et après de longues discussions, ce bourg avait été réuni à la ville. Beaucoup de rues adjacentes à celle de la Scéellerie, et qui forment aujourd'hui le centre du Tours moderne, étaient déjà construites; mais les plus beaux hôtels, et notamment celui du trésorier Xancoings, maison qui subsiste encore dans la rue du Commerce, étaient situés dans la commune de Châteauneuf. Ce fut par là que les porte-flambeaux du sire de Saint-Vallier le guidèrent vers la partie du bourg qui avoisinait la Loire; il suivait machinalement ses gens en lançant de temps en temps un coup d'œil sombre à sa femme et au page, pour surprendre entre eux un regard d'intelligence qui jetât quelque lumière sur cette rencontre désespérante. Enfin, le comte arriva dans la rue du Mûrier, où son logis était situé. Lorsque son cortège fut entré, que la lourde porte fut fermée, un profond silence régna dans cette rue étroite où logeaient alors quelques seigneurs, car ce nouveau quartier de la ville avoisinait le Plessis, séjour habituel du Roi, chez qui les courtisans pouvaient aller en un moment. La dernière maison de cette rue était aussi la dernière de la ville, et appartenait à maître Cornélius

Hoogworst, vieux négociant brabançon, à qui le roi Louis XI accordait sa confiance dans les transactions financières que sa politique astucieuse l'obligeait à faire au-dehors du royaume. Par des raisons favorables à la tyrannie qu'il exerçait sur sa femme, le comte de Saint-Vallier s'était jadis établi dans un hôtel contigu au logis de ce maître Cornélius. La topographie des lieux expliquera les bénéfices que cette situation pouvait offrir à un jaloux. La maison du comte, nommée l'*hôtel de Poitiers*, avait un jardin bordé au nord par le mur et le fossé qui servaient d'enceinte à l'ancien bourg de Châteauneuf, et le long desquels passait la levée récemment construite par Louis XI entre Tours et le Plessis. De ce côté, des chiens défendaient l'accès du logis, qu'une grande cour séparait à l'est des maisons voisines, et qui à l'ouest se trouvait adossé au logis de maître Cornélius. La façade de la rue avait l'exposition du midi. Isolé de trois côtés, l'hôtel du défiant et rusé seigneur ne pouvait donc être envahi que par les habitants de la maison brabançonne, dont les combles et les chéneaux de pierre se mariaient à ceux de l'hôtel de Poitiers. Sur la rue, les fenêtres, étroites et découpées dans la pierre, étaient garnies de barreaux en fer ; puis la porte, basse et voûtée comme le guichet de nos plus vieilles prisons, avait une solidité à toute épreuve. Un banc de pierre, qui servait de montoir[1], se trouvait près du porche. En voyant le profil des logis occupés par maître Cornélius et par le comte de Poitiers, il était facile de croire que les deux maisons avaient été bâties par le même architecte, et destinées à des tyrans. Toutes deux, d'aspect sinistre, ressemblaient à de petites forteresses, et pouvaient être longtemps défendues avec avantage contre une populace furieuse. Leurs angles étaient protégés par des tourelles semblables à celles que les amateurs d'antiquités remarquent dans certaines villes où le marteau des démolisseurs n'a pas encore pénétré[1]. Les baies, qui avaient peu de largeur, permettaient de donner une force de résistance prodigieuse aux volets ferrés et aux portes. Les émeutes et les guerres civiles, si fréquentes en ces temps de discorde, justifiaient amplement toutes ces précautions.

Lorsque six heures sonnèrent au clocher de l'abbaye Saint-Martin, l'amoureux de la comtesse passa devant l'hôtel de Poitiers, s'y arrêta pendant un moment, et entendit dans la salle basse le bruit que faisaient les gens du comte en soupant. Après avoir jeté un regard sur la chambre où il présumait que devait être sa dame, il alla vers la porte du logis voisin. Partout, sur son chemin, le jeune seigneur avait entendu les joyeux accents des repas faits dans les maisons de la ville, en l'honneur de la fête. Toutes les fenêtres mal jointes laissaient passer des rayons de lumière, les cheminées fumaient, et la bonne odeur des rôtisseries égayait les rues. L'office achevé, la ville entière se rigolait[2], et poussait des murmures que l'imagination comprend mieux que la parole ne les peint. Mais, en cet endroit, régnait un profond silence, car dans ces deux logis vivaient deux passions qui ne se réjouissent jamais. Au-delà les campagnes se taisaient ; puis là, sous l'ombre des clochers de l'abbaye Saint-Martin, ces deux maisons muettes aussi, séparées des autres et situées dans le bout le plus tortueux de la rue, ressemblaient à une léproserie. Le logis qui leur faisait face, appartenant à des criminels d'État, était sous le séquestre. Un jeune homme devait être facilement impressionné par ce subit contraste. Aussi, sur le point de se lancer dans une entreprise horriblement hasardeuse, le gentilhomme resta-t-il pensif devant la maison du Lombard[3] en se rappelant tous les contes que fournissait la vie de maître Cornélius et qui avaient causé le singulier effroi de la comtesse. À cette époque, un homme de guerre, et même un amoureux, tout tremblait au mot de magie. Il se rencontrait alors peu d'imaginations incrédules pour les faits bizarres, ou froides aux récits merveilleux. L'amant de la comtesse de Saint-Vallier, une des filles que Louis XI avait eues de Mme de Sassenage [1], en Dauphiné, quelque hardi qu'il pût être, devait y regarder à deux fois au moment d'entrer dans une maison ensorcelée.

L'histoire de maître Cornélius Hoogworst expliquera complètement la sécurité que le Lombard avait inspirée au sire de Saint-Vallier, la terreur manifestée par la comtesse, et l'hésitation qui arrêtait l'amant. Mais, pour faire comprendre entièrement à des lecteurs du XIXe siècle comment des événements assez vulgaires en apparence étaient devenus surnaturels, et pour leur faire partager les frayeurs du vieux temps, il est nécessaire d'interrompre cette histoire pour jeter un rapide coup d'œil sur les aventures de maître Cornélius.

Cornélius Hoogworst, l'un des plus riches commerçants de Gand, s'étant attiré l'inimitié de Charles, duc de Bourgogne [2], avait trouvé asile et protection à la cour de Louis XI. Le Roi sentit les avantages qu'il pouvait tirer d'un homme lié avec les principales maisons de Flandre, de Venise et du Levant, il anoblit, naturalisa, flatta maître Cornélius, ce qui arrivait rarement à Louis XI. Le monarque plaisait d'ailleurs au Flamand autant que le Flamand plaisait au monarque. Rusés, défiants, avares ; également politiques, également instruits ; supérieurs tous deux à leur époque, tous deux se comprenaient à merveille ; ils quittaient et reprenaient avec une même facilité, l'un sa conscience, l'autre sa dévotion ; ils aimaient la même vierge, l'un par conviction, l'autre par flatterie ; enfin, s'il fallait en croire les propos jaloux d'Olivier le Daim et de Tristan, le Roi allait se divertir dans la maison du Lombard, comme se divertissait Louis XI. L'histoire a pris soin de nous transmettre les goûts licencieux de ce monarque auquel la débauche ne déplaisait pas. Le vieux Brabançon trouvait sans doute joie et profit à se prêter aux capricieux plaisirs de son royal client. Cornélius habitait la ville de Tours depuis neuf ans. Pendant ces neufs années, il s'était passé chez lui des événements extraordinaires qui l'avaient rendu l'objet de l'exécration générale. En arrivant, il dépensa dans sa maison des sommes assez considérables afin de mettre ses trésors en sûreté. Les inventions que les serruriers de la ville exécutèrent secrètement pour lui, les précautions bizarres qu'il avait prises pour les amener dans son logis de manière à s'assurer forcément de leur discrétion, furent pendant longtemps le sujet de mille contes merveilleux qui charmèrent les veillées de Touraine. Les singuliers artifices du vieillard le faisaient supposer possesseur de richesses orientales. Aussi les narrateurs de ce pays, la patrie du conte en France, bâtissaient-ils des chambres d'or et de pierreries chez le Flamand, sans manquer d'attribuer à des pactes magiques la source de cette immense fortune. Maître Cornélius avait amené jadis avec lui deux valets flamands, une vieille femme, plus un jeune apprenti de figure douce et prévenante ; ce jeune homme lui servait de secrétaire, de caissier, de factotum et de courrier. Dans la première année de son établissement à Tours, un vol considérable eut lieu chez lui. Les enquêtes judiciaires prouvèrent que le crime avait été commis par un habitant de la maison. Le vieil avare fit mettre en prison ses deux valets et son commis. Le jeune homme était faible, il périt dans les souffrances de la question, tout en protestant de son innocence. Les deux valets avouèrent le crime pour éviter les tortures ; mais quand le juge leur demanda où se trouvaient les sommes volées, ils gardèrent le silence, furent réappliqués à la question, jugés, condamnés, et pendus. En allant à l'échafaud, ils persistèrent à se dire innocents, suivant l'habitude de tous les pendus. La ville de Tours s'entretint longtemps de cette singulière affaire. Les criminels étaient des Flamands, l'intérêt que ces malheureux et que le jeune commis avaient excité s'évanouit donc promptement. En ce temps-là les guerres et les séditions fournissaient des émotions perpétuelles, et le drame du jour faisait pâlir celui de la veille. Plus chagrin de la perte énorme qu'il avait éprouvée que de la mort de ses trois domestiques, maître Cornélius resta seul avec la vieille Flamande qui était sa sœur. Il obtint du Roi la faveur de se servir des courriers de l'État pour ses affaires particulières, mit ses mules chez un muletier du voisinage, et vécut, dès ce moment, dans la plus profonde solitude, ne voyant guère que le Roi, faisant son commerce par le canal des juifs, habiles calculateurs, qui le servaient fidèlement, afin d'obtenir sa toute-puissante protection.

Quelque temps après cette aventure, le Roi procura lui-même à son vieux *torçonnier* un jeune orphelin, auquel il portait beaucoup d'intérêt. Louis XI appelait familièrement maître Cornélius de ce vieux nom, qui, sous le règne de saint Louis, signifiait un usurier, un collecteur d'impôts, un homme qui pressurait le monde par des moyens violents. L'épithète *tortionnaire*, restée au Palais, explique assez bien le mot *torçonnier* qui se trouve souvent écrit *tortionneur*. Le pauvre enfant s'adonna soigneusement aux affaires du Lombard, sut lui plaire, et gagna ses bonnes grâces. Pendant une nuit d'hiver, les diamants déposés entre les mains de Cornélius par le roi d'Angleterre pour sûreté d'une somme de cent mille écus furent volés, et les soupçons tombèrent sur l'orphelin ;

Louis XI se montra d'autant plus sévère pour lui, qu'il avait répondu de sa fidélité. Aussi le malheureux fut-il pendu, après un interrogatoire assez sommairement fait par le grand-prévôt. Personne n'osait aller apprendre l'art de la banque et le change chez maître Cornélius. Cependant deux jeunes gens de la ville, Tourangeaux pleins d'honneur et désireux de fortune, y entrèrent successivement. Des vols considérables coïncidèrent avec l'admission des deux jeunes gens dans la maison du torçonnier; les circonstances de ces crimes, la manière dont ils furent exécutés, prouvèrent clairement que les voleurs avaient des intelligences secrètes avec les habitants du logis; il fut impossible de ne pas en accuser les nouveaux venus. Devenu de plus en plus soupçonneux et vindicatif, le Brabançon déféra sur-le-champ la connaissance de ce fait à Louis XI, qui chargea son grand prévôt de ces affaires. Chaque procès fut promptement instruit, et plus promptement terminé. Le patriotisme des Tourangeaux donna secrètement tort à la promptitude de Tristan. Coupables ou non, les deux jeunes gens passèrent pour des victimes, et Cornélius pour un bourreau. Les deux familles en deuil étaient estimées, leurs plaintes furent écoutées; et, de conjectures en conjectures, elles parvinrent à faire croire à l'innocence de tous ceux que l'argentier du Roi avait envoyés à la potence. Les uns prétendaient que le cruel avare imitait le Roi, qu'il essayait de mettre la terreur et les gibets entre le monde et lui; qu'il n'avait jamais été volé; que ces tristes exécutions étaient le résultat d'un froid calcul, et qu'il voulait être sans crainte pour ses trésors. Le premier effet de ces rumeurs populaires fut d'isoler Cornélius; les Tourangeaux le traitèrent comme un pestiféré, l'appelèrent *le tortionnaire*, et nommèrent son logis la *Malemaison*. Quand même le Lombard aurait pu trouver des étrangers assez hardis pour entrer chez lui, tous les habitants de la ville les en eussent empêchés par leurs dires. L'opinion la plus favorable à maître Cornélius était celle des gens qui le regardaient comme un homme funeste. Il inspirait aux uns une terreur instinctive ; aux autres, il imprimait ce respect profond que l'on porte à un pouvoir sans bornes ou à l'argent ; pour plusieurs personnes, il avait l'attrait du mystère. Son genre de vie, sa physionomie et la faveur du Roi justifiaient tous les contes dont il était devenu le sujet. Cornélius voyageait assez souvent en pays étrangers, depuis la mort de son persécuteur le duc de Bourgogne ; or, pendant son absence, le Roi faisait garder le logis du banquier par des hommes de sa compagnie écossaise [1]. Cette royale sollicitude faisait présumer aux courtisans que le vieillard avait légué sa fortune à Louis XI. Le torçonnier sortait très peu, les seigneurs de la cour lui rendaient de fréquentes visites ; il leur prêtait assez libéralement de l'argent, mais il était fantasque : à certains jours il ne leur aurait pas donné un sou parisis ; le lendemain, il leur offrait des sommes immenses, moyennant toutefois un bon intérêt et de grandes sûretés. Bon catholique d'ailleurs, il allait régulièrement aux offices, mais il venait à Saint-Martin de très bonne heure ; et comme il y avait acheté une chapelle à perpétuité, là, comme ailleurs, il était séparé des autres chrétiens. Enfin un proverbe populaire de cette époque, et qui subsista longtemps à Tours, était cette phrase : « Vous avez passé devant le Lombard, il vous arrivera malheur. » *Vous avez passé devant le Lombard* expliquait les maux soudains, les tristesses involontaires et les mauvaises chances de fortune. Même à la cour, on attribuait à Cornélius cette fatale influence que les superstitions italienne, espagnole et asiatique ont nommée le *mauvais œil*. Sans le pouvoir terrible de Louis XI qui s'était étendu comme un manteau sur cette maison, à la moindre occasion le peuple eût démoli la *Malemaison* de la rue du Mûrier. Et c'était pourtant chez Cornélius que les premiers mûriers plantés à Tours avaient été mis en terre ; et les Tourangeaux le regardèrent alors comme un bon génie. Comptez donc sur la faveur populaire ! Quelques seigneurs ayant rencontré maître Cornélius hors de France furent surpris de sa bonne humeur. À Tours, il était toujours sombre et rêveur ; mais il y revenait toujours. Une inexplicable puissance le ramenait à sa noire maison de la rue du Mûrier. Semblable au colimaçon dont la vie est si fortement unie à celle de sa coquille, il avouait au Roi qu'il ne se trouvait bien que sous les pierres vermiculées et sous les verrous de sa petite bastille, tout en sachant que, Louis XI mort, ce lieu serait pour lui le plus dangereux de la terre.

« Le diable s'amuse aux dépens de notre compère le torçonnier, dit Louis XI à son barbier quelques jours avant la fête de la Toussaint. Il se plaint encore d'avoir été volé. Mais il ne peut plus pendre personne, à moins qu'il ne se pende lui-même. Ce vieux truand n'est-il pas venu me demander si je n'avais pas emporté hier par mégarde une chaîne de rubis qu'il voulait me vendre ? Pasques Dieu ! je ne vole pas ce que je puis prendre, lui ai-je dit. — Et il a eu peur ? fit le barbier. — Les avares n'ont peur que d'une seule chose, répondit le Roi. Mon compère le torçonnier sait bien que je ne le dépouillerai pas sans raison, autrement je serais injuste, et je n'ai jamais rien fait que de juste et de nécessaire. — Cependant le vieux malandrin vous surfait, reprit le barbier. — Tu voudrais bien que ce fût vrai, hein ? dit le Roi en jetant un malicieux regard au barbier. — Ventre Mahom, sire, la succession serait belle à partager entre vous et le diable. — Assez, fit le Roi. Ne me donne pas de mauvaises idées. Mon compère est un homme plus fidèle que tous ceux dont j'ai fait la fortune, parce qu'il ne me doit rien, peut-être. »

Depuis deux ans, maître Cornélius vivait donc seul avec sa vieille sœur, qui passait pour sorcière. Un tailleur du voisinage prétendait l'avoir souvent vue, pendant la nuit, attendant sur les toits l'heure d'aller au sabbat. Ce fait semblait d'autant plus extraordinaire que le vieil avare enfermait sa sœur dans une chambre dont les fenêtres étaient garnies de barreaux de fer. En vieillissant, Cornélius, toujours volé, craignant toujours d'être dupé par les hommes, les avait tous pris en haine, excepté le Roi, qu'il estimait beaucoup. Il était tombé dans une excessive misanthropie, mais comme chez la plupart des avares, sa passion pour l'or, l'assimilation de ce métal avec sa substance avait été de plus en plus intime, et croissait d'intensité par l'âge. Sa sœur elle-même excitait ses soupçons, quoiqu'elle fût peut-être plus avare et plus économe que son frère, qu'elle surpassait en inventions de ladrerie. Aussi leur existence avait-elle quelque chose de problématique et de mystérieux. La vieille femme prenait si rarement du pain chez le boulanger, elle apparaissait si peu au marché, que les observateurs les moins crédules avaient fini par attribuer à ces deux êtres bizarres la connaissance de quelque secret de vie. Ceux qui se mêlaient d'alchimie disaient que maître Cornélius savait faire de l'or. Les savants prétendaient qu'il avait trouvé la panacée universelle[1]. Cornélius était pour beaucoup de campagnards, auxquels les gens de la ville en parlaient, un être chimérique, et plusieurs d'entre eux venaient voir la façade de son hôtel par curiosité.

Assis sur le banc du logis qui faisait face à celui de maître Cornélius, le gentilhomme regardait tour à tour l'hôtel de Poitiers et la Malemaison ; la lune en bordait les saillies de sa lueur, et colorait par des mélanges d'ombre et de lumière les creux et les reliefs de la sculpture. Les caprices de cette lueur blanche donnaient une physionomie sinistre à ces deux édifices ; il semblait que la nature elle-même se prêtât aux superstitions qui planaient sur cette demeure. Le jeune homme se rappela successivement toutes les traditions qui rendaient Cornélius un personnage tout à la fois curieux et redoutable. Quoique décidé par la violence de son amour à entrer dans cette maison, à y demeurer le temps nécessaire pour l'accomplissement de ses projets, il hésitait à risquer cette dernière démarche, tout en sachant qu'il allait la faire. Mais qui, dans les crises de sa vie, n'aime pas à écouter les pressentiments, à se balancer sur les abîmes de l'avenir ? En amant digne d'aimer, le jeune homme craignait de mourir sans avoir été reçu à merci d'amour[1] par la comtesse. Cette délibération secrète était si cruellement intéressante, qu'il ne sentait pas le froid sifflant dans ses jambes et sur les saillies des maisons. En entrant chez Cornélius, il devait se dépouiller de son nom, de même qu'il avait déjà quitté ses beaux vêtements de noble. Il lui était interdit, en cas de malheur, de réclamer les privilèges de sa naissance ou la protection de ses amis, à moins de perdre sans retour la comtesse de Saint-Vallier. S'il soupçonnait la visite nocturne d'un amant, ce vieux seigneur était capable de la faire périr à petit feu dans une cage de fer, de la tuer tous les jours au fond de quelque château fort. En regardant les vêtements misérables sous lesquels il s'était déguisé, le gentilhomme eut honte de lui-même. À voir sa ceinture de cuir noir, ses gros souliers, ses chausses drapées, son haut-de-chausses de tiretaine[2] et son justaucorps de laine grise, il ressemblait au clerc du plus pauvre sergent de justice. Pour un noble du quinzième siècle, c'était déjà la mort que de jouer le rôle d'un bourgeois sans sou ni maille, et de renoncer aux privilèges du rang. Mais grimper sur le toit de l'hôtel où pleurait sa maîtresse, descendre par la cheminée ou courir sur les galeries, et, de gouttière en gouttière, parvenir jusqu'à la fenêtre de sa chambre ; risquer sa vie pour être près d'elle sur un coussin de soie, devant un bon feu, pendant le sommeil d'un sinistre mari, dont les ronflements redoubleraient leur joie ; défier le ciel et la terre en se donnant le plus audacieux de tous les baisers ; ne pas dire une parole qui ne pût être suivie de la mort, ou, tout au moins, d'un sanglant combat ; toutes ces voluptueuses images et les romanesques dangers de cette entreprise décidèrent le jeune homme. Plus léger devait être le prix de ses soins, ne pût-il même que baiser encore une fois la main de la comtesse, plus promptement il se résolut à tout tenter, poussé par l'esprit chevaleresque et passionné de cette époque. Puis, il ne supposa point que la comtesse osât lui refuser le plus doux plaisir de l'amour au milieu de dangers si mortels. Cette aventure était trop périlleuse, trop impossible pour n'être pas achevée.

En ce moment, toutes les cloches de la ville sonnèrent l'heure du couvre-feu, loi tombée en désuétude, mais dont l'observance subsistait dans les provinces où tout s'abolit lentement. Quoique les lumières ne s'éteignissent pas, les chefs de quartier firent tendre les chaînes des rues. Beaucoup de portes se fermèrent, les pas de quelques bourgeois attardés, marchant en troupe avec leurs valets armés jusqu'aux dents et portant des falots, retentirent dans le lointain ; puis, bientôt, la ville en quelque sorte garrottée parut s'endormir, et ne craignit plus les attaques des malfaiteurs que par ses toits. À cette époque, les combles des maisons étaient une voie très fréquentée pendant la nuit. Les rues avaient si peu de largeur en province et même à Paris, que les voleurs sautaient d'un bord à l'autre. Ce périlleux métier servit longtemps de divertissement au roi Charles IX dans sa jeunesse, s'il faut en croire les mémoires du temps. Craignant de se présenter trop tard à maître Cornélius, le gentilhomme allait quitter sa place pour heurter à la porte de la Malemaison, lorsqu'en la regardant, son attention fut excitée par une sorte de vision que les écrivains du temps eussent appelée cornue. Il se frotta les yeux comme pour s'éclaircir la vue, et mille sentiments divers passèrent dans son âme à cet aspect. De chaque côté de cette porte se trouvait une figure encadrée entre les deux barreaux d'une espèce de meurtrière. Il avait pris d'abord ces deux visages pour des masques grotesques sculptés dans la pierre, tant ils étaient ridés, anguleux, contournés, saillants, immobiles, de couleur tannée, c'est-à-dire bruns ; mais le froid et la lueur de la lune lui permirent de distinguer le léger nuage blanc que la respiration faisait sortir des deux nez violâtres ; puis, il finit par voir, dans chaque figure creuse, sous l'ombre des sourcils, deux yeux d'un bleu faïence qui jetaient un feu clair, et ressemblaient à ceux d'un loup couché dans la feuillée, qui croit entendre les cris d'une meute. La lueur inquiète de ces yeux était dirigée sur lui si fixement, qu'après l'avoir reçue pendant le moment où il examina ce singulier spectacle, il se trouva comme un oiseau surpris par des chiens à l'arrêt, il se fit dans son âme un mouvement fébrile, promptement réprimé. Ces deux visages, tendus et soupçonneux, étaient sans doute ceux de Cornélius et de sa sœur. Alors le gentilhomme feignit de regarder où il était, de chercher à distinguer un logis indiqué sur une carte qu'il tira de sa poche en essayant de la lire aux clartés de la lune ; puis, il alla droit à la porte du torçonnier, et y frappa trois coups qui retentirent au-dedans de la maison, comme si c'eût été l'entrée d'une cave. Une faible lumière passa sous le porche, et, par une petite grille extrêmement forte, un œil vint à briller.

« Qui va là ?
— Un ami envoyé par Oosterlinck de Bruges.
— Que demandez-vous ?
— À entrer.
— Votre nom ?
— Philippe Goulenoire.
— Avez-vous des lettres de créance ?
— Les voici !
— Passez-les par le tronc.
— Où est-il ?
— À gauche. »

Philippe Goulenoire jeta la lettre par la fente d'un tronc en fer, au-dessus de laquelle se trouvait une meurtrière.

« Diable ! pensa-t-il, on voit que le Roi est venu ici, car il s'y trouve autant de précautions qu'il en a pris au Plessis ! »

Il attendit environ un quart d'heure dans la rue. Ce laps de temps écoulé, il entendit Cornélius qui disait à sa sœur : « Ferme les chausse-trapes de la porte. »

Un cliquetis de chaînes et de fer retentit sous le portail. Philippe entendit les verrous aller, les serrures gronder; enfin une petite porte basse, garnie de fer, s'ouvrit de manière à décrire l'angle le plus aigu par lequel un homme mince pût passer. Au risque de déchirer ses vêtements, Philippe se glissa plutôt qu'il n'entra dans la Malemaison. Une vieille fille édentée, à visage de rebec[1], dont les sourcils ressemblaient à deux anses de chaudron, qui n'aurait pas pu mettre une noisette entre son nez et son menton crochu ; fille pâle et hâve, creusée des tempes et qui semblait être composée seulement d'os et de nerfs, guida silencieusement le soi-disant étranger dans une salle basse, tandis que Cornélius le suivait prudemment par-derrière.

« Asseyez-vous là », dit-elle à Philippe en lui montrant un escabeau à trois pieds placé au coin d'une grande cheminée en pierre sculptée dont l'âtre propre n'avait pas de feu.

De l'autre côté de cette cheminée, était une table de noyer à pieds contournés, sur laquelle se trouvait un œuf dans une assiette, et dix ou douze petites mouillettes dures et sèches, coupées avec une studieuse parcimonie. Deux escabelles, sur l'une desquelles s'assit la vieille, annonçaient que les avares étaient en train de souper. Cornélius alla pousser deux volets de fer pour fermer sans doute les *judas* par lesquels il avait regardé si longtemps dans la rue, et vint reprendre sa place. Le prétendu Philippe Goulenoire vit alors le frère et la sœur trempant dans cet œuf, à tour de rôle, avec gravité, mais avec la même précision que les soldats mettent à plonger en temps égaux la cuiller dans la gamelle, leurs mouillettes respectives qu'ils teignaient à peine, afin de combiner la durée de l'œuf avec le nombre des mouillettes. Ce manège se faisait en silence. Tout en mangeant, Cornélius examinait le faux novice avec autant de sollicitude et de perspicacité que s'il eût pesé de vieux besants[1]. Philippe, sentant un manteau de glace tomber sur ses épaules, était tenté de regarder autour de lui ; mais avec l'astuce que donne une entreprise amoureuse, il se garda bien de jeter un coup d'œil, même furtif, sur les murs ; car il comprit que si Cornélius le surprenait, il ne garderait pas un curieux en son logis. Donc, il se contentait de tenir modestement son regard tantôt sur l'œuf, tantôt sur la vieille fille ; et, parfois, il contemplait son futur maître.

L'argentier de Louis XI ressemblait à ce monarque, il en avait même pris certains gestes, comme il arrive assez souvent aux gens qui vivent ensemble dans une sorte d'intimité. Les sourcils épais du Flamand lui couvraient presque les yeux ; mais, en les relevant un peu, il lançait un regard lucide, pénétrant et plein de puissance, le regard des hommes habitués au silence et auxquels le phénomène de la concentration des forces intérieures est devenu familier. Ses lèvres minces, à rides verticales, lui donnaient un air de finesse incroyable. La partie inférieure du visage avait de vagues ressemblances avec le museau des renards ; mais le front haut, bombé, tout plissé semblait révéler de grandes et de belles qualités, une noblesse d'âme dont l'essor avait été modéré par l'expérience, et que les cruels enseignements de la vie refoulaient sans doute dans les replis les plus cachés de cet être singulier. Ce n'était certes pas un avare ordinaire, et sa passion cachait sans doute de profondes jouissances, de secrètes conceptions.

« À quel taux se font les sequins de Venise ? demanda-t-il brusquement à son futur apprenti.

— Trois quarts, à Bruges ; un à Gand

— Quel est le fret sur l'Escaut ?

— Trois sous parisis.

— Il n'y a rien de nouveau à Gand ?

— Le frère de Liéven d'Herde est ruiné.

— Ah ! »

Après avoir laissé échapper cette exclamation, le vieillard se couvrit les genoux avec un pan de sa dalmatique, espèce de robe en velours noir, ouverte par devant, à grandes manches et sans collet, dont la somptueuse étoffe était miroitée. Ce reste du magnifique costume qu'il portait jadis comme président du tribunal des *Parchons*[1], fonctions qui lui avaient valu l'inimitié du duc de Bourgogne, n'était plus alors qu'un haillon. Philippe n'avait point froid, il suait dans son harnais en tremblant d'avoir à subir d'autres questions. Jusque-là les instructions sommaires qu'un juif auquel il avait sauvé la vie venait de lui donner la veille suffisaient grâce à sa mémoire et à la parfaite connaissance que le juif possédait des manières et des habitudes de Cornélius. Mais le gentilhomme qui, dans le premier feu de la conception, n'avait douté de rien, commençait à entrevoir toutes les difficultés de son entreprise. La gravité solennelle, le sang-froid du terrible Flamand, agissaient sur lui. Puis, il se sentait sous les verrous, et voyait toutes les cordes du grand prévôt aux ordres de maître Cornélius.

« Avez-vous soupé ? » demanda l'argentier d'un ton qui signifiait : « Ne soupez pas ! »

Malgré l'accent de son frère, la vieille fille tressaillit, elle regarda ce jeune commensal, comme pour jauger la capacité de cet estomac qu'il lui faudrait satisfaire, et dit alors avec un faux sourire : « Vous n'avez pas volé votre nom, vous avez des cheveux et des moustaches plus noirs que la queue du diable !...

— J'ai soupé, répondit-il.

— Eh bien, reprit l'avare, vous reviendrez me voir demain. Depuis longtemps je suis habitué à me passer d'un apprenti. D'ailleurs, la nuit me portera conseil.

— Eh ! par saint Bavon[1], monsieur, je suis Flamand, je ne connais personne ici, les chaînes sont tendues, je vais être mis en prison. Cependant, ajouta-t-il effrayé de la vivacité qu'il mettait dans ses paroles, si cela vous convient, je vais sortir. »

Le juron influença singulièrement le vieux Flamand.

« Allons, allons, par saint Bavon, vous coucherez ici.

— Mais, dit la sœur effrayée.

— Tais-toi, répliqua Cornélius. Par sa lettre, Oosterlinck me répond de ce jeune homme. »

« N'avons-nous pas, lui dit-il à l'oreille en se penchant

vers sa sœur, cent mille livres à Oosterlinck ? C'est une caution cela !

— Et s'il te vole les joyaux de Bavière ? Tiens, il ressemble mieux à un voleur qu'à un Flamand.

— Chut », fit le vieillard en prêtant l'oreille.

Les deux avares écoutèrent. Insensiblement, et un moment après le *chut*, un bruit produit par les pas de quelques hommes retentit dans le lointain, de l'autre côté des fossés de la ville.

« C'est la ronde du Plessis, dit la sœur.

— Allons, donne-moi la clef de la chambre aux apprentis », reprit Cornélius.

La vieille fille fit un geste pour prendre la lampe.

« Vas-tu nous laisser seuls sans lumière ? cria Cornélius d'un son de voix intelligent. Tu ne sais pas encore à ton âge te passer d'y voir. Est-il donc si difficile de prendre cette clef ? »

La vieille comprit le sens caché sous ces paroles, et sortit. En regardant cette singulière créature au moment où elle gagnait la porte, Philippe Goulenoire put dérober à son maître le coup d'œil qu'il jeta furtivement sur cette salle. Elle était lambrissée en chêne à hauteur d'appui, et les murs étaient tapissés d'un cuir jaune orné d'arabesques noires ; mais ce qui le frappa le plus, fut un pistolet à mèche, garni de son long poignard à détente. Cette arme nouvelle et terrible se trouvait près de Cornélius[1].

« Comment comptez-vous gagner votre vie ? lui demanda le torçonnier.

— J'ai peu d'argent, répondit Goulenoire, mais je connais de bonnes rubriques[2]. Si vous voulez seulement me donner un sou sur chaque marc que je vous ferai gagner, je serai content.

— Un sou, un sou ! répéta l'avare, mais c'est beaucoup. »

Là-dessus la vieille sibylle rentra.

« Viens », dit Cornélius à Philippe.

Ils sortirent sous le porche et montèrent une vis en pierre, dont la cage ronde se trouvait à côté de la salle dans une haute tourelle. Au premier étage le jeune homme s'arrêta.

« Nenni, dit Cornélius. Diable ! ce pourpris[1] est le gîte où le Roi prend ses ébats. »

L'architecte avait pratiqué le logement de l'apprenti sous le toit pointu de la tour où se trouvait la vis ; c'était une petite chambre ronde, tout en pierre, froide et sans ornement. Cette tour occupait le milieu de la façade située sur la cour qui, semblable à toutes les cours de province, était étroite et sombre. Au fond, à travers des arcades grillées, se voyait un jardin chétif où il n'y avait que des mûriers soignés sans doute par Cornélius. Le gentilhomme remarqua tout par les jours de la vis, à la lueur de la lune qui jetait heureusement une vive lumière. Un grabat, une escabelle, une cruche et un bahut disjoint composaient l'ameublement de cette espèce de loge. Le jour n'y venait que par de petites baies carrées, disposées de distance en distance autour du cordon extérieur de la tour, et qui formaient sans doute des ornements, suivant le caractère de cette gracieuse architecture.

« Voilà votre logis, il est simple, il est solide, il renferme tout ce qu'il faut pour dormir. Bonsoir ! n'en sortez pas comme les autres. »

Après avoir lancé sur son apprenti un dernier regard empreint de mille pensées, Cornélius ferma la porte à double tour, en emporta la clef, et descendit en laissant le gentilhomme aussi sot qu'un fondeur de cloches qui ne trouve rien dans son moule. Seul, sans lumière, assis sur une escabelle, et dans ce petit grenier d'où ses quatre prédécesseurs n'étaient sortis que pour aller à l'échafaud, le gentilhomme se vit comme une bête fauve prise dans un sac. Il sauta sur l'escabeau, se dressa de toute sa hauteur pour atteindre aux petites ouvertures supérieures d'où tombait un jour blanchâtre ; il aperçut la Loire, les beaux côteaux de Saint-Cyr, et les sombres merveilles du Plessis, où brillaient deux ou trois lumières dans les enfoncements de quelques croisées ; au loin, s'étendaient les belles campagnes de la Touraine, et les nappes argentées de son fleuve. Les moindres accidents de cette jolie nature avaient alors une grâce inconnue : les vitraux, les eaux, le faîte des maisons reluisaient comme des pierreries aux clartés tremblantes de la lune. L'âme du jeune seigneur ne put se défendre d'une émotion douce et triste. « Si c'était un adieu ! » se dit-il.

Il resta là, savourant déjà les terribles émotions que son aventure lui avait promises, et se livrant à toutes les craintes du prisonnier quand il conserve une lueur d'espérance. Sa maîtresse s'embellissait à chaque difficulté. Ce n'était plus une femme pour lui, mais un être surnaturel entrevu à travers les brasiers du désir. Un faible cri qu'il crut avoir été jeté dans l'hôtel de Poitiers le rendit à lui-même et à sa véritable situation. En se remettant sur son grabat pour réfléchir à cette affaire, il entendit de légers frissonnements qui retentissaient dans la vis, il écouta fort attentivement, et alors ces mots : « Il se couche ! » prononcés par la vieille, parvinrent à son oreille. Par un hasard ignoré de l'architecte, le moindre bruit se répercutait dans la chambre de l'apprenti, de sorte que le faux Goulenoire ne perdit pas un seul des mouvements de l'avare et de sa sœur qui l'espionnaient. Il se déshabilla, se coucha, feignit de dormir, et employa le temps pendant lequel ses deux hôtes restèrent en observation sur les marches de l'escalier à chercher les moyens d'aller de sa prison dans l'hôtel de Poitiers. Vers dix heures, Cornélius et sa sœur, persuadés que leur apprenti dormait, se retirèrent chez eux. Le gentilhomme étudia soigneusement les bruits sourds et lointains que firent les deux Flamands, et crut reconnaître la situation de leurs logements; ils devaient occuper tout le second étage. Comme dans toutes les maisons de cette époque, cet étage était pris sur le toit, d'où les croisées s'élevaient ornées de tympans découpés par de riches sculptures. La toiture était bordée par une espèce de balustrade qui cachait les chéneaux [1] destinés à conduire les eaux pluviales que des gouttières figurant des gueules de crocodile rejetaient sur la rue. Le gentilhomme, qui avait étudié cette topographie aussi soigneusement que l'eût fait un chat, comptait trouver un passage de la tour au toit, et pouvoir aller chez Mme de Saint-Vallier par les chéneaux, en s'aidant d'une gouttière; mais il ignorait que les jours de sa tourelle fussent si petits, il était impossible d'y passer. Il résolut donc de sortir sur les toits de la maison par la fenêtre de la vis qui éclairait le palier du second étage. Pour accomplir ce hardi projet, il fallait sortir de sa chambre, et Cornélius en avait pris la clef. Par précaution, le jeune seigneur s'était armé d'un de ces poignards avec lesquels on donnait jadis le coup de grâce dans les duels à mort, quand l'adversaire vous suppliait de l'achever. Cette arme horrible avait un côté de la lame affilé comme l'est celle d'un rasoir, et l'autre dentelé comme une scie, mais dentelé en sens inverse de celui que suivait le fer en entrant dans le corps. Le gentilhomme compta se servir du poignard pour scier le bois de la porte autour de la serrure. Heureusement pour lui, la gâche de la serrure était fixée en dehors par quatre grosses vis. À l'aide du poignard, il put dévisser, non sans de grandes peines, la gâche qui le retenait prisonnier, et posa soigneusement les vis sur le bahut. Vers minuit, il se trouva libre et descendit sans souliers afin de reconnaître les localités. Il ne fut pas médiocrement étonné de voir toute grande ouverte la porte d'un corridor par lequel on entrait dans plusieurs chambres, et au bout duquel se trouvait une fenêtre donnant sur l'espèce de vallée formée par les toits de l'hôtel de Poitiers et de la Malmaison qui se réunissaient là. Rien ne pourrait expliquer sa joie, si ce n'est le vœu qu'il fit aussitôt à la sainte Vierge de fonder à Tours une messe en son honneur à la célèbre paroisse de l'Escrignoles. Après avoir examiné les hautes et larges cheminées de l'hôtel de Poitiers, il revint sur ses pas pour prendre son poignard ; mais il aperçut en frissonnant de terreur une lumière qui éclaira vivement l'escalier, et il vit Cornélius lui-même en dalmatique, tenant sa lampe, les yeux bien ouverts et fixés sur le corridor, à l'entrée duquel il se montra comme un spectre.

« Ouvrir la fenêtre et sauter sur les toits, il m'entendra ! » se dit le gentilhomme.

Et le terrible Cornélius avançait toujours, il avançait comme avance l'heure de la mort pour le criminel. Dans cette extrémité, Goulenoire, servi par l'amour, retrouva toute sa présence d'esprit ; il se jeta dans l'embrasure d'une porte, s'y serra vers le coin, et attendit l'avare au passage. Quand le torçonnier, qui tenait sa lampe en avant, se trouva juste dans le rumb[1] du vent que le gentilhomme pouvait produire en soufflant, il éteignit la lumière. Cornélius grommela de vagues paroles et un juron hollandais ; mais il retourna sur ses pas. Le gentilhomme courut alors à sa chambre, y prit son arme, revint à la bienheureuse fenêtre, l'ouvrit doucement et sauta sur le toit. Une fois en liberté sous le ciel, il se sentit défaillir tant il était heureux ; peut-être l'excessive agitation dans laquelle l'avait mis le danger, ou la hardiesse de l'entreprise, causait-elle son émotion, la victoire est souvent aussi périlleuse que le combat. Il s'accota sur un chéneau, tressaillant d'aise et se disant : « Par quelle cheminée dévalerai-je chez elle ? » Il les regardait toutes. Avec un instinct donné par l'amour, il alla les tâter pour voir celle où il y avait eu du feu. Quand il se fut décidé, le hardi gentilhomme planta son poignard dans le joint de deux pierres, y accrocha son échelle, la jeta par la bouche de la cheminée, et se hasarda sans trembler, sur la foi de sa bonne lame, à descendre chez sa maîtresse. Il ignorait si Saint-Vallier serait éveillé ou endormi, mais il était bien décidé à serrer la comtesse dans ses bras, dût-il en coûter la vie à deux hommes ! Il posa doucement les pieds sur des cendres chaudes ; il se baissa plus doucement encore, et vit la comtesse assise dans un fauteuil. À la lueur d'une lampe, pâle de bonheur, palpitante, la craintive femme lui montra du doigt Saint-Vallier couché dans un lit à dix pas d'elle. Croyez que leur baiser brûlant et silencieux n'eut d'écho que dans leurs cœurs !

Le lendemain, sur les neuf heures du matin, au moment où Louis XI sortit de sa chapelle, après avoir entendu la messe, il trouva maître Cornélius sur son passage.

« Bonne chance, mon compère, dit-il sommairement en redressant son bonnet.

— Sire, je paierais bien volontiers mille écus d'or pour obtenir de vous un moment d'audience, vu que j'ai trouvé le voleur de la chaîne de rubis et de tous les joyaux de...

— Voyons cela, dit Louis XI en sortant dans la cour du Plessis, suivi de son argentier, de Coyctier[1], son médecin, d'Olivier-le-Daim, et du capitaine de sa garde écossaise. Conte-moi ton affaire. Nous aurons donc un pendu de ta façon. Holà ! Tristan ? »

Le grand prévôt, qui se promenait de long en large dans la cour, vint à pas lents, comme un chien qui se carre dans sa fidélité. Le groupe s'arrêta sous un arbre. Le Roi s'assit sur un banc, et les courtisans décrivirent un cercle devant lui.

« Sire, un prétendu Flamand m'a si bien entortillé, dit Cornélius.

— Il doit être bien rusé celui-là, fit Louis XI en hochant la tête.

— Oh ! oui, répondit l'argentier. Mais je ne sais s'il ne vous engluerait pas vous-même. Comment pouvais-je me défier d'un pauvre hère qui m'était recommandé par Oosterlinck, un homme à qui j'ai cent mille livres ! Aussi, gagerais-je que le seing du juif est contrefait. Bref, sire, ce matin je me suis trouvé dénué de ces joyaux que vous avez admirés, tant ils étaient beaux. Ils m'ont été emblés[1], sire ! Embler les joyaux de l'électeur de Bavière ! les truands ne respectent rien, ils vous voleront votre royaume, si vous n'y prenez garde. Aussitôt je suis monté dans la chambre où était cet apprenti, qui, certes, est passé maître en volerie. Cette fois, nous ne manquerons pas de preuves. Il a dévissé la serrure ; mais quand il est revenu, comme il n'y avait plus de lune, il n'a pas su retrouver toutes les vis ! Heureusement, en entrant, j'ai senti une vis sous mon pied. Il dormait, le truand, il était fatigué. Figurez-vous, messieurs, qu'il est descendu dans mon cabinet par la cheminée. Demain, ce soir plutôt je la ferai griller. On apprend toujours quelque chose avec les voleurs. Il a sur lui une échelle de soie, et ses vêtements portent les traces du chemin qu'il a fait sur les toits et dans la cheminée. Il comptait rester chez moi, me ruiner, le hardi compère ! Où a-t-il enterré les joyaux ? Les gens de campagne l'ont vu de bonne heure revenant chez moi par les toits. Il avait des complices qui l'attendaient sur la levée que vous avez construite. Ah ! sire, vous êtes le complice des voleurs qui viennent en bateaux ; et, crac, ils emportent tout, sans laisser de traces ; mais nous tenons le chef, un hardi coquin, un gaillard qui ferait honneur à la mère d'un gentilhomme. Ah ! ce sera un beau fruit de potence, et avec un petit bout de question, nous saurons tout ! cela n'intéresse-t-il à la gloire de votre règne ? Il ne devrait point y avoir de voleurs sous un si grand Roi ! »

Le Roi n'écoutait plus depuis longtemps. Il était tombé dans une de ces sombres méditations qui devinrent si fréquentes pendant les derniers jours de sa vie. Un profond silence régna.

« Cela te regarde, mon compère, dit-il enfin à Tristan, va grabeler[1] cette affaire. »

Il se leva, fit quelques pas en avant, et ses courtisans le laissèrent seul. Il aperçut alors Cornélius qui, monté sur sa mule, s'en allait en compagnie du grand prévôt : « Et les mille écus ? lui dit-il.

— Ah ! sire, vous êtes un trop grand Roi ! il n'y a pas de somme qui puisse payer votre justice... »

Louis XI sourit. Les courtisans envièrent le franc-parler et les privilèges du vieil argentier, qui disparut promptement dans l'avenue de mûriers plantée entre Tours et le Plessis.

Épuisé de fatigue, le gentilhomme dormait, en effet, du plus profond sommeil. Au retour de son expédition galante, il ne s'était plus senti, pour se défendre contre des dangers lointains ou imaginaires auxquels il ne croyait peut-être plus, le courage et l'ardeur avec lesquels il s'était élancé vers de périlleuses voluptés. Aussi avait-il remis au lendemain le soin de nettoyer ses vêtements souillés, et de faire disparaître les vestiges de son bonheur. Ce fut une grande faute, mais à laquelle tout conspira. En effet, quand, privé des clartés de la lune qui s'était couchée pendant la fête de son amour, il ne trouva pas toutes les vis de la maudite serrure, il manqua de patience. Puis, avec le laisser-aller d'un homme plein de joie ou affamé de repos, il se fia aux bons hasards de sa destinée, qui l'avait si heureusement servi jusque-là. Il fit bien avec lui-même une sorte de pacte, en vertu duquel il devait se réveiller au petit jour ; mais les événements de la journée et les agitations de la nuit ne lui permirent pas de se tenir parole à lui-même. Le bonheur est oublieux. Cornélius ne sembla plus si redoutable au jeune seigneur quand il se coucha sur le dur grabat d'où tant de malheureux ne s'étaient réveillés que pour aller au supplice, et cette insouciance le perdit. Pendant que l'argentier du Roi revenait du Plessis-lès-Tours, accompagné du grand prévôt et de ses redoutables archers, le faux Goulenoire était gardé par la vieille sœur, qui tricotait des bas pour Cornélius, assise sur une des marches de la vis, sans se soucier du froid.

Le jeune gentilhomme continuait les secrètes délices de cette nuit si charmante, ignorant le malheur qui accourait au grand galop. Il rêvait. Ses songes, comme tous ceux du jeune âge, étaient empreints de couleurs si vives qu'il ne savait plus où commençait l'illusion, où finissait la réalité. Il se voyait sur un coussin, aux pieds de la comtesse ; la tête sur ses genoux chauds d'amour, il écoutait le récit des persécutions et les détails de la tyrannie que le comte avait fait jusqu'alors éprouver à sa femme ; il s'attendrissait avec la comtesse, qui était en effet celle de ses filles naturelles que Louis XI aimait le plus ; il lui promettait d'aller, dès le lendemain, tout révéler à ce terrible père, ils en arrangeaient les vouloirs à leur gré, cassant le mariage et emprisonnant le mari, au moment où ils pouvaient être la proie de son épée au moindre bruit qui l'eût réveillé. Mais dans le songe, la lueur de la lampe, la flamme de leurs yeux, les couleurs des étoffes et des tapisseries étaient plus vives ; une odeur plus pénétrante s'exhalait des vêtements de nuit, il se trouvait plus d'amour dans l'air, plus de feu autour d'eux qu'il n'y en avait eu dans la scène réelle. Aussi, la Marie du sommeil résistait-elle bien moins que la véritable Marie à ces regards langoureux, à ces douces prières, à ces magiques interrogations, à ces adroits silences, à ces voluptueuses sollicitations, à ces fausses générosités qui rendent les premiers instants de la passion si complètement ardents, et répandent dans les âmes une ivresse nouvelle à chaque nouveau progrès de l'amour. Suivant la jurisprudence amoureuse de cette époque, Marie de Saint-Vallier octroyait à son amant les droits superficiels de *la petite oie*[1]. Elle se laissait volontiers baiser les pieds, la robe, les mains, le cou; elle avouait son amour, elle acceptait les soins et la vie de son amant, elle lui permettait de mourir pour elle, elle s'abandonnait à une ivresse que cette demi-chasteté, sévère, souvent cruelle, allumait encore; mais elle restait intraitable, et faisait, des plus hautes récompenses de l'amour, le prix de sa délivrance. En ce temps, pour dissoudre un mariage, il fallait aller à Rome, avoir à sa dévotion quelques cardinaux, et paraître devant le souverain pontife, armé de la faveur du Roi. Marie voulait tenir sa liberté de l'amour, pour la lui sacrifier. Presque toutes les femmes avaient alors assez de puissance pour établir au cœur d'un homme leur empire de manière à faire d'une passion l'histoire de toute une vie, le principe des plus hautes déterminations ! Mais aussi, les dames se comptaient en France, elles y étaient autant de souveraines, elles avaient de belles fiertés, les amants leur appartenaient plus qu'elles ne se donnaient à eux, souvent leur amour coûtait bien du sang, et pour être à elles il fallait courir bien des dangers. Mais, plus clémente et touchée du dévouement de son bien-aimé, la Marie du rêve se défendait mal contre le violent amour du beau gentilhomme. Laquelle était la véritable ? Le faux apprenti voyait-il en songe la femme vraie ? avait-il vu dans l'hôtel de Poitiers une dame masquée de vertu ? La question est délicate à décider. aussi l'honneur des dames veut-il qu'elle reste en litige.

Au moment où peut-être la Marie rêvée allait oublier sa haute dignité de maîtresse, l'amant se sentit pris par un bras de fer, et la voix aigre-douce du grand prévôt lui dit : « Allons, bon chrétien de minuit, qui cherchiez Dieu à tâtons, réveillons-nous ! »

Philippe vit la face noire de Tristan et reconnut son sourire sardonique ; puis, sur les marches de la vis, il aperçut Cornélius, sa sœur, et derrière eux, les gardes de la prévôté. À ce spectacle, à l'aspect de tous ces visages diaboliques qui respiraient ou la haine ou la sombre curiosité de gens habitués à prendre, Philippe Goulenoire se mit sur son séant et se frotta les yeux.

« Par la mort Dieu ! s'écria-t-il en saisissant son poignard sous le chevet du lit, voici l'heure où il faut jouer des couteaux.

— Oh ! oh, répondit Tristan, voici du gentilhomme ! Il me semble voir Georges d'Estouteville, le neveu du grand maître des arbalétriers. »

En entendant prononcer son véritable nom par Tristan, le jeune d'Estouteville pensa moins à lui qu'aux dangers que courait son infortunée maîtresse, s'il était reconnu. Pour écarter tout soupçon, il cria : « Ventre Mahom ! à moi les truands ! »

Après cette horrible clameur, jetée par un homme véritablement au désespoir, le jeune courtisan fit un bond énorme, et, le poignard à la main, sauta sur le palier. Mais les acolytes du grand prévôt étaient habitués à ces rencontres. Quand Georges d'Estouteville fut sur la marche, ils le saisirent avec dextérité, sans s'étonner du vigoureux coup de lame qu'il avait porté à l'un d'eux, et qui, heureusement, glissa sur le corselet du garde ; puis ils le désarmèrent, lui lièrent les mains, et le rejetèrent sur le lit devant leur chef immobile et pensif.

Tristan regarda silencieusement les mains du prisonnier, et, se grattant la barbe, il dit à Cornélius en les lui montrant : « Il n'a pas plus les mains d'un truand que celles d'un apprenti. C'est un gentilhomme !

— Dites un Jean-pille-homme, s'écria douloureusement le torçonnier. Mon bon Tristan, noble ou serf, il m'a ruiné, le scélérat ! Je voudrais déjà lui voir les pieds et les mains chauffés ou serrés dans vos jolis petits brodequins. Il est, à n'en pas douter, le chef de cette légion de diables invisibles ou visibles qui connaissent tous mes secrets, ouvrent mes serrures, me dépouillent et m'assassinent. Ils sont bien riches, mon compère ! Ah ! cette fois nous aurons leur trésor, car celui-ci a la mine du roi d'Égypte[1]. Je vais recouvrer mes chers rubis et mes notables sommes ; notre digne Roi aura des écus à foison...

— Oh, nos cachettes sont plus solides que les vôtres ! dit Georges en souriant.

— Ah ! le damné larron, il avoue », s'écria l'avare.

Le grand prévôt était occupé à examiner attentivement les habits de Georges d'Estouteville et la serrure.

« Est-ce toi qui as dévissé toutes ces clavettes ? »

Georges garda le silence.

« Oh ! bien, tais-toi, si tu veux. Bientôt tu te confesseras à saint chevalet, reprit Tristan.

— Voilà qui est parlé, s'écria Cornélius.

— Emmenez-le », dit le prévôt.

Georges d'Estouteville demanda la permission de se vêtir. Sur un signe de leur chef, les estafiers habillèrent le prisonnier avec l'habile prestesse d'une nourrice qui veut profiter, pour changer son marmot, d'un instant où il est tranquille.

Une foule immense encombrait la rue du Mûrier. Les murmures du peuple allaient grossissant, et paraissaient les avant-coureurs d'une sédition. Dès le matin, la nouvelle du vol s'était répandue dans la ville. Partout l'apprenti, que l'on disait jeune et joli, avait réveillé les sympathies en sa faveur, et ranimé la haine vouée à Cornélius; en sorte qu'il ne fut fils de bonne mère, ni jeune femme ayant de jolis patins et une mine fraîche à montrer, qui ne voulussent voir la victime. Quand Georges sortit, emmené par un des gens du prévôt, qui, tout en montant à cheval, gardait entortillée à son bras la forte lanière de cuir avec laquelle il tenait le prisonnier, dont les mains avaient été fortement liées, il se fit un horrible brouhaha. Soit pour revoir Philippe Goulenoire, soit pour le délivrer, les derniers venus poussèrent les premiers sur le piquet de cavalerie qui se trouvait devant la Malemaison. En ce moment, Cornélius, aidé par sa sœur, ferma sa porte, et poussa ses volets avec la vivacité que donne une terreur panique. Tristan, qui n'avait pas été accoutumé à respecter le monde de ce temps-là, vu que le peuple n'était pas encore souverain, ne s'embarrassait guère d'une émeute.

« Poussez, poussez ! » dit-il à ses gens.

À la voix de leur chef, les archers lancèrent leurs montures vers l'entrée de la rue. En voyant un ou deux curieux tombés sous les pieds des chevaux, et quelques autres violemment serrés contre les murs où ils étouffaient, les gens attroupés prirent le sage parti de rentrer chacun chez eux.

« Place à la justice du Roi, criait Tristan. Qu'avez-vous besoin ici ? Voulez-vous qu'on vous pende ? Allez chez vous, mes amis, votre rôti brûle ! Hé ! la femme, les chausses de votre mari sont trouées, retournez à votre aiguille. »

Quoique ces dires annonçassent que le grand prévôt était de bonne humeur, il faisait fuir les plus empressés, comme s'il eût lancé la peste noire. Au moment où le premier mouvement de la foule eut lieu, Georges d'Estouteville était resté stupéfait en voyant à l'une des fenêtres de l'hôtel de Poitiers, sa chère Marie de Saint-Vallier, riant avec le comte. Elle se moquait de lui, pauvre amant dévoué, marchant à la mort pour elle. Mais, peut-être aussi, s'amusait-elle de ceux dont les bonnets étaient emportés par les armes des archers. Il faut avoir vingt-trois ans, être riche en illusions, oser croire à l'amour d'une femme, aimer de toutes les puissances de son être, avoir risqué sa vie avec délices sur la foi d'un baiser, et s'être vu trahi, pour comprendre ce qu'il entra de rage, de haine et de désespoir au cœur de Georges d'Estouteville, à l'aspect de sa maîtresse rieuse de laquelle il reçut un regard froid et indifférent. Elle était là sans doute depuis longtemps, car elle avait les bras appuyés sur un coussin ; elle y était à son aise, et son vieillard paraissait content. Il riait aussi, le bossu maudit ! Quelques larmes s'échappèrent des yeux du jeune homme ; mais quand Marie de Saint-Vallier le vit pleurant, elle se rejeta vivement en arrière. Puis, les pleurs de Georges se séchèrent tout à coup, il entrevit les plumes noires et rouges du page qui lui était dévoué. Le comte ne s'aperçut pas de la venue de ce discret serviteur, qui marchait sur la pointe des pieds. Quand le page eut dit deux mots à l'oreille de sa maîtresse, Marie se remit à la fenêtre. Elle se déroba au perpétuel espionnage de son tyran, et lança sur Georges un regard où brillaient la finesse d'une femme qui trompe son argus[1], le feu de l'amour et les joies de l'espérance.

« Je veille sur toi. » Ce mot, crié par elle, n'eût pas

exprimé autant de choses qu'en disait ce coup d'œil empreint de mille pensées, et où éclataient les terreurs, les plaisirs, les dangers de leur situation mutuelle. C'était passer du ciel au martyre, et du martyre au ciel. Aussi, le jeune seigneur, léger, content, marcha-t-il gaiement au supplice, trouvant que les douleurs de la question ne paieraient pas encore les délices de son amour. Comme Tristan allait quitter la rue du Mûrier, ses gens s'arrêtèrent à l'aspect d'un officier des gardes écossaises, qui accourait à bride abattue.

« Qu'y a-t-il ? demanda le prévôt.

— Rien qui vous regarde, répondit dédaigneusement l'officier. Le Roi m'envoie quérir le comte et la comtesse de Saint-Vallier, qu'il convie à dîner. »

À peine le grand prévôt avait-il atteint la levée du Plessis, que le comte et sa femme, tous deux montés, elle sur une mule blanche, lui sur son cheval, et suivis de deux pages, rejoignirent les archers, afin d'entrer tous de compagnie au Plessis-lès-Tours. Tous allaient assez lentement, Georges était à pied, entre deux gardes, dont l'un le tenait toujours par sa lanière. Tristan, le comte et sa femme étaient naturellement en avant, et le criminel les suivait. Mêlé aux archers, le jeune page les questionnait, et parlait aussi parfois au prisonnier, de sorte qu'il saisit adroitement une occasion de lui dire à voix basse : « J'ai sauté par-dessus les murs du jardin, et suis venu apporter au Plessis une lettre écrite au Roi par Madame. Elle a pensé mourir en apprenant le vol dont vous êtes accusé. Ayez bon courage ! elle va parler de vous. »

Déjà l'amour avait prêté sa force et sa ruse à la comtesse. Quand elle avait ri, son attitude et ses sourires étaient dus à cet héroïsme que déployent les femmes dans les grandes crises de leur vie.

Malgré la singulière fantaisie que l'auteur de *Quentin*

Durward a eue de placer le château royal de Plessis-lès-Tours sur une hauteur, il faut se résoudre à le laisser où il était à cette époque, dans un fond, protégé de deux côtés par le Cher et la Loire; puis, par le canal Sainte-Anne, ainsi nommé par Louis XI en l'honneur de sa fille chérie, Mme de Beaujeu [1]. En réunissant les deux rivières entre la ville de Tours et le Plessis, ce canal donnait tout à la fois une redoutable fortification au château fort, et une route précieuse au commerce. Du côté du Bréhémont, vaste et fertile plaine, le parc était défendu par un fossé dont les vestiges accusent encore aujourd'hui la largeur et la profondeur énormes. À une époque où le pouvoir de l'artillerie était à sa naissance, la position du Plessis, dès longtemps choisie par Louis XI pour sa retraite, pouvait alors être regardée comme inexpugnable. Le château, bâti de briques et de pierres, n'avait rien de remarquable; mais il était entouré de beaux ombrages; et, de ses fenêtres, l'on découvrait par les percées du parc (*Plexitium* [2]) les plus beaux points de vue du monde. Du reste, nulle maison rivale ne s'élevait auprès de ce château solitaire, placé précisément au centre de la petite plaine réservée au Roi par quatre redoutables enceintes d'eau. S'il faut en croire les traditions, Louis XI occupait l'aile occidentale, et, de sa chambre, il pouvait voir, tout à la fois le cours de la Loire, de l'autre côté du fleuve, la jolie vallée qu'arrose la Choisille et une partie des coteaux de Saint-Cyr; puis, par les croisées qui donnaient sur la cour, il embrassait l'entrée de sa forteresse et la levée par laquelle il avait joint sa demeure favorite à la ville de Tours. Le caractère défiant de ce monarque donne de la solidité à ces conjectures. D'ailleurs, si Louis XI eût répandu dans la construction de son château le luxe d'architecture que, plus tard, déploya François Ier à Chambord, la demeure des rois de France eût été pour toujours acquise à la Touraine. Il suffit d'aller voir cette admirable position et ses magiques aspects pour être convaincu de sa supériorité sur tous les sites des autres maisons royales.

Louis XI, arrivé à la cinquante-septième année de son âge, avait alors à peine trois ans à vivre[1], il sentait déjà les approches de la mort aux coups que lui portait la maladie. Délivré de ses ennemis, sur le point d'augmenter la France de toutes les possessions des ducs de Bourgogne, à la faveur d'un mariage entre le dauphin et Marguerite, héritière de Bourgogne[2], ménagé par les soins de Desquerdes[3], le commandant de ses troupes en Flandre ; ayant établi son autorité partout, méditant les plus heureuses améliorations, il voyait le temps lui échapper, et n'avait plus que les malheurs de son âge. Trompé par tout le monde, même par ses créatures, l'expérience avait encore augmenté sa défiance naturelle. Le désir de vivre devenait en lui l'égoïsme d'un Roi qui s'était incarné à son peuple, et il voulait prolonger sa vie pour achever de vastes desseins. Tout ce que le bon sens des publicistes et le génie des révolutions a introduit de changements dans la monarchie, Louis XI le pensa. L'unité de l'impôt, l'égalité des sujets devant la loi (alors le prince était la loi), furent l'objet de ses tentatives hardies. La veille de la Toussaint, il avait mandé de savants orfèvres, afin d'établir en France l'unité des mesures et des poids, comme il y avait établi déjà l'unité du pouvoir. Ainsi, cet esprit immense planait en aigle sur tout l'empire, et Louis XI joignait alors à toutes les précautions du Roi les bizarreries naturelles aux hommes d'une haute portée. À aucune époque, cette grande figure n'a été ni plus poétique ni plus belle. Assemblage inouï de contrastes ! un grand pouvoir dans un corps débile, un esprit incrédule aux choses d'ici-bas, crédule aux pratiques religieuses, un homme luttant avec deux puissances plus fortes que les siennes, le présent et l'avenir ; l'avenir, où il redoutait de rencontrer des tourments, et qui lui faisait faire tant de sacrifices à l'Église ; le présent, ou sa vie elle-même, au nom de laquelle il obéissait à Coyctier. Ce Roi, qui écrasait tout, était écrasé par des remords, et plus encore par la maladie, au milieu de toute la poésie qui s'attache aux rois soupçonneux, en qui le pouvoir s'est résumé. C'était le combat gigantesque et toujours magnifique de l'homme, dans la plus haute expression de ses forces, joutant contre la nature.

En attendant l'heure fixée pour son dîner, repas qui se faisait à cette époque entre onze heures et midi, Louis XI, revenu d'une courte promenade, était assis dans une grande chaire de tapisserie, au coin de la cheminée de sa chambre. Olivier-le-Daim et le médecin Coyctier se regardaient tous deux sans mot dire et restaient debout dans l'embrasure d'une fenêtre, en respectant le sommeil de leur maître. Le seul bruit que l'on entendît était celui que faisaient, en se promenant dans la première salle, deux chambellans de service, le sire de Montrésor, et Jean Dufou, sire de Montbazon[1]. Ces deux seigneurs tourangeaux regardaient le capitaine des Écossais probablement endormi dans son fauteuil, suivant son habitude. Le Roi paraissait assoupi. Sa tête était penchée sur sa poitrine ; son bonnet, avancé sur le front, lui cachait presque entièrement les yeux. Ainsi posé dans sa haute chaire surmontée d'une couronne royale, il semblait ramassé comme un homme qui s'est endormi au milieu de quelque méditation.

En ce moment, Tristan et son cortège passaient sur le pont Sainte-Anne, qui se trouvait à deux cents pas de l'entrée du Plessis, sur le canal.

« Qui est-ce ? » dit le Roi.

Les deux courtisans s'interrogèrent par un regard avec surprise.

« Il rêve, dit tout bas Coyctier.

— Pasques Dieu ! reprit Louis XI, me croyez-vous fou ? Il passe du monde sur le pont. Il est vrai que je suis près de la cheminée, et que je dois en entendre le bruit plus facilement que vous autres. Cet effet de la nature pourrait s'utiliser.

— Quel homme ! » dit le Daim.

Louis XI se leva, alla vers celle de ses croisées par laquelle il pouvait voir la ville ; alors il aperçut le grand prévôt, et dit : « Ah ! ah ! voici mon compère avec son voleur. Voilà de plus ma petite Marie de Saint-Vallier. J'ai oublié toute cette affaire. — Olivier, reprit-il en s'adressant au barbier, va dire à M. de Montbazon qu'il nous fasse servir du bon vin de Bourgueil à table. Vois à ce que le cuisinier ne nous manque pas la lamproie, c'est deux choses que madame la comtesse aime beaucoup. »

« Puis-je manger de la lamproie ? » ajouta-t-il après une pause en regardant Coyctier d'un air inquiet.

Pour toute réponse, le serviteur se mit à examiner le visage de son maître. Ces deux hommes étaient à eux seuls un tableau.

Les romanciers et l'histoire ont consacré le surtout de camelot brun et le haut-de-chausses de même étoffe que portait Louis XI. Son bonnet garni de médailles en plomb et son collier de l'ordre de Saint-Michel ne sont pas moins célèbres ; mais aucun écrivain, nul peintre n'a représenté la figure de ce terrible monarque à ses derniers moments[1] ; figure maladive, creusée, jaune et brune, dont tous les traits exprimaient une ruse amère, une ironie froide. Il y avait dans ce masque un front de grand homme, front sillonné de rides et chargé de hautes pensées ; puis, dans ses joues et sur ses lèvres, je ne sais quoi de vulgaire et de commun. À voir certains détails de cette physionomie, vous eussiez dit un vieux vigneron débauché, un commerçant avare; mais à travers ces ressemblances vagues et la décrépitude d'un vieillard mourant, le Roi, l'homme de pouvoir et d'action dominait. Ses yeux, d'un jaune clair, paraissaient éteints; mais une étincelle de courage et de colère y couvait; et au moindre choc, il pouvait en jaillir des flammes à tout embraser. Le médecin était un gros bourgeois, vêtu de noir, à face fleurie, tranchant, avide, et faisant l'important. Ces deux personnages avaient pour cadre une chambre boisée en noyer, tapissée en tissus de haute lice de Flandre, et dont le plafond, formé de solives sculptées, était déjà noirci par la fumée. Les meubles, le lit, tous incrustés d'arabesques en étain, paraîtraient aujourd'hui plus précieux peut-être qu'ils ne l'étaient réellement à cette époque, où les arts commençaient à produire tant de chefs-d'œuvre.

« La lamproie ne vous vaut rien », répondit le *physicien*.

Ce nom, récemment substitué à celui de *maître myrrhe*[1], est resté aux docteurs en Angleterre. Le titre était alors donné partout aux médecins.

« Et que mangerai-je? demanda humblement le Roi.

— De la macreuse au sel. Autrement, vous avez tant de bile en mouvement, que vous pourriez mourir le jour des Morts.

— Aujourd'hui, s'écria le Roi frappé de terreur.

— Eh! sire, rassurez-vous, reprit Coyctier, je suis là. Tâchez de ne point vous tourmenter, et voyez à vous égayer.

— Ah! dit le Roi, ma fille réussissait jadis à ce métier difficile. »

Là-dessus, Imbert de Bastarnay, sire de Montrésor et

de Bridoré, frappa doucement à l'huis royal. Sur le permis du Roi, il entra pour lui annoncer le comte et la comtesse de Saint-Vallier. Louis XI fit un signe. Marie parut, suivie de son vieil époux, qui la laissa passer la première.

« Bonjour, mes enfants, dit le Roi.

— Sire, répondit à voix basse la dame en l'embrassant, je voudrais vous parler en secret. »

Louis XI n'eut pas l'air d'avoir entendu. Il se tourna vers la porte, et cria d'une voix creuse : « Holà, Dufou ! »

Dufou, seigneur de Montbazon et, de plus, grand échanson de France, vint en grande hâte.

« Va voir le maître d'hôtel, il me faut une macreuse à manger. Puis, tu iras chez Mme de Beaujeu lui dire que je veux dîner seul aujourd'hui. »

« Savez-vous, madame, reprit le Roi en feignant d'être un peu en colère, que vous me négligez ? Voici trois ans bientôt que je ne vous ai vue. — Allons, venez là, mignonne, ajouta-t-il en s'asseyant et lui tendant les bras. Vous êtes bien maigrie ! — Et pourquoi la maigrissez-vous ? » demanda brusquement Louis XI au sieur de Poitiers.

Le jaloux jeta un regard si craintif à sa femme, qu'elle en eut presque pitié.

« Le bonheur, sire, répondit-il.

— Ah ! vous vous aimez trop, dit le Roi, qui tenait sa fille droit entre ses genoux. Allons, je vois que j'avais raison en te nommant Marie-pleine-de-grâce. — Coyctier, laissez-nous ! — Que me voulez-vous ? dit-il à sa fille au moment où le médecin s'en alla. Pour m'avoir envoyé votre... »

Dans ce danger, Marie mit hardiment sa main sur la bouche du Roi, en lui disant à l'oreille : « Je vous croyais toujours discret et pénétrant...

— Saint-Vallier, dit le Roi en riant, je crois que Bridoré veut t'entretenir de quelque chose. »

Le comte sortit. Mais il fit un geste d'épaule, bien connu de sa femme, qui devina les pensées du terrible jaloux et jugea qu'elle devait en prévenir les mauvais desseins.

« Dis-moi, mon enfant, comment me trouves-tu ? Hein ! Suis-je bien changé ?

— En dà, sire, voulez-vous la vraie vérité ? ou voulez-vous que je vous trompe ?

— Non, dit-il à voix basse, j'ai besoin de savoir où j'en suis.

— En ce cas, vous avez aujourd'hui bien mauvais visage. Mais que ma véracité ne nuise pas au succès de mon affaire.

— Quelle est-elle ? dit le Roi en fronçant les sourcils et promenant une de ses mains sur son front.

— Ah bien ! sire, dit-elle, le jeune homme que vous avez fait arrêter chez votre argentier Cornélius, et qui se trouve en ce moment livré à votre grand prévôt, est innocent du vol des joyaux du duc de Bavière.

— Comment sais-tu cela ? » reprit le Roi.

Marie baissa la tête et rougit.

« Il ne faut pas demander s'il y a de l'amour là-dessous, dit Louis XI en relevant avec douceur la tête de sa fille en en caressant le menton. Si tu ne te confesses pas tous les matins, fillette, tu iras en enfer.

— Ne pouvez-vous m'obliger, sans violer mes secrètes pensées ?

— Où serait le plaisir, s'écria le Roi en voyant dans cette affaire un sujet d'amusement.

— Ah ! voulez-vous que votre plaisir me coûte des chagrins ?

— Oh ! rusée, n'as-tu pas confiance en moi ?

— Alors, sire, faites mettre ce gentilhomme en liberté.

— Ah ! c'est un gentilhomme, s'écria le Roi. Ce n'est donc pas un apprenti ?

— C'est bien sûrement un innocent, répondit-elle.

— Je ne vois pas ainsi, dit froidement le Roi. Je suis le grand justicier de mon royaume, et dois punir les malfaiteurs...

— Allons, ne faites pas votre mine soucieuse, et donnez-moi la vie de ce jeune homme !

— Ne serait-ce pas reprendre ton bien ?

— Sire, dit-elle, je suis sage et vertueuse ! Vous vous moquez...

— Alors, dit Louis XI, comme je ne comprends rien à toute cette affaire, laissons Tristan l'éclaircir... »

Marie de Sassenage pâlit, elle fit un violent effort et s'écria : « Sire, je vous assure que vous serez au désespoir de ceci. Le prétendu coupable n'a rien volé. Si vous m'accordez sa grâce, je vous révélerai tout, dussiez-vous me punir.

— Oh ! oh ! ceci devient sérieux ! fit Louis XI en mettant son bonnet de côté. Parle, ma fille.

— Eh bien ! reprit-elle à voix basse, en mettant ses lèvres à l'oreille de son père, ce gentilhomme est resté chez moi pendant toute la nuit.

— Il a bien pu tout ensemble aller chez toi et voler Cornélius, c'est rober deux fois...

— Sire, j'ai de votre sang dans les veines, et ne suis pas faite pour aimer un truand. Ce gentilhomme est neveu du capitaine général de vos arbalétriers.

— Allons donc ! dit le Roi. Tu es bien difficile à confesser. »

À ces mots, Louis XI jeta sa fille loin de lui, toute tremblante, courut à la porte de sa chambre, mais sur la pointe des pieds, et de manière à ne faire aucun bruit.

Depuis un moment, le jour d'une croisée de l'autre salle qui éclairait le dessous de l'huisserie lui avait permis de voir l'ombre des pieds d'un curieux projetée dans sa chambre. Il ouvrit brusquement l'huis garni de ferrures, et surprit le comte de Saint-Vallier aux écoutes.

« Pasques Dieu ! s'écria-t-il, voici une hardiesse qui mérite la hache.

— Sire, répliqua fièrement Saint-Vallier, j'aime mieux un coup de hache à la tête que l'ornement du mariage à mon front.

— Vous pourrez avoir l'un et l'autre, dit Louis XI. Nul de vous n'est exempt de ces deux infirmités, messieurs. Retirez-vous dans l'autre salle. — Conyngham, reprit le Roi en s'adressant à son capitaine des gardes, vous dormiez ? Où donc est M. de Bridoré ? Vous me laissez approcher ainsi ? Pasques Dieu ! le dernier bourgeois de Tours est mieux servi que je ne le suis. »

Ayant ainsi grondé, Louis rentra dans sa chambre ; mais il eut soin de tirer la portière en tapisserie qui formait en dedans une seconde porte destinée à étouffer moins le sifflement de la bise que le bruit des paroles du Roi.

« Ainsi, ma fille, reprit-il en prenant plaisir à jouer avec elle comme un chat joue avec la souris qu'il a saisie, hier Georges d'Estouteville a été ton galant.

— Oh ! non, sire.

— Non ! Ah ! par saint Carpion ! il mérite la mort ! Le drôle n'a pas trouvé ma fille assez belle peut-être !

— Oh ! n'est-ce que cela ? dit-elle. Je vous assure qu'il m'a baisé les pieds et les mains avec une ardeur par laquelle la plus vertueuse de toutes les femmes eût été attendrie. Il m'aime en tout bien, tout honneur.

— Tu me prends donc pour saint Louis, en pensant que je croirai de telles sornettes ? Un jeune gars tourné comme lui aurait risqué sa vie pour baiser tes patins ou tes manches ? À d'autres.

— Oh ! sire, cela est vrai. Mais il venait aussi pour un autre motif. »

À ces mots, Marie sentit qu'elle avait risqué la vie de son mari, car aussitôt Louis XI demanda vivement : « Et pourquoi ? »

Cette aventure l'amusait infiniment. Certes, il ne s'attendait pas aux étranges confidences que sa fille finit par lui faire, après avoir stipulé le pardon de son mari.

« Ah ! ah ! monsieur de Saint-Vallier, vous versez ainsi le sang royal », s'écria le Roi, dont les yeux s'allumèrent de courroux.

En ce moment, la cloche du Plessis sonna le service du Roi. Appuyé sur le bras de sa fille, Louis XI se montra les sourcils contractés, sur le seuil de sa porte, et trouva tous ses serviteurs sous les armes. Il jeta un regard douteux sur le comte de Saint-Vallier, en pensant à l'arrêt qu'il allait prononcer sur lui. Le profond silence qui régnait fut alors interrompu par les pas de Tristan, qui montait le grand escalier. Il vint jusque dans la salle, et, s'avançant vers le roi : « Sire, l'affaire est toisée.

— Quoi ! tout est achevé ? dit le Roi.

— Notre homme est entre les mains des religieux. Il a fini par avouer le vol, après un moment de question. »

La comtesse poussa un soupir, pâlit, ne trouva même pas de voix, et regarda le Roi. Ce coup d'œil fut saisi par Saint-Vallier, qui dit à voix basse : « Je suis trahi, le voleur est de la connaissance de ma femme.

— Silence ! cria le Roi. Il se trouve ici quelqu'un qui veut me lasser. — Va vite surseoir à cette exécution, reprit-il en s'adressant au grand prévôt. Tu me réponds du criminel corps pour corps, mon compère ! Cette affaire veut être mieux distillée, et je m'en réserve la connaissance. Mets provisoirement le coupable en liberté ! Je saurai le retrouver ; ces voleurs ont des retraites qu'ils aiment, des terriers où ils se blottissent. Fais savoir à Cornélius que j'irai chez lui, dès ce soir, pour instruire moi-même le procès. — Monsieur de Saint-Vallier, dit le Roi en le regardant fixement, j'ai de vos nouvelles. Tout votre sang ne saurait payer une goutte du mien, le savez-vous ? Par Notre-Dame de Cléry ! vous avez commis des crimes de lèse-majesté. Vous ai-je donné si gentille femme pour la rendre pâle et bréhaigne[1] ? En dà, rentrez chez vous de ce pas. Et allez-y faire vos apprêts pour un long voyage. »

Le Roi s'arrêta sur ces mots par une habitude de cruauté ; puis il ajouta : « Vous partirez ce soir pour voir à ménager mes affaires avec messieurs de Venise. Soyez sans inquiétude, je ramènerai votre femme ce soir en mon château du Plessis ; elle y sera, certes, en sûreté. Désormais, je veillerai sur elle mieux que je ne l'ai fait depuis votre mariage. »

En entendant ces mots, Marie pressa silencieusement le bras de son père, comme pour le remercier de sa clémence et de sa belle humeur. Quant à Louis XI, il se divertissait sous cape.

Louis XI aimait beaucoup à intervenir dans les affaires de ses sujets, et mêlait volontiers la majesté royale aux scènes de la vie bourgeoise. Ce goût, sévèrement blâmé par quelques historiens, n'était cependant que la passion de l'*incognito*, l'un des plus grands plaisirs des princes, espèce d'abdication momentanée qui leur permet de mettre un peu de vie commune dans leur existence affadie par le défaut d'oppositions ; seulement, Louis XI jouait l'*incognito* à découvert. En ces sortes de rencontres, il était d'ailleurs bon homme, et s'efforçait de plaire aux gens du tiers état, desquels il avait fait ses alliés contre la féodalité. Depuis longtemps, il n'avait pas trouvé l'occasion de se faire peuple, et d'épouser les intérêts domestiques d'un homme *engarrié*[1] dans quelque affaire processive (vieux mot encore en usage à Tours), de sorte qu'il endossa passionnément les inquiétudes de maître Cornélius et les chagrins secrets de la comtesse de Saint Vallier À plusieurs reprises, pendant le dîner, il dit à sa fille . « Mais qui donc a pu voler mon compère ? Voilà des larcins qui montent à plus de douze cent mille écus depuis huit ans. — Douze cent mille écus, messieurs, reprit-il en regardant les seigneurs qui le servaient. Notre Dame ! avec cette somme on aurait bien des absolutions en cour de Rome. J'aurais pu, Pasques Dieu ! encaisser la Loire, ou mieux, conquérir le Piémont, une belle fortification toute faite pour notre royaume. » Le dîner fini, Louis XI emmena sa fille, son médecin, le grand prévôt, et suivi d'une escorte de gens d'armes, vint à l'hôtel de Poitiers, où il trouva encore, suivant ses présomptions, le sire de Saint-Vallier qui attendait sa femme, peut-être pour s'en défaire.

« Monsieur, lui dit le Roi, je vous avais recommandé de partir plus vite. Dites adieu à votre femme, et gagnez la frontière, vous aurez une escorte d'honneur. Quant à vos instructions et lettres de créance, elles seront à Venise avant vous. »

Louis XI donna l'ordre, non sans y joindre quelques instructions secrètes, à un lieutenant de la garde écossaise de prendre une escouade, et d'accompagner son ambassadeur jusqu'à Venise. Saint-Vallier partit en grande hâte, après avoir donné à sa femme un baiser froid qu'il aurait voulu pouvoir rendre mortel. Lorsque la comtesse fut rentrée chez elle, Louis XI vint à la Malemaison, fort empressé de dénouer la triste farce qui se jouait chez son compère le torçonnier, se flattant, en sa qualité de Roi, d'avoir assez de perspicacité pour découvrir les secrets des voleurs. Cornélius ne vit pas sans quelque appréhension la compagnie de son maître.

« Est-ce que tous ces gens-là, lui dit-il à voix basse, seront de la cérémonie ? »

Louis XI ne put s'empêcher de sourire en voyant l'effroi de l'avare et de sa sœur.

« Non, mon compère, reprit-il, rassure-toi. Ils souperont avec nous dans mon logis, et nous serons seuls à faire l'enquête. Je suis si bon justicier, que je gage dix mille écus de te trouver le criminel.

— Trouvons-le, sire, et ne gageons pas. »

Aussitôt, ils allèrent dans le cabinet où le Lombard avait mis ses trésors. Là, Louis XI s'étant fait montrer d'abord la layette[1] où étaient les joyaux de l'électeur de Bavière, puis la cheminée par laquelle le prétendu voleur avait dû descendre, convainquit facilement le Brabançon de la fausseté de ses suppositions, attendu qu'il ne se trouvait point de suie dans l'âtre, où il se faisait, à vrai dire, rarement du feu; nulle trace de route dans le tuyau; et, de plus, la cheminée prenait naissance sur le toit dans une partie presque inaccessible. Enfin, après deux heures de perquisitions empreintes de cette sagacité qui distinguait le génie méfiant de Louis XI, il lui fut évidemment démontré que personne n'avait pu s'introduire dans le trésor de son compère. Aucune marque de violence n'existait ni dans l'intérieur des serrures, ni sur les coffres de fer où se trouvaient l'or, l'argent et les gages précieux donnés par de riches débiteurs.

« Si le voleur a ouvert cette layette, dit Louis XI, pourquoi n'a-t-il pris que les joyaux de Bavière ? Pour quelle raison a-t-il respecté ce collier de perles ? Singulier truand ! »

À cette réflexion, le pauvre torçonnier blêmit ; le Roi et lui s'entre-regardèrent pendant un moment.

« Eh bien, sire, qu'est donc venu faire ici le voleur que vous avez pris sous votre protection, et qui s'est promené pendant la nuit ? demanda Cornélius.

— Si tu ne le devines pas, mon compère, je t'ordonne de toujours l'ignorer ; c'est un de mes secrets.

— Alors le diable est chez moi », dit piteusement l'avare

En toute autre circonstance, le Roi eût peut-être ri de l'exclamation de son argentier ; mais il était devenu pensif, et jetait sur maître Cornélius ces coups d'œil à traverser la tête qui sont si familiers aux hommes de talent et de pouvoir ; aussi, le Brabançon en fut-il effrayé, craignant d'avoir offensé son redoutable maître.

« Ange ou diable, je tiens les malfaiteurs, s'écria brusquement Louis XI. Si tu es volé cette nuit, je saurai dès demain par qui. Fais monter cette vieille guenon que tu nommes ta sœur », ajouta-t-il.

Cornélius hésita presque à laisser le Roi tout seul dans la chambre où étaient ses trésors ; mais il sortit, vaincu par la puissance du sourire amer qui errait sur les lèvres flétries de Louis XI. Cependant, malgré sa confiance, il revint promptement suivi de la vieille.

« Avez-vous de la farine ? demanda le Roi.

— Oh ! certes, nous avons fait notre provision pour l'hiver, répondit-elle.

— Eh bien, montez-la, dit le Roi.

— Et que voulez-vous faire de notre farine, sire ? s'écria-t-elle effarée, sans être aucunement atteinte par la majesté royale, ressemblant en cela à toutes les personnes en proie à quelque violente passion.

— Vieille folle, veux-tu bien exécuter les ordres de notre gracieux maître, cria Cornélius. Le Roi manque-t-il de farine ?

— Achetez donc de la belle farine, dit-elle en grommelant dans les escaliers. Ah ! ma farine ! » Elle revint et dit au Roi : « Sire, est-ce donc une royale idée que de vouloir examiner ma farine ! »

Enfin, elle reparut armée d'une de ces poches en toile qui, de temps immémorial, servent en Touraine à porter au marché ou à en rapporter les noix, les fruits et le blé. La poche était à mi-pleine de farine ; la ménagère l'ouvrit et la montra timidement au Roi, sur lequel elle jetait ces regards fauves et rapides par lesquels les vieilles filles semblent vouloir darder du venin sur les hommes.

« Elle vaut six sous la septérée[1], dit-elle.

— Qu'importe, répondit le Roi, répandez-la sur le plancher. Surtout, ayez soin de l'y étaler de manière à produire une couche bien égale, comme s'il y était tombé de la neige. »

La vieille fille ne comprit pas. Cette proposition l'étonnait plus que n'eût fait la fin du monde.

« Ma farine, sire ! par terre... mais... »

Maître Cornélius commençant à concevoir, mais vaguement, les intentions du Roi, saisit la poche, et la versa doucement sur le plancher. La vieille tressaillit, mais elle tendit la main pour reprendre la poche ; et, quand son frère la lui eut rendue, elle disparut en poussant un grand soupir. Cornélius prit un plumeau, commença par un côté du cabinet à étendre la farine qui produisait comme une nappe de neige, en se reculant à mesure, suivi du Roi qui paraissait s'amuser beaucoup de cette opération. Quand ils arrivèrent à l'huis, Louis XI dit à son compère : « Existe-t-il deux clefs de la serrure ?

— Non, sire. »

Le Roi regarda le mécanisme de la porte, qui était maintenue par de grandes plaques et par des barres en fer ; les pièces de cette armure aboutissaient toutes à une serrure à secret dont la clef était gardée par Cornélius. Après avoir tout examiné, Louis XI fit venir Tristan, il lui dit de poster à la nuit quelques-uns de ses gens d'armes dans le plus grand secret, soit sur les mûriers de la levée, soit sur les chéneaux des hôtels voisins, et de rassembler toute son escorte pour se rendre au Plessis, afin de faire croire qu'il ne souperait pas chez maître Cornélius ; puis, il recommanda sur toute chose à l'avare de fermer assez exactement ses croisées pour qu'il ne s'en échappât aucun rayon de lumière, et de préparer un festin sommaire, afin de ne pas donner lieu de penser qu'il le logeât pendant cette nuit. Le Roi partit en cérémonie par la levée, et rentra secrètement, lui troisième, par la porte du rempart, chez son compère le torçonnier. Tout fut si bien disposé, que les voisins, les gens de la ville et de cour pensèrent que le Roi était retourné par fantaisie au Plessis, et devait revenir le lendemain soir souper chez son argentier. La sœur de Cornélius confirma cette croyance en achetant de la sauce verte à la boutique du bon faiseur, qui demeurait près du *quarroir aux herbes*, appelé depuis le *carroir de Beaune*, à cause de la magnifique fontaine en marbre blanc que le malheureux Semblançay (Jacques de Beaune) fit venir d'Italie pour orner la capitale de sa patrie [1]. Vers les huit heures du soir, au moment où le Roi soupait en compagnie de son médecin, de Cornélius et du capitaine de sa garde écossaise, disant de joyeux propos, et oubliant qu'il était Louis XI malade et presque mort, le plus profond silence régnait au-dehors, et les passants, un voleur même aurait pu prendre la Malemaison pour quelque maison inhabitée.

« J'espère, dit le Roi en souriant, que mon compère sera volé cette nuit, pour que ma curiosité soit satisfaite. Or çà, messieurs, que nul ici ne sorte de sa chambre demain sans mon ordre, sous peine de quelque griève pénitence. »

Là-dessus, chacun se coucha. Le lendemain matin, Louis XI sortit le premier de son appartement, et se dirigea vers le trésor de Cornélius ; mais il ne fut pas médiocrement étonné en apercevant les marques d'un large pied semées par les escaliers et les corridors de la maison. Respectant avec soin ces précieuses empreintes, il alla vers la porte du cabinet aux écus, et la trouva fermée sans aucunes traces de fracture. Il étudia la direction des pas, mais comme ils étaient graduellement plus faibles, et finissaient par ne plus laisser le moindre vestige, il lui fut impossible de découvrir par où s'était enfui le voleur.

« Ah ! mon compère, cria le Roi à Cornélius, tu as été bel et bien volé. »

À ces mots, le vieux Brabançon sortit en proie à une visible épouvante. Louis XI le mena voir les pas tracés sur les planchers ; et, tout en les examinant derechef, le Roi, ayant regardé par hasard les pantoufles de l'avare, reconnut le type de la semelle, dont tant d'exemplaires étaient gravés sur les dalles. Il ne dit mot, et retint son rire, en pensant à tous les innocents qui avaient été pendus. L'avare alla promptement à son trésor. Le Roi, lui ayant commandé de faire avec son pied une nouvelle marque auprès de celles qui existaient déjà, le convainquit que le voleur n'était autre que lui-même.

« Le collier de perles me manque, s'écria Cornélius. Il y a de la sorcellerie là-dessous. Je ne suis pas sorti de ma chambre.

— Nous allons le savoir au plus tôt ! » dit le Roi, que la visible bonne foi de son argentier rendit encore plus pensif.

Aussitôt, il fit venir dans son appartement les gens d'armes de guette, et leur demanda : « Or çà, qu'avez-vous vu pendant la nuit ?

— Ah ! sire, un spectacle de magie ! dit le lieutenant.

Monsieur votre argentier a descendu comme un chat le long des murs, et si lestement que nous avons cru d'abord que c'était une ombre.

— Moi ! cria Cornélius qui, après ce mot, resta debout et silencieux, comme un homme perclus de ses membres.

— Allez-vous-en, vous autres, reprit le Roi en s'adressant aux archers, et dites à MM. Conyngham, Coyctier, Bridoré, ainsi qu'à Tristan, qu'ils peuvent sortir de leurs lits et venir céans. — Tu as encouru la peine de mort, dit froidement Louis XI au Brabançon, qui heureusement ne l'entendit pas, tu en as au moins dix sur la conscience, toi ! » Là, Louis XI laissa échapper un rire muet, et fit une pause : « Mais, rassure-toi, reprit-il en remarquant la pâleur étrange répandue sur le visage de l'avare, tu es meilleur à saigner qu'à tuer ! Et, moyennant quelque bonne grosse amende au profit de mon épargne, tu te tireras des griffes de ma justice ; mais si tu ne fais pas bâtir au moins une chapelle en l'honneur de la Vierge, tu es en passe de te bailler des affaires graves et chaudes pendant toute l'éternité.

— Douze cent trente et quatre-vingt-sept mille écus font treize cent dix-sept mille écus, répondit machinalement Cornélius, absorbé dans ses calculs. Treize cent dix-sept mille écus de détournés !

— Il les aura enfouis dans quelque retrait, dit le Roi qui commençait à trouver la somme royalement belle. Voilà l'aimant qui l'attirait toujours ici. Il sentait son trésor. »

Là-dessus Coyctier entra. Voyant l'attitude de Cornélius, il l'observa savamment pendant que le Roi lui racontait l'aventure.

« Sire, répondit le médecin, rien n'est surnaturel en cette affaire. Notre torçonnier a la propriété de marcher pendant son sommeil. Voici le troisième exemple que je rencontre de cette singulière maladie. Si vous vouliez vous donner le plaisir d'être témoin de ses effets, vous pourriez voir ce vieillard aller sans danger au bord des toits, à la première nuit où il sera pris par un accès. J'ai remarqué, dans les deux hommes que j'ai déjà observés, des liaisons curieuses entre les affections de cette vie nocturne et leurs affaires, ou leurs occupations du jour.

— Ah ! maître Coyctier, tu es savant.

— Ne suis-je pas votre médecin », dit insolemment le physicien.

À cette réponse, Louis XI laissa échapper le geste qu'il lui était familier de faire lorsqu'il rencontrait une bonne idée, et qui consistait à rehausser vivement son bonnet.

« Dans cette occurrence, reprit Coyctier en continuant, les gens font leurs affaires en dormant. Comme celui-ci ne hait pas de thésauriser, il se sera livré tout doucement à sa plus chère habitude. Aussi a-t-il dû avoir des accès toutes les fois qu'il a pu concevoir pendant la journée des craintes pour ses trésors.

— Pasques Dieu ! quel trésor, s'écria le Roi.

— Où est-il ? demanda Cornélius, qui par un singulier privilège de notre nature, entendait les propos du médecin et du Roi, tout en restant presque engourdi par ses idées et par son malheur.

— Ah ! reprit Coyctier avec un gros rire diabolique, les noctambules n'ont au réveil aucun souvenir de leurs faits et gestes.

— Laissez-nous », dit le Roi.

Quand Louis XI fut seul avec son compère, il le regarda en ricanant à froid.

« Messire Hoogworst, ajouta-t-il en s'inclinant, tous les trésors enfouis en France sont au Roi.

— Oui, sire, tout est à vous, et vous êtes le maître absolu de nos vies et de nos fortunes ; mais jusqu'à présent vous avez eu la clémence de ne prendre que ce qui vous était nécessaire.

— Écoute, mon compère ? Si je t'aide à retrouver ce trésor, tu peux hardiment et sans crainte en faire le partage avec moi.

— Non, sire, je ne veux pas le partager, mais vous l'offrir tout entier, après ma mort. Mais quel est votre expédient ?

— Je n'aurai qu'à t'épier moi-même pendant que tu feras tes courses nocturnes. Un autre que moi serait à craindre.

— Ah ! sire, reprit Cornélius en se jetant aux pieds de Louis XI, vous êtes le seul homme du royaume à qui je voudrais me confier pour cet office, et je saurai bien vous prouver ma reconnaissance pour la bonté dont vous usez envers votre serviteur, en m'employant de mes quatre fers au mariage de l'héritière de Bourgogne avec monseigneur[1]. Voilà un beau trésor, non plus d'écus, mais de domaines, qui saura rendre votre couronne toute ronde.

— La la, Flamand, tu me trompes, dit le Roi en fronçant les sourcils, ou tu m'as mal servi.

— Comment, sire, pouvez-vous douter de mon dévouement ? vous qui êtes le seul homme que j'aime.

— Paroles que ceci, reprit le Roi en envisageant le Brabançon. Tu ne devais pas attendre cette occasion pour m'être utile. Tu me vends ta protection, Pasques Dieu ! à moi Louis le Onzième. Est-ce toi qui es le maître, et suis-je donc le serviteur ?

— Ah ! sire, répliqua le vieux torçonnier, je voulais vous surprendre agréablement par la nouvelle des intelligences que je vous ai ménagées avec ceux de Gand ; et j'en attendais la confirmation par l'apprenti d'Oosterlinck. Mais, qu'est-il devenu ?

— Assez, dit le Roi. Nouvelle faute. Je n'aime pas

qu'on se mêle, malgré moi, de mes affaires. Assez ! je veux réfléchir à tout ceci. »

Maître Cornélius retrouva l'agilité de la jeunesse pour courir à la salle basse, où était sa sœur.

« Ah ! Jeanne, ma chère âme, nous avons ici un trésor où j'ai mis les treize cent mille écus ! Et c'est moi ! moi ! qui suis le voleur. »

Jeanne Hoogworst se leva de son escabelle, et se dressa sur ses pieds, comme si le siège qu'elle quittait eût été de fer rouge. Cette secousse était si violente pour une vieille fille accoutumée depuis de longues années à s'exténuer par des jeûnes volontaires, qu'elle tressaillit de tous ses membres et ressentit une horrible douleur dans le dos. Elle pâlit par degrés, et sa face, dont il était si difficile de déchiffrer les altérations parmi les rides, se décomposa pendant que son frère lui expliquait et la maladie dont il était la victime, et l'étrange situation dans laquelle ils se trouvaient tous deux.

« Nous venons, Louis XI et moi, dit-il en finissant, de nous mentir l'un à l'autre comme deux marchands de myrobolan[1]. Tu comprends, mon enfant, que, s'il me suivait, il aurait à lui seul le secret du trésor. Le Roi seul au monde peut épier mes courses nocturnes. Je ne sais si la conscience du Roi, tout près qu'il soit de la mort, pourrait résister à treize cent dix-sept mille écus. Il faut le prévenir, dénicher les merles, envoyer tous nos trésors à Gand, et toi seule... »

Cornélius s'arrêta soudain, en ayant l'air de peser le cœur de ce souverain, qui rêvait déjà le parricide à vingt-deux ans. Lorsque l'argentier eut jugé Louis XI, il se leva brusquement, comme un homme pressé de fuir un danger. À ce mouvement, sa sœur, trop faible ou trop forte pour une telle crise, tomba roide ; elle était morte. Maître Cornélius saisit sa sœur, la remua violemment, en lui disant : « Il ne s'agit pas de mourir. Après, tu en auras tout le temps. Oh ! c'est fini. La vieille guenon n'a jamais rien su faire à propos. » Il lui ferma les yeux et la coucha sur le plancher ; mais alors il revint à tous les sentiments nobles et bons qui étaient dans le plus profond de son âme ; et, oubliant à demi son trésor inconnu : « Ma pauvre compagne, s'écria-t-il douloureusement, je t'ai donc perdue, toi qui me comprenais si bien ! Oh ! tu étais un vrai trésor. Le voilà, le trésor. Avec toi, s'en vont ma tranquillité, mes affections. Si tu avais su quel profit il y avait à vivre seulement encore deux nuits, tu ne serais pas morte, uniquement pour me plaire, pauvre petite ! Eh ! Jeanne, treize cent dix-sept mille écus ! Ah ! si cela ne te réveille pas... Non. Elle est morte ! »

Là-dessus, il s'assit, ne dit plus rien ; mais deux grosses larmes sortirent de ses yeux et roulèrent dans ses joues creuses ; puis, en laissant échapper plusieurs ha ! ha ! il ferma la salle et remonta chez le Roi. Louis XI fut frappé par la douleur empreinte dans les traits mouillés de son vieil ami.

« Qu'est ceci ? demanda-t-il.

— Ah ! sire, un malheur n'arrive jamais seul. Ma sœur est morte. Elle me précède là-dessous, dit-il en montrant le plancher par un geste effrayant.

— Assez ! s'écria Louis XI qui n'aimait pas à entendre parler de la mort.

— Je vous fais mon héritier. Je ne tiens plus à rien. Voilà mes clefs. Pendez-moi, si c'est votre bon plaisir, prenez tout, fouillez la maison, elle est pleine d'or. Je vous donne tout...

— Allons, compère, reprit Louis XI, qui fut à demi attendri par le spectacle de cette étrange peine, nous retrouverons le trésor par quelque belle nuit, et la vue de tant de richesses te redonnera cœur à la vie. Je reviendrai cette semaine...

— Quand il vous plaira, sire... »

À cette réponse, Louis XI, qui avait fait quelques pas vers la porte de sa chambre, se retourna brusquement. Alors, ces deux hommes se regardèrent l'un l'autre avec une expression que ni le pinceau ni la parole ne peuvent reproduire.

« Adieu, mon compère ! dit enfin Louis XI d'une voix brève et en redressant son bonnet.

— Que Dieu et la Vierge vous conservent leurs bonnes grâces ! » répondit humblement le torçonnier en reconduisant le Roi.

Après une si longue amitié, ces deux hommes trouvaient entre eux une barrière élevée par la défiance et par l'argent, lorsqu'ils s'étaient toujours entendus en fait d'argent et de défiance ; mais ils se connaissaient si bien, ils avaient tous deux une telle habitude l'un de l'autre, que le Roi devait deviner, par l'accent dont Cornélius prononça l'imprudent *Quand il vous plaira, sire !* la répugnance que sa visite causerait désormais à l'argentier, comme celui-ci reconnut une déclaration de guerre dans l'*Adieu, mon compère !* dit par le Roi. Aussi, Louis XI et son torçonnier se quittèrent-ils bien embarrassés de la conduite qu'ils devaient tenir l'un envers l'autre. Le monarque possédait bien le secret du Brabançon ; mais celui-ci pouvait aussi, par ses relations, assurer le succès de la plus belle conquête que jamais Roi de France ait pu faire, celle des domaines appartenant à la maison de Bourgogne, et qui excitaient alors l'envie de tous les souverains de l'Europe. Le mariage de la célèbre Marguerite dépendait des gens de Gand et des Flamands, qui l'entouraient. L'or et l'influence de Cornélius devaient puissamment servir les négociations entamées par Desquerdes, le général auquel Louis XI avait confié le commandement de l'armée campée sur la frontière de Belgique. Ces deux maîtres renards étaient donc comme deux duellistes dont les forces auraient été neutralisées par le hasard. Aussi, soit que depuis cette matinée la santé de Louis XI eût empiré, soit que Cornélius eût contribué à faire venir en France Marguerite de Bourgogne, qui arriva effectivement à Amboise, au mois de juillet de l'année 1483, pour épouser le dauphin, auquel elle fut fiancée dans la chapelle du château, le Roi ne leva point d'amende sur son argentier, aucune procédure n'eut lieu, mais ils restèrent l'un et l'autre dans les demi-mesures d'une amitié armée. Heureusement pour le torçonnier, le bruit se répandit à Tours que sa sœur était l'auteur des vols, et qu'elle avait été secrètement mise à mort par Tristan. Autrement, si la véritable histoire y eût été connue, la ville entière se serait ameutée pour détruire la Malemaison avant qu'il eût été possible au Roi de la défendre. Mais si toutes ces présomptions historiques ont quelque fondement relativement à l'inaction dans laquelle resta Louis XI, il n'en fut pas de même chez maître Cornélius Hoogworst. Le torçonnier passa les premiers jours qui suivirent cette fatale matinée dans une occupation continuelle. Semblable aux animaux carnassiers enfermés dans une cage, il allait et venait, flairant l'or à tous les coins de sa maison, il en étudiait les crevasses, il en consultait les murs, redemandant son trésor aux arbres du jardin, aux fondations et aux toits des tourelles, à la terre et au ciel. Souvent il demeurait pendant des heures entières debout, jetant ses yeux sur tout à la fois, les plongeant dans le vide. Sollicitant les miracles de l'extase et la puissance des sorciers, il tâchait de voir ses richesses à travers les espaces et les obstacles. Il était constamment perdu dans une pensée accablante, dévoré par un désir qui lui brûlait les entrailles, mais rongé plus grièvement encore par les angoisses renaissantes du duel qu'il avait avec lui-même, depuis que sa passion pour l'or s'était tournée contre elle-même ; espèce de suicide inachevé qui comprenait toutes les douleurs de la vie et celles de la mort. Jamais le vice ne s'était mieux étreint lui-même ; car l'avare, s'enfermant par imprudence dans le cachot souterrain où gît son or, a, comme Sardanapale[1], la jouissance de mourir au sein de sa fortune. Mais Cornélius, tout à la fois le voleur et le volé, n'ayant le secret ni de l'un ni de l'autre, possédait et ne possédait pas ses trésors : torture toute nouvelle, toute bizarre, mais continuellement terrible. Quelquefois, devenu presque oublieux, il laissait ouvertes les petites grilles de sa porte, et alors les passants pouvaient voir cet homme déjà desséché, planté sur ses deux jambes au milieu de son jardin inculte, y restant dans une immobilité complète, et jetant à ceux qui l'examinaient un regard fixe, dont la lueur insupportable les glaçait d'effroi. Si, par hasard, il allait dans les rues de Tours, vous eussiez dit d'un étranger ; il ne savait jamais où il était, ni s'il faisait soleil ou clair de lune. Souvent il demandait son chemin aux gens qui passaient, en se croyant à Gand, et semblait toujours en quête de son bien perdu. L'idée la plus vivace et la mieux matérialisée de toutes les idées humaines, l'idée par laquelle l'homme se représente lui-même en créant en dehors de lui cet être tout fictif, nommé la *propriété*, ce démon moral lui enfonçait à chaque instant ses griffes acérées dans le cœur. Puis, au milieu de ce supplice, la Peur se dressait avec tous les sentiments qui lui servent de cortège. En effet, deux hommes avaient son secret, ce secret qu'il ne connaissait pas lui-même. Louis XI ou Coyctier pouvaient aposter des gens pour surveiller ses démarches pendant son sommeil, et deviner l'abîme ignoré dans lequel il avait jeté ses richesses au milieu du sang de tant d'innocents ; car auprès de ses craintes veillait aussi le Remords. Pour ne pas se laisser enlever, de son vivant, son trésor inconnu, il prit, pendant les premiers jours qui suivirent son désastre, les précautions les plus sévères contre son sommeil ; puis ses relations commerciales lui permirent de se procurer les antinarcotiques les plus puissants. Ses veilles durent être affreuses ; il était seul aux prises avec la nuit, le silence, le remords, la peur, avec toutes les pensées que l'homme a le mieux personnifiées, instinctivement peut-être, obéissant ainsi à une vérité morale encore dénuée de preuves sensibles. Enfin, cet homme si puissant, ce cœur endurci par la vie politique et la vie commerciale, ce génie obscur dans l'histoire, dut succomber aux horreurs du supplice qu'il s'était créé. Tué par quelques pensées plus aiguës que toutes celles auxquelles il avait résisté jusqu'alors, il se coupa la gorge avec un rasoir. Cette mort coïncida presque avec celle de Louis XI, en sorte que la Malemaison fut entièrement pillée par le peuple. Quelques anciens du pays de Touraine ont prétendu qu'un traitant, nommé Bohier, trouva le trésor du torçonnier, et s'en servit pour commencer les constructions de Chenonceaux, château merveilleux qui, malgré les richesses de plusieurs rois, le goût de Diane de Poitiers et celui de sa rivale Catherine de Médicis pour les bâtiments, reste encore inachevé[1].

Heureusement pour Marie de Sassenage, le sire de Saint-Vallier mourut, comme on sait, dans son ambassade. Cette maison ne s'éteignit pas. La comtesse eut, après le départ du comte, un fils dont la destinée est fameuse dans notre histoire de France, sous le règne de François Ier[2]. Il fut sauvé par sa fille, la célèbre Diane de Poitiers, l'arrière-petite-fille illégitime de Louis XI, laquelle devint l'épouse illégitime, la maîtresse bien-aimée de Henri II; car la bâtardise et l'amour furent héréditaires dans cette noble famille !

Au château de Saché, novembre et décembre 1831.

*Un drame
au bord de la mer*

À MADAME LA PRINCESSE
CAROLINE GALLITZIN DE GENTHOD,
née comtesse Walewska

Hommage et souvenir de l'auteur[1].

Les jeunes gens ont presque tous un compas avec lequel ils se plaisent à mesurer l'avenir ; quand leur volonté s'accorde avec la hardiesse de l'angle qu'ils ouvrent, le monde est à eux. Mais ce phénomène de la vie morale n'a lieu qu'à un certain âge. Cet âge, qui pour tous les hommes se trouve entre vingt-deux et vingt-huit ans, est celui des grandes pensées, l'âge des conceptions premières, parce qu'il est l'âge des immenses désirs, l'âge où l'on ne doute de rien : qui dit doute, dit impuissance. Après cet âge rapide comme une semaison, vient celui de l'exécution. Il est en quelque sorte deux jeunesses, la jeunesse durant laquelle on croit, la jeunesse pendant laquelle on agit ; souvent elles se confondent chez les hommes que la nature a favorisés, et qui sont, comme César, Newton et Bonaparte, les plus grands parmi les grands hommes.

Je mesurais ce qu'une pensée[2] veut de temps pour se développer ; et, mon compas à la main, debout sur un rocher, à cent toises au-dessus de l'Océan, dont les lames se jouaient dans les brisants, j'arpentais mon avenir en le meublant d'ouvrages, comme un ingénieur qui, sur un terrain vide, trace des forteresses et des palais[3]. La mer était belle, je venais de m'habiller après avoir nagé, j'attendais Pauline[4], mon ange gardien, qui se baignait dans une cuve de granit pleine d'un sable fin, la plus coquette baignoire que la nature ait dessinée pour ses fées marines[1]. Nous étions à l'extrémité du Croisic, une mignonne presqu'île de la Bretagne[2] ; nous étions loin du port, dans un endroit que le Fisc a jugé tellement inabordable que le douanier n'y passe presque jamais. Nager dans les airs après avoir nagé dans la mer ! ah ! qui n'aurait nagé dans l'avenir ? Pourquoi pensais-je ? pourquoi vient un mal ? qui le sait ? Les idées vous tombent au cœur ou à la tête sans vous consulter. Nulle courtisane ne fut plus fantasque ni plus impérieuse que ne l'est la Conception pour les artistes ; il faut la prendre comme la fortune, à pleins cheveux, quand elle vient. Grimpé sur ma pensée comme Astolphe sur son hippogriffe[3], je chevauchais donc à travers le monde, en y disposant de tout à mon gré. Quand je voulus chercher autour de moi quelque présage pour les audacieuses constructions que ma folle imagination me conseillait d'entreprendre, un joli cri, le cri d'une femme qui vous appelle dans le silence d'un désert, le cri d'une femme qui sort du bain, ranimée, joyeuse, domina le murmure des franges incessamment mobiles que dessinaient le flux et le reflux sur les découpures de la côte. En entendant cette note jaillie de l'âme, je crus avoir vu dans les rochers le pied d'un ange qui, déployant ses ailes, s'était écrié : « Tu réussiras ! » Je descendis, radieux, léger ; je descendis en bondissant comme un caillou jeté sur une pente rapide. Quand elle me vit, elle me dit : « Qu'as-tu ? » Je ne répondis pas, mes yeux se mouillèrent. La veille, Pauline avait compris mes douleurs, comme elle comprenait en ce moment mes joies, avec la sensibilité magique d'une harpe qui obéit aux variations de l'atmosphère. La vie humaine a de beaux moments ! Nous allâmes en silence le long des grèves. Le ciel était sans nuages, la mer était sans rides ; d'autres n'y eussent vu que deux steppes bleus[1] l'un sur l'autre ; mais nous, nous qui nous entendions sans avoir besoin de la parole, nous qui pouvions faire jouer, entre ces deux langes de l'infini, les illusions avec lesquelles on se repaît au jeune âge, nous nous serrions la main au moindre changement que présentaient, soit la nappe d'eau, soit les nappes de l'air, car nous prenions ces légers phénomènes pour des traductions matérielles de notre double pensée. Qui n'a pas savouré dans les plaisirs ce moment de joie illimitée où l'âme semble s'être débarrassée des liens de la chair, et se trouver comme rendue au monde d'où elle vient ? Le plaisir n'est pas notre seul guide en ces régions. N'est-il pas des heures où les sentiments s'enlacent d'eux-mêmes et s'y élancent, comme souvent deux enfants se prennent par la main et se mettent à courir sans savoir pourquoi ? Nous allions ainsi. Au moment où les toits de la ville apparurent à l'horizon en y traçant[2] une ligne grisâtre, nous rencontrâmes un pauvre pêcheur qui retournait au Croisic ; ses pieds étaient nus, son pantalon de toile était déchiqueté par le bas, troué, mal raccommodé ; puis, il avait une chemise de toile à voile, de mauvaises bretelles en lisière[3] et pour veste un haillon. Cette misère nous fit mal, comme si c'eût été quelque dissonance au milieu de nos harmonies. Nous nous regardâmes pour nous plaindre l'un à l'autre de ne pas avoir en ce moment le pouvoir de puiser dans les trésors d'Aboul-Casem[4]. Nous aperçûmes un superbe homard et une araignée de mer accrochés à une cordelette que le pêcheur balançait dans sa main droite, tandis que de l'autre il maintenait ses agrès et ses engins. Nous l'accostâmes, dans l'intention de lui acheter sa pêche, idée qui nous vint à tous deux et qui s'exprima dans un sourire auquel je répondis par une légère pression du bras que je tenais et que je ramenai près de mon cœur. C'est de ces riens dont plus tard le souvenir fait des poèmes, quand auprès du feu nous nous rappelons l'heure où ce rien nous a émus, le lieu où ce fut, et ce mirage dont les effets n'ont pas encore été constatés, mais qui s'exerce souvent sur les objets qui nous entourent dans les moments où la vie est légère et où nos cœurs sont pleins. Les sites les plus beaux ne sont que ce que nous les faisons. Quel homme un peu poète n'a dans ses souvenirs un quartier de roche qui tient plus de place que n'en ont pris les plus célèbres aspects de pays cherchés à grands frais ! Près de ce rocher, de tumultueuses pensées ; là, toute une vie employée, là des craintes dissipées ; là des rayons d'espérance sont descendus dans l'âme. En ce moment, le soleil, sympathisant avec ces pensées d'amour ou d'avenir, a jeté sur les flancs fauves de cette roche une lueur ardente ; quelques fleurs des montagnes attiraient l'attention ; le calme et le silence grandissaient cette anfractuosité sombre en réalité, colorée par le rêveur ; alors elle était belle avec ses maigres végétations, ses camomilles chaudes, ses cheveux de Vénus[1] aux feuilles veloutées. Fête prolongée, décorations magnifiques, heureuse exaltation des forces humaines ! Une fois déjà le lac de Bienne, vu de l'île Saint-Pierre, m'avait ainsi parlé ; le rocher du Croisic sera peut-être la dernière de ces joies ! Mais alors, que deviendra Pauline ?

« Vous avez fait une belle pêche ce matin, mon brave homme ? dis-je au pêcheur.

— Oui, monsieur », répondit-il en s'arrêtant et nous montrant la figure bistrée des gens qui restent pendant des heures entières exposés à la réverbération du soleil sur l'eau.

Ce visage annonçait une longue résignation, la patience du pêcheur et ses mœurs douces. Cet homme avait une voix sans rudesse, des lèvres bonnes, nulle ambition, je ne sais quoi de grêle, de chétif. Toute autre physionomie nous aurait déplu.

« Où allez-vous vendre ça ?
— À la ville.
— Combien vous paiera-t-on le homard ?
— Quinze sous.
— L'araignée ?
— Vingt sous.
— Pourquoi tant de différence entre le homard et l'araignée ?
— Monsieur, l'araignée (il la nommait une *iraigne*) est bien plus délicate ! puis elle est maligne comme un singe, et se laisse rarement prendre.
— Voulez-vous nous donner le tout pour cent sous ? » dit Pauline.

L'homme resta pétrifié.

« Vous ne l'aurez pas ! dis-je en riant, j'en donne dix francs. Il faut savoir payer les émotions ce qu'elles valent.
— Eh bien, répondit-elle, je l'aurai ! j'en donne dix francs deux sous.
— Dix sous.
— Douze francs.
— Quinze francs.
— Quinze francs cinquante centimes, dit-elle.
— Cent francs.
— Cent cinquante. »

Je m'inclinai. Nous n'étions pas en ce moment assez riches pour pousser plus haut cette enchère. Notre pauvre pêcheur ne savait pas s'il devait se fâcher d'une mystification ou se livrer à la joie, nous le tirâmes de peine en lui donnant le nom de notre hôtesse et lui recommandant de porter chez elle le homard et l'araignée.

« Gagnez-vous votre vie ? lui demandai-je pour savoir à quelle cause devait être attribué son dénuement.

— Avec bien de la peine et en souffrant bien des misères, me dit-il. La pêche au bord de la mer, quand on n'a ni barque ni filets et qu'on ne peut la faire qu'aux engins ou à la ligne, est un chanceux[1] métier. Voyez-vous, il faut y attendre le poisson ou le coquillage, tandis que les grands pêcheurs vont le chercher en pleine mer. Il est si difficile de gagner sa vie ainsi, que je suis le seul qui pêche à la côte. Je passe des journées entières sans rien rapporter. Pour attraper quelque chose, il faut qu'une iraigne se soit oubliée à dormir comme celle-ci, ou qu'un homard soit assez étourdi pour rester dans les rochers. Quelquefois il y vient des lubines[2] après la haute mer, alors je les empoigne.

— Enfin, l'un portant l'autre, que gagnez-vous par jour ?

— Onze à douze sous[3]. Je m'en tirerais, si j'étais seul, mais j'ai mon père à nourrir, et le bonhomme ne peut pas m'aider, il est aveugle. »

À cette phrase, prononcée simplement, nous nous regardâmes, Pauline et moi, sans mot dire.

« Vous avez une femme ou quelque bonne amie ? »

Il nous jeta l'un des plus déplorables regards que j'aie vus, en répondant : « Si j'avais une femme, il faudrait donc abandonner mon père ; je ne pourrais pas le nourrir et nourrir encore une femme et des enfants.

— Hé bien, mon pauvre garçon, comment ne cherchez-vous pas à gagner davantage en portant du sel sur le port ou en travaillant aux marais salants[4] !

— Ha ! monsieur, je ne ferais pas ce métier pendant trois mois. Je ne suis pas assez fort, et si je mourais, mon père serait à la mendicité. Il me fallait un métier qui ne voulût qu'un peu d'adresse et beaucoup de patience.

— Et comment deux personnes peuvent-elles vivre avec douze sous par jour ?

— Oh ! monsieur, nous mangeons des galettes de sarrasin et des bernicles que je détache des rochers [1].

— Quel âge avez-vous donc ?

— Trente-sept ans.

— Êtes-vous sorti d'ici ?

— Je suis allé une fois à Guérande pour tirer à la milice [2], et suis allé à Savenay pour me faire voir à des messieurs qui m'ont mesuré. Si j'avais eu un pouce de plus, j'étais soldat. Je serais crevé à la première fatigue, et mon pauvre père demanderait aujourd'hui la charité. »

J'avais pensé bien des drames ; Pauline était habituée à de grandes émotions, près d'un homme souffrant comme je le suis ; eh bien, jamais ni l'un ni l'autre nous n'avions entendu de paroles plus émouvantes que ne l'étaient celles de ce pêcheur. Nous fîmes quelques pas en silence, mesurant tous deux la profondeur muette de cette vie inconnue, admirant la noblesse de ce dévouement qui s'ignorait lui-même ; la force de cette faiblesse nous étonna ; cette insoucieuse générosité nous rapetissa. Je voyais ce pauvre être tout instinctif rivé sur ce rocher comme un galérien l'est à son boulet, y guettant depuis vingt ans des coquillages pour gagner sa vie, et soutenu dans sa patience par un seul sentiment. Combien d'heures consumées au coin d'une grève ! Combien d'espérances renversées par un grain, par un changement de temps ! Il restait suspendu au bord d'une table de granit, le bras tendu comme celui d'un fakir de l'Inde [3], tandis que son père, assis sur une escabelle, attendait, dans le silence et dans les ténèbres, le plus grossier des coquillages, et du pain, si le voulait la mer.

« Buvez-vous quelquefois du vin ? lui demandai-je.

— Trois ou quatre fois par an.

— Hé bien, vous en boirez aujourd'hui, vous et votre père, et nous vous enverrons un pain blanc.

— Vous êtes bien bon, monsieur.

— Nous vous donnerons à dîner si vous voulez nous conduire par le bord de la mer jusqu'à Batz, où nous irons voir la tour qui domine le bassin et les côtes entre Batz et Le Croisic.

— Avec plaisir, nous dit-il. Allez droit devant vous, en suivant le chemin dans lequel vous êtes, je vous y retrouverai après m'être débarrassé de mes agrès et de ma pêche. »

Nous fîmes un même signe de consentement, et il s'élança joyeusement vers la ville. Cette rencontre nous maintint dans la situation morale où nous étions, mais elle en avait affaibli la gaieté.

« Pauvre homme ! me dit Pauline avec cet accent qui ôte à la compassion d'une femme ce que la pitié peut avoir de blessant, n'a-t-on pas honte de se trouver heureux en voyant cette misère ?

— Rien n'est plus cruel que d'avoir des désirs impuissants, lui répondis-je. Ces deux pauvres êtres, le père et le fils, ne sauront pas plus combien ont été vives nos sympathies que le monde ne sait combien leur vie est belle, car ils amassent des trésors dans le ciel.

— Le pauvre pays ! dit-elle en me montrant, le long d'un champ environné d'un mur à pierres sèches, des bouses de vache appliquées symétriquement. J'ai demandé ce que c'était que cela. Une paysanne, occupée à les coller, m'a répondu qu'elle *faisait du bois*. Imaginez-vous, mon ami, que, quand ces bouses sont séchées, ces pauvres gens les récoltent, les entassent et s'en chauffent. Pendant l'hiver, on les vend comme on vend les mottes de tan[1]. Enfin, que crois-tu que gagne la couturière la plus chèrement payée ? Cinq sous par jour, dit-elle après une pause ; mais on la nourrit.

— Vois, lui dis-je, les vents de mer dessèchent ou

renversent tout, il n'y a point d'arbres ; les débris des embarcations hors de service se vendent aux riches, car le prix des transports les empêche sans doute de consommer le bois de chauffage dont abonde la Bretagne. Ce pays n'est beau que pour les grandes âmes ; les gens sans cœur n'y vivraient pas ; il ne peut être habité que par des poètes ou par des bernicles. N'a-t-il pas fallu que l'entrepôt du sel se plaçât sur ce rocher pour qu'il fût habité ? D'un côté, la mer ; ici, des sables ; en haut, l'espace. »

Nous avions déjà dépassé la ville, et nous étions dans l'espèce de désert qui sépare Le Croisic du bourg de Batz. Figurez-vous, mon cher oncle, une lande de deux lieues remplie par le sable luisant qui se trouve au bord de la mer. Çà et là quelques rochers y levaient leurs têtes, et vous eussiez dit des animaux gigantesques couchés dans les dunes. Le long de la mer apparaissaient quelques récifs autour desquels se jouait l'eau en leur donnant l'apparence de grandes roses blanches flottant sur l'étendue liquide et venant se poser sur le rivage. En voyant cette savane terminée par l'Océan sur la droite, bordée sur la gauche par le grand lac que fait l'irruption de la mer entre Le Croisic et les hauteurs sablonneuses de Guérande, au bas desquelles se trouvent des marais salants dénués de végétation, je regardai Pauline en lui demandant si elle se sentait le courage d'affronter les ardeurs du soleil et la force de marcher dans le sable.

« J'ai des brodequins, allons-y[1] », me dit-elle en me montrant la tour de Batz qui arrêtait la vue par une immense construction placée là comme une pyramide, mais une pyramide fuselée, découpée, une pyramide si poétiquement ornée qu'elle permettait à l'imagination d'y voir la première des ruines d'une grande ville asiatique[2]. Nous fîmes quelques pas pour aller nous asseoir sur la portion d'une roche qui se trouvait encore ombrée ; mais il était onze heures du matin, et cette ombre, qui cessait à nos pieds, s'effaçait avec rapidité.

« Combien ce silence est beau, me dit-elle, et comme la profondeur en est étendue par le retour égal du frémissement de la mer sur cette plage !

— Si tu veux livrer ton entendement aux trois immensités qui nous entourent, l'eau, l'air et les sables, en écoutant exclusivement le son répété du flux et du reflux, lui répondis-je, tu n'en supporteras pas le langage, tu croiras y découvrir une pensée qui t'accablera. Hier, au coucher du soleil, j'ai eu cette sensation ; elle m'a brisé.

— Oh ! oui, parlons, dit-elle après une longue pause. Aucun orateur n'est plus terrible. Je crois découvrir les causes des harmonies qui nous environnent, reprit-elle. Ce paysage, qui n'a que trois couleurs tranchées, le jaune brillant des sables, l'azur du ciel et le vert uni de la mer, est grand sans être sauvage ; il est immense, sans être désert ; il est monotone, sans être fatiguant ; il n'a que trois éléments, il est varié [1].

— Les femmes seules savent rendre ainsi leurs impressions, répondis-je, tu serais désespérante pour un poète, chère âme que j'ai si bien devinée !

— L'excessive chaleur de midi jette à ces trois expressions de l'infini une couleur dévorante, reprit Pauline en riant. Je conçois ici les poésies et les passions de l'Orient.

— Et moi j'y conçois le désespoir.

— Oui, dit-elle, cette dune est un cloître sublime. »

Nous entendîmes le pas pressé de notre guide ; il s'était endimanché. Nous lui adressâmes quelques paroles insignifiantes ; il crut voir que nos dispositions d'âme avaient changé ; et avec cette réserve que donne le malheur, il garda le silence. Quoique nous nous pressassions de temps en temps la main pour nous avertir de la mutualité de nos idées et de nos impressions, nous marchâmes pendant une demi-heure en silence, soit que nous fussions accablés par la chaleur qui s'élançait en ondées brillantes du milieu des sables, soit que la difficulté de la marche employât notre attention. Nous allions en nous tenant par la main, comme deux enfants ; nous n'eussions pas fait douze pas si nous nous étions donné le bras. Le chemin qui mène au bourg de Batz n'était pas tracé ; il suffisait d'un coup de vent pour effacer les marques que laissaient les pieds de chevaux ou les jantes de charrette ; mais l'œil exercé de notre guide reconnaissait à quelques fientes de bestiaux, à quelques parcelles de crottin, ce chemin qui tantôt descendait vers la mer, tantôt remontait vers les terres au gré des pentes, ou pour tourner des roches. À midi nous n'étions qu'à mi-chemin.

« Nous nous reposerons là-bas », dis-je en montrant un promontoire composé de rochers assez élevés pour faire supposer que nous y trouverions une grotte.

En m'entendant, le pêcheur, qui avait suivi la direction de mon doigt, hocha la tête, et me dit : « Il y a là quelqu'un. Ceux qui viennent du bourg de Batz au Croisic, ou du Croisic au bourg de Batz, font tous un détour pour n'y point passer. »

Les paroles de cet homme furent dites à voix basse, et supposaient un mystère.

« Est-ce donc un voleur, un assassin ? »

Notre guide ne nous répondit que par une aspiration creusée qui redoubla notre curiosité.

« Mais, si nous y passons, nous arrivera-t-il quelque malheur ?

— Oh ! non.

— Y passerez-vous avec nous ?

— Non, monsieur.

— Nous irons donc, si vous nous assurez qu'il n'y a nul danger pour nous.

« — Je ne dis pas cela, répondit vivement le pêcheur. Je dis seulement que celui qui s'y trouve ne vous dira rien et ne vous fera aucun mal. Oh! mon Dieu, il ne bougera seulement pas de sa place.

— Qui est-ce donc?

— Un homme! »

Jamais deux syllabes ne furent prononcées d'une façon si tragique. En ce moment nous étions à une vingtaine de pas de ce récif dans lequel se jouait la mer ; notre guide prit le chemin qui entourait les rochers ; nous continuâmes droit devant nous ; mais Pauline me prit le bras. Notre guide hâta le pas, afin de se trouver en même temps que nous à l'endroit où les deux chemins se rejoignaient. Il supposait sans doute qu'après avoir vu l'homme, nous irions d'un pas pressé. Cette circonstance alluma notre curiosité, qui devint alors si vive, que nos cœurs palpitèrent comme si nous eussions éprouvé un sentiment de peur. Malgré la chaleur du jour et l'espèce de fatigue que nous causait la marche dans les sables, nos âmes étaient encore livrées à la mollesse indicible d'une harmonieuse extase ; elles étaient pleines de ce plaisir pur qu'on ne saurait peindre qu'en le comparant à celui qu'on ressent en écoutant quelque délicieuse musique, l'*Andiamo mio ben* de Mozart[1]. Deux sentiments purs qui se confondent, ne sont-ils pas comme deux belles voix qui chantent? Pour pouvoir bien apprécier l'émotion qui vint nous saisir, il faut donc partager l'état à demi voluptueux dans lequel nous avaient plongés les événements de cette matinée. Admirez pendant longtemps une tourterelle aux jolies couleurs, posée sur un souple rameau, près d'une source, vous jetterez un cri de douleur en voyant tomber sur elle un émouchet[2] qui lui enfonce ses griffes d'acier jusqu'au cœur et l'emporte avec la rapidité meurtrière que la poudre communique au boulet. Quand nous eûmes fait un pas dans l'espace qui se trouvait devant la grotte, espèce d'esplanade située à cent pieds au-dessus de l'Océan, et défendue contre ses fureurs par une cascade de rochers abrupts, nous éprouvâmes un frémissement électrique assez semblable au sursaut que cause un bruit soudain au milieu d'une nuit silencieuse. Nous avions vu, sur un quartier de granit, un homme assis qui nous avait regardés. Son coup d'œil, semblable à la flamme d'un canon, sortit de deux yeux ensanglantés, et son immobilité stoïque ne pouvait se comparer qu'à l'inaltérable attitude des piles granitiques qui l'environnaient. Ses yeux se remuèrent par un mouvement lent, son corps demeura fixe, comme s'il eût été pétrifié ; puis, après nous avoir jeté ce regard qui nous frappa violemment, il reporta ses yeux sur l'étendue de l'Océan, et la contempla malgré la lumière qui en jaillissait, comme on dit que les aigles contemplent le soleil, sans baisser ses paupières, qu'il ne releva plus. Cherchez à vous rappeler, mon cher oncle, une de ces vieilles truisses de chêne [1], dont le tronc noueux, ébranché de la veille, s'élève fantastiquement sur un chemin désert, et vous aurez une image vraie de cet homme. C'était des formes herculéennes ruinées, un visage de Jupiter olympien, mais détruit par l'âge, par les rudes travaux de la mer, par le chagrin, par une nourriture grossière, et comme noirci par un éclat de foudre. En voyant ses mains poilues et dures, j'aperçus des nerfs qui ressemblaient à des veines de fer. D'ailleurs, tout en lui dénotait une constitution vigoureuse. Je remarquai dans un coin de la grotte une assez grande quantité de mousse, et sur une grossière tablette taillée par le hasard au milieu du granit, un pain rond cassé qui couvrait une cruche de grès. Jamais mon imagination, quand elle me reportait vers les déserts où vécurent les premiers anachorètes de la chrétienté, ne m'avait dessiné de figure plus grandement religieuse ni plus horriblement repentante que l'était celle de cet homme. Vous qui avez pratiqué le confessionnal, mon cher oncle, vous n'avez jamais peut-être vu un si beau remords, mais ce remords était noyé dans les ondes de la prière, la prière continue d'un muet désespoir. Ce pêcheur, ce marin, ce Breton grossier était sublime par un sentiment inconnu. Mais ces yeux avaient-ils pleuré ? Cette main de statue ébauchée avait-elle frappé ? Ce front rude empreint de probité farouche, et sur lequel la force avait néanmoins laissé les vestiges de cette douceur qui est l'apanage de toute force vraie, ce front sillonné de rides, était-il en harmonie avec un grand cœur ? Pourquoi cet homme dans le granit ? Pourquoi ce granit dans cet homme ? Où était l'homme, où était le granit ? Il nous tomba tout un monde de pensées dans la tête[1]. Comme l'avait supposé notre guide, nous passâmes en silence, promptement, et il nous revit émus de terreur ou saisis d'étonnement, mais il ne s'arma point contre nous de la réalité de ses prédictions.

« Vous l'avez vu ? dit-il.

— Quel est cet homme ? dis-je.

— On l'appelle *l'Homme-au-vœu.* »

Vous figurez-vous bien à ce mot le mouvement par lequel nos deux têtes se tournèrent vers notre pêcheur ! C'était un homme simple ; il comprit notre muette interrogation, et voici ce qu'il nous dit dans son langage, auquel je tâche de conserver son allure populaire.

« Madame, ceux du Croisic comme ceux de Batz croient que cet homme est coupable de quelque chose, et fait une pénitence ordonnée par un fameux recteur[2] auquel il est allé se confesser plus loin que Nantes. D'autres croient que Cambremer[3], c'est son nom, a une mauvaise chance qu'il communique à qui passe sous son air. Aussi plusieurs, avant de tourner sa roche, regardent-ils d'où vient le vent ! S'il est de galerne[1], dit-il en nous montrant l'ouest, ils ne continueraient pas leur chemin quand il s'agirait d'aller quérir un morceau de la vraie croix ; ils retournent, ils ont peur. D'autres, les riches du Croisic, disent que Cambremer a fait un vœu, d'où son nom d'Homme-au-vœu. Il est là nuit et jour, sans en sortir. Ces dires ont une apparence de raison. Voyez-vous, dit-il en se retournant pour nous montrer une chose que nous n'avions pas remarquée, il a planté là, à gauche, une croix de bois pour annoncer qu'il s'est mis sous la protection de Dieu, de la sainte Vierge et des saints. Il ne se serait pas sacré comme ça, que la frayeur qu'il donne au monde fait qu'il est là en sûreté comme s'il était gardé par de la troupe. Il n'a pas dit un mot depuis qu'il s'est enfermé en plein air ; il se nourrit de pain et d'eau que lui apporte tous les matins la fille de son frère, une petite tronquette de douze ans à laquelle il a laissé ses biens, et qu'est une jolie créature, douce comme un agneau, une bien mignonne fille, bien plaisante. Elle vous a, dit-il en montrant son pouce, des yeux bleus *longs comme* ça, sous une chevelure de chérubin. Quand on lui demande : " Dis donc, Pérotte ?... (Ça veut dire chez nous Pierrette, fit-il en s'interrompant ; elle est vouée à saint Pierre, Cambremer s'appelle Pierre, il a été son parrain.) — Dis donc, Pérotte, reprit-il, qué qui te dit ton oncle ? — Il ne me dit rin, qu'elle répond, rin du tout, rin. — Eh ben, qué qu'il te fait ? — Il m'embrasse au front le dimanche. — Tu n'en as pas peur ? — Ah ! ben, qu'a dit, il est mon parrain. Il n'a pas voulu d'autre personne pour lui apporter à manger[2]. " Pérotte prétend qu'il sourit quand elle vient, mais autant dire un rayon de soleil, dans la brouine, car on dit qu'il est nuageux comme un brouillard[3].

— Mais, lui dis-je, vous excitez notre curiosité sans la

satisfaire. Savez-vous ce qui l'a conduit là ? Est-ce le chagrin, est-ce le repentir, est-ce une manie, est-ce un crime, est-ce...

— Eh ! monsieur, il n'y a guère que mon père et moi qui sachions la vérité de la chose. Défunt[1] ma mère servait un homme de justice à qui Cambremer a tout dit par ordre du prêtre qui ne lui a donné l'absolution qu'à cette condition-là, à entendre les gens du port. Ma pauvre mère a entendu Cambremer sans le vouloir, parce que la cuisine du justicier était à côté de sa salle, elle a écouté ! Elle est morte ; le juge qu'a écouté est défunt aussi. Ma mère nous a fait promettre à mon père et à moi, de n'en rin afférer aux gens du pays, mais je puis vous dire à vous que le soir où ma mère nous a raconté ça, les cheveux me grésillaient dans la tête.

— Hé bien, dis-nous ça, mon garçon, nous n'en parlerons à personne. »

Le pêcheur nous regarda, et continua ainsi : « Pierre Cambremer, que vous avez vu là, est l'aîné des Cambremer, qui de père en fils sont marins ; leur nom le dit, la mer a toujours plié sous eux. Celui que vous avez vu s'était fait pêcheur à bateaux. Il avait donc des barques, allait pêcher la sardine, il pêchait aussi le haut poisson, pour les marchands. Il aurait armé un bâtiment et pêché la morue, s'il n'avait pas tant aimé sa femme, qui était une belle femme, une Brouin de Guérande, une fille superbe, et qui avait bon cœur. Elle aimait tant Cambremer, qu'elle n'a jamais voulu que son homme la quittât plus du temps nécessaire à la pêche aux sardines. Ils demeuraient là-bas, tenez ! dit le pêcheur en montant sur une éminence pour nous montrer un îlot dans la petite méditerranée qui se trouve entre les dunes où nous marchions et les marais salants de Guérande, voyez-vous cette maison ? Elle était à lui. Jacquette Brouin et

Cambremer n'ont eu qu'un enfant, un garçon qu'ils ont aimé... comme quoi dirai-je ? dame ! comme on aime un enfant unique ; ils en étaient fous. Leur petit Jacques aurait fait, sous votre respect, dans la marmite qu'ils auraient trouvé que c'était du sucre. Combien donc que nous les avons vus de fois, à la foire, achetant les plus belles berloques[1] pour lui ! C'était de la déraison, tout le monde le leur disait. Le petit Cambremer, voyant que tout lui était permis, est devenu méchant comme un âne rouge[2]. Quand on venait dire au père Cambremer : " Votre fils a manqué tuer le petit un tel ! " il riait et disait : " Bah ! ce sera un fier marin ! il commandera les flottes du Roi. " Un autre : " Pierre Cambremer, savez-vous que votre gars a crevé l'œil de la petite Pougaud ! — Il aimera les filles ", disait Pierre. Il trouvait tout bon. Alors mon petit mâtin, à dix ans, battait tout le monde et s'amusait à couper le cou aux poules, il éventrait les cochons, enfin il se roulait dans le sang comme une fouine. " Ce sera un fameux soldat ! disait Cambremer, il a goût au sang. " Voyez-vous, moi, je me suis souvenu de tout ça, dit le pêcheur. Et Cambremer aussi, ajouta-t-il après une pause. À quinze ou seize ans, Jacques Cambremer était... quoi ? un requin. Il allait s'amuser à Guérande, ou faire le joli cœur à Savenay. Fallait des espèces. Alors il se mit à voler sa mère, qui n'osait en rien dire à son mari. Cambremer était un homme probe à faire vingt lieues pour rendre à quelqu'un deux sous qu'on lui aurait donnés de trop dans un compte. Enfin, un jour, la mère fut dépouillée de tout. Pendant une pêche de son père, le fils emporta le buffet, la mette[3], les draps, le linge, ne laissa que les quatre murs, il avait tout vendu pour aller faire ses frigousses[4] à Nantes. La pauvre femme en a pleuré pendant des jours et des nuits. Fallait dire ça au père à son retour, elle craignait le père, pas pour elle, allez ! Quand Pierre Cambremer revint, qu'il vit sa maison garnie des meubles que l'on avait prêtés à sa femme, il dit : " Qu'est-ce que c'est que ça ? " La pauvre femme était plus morte que vive, elle dit : " Nous avons été volés. — Où donc est Jacques ? — Jacques, il est en riolle[1] ! " Personne ne savait où le drôle était allé. " Il s'amuse trop ! " dit Pierre. Six mois après, le pauvre père sut que son fils allait être pris par la justice à Nantes. Il fait la route à pied, y va plus vite que par mer, met la main sur son fils, et l'amène ici. Il ne lui demanda pas : " Qu'as-tu fait ? " Il lui dit : " Si tu ne te tiens pas sage deux ans ici avec ta mère et avec moi, allant à la pêche et te conduisant comme un honnête homme, tu auras affaire à moi. " L'enragé, comptant sur la bêtise de ses père et mère, lui a fait la grimace. Pierre, là-dessus, lui flanque une mornifle qui vous a mis Jacques au lit pour six mois. La pauvre mère se mourait de chagrin. Un soir, elle dormait paisiblement à côté de son mari, elle entend du bruit, se lève, elle reçoit un coup de couteau dans le bras. Elle crie, on cherche de la lumière. Pierre Cambremer voit sa femme blessée ; il croit que c'est un voleur, comme s'il y en avait dans notre pays, où l'on peut porter sans crainte dix mille francs en or, du Croisic à Saint-Nazaire, sans avoir à s'entendre demander ce qu'on a sous le bras. Pierre cherche Jacques, il ne trouve point son fils. Le matin ce monstre-là n'a-t-il pas eu le front de revenir en disant qu'il était allé à Batz. Faut vous dire que sa mère ne savait où cacher son argent. Cambremer, lui, mettait le sien chez M. Dupotet du Croisic. Les folies de leur fils leur avaient mangé des cent écus, des cent francs, des louis d'or, ils étaient quasiment ruinés, et c'était dur pour des gens qui avaient aux environs de douze mille livres, compris leur îlot. Personne ne sait ce que Cambremer a donné à Nantes pour ravoir son fils. Le guignon ravageait la famille. Il était arrivé des malheurs au frère de Cambremer, qui avait besoin de secours. Pierre lui disait pour le consoler que Jacques et Pérotte (la fille au cadet Cambremer) se marieraient. Puis, pour lui faire gagner son pain, il l'employait à la pêche; car Joseph Cambremer en était réduit à vivre de son travail. Sa femme avait péri de la fièvre, il fallait payer les mois de nourrice de Pérotte. La femme de Pierre Cambremer devait une somme de cent francs à diverses personnes pour cette petite, du linge, des hardes, et deux ou trois mois à la grande Frelu qu'avait un enfant de Simon Gaudry et qui nourrissait Pérotte. La Cambremer avait cousu une pièce d'Espagne dans la laine de son matelas, en mettant dessus : *À Pérotte.* Elle avait reçu beaucoup d'éducation, elle écrivait comme un greffier, et avait appris à lire à son fils, c'est ce qui l'a perdu. Personne n'a su comment ça s'est fait, mais ce gredin de Jacques avait flairé l'or[1], l'avait pris et était allé riboter au Croisic. Le bonhomme Cambremer, par un fait exprès, revenait avec sa barque chez lui. En abordant il voit flotter un bout de papier, le prend, l'apporte à sa femme qui tombe à la renverse en reconnaissant ses propres paroles écrites. Cambremer ne dit rien, va au Croisic, apprend là que son fils est au billard; pour lors, il fait demander la bonne femme qui tient le café, et lui dit : " J'avais dit à Jacques de ne pas se servir d'une pièce d'or avec quoi il vous paiera; rendez-la-moi, j'attendrai sur la porte, et vous donnerai de l'argent blanc pour. " La bonne femme lui apporta la pièce. Cambremer la prend en disant : " Bon ! " et revient chez lui. Toute la ville a su cela. Mais voilà ce que je sais et ce dont les autres ne font que de se douter en gros. Il dit à sa femme d'approprier leur chambre, qu'est par bas; il fait du feu dans la cheminée, allume deux chandelles, place deux chaises d'un côté de l'âtre, et met de l'autre côté un escabeau. Puis dit à sa femme de lui apprêter ses habits de noces, en lui commandant de pouiller[1] les siens. Il s'habille. Quand il est vêtu, il va chercher son frère, et lui dit de faire le guet devant la maison pour l'avertir s'il entendait du bruit sur les deux grèves, celle-ci et celle des marais de Guérande. Il rentre quand il juge que sa femme est habillée, il charge un fusil et le cache dans le coin de la cheminée. Voilà Jacques qui revient ; il revient tard ; il avait bu et joué jusqu'à dix heures ; il s'était fait passer à la pointe de Carnouf. Son oncle l'entend héler, va le chercher sur la grève des marais, et le passe sans rien dire. Quand il entre, son père lui dit : " Assieds-toi là ", en lui montrant l'escabeau. " Tu es, dit-il, devant ton père et ta mère que tu as offensés, et qui ont à te juger. " Jacques se mit à beugler, parce que la figure de Cambremer était tortillée d'une singulière manière. La mère était roide comme une rame. " Si tu cries, si tu bouges, si tu ne te tiens pas comme un mât sur ton escabeau, dit Pierre en l'ajustant avec son fusil, je te tue comme un chien. " Le fils devint muet comme un poisson ; la mère n'a rin dit. " Voilà, dit Pierre à son fils, un papier qui enveloppait une pièce d'or espagnole ; la pièce d'or était dans le lit de ta mère ; ta mère seule savait l'endroit où elle l'avait mise ; j'ai trouvé le papier sur l'eau en abordant ici ; tu viens de donner ce soir cette pièce d'or espagnole à la mère Fleurant, et ta mère n'a plus vu sa pièce dans son lit. Explique-toi. " Jacques dit qu'il n'avait pas pris la pièce de sa mère, et que cette pièce lui était restée de Nantes. " Tant mieux, dit Pierre. Comment peux-tu nous prouver cela ? — Je l'avais. — Tu n'as pas pris celle de ta mère ? — Non. — Peux-tu le jurer sur ta vie éternelle ? " Il allait le jurer ; sa mère leva les yeux sur lui et lui dit : " Jacques, mon enfant, prends garde, ne jure pas si ça n'est pas vrai ; tu peux t'amender, te repentir ; il est temps encore[2]. " Et elle pleura. " Vous êtes une ci et une ça, lui dit-il, qu'avez toujours voulu ma perte. " Cambremer pâlit et dit : " Ce que tu viens de dire à ta mère grossira ton compte. Allons au fait. Jures-tu ? — Oui. — Tiens, dit-il, y avait-il sur ta pièce cette croix que le marchand de sardines qui me l'a donnée avait faite sur la nôtre ? " Jacques se dégrisa et pleura. " Assez causé, dit Pierre. Je ne te parle pas de ce que tu as fait avant cela, je ne veux pas qu'un Cambremer soit fait mourir sur la place du Croisic. Fais tes prières, et dépêchons-nous ! Il va venir un prêtre pour te confesser. " La mère était sortie, pour ne pas entendre condamner son fils. Quand elle fut dehors, Cambremer l'oncle vint avec le recteur de Piriac, auquel Jacques ne voulut rien dire. Il était malin, il connaissait assez son père pour savoir qu'il ne le tuerait pas sans confession. " Merci, excusez-nous, monsieur, dit Cambremer au prêtre, quand il vit l'obstination de Jacques. Je voulais donner une leçon à mon fils et vous prier de n'en rien dire. — Toi, dit-il à Jacques, si tu ne t'amendes pas, la première fois ce sera pour de bon, et j'en finirai sans confession. " Il l'envoya se coucher. L'enfant crut cela et s'imagina qu'il pourrait se remettre avec son père. Il dormit. Le père veilla. Quand il vit son fils au fin fond de son sommeil, il lui couvrit la bouche avec du chanvre, la lui banda avec un chiffon de voile bien serré ; puis il lui lia les mains et les pieds. Il rageait, il pleurait du sang, disait Cambremer au justicier. Que voulez-vous ! La mère se jeta aux pieds du père. " Il est jugé, qu'il dit, tu vas m'aider à le mettre dans la barque. " Elle s'y refusa. Cambremer l'y mit tout seul, l'y assujettit au fond, lui mit une pierre au cou, sortit du bassin, gagna la mer, et vint à la hauteur de la roche où il est. Pour lors, la pauvre mère, qui s'était fait passer ici par son beau-frère, eut beau crier *grâce !* ça servit comme une pierre à un loup. Il y avait de la lune, elle a vu le père jetant à la mer son fils qui lui tenait encore aux entrailles, et comme il n'y avait pas d'air, elle a entendu blouf! puis rin, ni trace, ni bouillon ; la mer est d'une fameuse garde, allez ! En abordant là pour faire taire sa femme qui gémissait, Cambremer la trouva quasi morte, il fut impossible aux deux frères de la porter, il a fallu la mettre dans la barque qui venait de servir au fils, et ils l'ont ramenée chez elle en faisant le tour par la passe du Croisic. Ah ! ben, la belle Brouin, comme on l'appelait, n'a pas duré huit jours ; elle est morte en demandant à son mari de brûler la damnée barque. Oh ! il l'a fait. Lui il est devenu tout chose, il savait plus ce qu'il voulait ; il fringalait[1] en marchant comme un homme qui ne peut pas porter[2] le vin. Puis il a fait un voyage de dix jours, et est revenu se mettre où vous l'avez vu, et, depuis qu'il y est, il n'a pas dit une parole. »

Le pêcheur ne mit qu'un moment à nous raconter cette histoire et nous la dit plus simplement encore que je ne l'écris. Les gens du peuple font peu de réflexions en contant, ils accusent le fait qui les a frappés, et le traduisent comme ils le sentent. Ce récit fut aussi aigrement incisif que l'est un coup de hache.

« Je n'irai pas à Batz », dit Pauline en arrivant au contour supérieur du lac. Nous revînmes au Croisic par les marais salants, dans le dédale desquels nous conduisit le pêcheur, devenu comme nous silencieux. La disposition de nos âmes était changée. Nous étions tous deux plongés en de funestes réflexions, attristés par ce drame qui expliquait le rapide pressentiment que nous en avions eu à l'aspect de Cambremer. Nous avions l'un et l'autre assez de connaissance du monde pour deviner de cette triple vie tout ce que nous en avait tu notre guide. Les malheurs de ces trois êtres se reproduisaient devant nous comme si nous les avions vus dans les tableaux d'un drame que ce père couronnait en expiant son crime nécessaire. Nous n'osions regarder la roche où était l'homme fatal qui faisait peur à toute une contrée. Quelques nuages embrumaient le ciel ; des vapeurs s'élevaient à l'horizon, nous marchions au milieu de la nature la plus âcrement sombre que j'aie jamais rencontrée. Nous foulions une nature qui semblait souffrante, maladive ; des marais salants, qu'on peut à bon droit nommer les écrouelles de la terre. Là, le sol est divisé en carrés inégaux de forme, tous encaissés par d'énormes talus de terre grise, tous pleins d'une eau saumâtre, à la surface de laquelle arrive le sel. Ces ravins faits à main d'homme sont intérieurement partagés en plates-bandes, le long desquelles marchent des ouvriers armés de longs râteaux, à l'aide desquels ils écrèment cette saumure, et amènent sur des plates-formes rondes pratiquées de distance en distance ce sel quand il est bon à mettre en mulons[1]. Nous côtoyâmes pendant deux heures ce triste damier, où le sel étouffe par son abondance la végétation, et où nous n'apercevions de loin en loin que quelques *paludiers*, nom donné à ceux qui cultivent le sel. Ces hommes, ou plutôt ce clan de Bretons porte un costume spécial, une jaquette blanche assez semblable à celle des brasseurs. Ils se marient entre eux. Il n'y a pas d'exemple qu'une fille de cette tribu ait épousé un autre homme qu'un paludier. L'horrible aspect de ces marécages, dont la boue était symétriquement ratissée, et de cette terre grise dont a horreur la flore bretonne, s'harmoniait[2] avec le deuil de notre âme. Quand nous arrivâmes à l'endroit où l'on passe le bras de mer formé par l'irruption des eaux dans ce fond, et qui sert sans doute à alimenter les marais salants, nous aperçûmes avec plaisir les maigres végétations qui garnissent les sables de la plage. Dans la traversée, nous aperçûmes au milieu du lac l'île où demeurent les Cambremer ; nous détournâmes la tête.

En arrivant à notre hôtel, nous remarquâmes un billard dans une salle basse, et quand nous apprîmes que c'était le seul billard public qu'il y eût au Croisic, nous fîmes nos apprêts de départ pendant la nuit ; le lendemain nous étions à Guérande. Pauline était encore triste, et moi je ressentais déjà les approches de cette flamme qui me brûle le cerveau. J'étais si cruellement tourmenté par les visions que j'avais de ces trois existences, qu'elle me dit : « Louis, écris cela, tu donneras le change à la nature de cette fièvre. »

Je vous ai donc écrit cette aventure, mon cher oncle ; mais elle m'a déjà fait perdre le calme que je devais à mes bains [1] et à notre séjour ici.

Paris, 20 novembre 1834.

Facino Cane

Je demeurais alors dans une petite rue que vous ne connaissez sans doute pas, la rue de Lesdiguières : elle commence à la rue Saint-Antoine, en face d'une fontaine près de la place de la Bastille et débouche dans la rue de la Cerisaie. L'amour de la science m'avait jeté dans une mansarde où je travaillais pendant la nuit, et je passais le jour dans une bibliothèque voisine, celle de Monsieur[1]. Je vivais frugalement, j'avais accepté toutes les conditions de la vie monastique, si nécessaire aux travailleurs. Quand il faisait beau, à peine me promenais-je sur le boulevard Bourdon. Une seule passion m'entraînait en dehors de mes habitudes studieuses ; mais n'était-ce pas encore de l'étude ? j'allais observer les mœurs du faubourg, ses habitants et leurs caractères. Aussi mal vêtu que les ouvriers, indifférent au décorum, je ne les mettais point en garde contre moi ; je pouvais me mêler à leurs groupes, les voir concluant leurs marchés, et se disputant à l'heure où ils quittent le travail. Chez moi l'observation était déjà devenue intuitive, elle pénétrait l'âme sans négliger le corps ; ou plutôt elle saisissait si bien les détails extérieurs, qu'elle allait sur-le-champ au-delà ; elle me donnait la faculté de vivre de la vie de l'individu sur laquelle elle s'exerçait, en me permettant de me substituer à lui comme le derviche des *Mille et Une Nuits* prenait le corps et l'âme des personnes sur lesquelles il prononçait certaines paroles[1].

Lorsque, entre onze heures et minuit, je rencontrais un ouvrier et sa femme revenant ensemble de l'Ambigu-Comique[2], je m'amusais à les suivre depuis le boulevard du Pont-aux-Choux jusqu'au boulevard Beaumarchais. Ces braves gens parlaient d'abord de la pièce qu'ils avaient vue; de fil en aiguille, ils arrivaient à leurs affaires; la mère tirait son enfant par la main, sans écouter ni ses plaintes ni ses demandes; les deux époux comptaient l'argent qui leur serait payé le lendemain, ils le dépensaient de vingt manières différentes. C'était alors des détails de ménage, des doléances sur le prix excessif des pommes de terre, ou sur la longueur de l'hiver et le renchérissement des mottes, des représentations énergiques sur ce qui était dû au boulanger; enfin des discussions qui s'envenimaient, et où chacun d'eux déployait son caractère en mots pittoresques. En entendant ces gens, je pouvais épouser leur vie, je me sentais leurs guenilles sur le dos, je marchais les pieds dans leurs souliers percés; leurs désirs, leurs besoins, tout passait dans mon âme, ou mon âme passait dans la leur. C'était le rêve d'un homme éveillé. Je m'échauffais avec eux contre les chefs d'atelier qui les tyrannisaient, ou contre les mauvaises pratiques[3] qui les faisaient revenir plusieurs fois sans les payer. Quitter ses habitudes, devenir un autre que soi par l'ivresse des facultés morales, et jouer ce jeu à volonté, telle était ma distraction. À quoi dois-je ce don ? Est-ce une seconde vue ? est-ce une de ces qualités dont l'abus mènerait à la folie[4] ? Je n'ai jamais recherché les causes de cette puissance; je la possède et m'en sers, voilà tout. Sachez seulement que, dès ce temps, j'avais décomposé les éléments de cette masse hétérogène nommée le peuple, que je l'avais analysée de manière à pouvoir évaluer ses qualités bonnes ou mauvaises. Je savais déjà de quelle utilité pourrait être ce faubourg, ce séminaire de révolutions qui renferme des héros, des inventeurs, des savants pratiques, des coquins, des scélérats, des vertus et des vices, tous comprimés par la misère, étouffés par la nécessité, noyés dans le vin, usés par les liqueurs fortes. Vous ne sauriez imaginer combien d'aventures perdues, combien de drames oubliés dans cette ville de douleur[1] ! Combien d'horribles et belles choses ! L'imagination n'atteindra jamais au vrai qui s'y cache et que personne ne peut aller découvrir ; il faut descendre trop bas pour trouver ces admirables scènes ou tragiques ou comiques, chefs-d'œuvre enfantés par le hasard[2]. Je ne sais comment j'ai si longtemps gardé sans la dire l'histoire que je vais vous raconter, elle fait partie de ces récits curieux restés dans le sac d'où la mémoire les tire capricieusement comme des numéros de loterie : j'en ai bien d'autres, aussi singuliers que celui-ci, également enfouis ; mais ils auront leur tour, croyez-le.

Un jour, ma femme de ménage, la femme d'un ouvrier, vint me prier d'honorer de ma présence la noce d'une de ses sœurs. Pour vous faire comprendre ce que pouvait être cette noce, il faut vous dire que je donnais quarante sous par mois à cette pauvre créature, qui venait tous les matins faire mon lit, nettoyer mes souliers, brosser mes habits, balayer la chambre et préparer mon déjeuner ; elle allait pendant le reste du temps tourner la manivelle d'une mécanique, et gagnait à ce dur métier dix sous par jour. Son mari, un ébéniste, gagnait quatre francs. Mais comme ce ménage avait trois enfants, il pouvait à peine honnêtement manger du pain. Je n'ai jamais rencontré de probité plus solide que celle de cet homme et de cette femme. Quand j'eus quitté le quartier, pendant cinq ans, la mère Vaillant est venue me souhaiter ma fête en m'apportant un bouquet et des oranges, elle qui n'avait jamais dix sous d'économie. La misère nous avait rapprochés. Je n'ai jamais pu lui donner autre chose que dix francs, souvent empruntés pour cette circonstance. Ceci peut expliquer ma promesse d'aller à la noce, je comptais me blottir dans la joie de ces pauvres gens.

Le festin, le bal, tout eut lieu chez un marchand de vin de la rue de Charenton, au premier étage, dans une grande chambre éclairée par des lampes à réflecteurs en fer-blanc, tendue d'un papier crasseux à hauteur des tables, et le long des murs de laquelle il y avait des bancs de bois. Dans cette chambre, quatre-vingts personnes endimanchées, flanquées de bouquets et de rubans, toutes animées par l'esprit de la Courtille[1], le visage enflammé, dansaient comme si le monde allait finir. Les mariés s'embrassaient à la satisfaction générale, et c'étaient des hé! hé! des ha! ha! facétieux, mais réellement moins indécents que ne le sont les timides œillades des jeunes filles bien élevées. Tout ce monde exprimait un contentement brutal qui avait je ne sais quoi de communicatif.

Mais ni les physionomies de cette assemblée, ni la noce, ni rien de ce monde n'a trait à mon histoire. Retenez seulement la bizarrerie du cadre. Figurez-vous bien la boutique ignoble et peinte en rouge, sentez l'odeur du vin, écoutez les hurlements de cette joie, restez bien dans ce faubourg, au milieu de ces ouvriers, de ces vieillards, de ces pauvres femmes livrés au plaisir d'une nuit!

L'orchestre se composait de trois aveugles des Quinze-Vingts[2]; le premier était violon, le second clarinette, et le troisième flageolet[3]. Tous trois étaient payés en bloc sept francs pour la nuit. Sur ce prix-là, certes, ils ne donnaient ni du Rossini, ni du Beethoven, ils jouaient ce qu'ils voulaient et ce qu'ils pouvaient ; personne ne leur faisait de reproches, charmante délicatesse ! Leur musique attaquait si brutalement le tympan, qu'après avoir jeté les yeux sur l'assemblée, je regardai ce trio d'aveugles, et fus tout d'abord disposé à l'indulgence en reconnaissant leur uniforme. Ces artistes étaient dans l'embrasure d'une croisée ; pour distinguer leurs physionomies, il fallait donc être près d'eux : je n'y vins pas sur-le-champ ; mais quand je m'en rapprochai, je ne sais pourquoi, tout fut dit, la noce et sa musique disparut, ma curiosité fut excitée au plus haut degré, car mon âme passa dans le corps du joueur de clarinette. Le violon et le flageolet avaient tous deux des figures vulgaires, la figure si connue de l'aveugle, pleine de contention, attentive et grave ; mais celle de la clarinette était un de ces phénomènes qui arrêtent tout court l'artiste et le philosophe.

Figurez-vous le masque en plâtre de Dante[1], éclairé par la lueur rouge du quinquet[2], et surmonté d'une forêt de cheveux d'un blanc argenté. L'expression amère et douloureuse de cette magnifique tête était agrandie par la cécité, car les yeux morts revivaient par la pensée ; il s'en échappait comme une lueur brûlante, produite par un désir unique, incessant, énergiquement inscrit sur un front bombé que traversaient des rides pareilles aux assises d'un vieux mur. Ce vieillard soufflait au hasard, sans faire la moindre attention à la mesure ni à l'air, ses doigts se baissaient ou se levaient, agitaient les vieilles clefs par une habitude machinale, il ne se gênait pas pour faire ce que l'on nomme des *canards* en termes d'orchestre, les danseurs ne s'en apercevaient pas plus que les deux acolytes de mon Italien ; car je voulais que ce fût un Italien, et c'était un Italien. Quelque chose de grand et de despotique se rencontrait dans ce vieil Homère qui gardait en lui-même une Odyssée condamnée à l'oubli.

C'était une grandeur si réelle qu'elle triomphait encore de son abjection, c'était un despotisme si vivace qu'il dominait la pauvreté. Aucune des violentes passions qui conduisent l'homme au bien comme au mal, en font un forçat ou un héros, ne manquait à ce visage noblement coupé, lividement italien, ombragé par des sourcils grisonnants qui projetaient leur ombre sur des cavités profondes où l'on tremblait de voir reparaître la lumière de la pensée, comme on craint de voir venir à la bouche d'une caverne quelques brigands armés de torches et de poignards. Il existait un lion dans cette cage de chair, un lion dont la rage s'était inutilement épuisée contre le fer de ses barreaux. L'incendie du désespoir s'était éteint dans ses cendres, la lave s'était refroidie ; mais les sillons, les bouleversements, un peu de fumée attestaient la violence de l'éruption, les ravages du feu. Ces idées, réveillées par l'aspect de cet homme, étaient aussi chaudes dans mon âme qu'elles étaient froides sur sa figure.

Entre chaque contredanse, le violon et le flageolet, sérieusement occupés de leur verre et de leur bouteille, suspendaient leur instrument au bouton de leur redingote rougeâtre, avançaient la main sur une petite table placée dans l'embrasure de la croisée où était leur cantine, et offraient toujours à l'Italien un verre plein qu'il ne pouvait prendre lui-même, car la table se trouvait derrière sa chaise ; chaque fois, la clarinette les remerciait par un signe de tête amical. Leurs mouvements s'accomplissaient avec cette précision qui étonne toujours chez les aveugles des Quinze-Vingts, et qui semble faire croire qu'ils voient. Je m'approchai des trois aveugles pour les écouter ; mais quand je fus près d'eux, ils m'étudièrent, ne reconnurent sans doute pas la nature ouvrière, et se tinrent cois.

« De quel pays êtes-vous, vous qui jouez de la clarinette ?

— De Venise, répondit l'aveugle avec un léger accent italien.

— Êtes-vous né aveugle, ou êtes-vous aveugle par...

— Par accident, répondit-il vivement, une maudite goutte sereine [1].

— Venise est une belle ville, j'ai toujours eu la fantaisie d'y aller. »

La physionomie du vieillard s'anima, ses rides s'agitèrent, il fut violemment ému.

« Si j'y allais avec vous, vous ne perdriez pas votre temps, me dit-il.

— Ne lui parlez pas de Venise, me dit le violon, ou notre doge va commencer son train ; avec ça qu'il a déjà deux bouteilles dans le bocal, le prince !

— Allons, en avant, père Canard », dit le flageolet.

Tous trois se mirent à jouer ; mais pendant le temps qu'ils mirent à exécuter les quatre contredanses, le Vénitien me flairait, il devinait l'excessif intérêt que je lui portais. Sa physionomie quitta sa froide expression de tristesse ; je ne sais quelle espérance égaya tous ses traits, se coula comme une flamme bleue dans ses rides ; il sourit, et s'essuya le front, ce front audacieux et terrible ; enfin il devint gai comme un homme qui monte sur son dada.

« Quel âge avez-vous ? lui demandai-je.

— Quatre-vingt-deux ans !

— Depuis quand êtes-vous aveugle ?

— Voici bientôt cinquante ans, répondit-il avec un accent qui annonçait que ses regrets ne portaient pas seulement sur la perte de sa vue, mais sur quelque grand pouvoir dont il aurait été dépouillé.

— Pourquoi vous appellent-ils donc le doge ? lui demandai-je.

— Ah ! une farce, me dit-il, je suis patricien de Venise, et j'aurais été doge tout comme un autre.

— Comment vous nommez-vous donc ?

— Ici, me dit-il, le père Canet. Mon nom n'a jamais pu s'écrire autrement sur les registres ; mais, en italien, c'est *Marco Facino Cane, principe di Varese*[1].

— Comment ? vous descendez du fameux condottiere Facino Cane dont les conquêtes ont passé aux ducs de Milan ?

— *E vero*, me dit-il. Dans ce temps-là, pour n'être pas tué par les Visconti, le fils de Cane s'est réfugié à Venise et s'est fait inscrire sur le Livre d'or. Mais il n'y a pas plus de Cane maintenant que de livre. » Et il fit un geste effrayant de patriotisme éteint et de dégoût pour les choses humaines.

« Mais si vous étiez sénateur de Venise, vous deviez être riche ; comment avez-vous pu perdre votre fortune ? »

À cette question il leva la tête vers moi, comme pour me contempler par un mouvement vraiment tragique, et me répondit : « Dans les malheurs ! »

Il ne songeait plus à boire, il refusa par un geste le verre de vin que lui tendit en ce moment le vieux flageolet, puis il baissa la tête. Ces détails n'étaient pas de nature à éteindre ma curiosité. Pendant la contredanse que jouèrent ces trois machines, je contemplai le vieux noble vénitien avec les sentiments qui dévorent un homme de vingt ans. Je voyais[2] Venise et l'Adriatique, je la voyais en ruines sur cette figure ruinée. Je me promenais dans cette ville si chère à ses habitants, j'allais du Rialto au grand canal, du quai des Esclavons au Lido, je revenais à sa cathédrale, si originalement sublime ; je regardais les fenêtres de la *Casa Doro*, dont chacune a des ornements différents ; je contemplais ces vieux palais si riches de marbre, enfin toutes ces merveilles avec lesquelles le savant sympathise d'autant plus qu'il les colore à son gré, et ne dépoétise pas ses rêves par le spectacle de la réalité. Je remontais le cours de la vie de ce rejeton du plus grand des condottieri, en y cherchant les traces de ses malheurs et les causes de cette profonde dégradation physique et morale, qui rendait plus belles encore les étincelles de grandeur et de noblesse ranimées en ce moment. Nos pensées étaient sans doute communes, car je crois que la cécité rend les communications intellectuelles beaucoup plus rapides en défendant à l'attention de s'éparpiller sur les objets extérieurs. La preuve de notre sympathie ne se fit pas attendre. Facino Cane cessa de jouer, se leva, vint à moi et me dit un : « Sortons ! » qui produisit sur moi l'effet d'une douche électrique. Je lui donnai le bras, et nous nous en allâmes.

Quand nous fûmes dans la rue, il me dit : « Voulez-vous me mener à Venise, m'y conduire, voulez-vous avoir foi en moi ? vous serez plus riche que ne le sont les dix maisons les plus riches d'Amsterdam ou de Londres, plus riche que les Rothschild, enfin riche comme *Les Mille et Une Nuits.* »

Je pensai que cet homme était fou ; mais il y avait dans sa voix une puissance à laquelle j'obéis. Je me laissai conduire et il me mena vers les fossés de la Bastille comme s'il avait eu des yeux. Il s'assit sur une pierre dans un endroit fort solitaire où depuis fut bâti le pont par lequel le canal Saint-Martin communique avec la Seine. Je me mis sur une autre pierre devant ce vieillard dont les cheveux blancs brillèrent comme des fils d'argent à la clarté de la lune. Le silence que troublait à peine le bruit orageux des boulevards qui arrivait jusqu'à nous, la pureté de la nuit, tout contribuait à rendre cette scène vraiment fantastique.

« Vous parlez de millions à un jeune homme, et vous croyez qu'il hésiterait à endurer mille maux pour les recueillir ! Ne vous moquez-vous pas de moi ?

— Que je meure sans confession, me dit-il avec violence, si ce que je vais vous dire n'est pas vrai. J'ai eu vingt ans comme vous les avez en ce moment, j'étais riche, j'étais beau, j'étais noble, j'ai commencé par la première des folies, par l'amour. J'ai aimé comme l'on n'aime plus, jusqu'à me mettre dans un coffre et risquer d'y être poignardé sans avoir reçu autre chose que la promesse d'un baiser. Mourir pour *elle* me semblait toute une vie. En 1760 je devins amoureux d'une Vendramini, une femme de dix-huit ans, mariée à un Sagredo, l'un des plus riches sénateurs, un homme de trente ans, fou de sa femme. Ma maîtresse et moi nous étions innocents comme deux chérubins, quand le *sposo* nous surprit causant d'amour ; j'étais sans armes, il me manqua, je sautai sur lui, je l'étranglai de mes deux mains en lui tordant le cou comme à un poulet. Je voulus partir avec Bianca, elle ne voulut pas me suivre. Voilà les femmes ! Je m'en allai seul, je fus condamné, mes biens furent séquestrés au profit de mes héritiers ; mais j'avais emporté mes diamants, cinq tableaux de Titien roulés, et tout mon or. J'allai à Milan, où je ne fus pas inquiété : mon affaire n'intéressait point l'État.

« Une petite observation avant de continuer, dit-il après une pause. Que les fantaisies d'une femme influent ou non sur son enfant pendant qu'elle le porte ou quand elle le conçoit, il est certain que ma mère eut une passion pour l'or pendant sa grossesse[1]. J'ai pour l'or une monomanie dont la satisfaction est si nécessaire à ma vie que, dans toutes les situations où je me suis trouvé, je n'ai jamais été sans or sur moi ; je manie constamment de l'or ; jeune, je portais toujours des bijoux et j'avais toujours sur moi deux ou trois cents ducats. »

En disant ces mots, il tira deux ducats de sa poche et me les montra.

« Je sens l'or. Quoique aveugle, je m'arrête devant les boutiques de joailliers. Cette passion m'a perdu, je suis devenu joueur pour jouer de l'or. Je n'étais pas fripon, je fus friponné, je me ruinai. Quand je n'eus plus de fortune, je fus pris par la rage de voir Bianca : je revins secrètement à Venise, je la retrouvai, je fus heureux pendant six mois, caché chez elle, nourri par elle. Je pensais délicieusement à finir ainsi ma vie. Elle était recherchée par le Provéditeur[1] ; celui-ci devina un rival, en Italie on les sent : il nous espionna, nous surprit au lit, le lâche ! Jugez combien vive fut notre lutte : je ne le tuai pas, je le blessai grièvement. Cette aventure brisa mon bonheur. Depuis ce jour je n'ai jamais retrouvé de Bianca. J'ai eu de grands plaisirs, j'ai vécu à la cour de Louis XV parmi les femmes les plus célèbres ; nulle part je n'ai trouvé les qualités, les grâces, l'amour de ma chère Vénitienne. Le Provéditeur avait ses gens, il les appela, le palais fut cerné, envahi ; je me défendis pour pouvoir mourir sous les yeux de Bianca qui m'aidait à tuer le Provéditeur. Jadis cette femme n'avait pas voulu s'enfuir avec moi ; mais après six mois de bonheur elle voulait mourir de ma mort, et reçut plusieurs coups. Pris dans un grand manteau que l'on jeta sur moi, je fus roulé, porté dans une gondole et transporté dans un cachot des puits. J'avais vingt-deux ans, je tenais si bien le tronçon de mon épée que pour l'avoir il aurait fallu me couper le poing. Par un singulier hasard, ou plutôt inspiré par une pensée de précaution, je cachai ce morceau de fer dans un coin, comme s'il pouvait me servir. Je fus soigné. Aucune de mes blessures n'était mortelle. À vingt-deux ans, on revient de tout. Je devais mourir décapité, je fis le malade afin de gagner du temps. Je croyais être dans un cachot voisin du canal, mon projet était de m'évader en creusant le mur et traversant le canal à la nage, au risque de me noyer. Voici sur quels raisonnements s'appuyait mon espérance. Toutes les fois que le geôlier m'apportait à manger, je lisais des indications écrites sur les murs, comme : *côté du palais, côté du canal, côté du souterrain*, et je finis par apercevoir un plan dont le sens m'inquiétait peu, mais explicable par l'état actuel du palais ducal qui n'est pas terminé. Avec le génie que donne le désir de recouvrer la liberté, je parvins à déchiffrer, en tâtant du bout des doigts la superficie d'une pierre, une inscription arabe par laquelle l'auteur de ce travail avertissait ses successeurs qu'il avait détaché deux pierres de la dernière assise, et creusé onze pieds de souterrain. Pour continuer son œuvre, il fallait répandre sur le sol même du cachot les parcelles de pierre et de mortier produites par le travail de l'excavation. Quand même les gardiens ou les inquisiteurs n'eussent pas été rassurés par la construction de l'édifice qui n'exigeait qu'une surveillance extérieure, la disposition des puits, où l'on descend par quelques marches, permettait d'exhausser graduellement le sol sans que les gardiens s'en aperçussent. Cet immense travail avait été superflu, du moins pour celui qui l'avait entrepris, car son inachèvement annonçait la mort de l'inconnu. Pour que son dévouement ne fût pas à jamais perdu, il fallait qu'un prisonnier sût l'arabe; mais j'avais étudié les langues orientales au couvent des Arméniens. Une phrase écrite derrière la pierre disait le destin de ce malheureux, mort victime de ses immenses richesses, que Venise avait convoitées et dont elle s'était emparée. Il me fallut un mois pour arriver à un résultat. Pendant que je travaillais, et dans les moments où la fatigue m'anéantissait, j'entendais le son de l'or, je voyais de l'or devant moi, j'étais ébloui par des diamants ! Oh ! attendez. Pendant une nuit, mon acier émoussé trouva du bois. J'aiguisai mon bout d'épée, et fis un trou dans ce bois. Pour pouvoir travailler, je me roulais comme un serpent sur le ventre, je me mettais nu pour travailler à la manière des taupes, en portant mes mains en avant et me faisant de la pierre même un point d'appui. La surveille du jour où je devais comparaître devant mes juges, pendant la nuit, je voulus tenter un dernier effort ; je perçai le bois, et mon fer ne rencontra rien au-delà. Jugez de ma surprise quand j'appliquai les yeux sur le trou ! J'étais dans le lambris d'une cave où une faible lumière me permettait d'apercevoir un monceau d'or. Le doge et l'un des Dix[1] étaient dans ce caveau, j'entendais leurs voix ; leurs discours m'apprirent que là était le trésor secret de la République, les dons des doges, et les réserves du butin appelé le denier de Venise, et pris sur le produit des expéditions. J'étais sauvé[2] ! Quand le geôlier vint, je lui proposai de favoriser ma fuite et de partir avec moi en emportant tout ce que nous pourrions prendre. Il n'y avait pas à hésiter, il accepta. Un navire faisait voile pour le Levant, toutes les précautions furent prises, Bianca favorisa les mesures que je dictais à mon complice. Pour ne pas donner l'éveil, Bianca devait nous rejoindre à Smyrne. En une nuit le trou fut agrandi, et nous descendîmes dans le trésor secret de Venise. Quelle nuit ! J'ai vu quatre tonnes pleines d'or. Dans la pièce précédente, l'argent était également amassé en deux tas qui laissaient un chemin au milieu pour traverser la chambre où les pièces relevées en talus garnissaient les murs à cinq pieds de hauteur. Je crus que le geôlier deviendrait fou ; il chantait, il sautait, il riait, il gambadait dans l'or ; je le menaçai de l'étrangler s'il perdait le temps ou s'il faisait du bruit. Dans sa joie, il ne vit pas d'abord une table où étaient les diamants. Je me jetai dessus assez habilement pour emplir ma veste de matelot et les poches de mon pantalon. Mon Dieu ! je n'en pris pas le tiers. Sous cette table étaient des lingots d'or. Je persuadai à mon compagnon de remplir d'or autant de sacs que nous pourrions en porter, en lui faisant observer que c'était la seule manière de n'être pas découverts à l'étranger. " Les perles, les bijoux, les diamants nous feraient reconnaître ", lui dis-je. Quelle que fût notre avidité, nous ne pûmes prendre que deux mille livres d'or, qui nécessitèrent six voyages à travers la prison jusqu'à la gondole. La sentinelle à la porte d'eau avait été gagnée moyennant un sac de dix livres d'or. Quant aux deux gondoliers, ils croyaient servir la République. Au jour, nous partîmes. Quand nous fûmes en pleine mer, et que je me souvins de cette nuit ; quand je me rappelai les sensations que j'avais éprouvées, que je revis cet immense trésor où, suivant mes évaluations, je laissais trente millions en argent et vingt millions en or, plusieurs millions en diamants, perles et rubis, il se fit en moi comme un mouvement de folie. J'eus la fièvre de l'or. Nous nous fîmes débarquer à Smyrne, et nous nous embarquâmes aussitôt pour la France. Comme nous montions sur le bâtiment français, Dieu me fit la grâce de me débarrasser de mon complice. En ce moment je ne pensais pas à toute la portée de ce méfait du hasard, dont je me réjouis beaucoup. Nous étions si complètement énervés que nous demeurions hébétés, sans nous rien dire, attendant que nous fussions en sûreté pour jouir à notre aise. Il n'est pas étonnant que la tête ait tourné à ce drôle. Vous verrez combien Dieu m'a puni. Je ne me crus tranquille qu'après avoir vendu les deux tiers de mes diamants à Londres et à Amsterdam, et réalisé ma poudre d'or en valeurs commerciales. Pendant cinq ans, je me cachai dans Madrid ; puis, en 1770, je vins à Paris sous un nom espagnol, et menai le train le plus brillant. Bianca était morte. Au milieu de mes voluptés, quand je jouissais d'une fortune de six millions, je fus frappé de cécité. Je ne doute pas que cette infirmité ne soit le résultat de mon séjour dans le cachot, de mes travaux dans la pierre, si toutefois ma faculté de voir l'or n'emportait pas un abus de la puissance visuelle qui me prédestinait à perdre les yeux. En ce moment, j'aimais une femme à laquelle je comptais lier mon sort ; je lui avais dit le secret de mon nom, elle appartenait à une famille puissante, j'espérais tout de la faveur que m'accordait Louis XV ; j'avais mis ma confiance en cette femme, qui était l'amie de Mme du Barry ; elle me conseilla de consulter un fameux oculiste de Londres : mais, après quelques mois de séjour dans cette ville, j'y fus abandonné par cette femme dans Hyde-Park, elle m'avait dépouillé de toute ma fortune sans me laisser aucune ressource ; car, obligé de cacher mon nom, qui me livrait à la vengeance de Venise, je ne pouvais invoquer l'assistance de personne, je craignais Venise. Mon infirmité fut exploitée par les espions que cette femme avait attachés à ma personne. Je vous fais grâce d'aventures dignes de Gil Blas[1]. Votre révolution vint. Je fus forcé d'entrer aux Quinze-Vingts, où cette créature me fit admettre après m'avoir tenu pendant deux ans à Bicêtre comme fou ; je n'ai jamais pu la tuer, je n'y voyais point, et j'étais trop pauvre pour acheter un bras. Si avant de perdre Benedetto Carpi, mon geôlier, je l'avais consulté sur la situation de mon cachot, j'aurais pu reconnaître le trésor et retourner à Venise quand la république fut anéantie par Napoléon[2]. Cependant, malgré ma cécité, allons à Venise ! Je retrouverai la porte de la prison, je verrai l'or à travers les murailles, je le sentirai sous les eaux où il est enfoui ; car les événements qui ont renversé la puissance de Venise sont tels que le secret de ce trésor a dû mourir avec Vendramino, le frère de Bianca, un doge, qui, je l'espérais, aurait fait ma paix avec les Dix. J'ai adressé des notes au premier consul, j'ai proposé un traité à l'empereur d'Autriche, tous m'ont éconduit comme un fou ! Venez, partons pour Venise, partons mendiants, nous reviendrons millionnaires ; nous rachèterons mes biens, et vous serez mon héritier, vous serez prince de Varese. »

Étourdi de cette confidence, qui dans mon imagination prenait les proportions d'un poème, à l'aspect de cette tête blanchie, et devant l'eau noire des fossés de la Bastille, eau dormante comme celle des canaux de Venise, je ne répondis pas [1]. Facino Cane crut sans doute que je le jugeais comme tous les autres ; avec une pitié dédaigneuse, il fit un geste qui exprima toute la philosophie du désespoir. Ce récit l'avait reporté peut-être à ses heureux jours, à Venise : il saisit sa clarinette et joua mélancoliquement une chanson vénitienne, barcarole pour laquelle il retrouva son premier talent, son talent de patricien amoureux. Ce fut quelque chose comme le *Super flumina Babylonis* [2]. Mes yeux s'emplirent de larmes. Si quelques promeneurs attardés vinrent à passer le long du boulevard Bourdon, sans doute ils s'arrêtèrent pour écouter cette dernière prière du banni, le dernier regret d'un nom perdu, auquel se mêlait le souvenir de Bianca. Mais l'or reprit bientôt le dessus, et la fatale passion éteignit cette lueur de jeunesse.

« Ce trésor, me dit-il, je le vois toujours, éveillé comme en rêve ; je m'y promène, les diamants étincellent, je ne suis pas aussi aveugle que vous le croyez : l'or et les diamants éclairent ma nuit, la nuit du dernier Facino Cane, car mon titre passe aux Memmi [3]. Mon Dieu ! la

punition du meurtrier a commencé de bien bonne heure !
Ave Maria... »

Il récita quelques prières que je n'entendis pas.

« Nous irons à Venise, m'écriai-je quand il se leva.

— J'ai donc trouvé un homme », s'écria-t-il le visage en feu.

Je le reconduisis en lui donnant le bras ; il me serra la main à la porte des Quinze-Vingts, au moment où quelques personnes de la noce revenaient en criant à tue-tête.

« Partirons-nous demain ? dit le vieillard.

— Aussitôt que nous aurons quelque argent.

— Mais nous devons aller à pied, je demanderai l'aumône... Je suis robuste, et l'on est jeune quand on voit de l'or devant soi. »

Facino Cane mourut pendant l'hiver après avoir langui deux mois. Le pauvre homme avait un catarrhe.

Paris, mars 1836.

Pierre Grassou

AU LIEUTENANT-COLONEL D'ARTILLERIE PÉRIOLAS [1],
Comme un témoignage de l'affectueuse estime de l'auteur,
DE BALZAC.

Toutes les fois que vous êtes sérieusement allé voir l'Exposition des ouvrages de sculpture et de peinture, comme elle a lieu depuis la Révolution de 1830, n'avez-vous pas été pris d'un sentiment d'inquiétude, d'ennui, de tristesse, à l'aspect des longues galeries encombrées ? Depuis 1830, le Salon n'existe plus [2]. Une seconde fois, le Louvre a été pris d'assaut par le peuple des artistes, qui s'y est maintenu [3]. En offrant autrefois l'élite des œuvres d'art, le Salon emportait les plus grands honneurs pour les créations qui y étaient exposées. Parmi les deux cents tableaux choisis, le public choisissait encore : une couronne était décernée au chef-d'œuvre par des mains inconnues. Il s'élevait des discussions passionnées à propos d'une toile. Les injures prodiguées à Delacroix, à Ingres, n'ont pas moins servi leur renommée que les éloges et le fanatisme de leurs adhérents. Aujourd'hui, ni la foule ni la critique ne se passionneront plus pour les produits de ce bazar. Obligées de faire le choix dont se chargeait autrefois le jury d'examen, leur attention se lasse à ce travail ; et, quand il est achevé, l'Exposition se ferme. Avant 1817, les tableaux admis ne dépassaient jamais les deux premières colonnes de la longue galerie où sont les œuvres des vieux maîtres [4], et cette année ils remplirent tout cet espace, au grand étonnement du public. Le Genre historique, le Genre proprement dit, les tableaux de chevalet, le Paysage, les Fleurs, les Animaux et l'Aquarelle, ces huit spécialités[1] ne sauraient offrir plus de vingt tableaux dignes des regards du public, qui ne peut accorder son attention à une plus grande quantité d'œuvres. Plus le nombre des artistes allait croissant, plus le jury d'admission devait se montrer difficile. Tout fut perdu dès que le Salon se continua dans la galerie. Le Salon aurait dû rester un lieu déterminé, restreint, de proportions inflexibles, où chaque genre eût exposé ses chefs-d'œuvre[2]. Une expérience de dix ans a prouvé la bonté de l'ancienne institution. Au lieu d'un tournoi, vous avez une émeute; au lieu d'une Exposition glorieuse, vous avez un tumultueux bazar; au lieu du choix, vous avez la totalité. Qu'arrive-t-il? Le grand artiste y perd. *Le Café turc*, *Les Enfants à la fontaine*, *Le Supplice des crochets* et le *Joseph* de Decamps[3] eussent plus profité à sa gloire, tous quatre dans le grand Salon, exposés avec les cent bons tableaux de cette année, que ses vingt toiles perdues parmi trois mille œuvres, confondues dans six galeries. Par une étrange bizarrerie, depuis que la porte s'est ouverte à tout le monde, on a beaucoup parlé de génies méconnus. Quand, douze années auparavant[4], *La Courtisane* de Ingres et celle de Sigalon, *La Méduse* de Géricault, *Le Massacre de Scio* de Delacroix, *Le Baptême d'Henri IV* par Eugène Deveria, admis par des célébrités taxées de jalousie, apprenaient au monde, malgré les dénégations de la critique, l'existence de palettes jeunes et ardentes, il ne s'élevait aucune plainte. Maintenant que le moindre gâcheur de toile peut envoyer son œuvre, il n'est question que de gens incompris. Là où il n'y a plus jugement, il n'y a plus de chose jugée. Quoi que fassent les artistes, ils reviendront à l'examen qui recommande leurs œuvres aux admirations de la foule pour laquelle ils travaillent. Sans le choix de l'Académie, il n'y aura plus de Salon, et sans Salon l'Art peut périr.

Depuis que le livret est devenu un gros livre, il s'y produit bien des noms qui restent dans leur obscurité, malgré la liste de dix ou douze tableaux qui les accompagne. Parmi ces noms, le plus inconnu peut-être est celui d'un artiste nommé Pierre Grassou, venu de Fougères[1], appelé plus simplement Fougères dans le monde artiste, qui tient aujourd'hui beaucoup de place au soleil, et qui suggère les amères réflexions par lesquelles commence l'esquisse de sa vie, applicable à quelques autres individus de la tribu des artistes.

En 1832, Fougères demeurait rue de Navarin[2], au quatrième étage d'une de ces maisons étroites et hautes qui ressemblent à l'obélisque de Luxor[3], qui ont une allée, un petit escalier obscur à tournants dangereux, qui ne comportent pas plus de trois fenêtres à chaque étage, et à l'intérieur desquelles se trouve une cour, ou, pour parler plus exactement, un puits carré. Au-dessus des trois ou quatre pièces de l'appartement occupé par Grassou de Fougères s'étendait son atelier, qui regardait Montmartre. L'atelier peint en tons de briques, le carreau soigneusement mis en couleur brune et frotté, chaque chaise munie d'un petit tapis bordé, le canapé, simple d'ailleurs, mais propre comme celui de la chambre à coucher d'une épicière, là, tout dénotait la vie méticuleuse des petits esprits et le soin d'un homme pauvre. Il y avait une commode pour serrer les effets d'atelier, une table à déjeuner, un buffet, un secrétaire, enfin les ustensiles nécessaires aux peintres, tous rangés et propres. Le poêle participait à ce système de soin hollandais[4], d'autant plus visible que la lumière pure et peu changeante du nord inondait de son jour net et froid cette immense pièce. Fougères, simple peintre de genre, n'a pas besoin des machines énormes qui ruinent les peintres d'Histoire, il ne s'est jamais reconnu de facultés assez complètes pour aborder la haute peinture, il s'en tenait encore au chevalet. Au commencement du mois de décembre de cette année, époque à laquelle les bourgeois de Paris conçoivent périodiquement l'idée burlesque de perpétuer leur figure, déjà bien encombrante par elle-même, Pierre Grassou, levé de bonne heure, préparait sa palette, allumait son poêle, mangeait une flûte trempée dans du lait, et attendait, pour travailler, que le dégel de ses carreaux laissât passer le jour. Il faisait sec et beau. En ce moment, l'artiste, qui mangeait avec cet air patient et résigné qui dit tant de choses, reconnut le pas d'un homme qui avait eu sur sa vie l'influence que ces sortes de gens ont sur celle de presque tous les artistes, d'Élias Magus, un marchand de tableaux, l'usurier des toiles[1]. En effet Élias Magus surprit le peintre au moment où, dans cet atelier si propre, il allait se mettre à l'ouvrage.

« Comment vous va, vieux coquin[2]? » lui dit le peintre.

Fougères avait eu la croix, Élias lui achetait ses tableaux deux ou trois cents francs, il se donnait des airs très artistes.

« Le commerce va mal, répondit Élias. Vous avez tous des prétentions, vous parlez maintenant de deux cents francs dès que vous avez mis pour six sous de couleur sur une toile... Mais vous êtes un brave garçon, vous ! Vous êtes un homme d'ordre, et je viens vous apporter une bonne affaire.

— *Timeo Danaos et dona ferentes,* dit Fougères. Savez-vous le latin ?

— Non.

— Eh bien, cela veut dire que les Grecs ne proposent pas de bonnes affaires aux Troyens sans y gagner quelque

chose. Autrefois ils disaient : " Prenez mon cheval ! "
Aujourd'hui nous disons : " Prenez mon ours... " Que
voulez-vous, Ulysse-Lageingeole-Élias Magus[1] ? »

Ces paroles donnent la mesure de la douceur et de
l'esprit avec lesquels Fougères employait ce que les
peintres appellent les charges d'atelier.

« Je ne dis pas que vous ne me ferez pas deux tableaux
gratis.

— Oh ! oh !

— Je vous laisse le maître, je ne les demande pas. Vous
êtes un honnête artiste.

— Au fait ?

— Hé bien, j'amène un père, une mère et une fille
unique.

— Tous uniques !

— Ma foi, oui !... et dont les portraits sont à faire. Ces
bourgeois, fous des arts, n'ont jamais osé s'aventurer
dans un atelier. La fille a une dot de cent mille francs.
Vous pouvez bien peindre ces gens-là. Ce sera peut-être
pour vous des portraits de famille. »

Ce vieux bois d'Allemagne, qui passe pour un homme
et qui se nomme Élias Magus, s'interrompit pour rire
d'un sourire sec dont les éclats épouvantèrent le peintre.
Il crut entendre Méphistophélès parlant mariage.

« Les portraits sont payés cinq cents francs pièce, vous
pouvez me faire trois tableaux.

— Mai-z-oui, dit gaiement Fougères.

— Et si vous épousez la fille, vous ne m'oublierez pas.

— Me marier, moi ? s'écria Pierre Grassou, moi qui ai
l'habitude de me coucher tout seul, de me lever de bon
matin, qui ai ma vie arrangée...

— Cent mille francs, dit Magus, et une fille douce,
pleine de tons dorés comme un vrai Titien[2] !

— Quelle est la position de ces gens-là ?

— Anciens négociants ; pour le moment, aimant les arts, ayant maison de campagne à Ville-d'Avray[1], et dix ou douze mille livres de rente.

— Quel commerce ont-ils fait ?

— Les bouteilles.

— Ne dites pas ce mot, il me semble entendre couper des bouchons, et mes dents s'agacent...

— Faut-il les amener ?

— Trois portraits, je les mettrai au Salon, je pourrai me lancer dans le portrait, eh bien, oui... »

Le vieil Élias descendit pour aller chercher la famille Vervelle. Pour savoir à quel point la proposition allait agir sur le peintre, et quel effet devaient produire sur lui les sieur et dame Vervelle ornés de leur fille unique, il est nécessaire de jeter un coup d'œil sur la vie antérieure de Pierre Grassou de Fougères.

Élève, Fougères avait étudié le dessin chez Servin[2], qui passait dans le monde académique pour un grand dessinateur. Après, il était allé chez Schinner y surprendre les secrets de cette puissante et magnifique couleur qui distingue ce maître. Le maître, les élèves, tout y avait été discret, Pierre n'y avait rien surpris. De là, Fougères avait passé dans l'atelier de Sommervieux pour se familiariser avec cette partie de l'art nommée la Composition, mais la Composition fut sauvage et farouche pour lui. Puis il avait essayé d'arracher à Granet, à Drolling le mystère de leurs effets d'intérieurs. Ces deux maîtres ne s'étaient rien laissé dérober. Enfin, Fougères avait terminé son éducation chez Duval-Lecamus. Durant ces études et ces différentes transformations, Fougères eut des mœurs tranquilles et rangées qui fournissaient matière aux railleries des différents ateliers où il séjournait, mais partout il désarma ses camarades par sa modestie, par une patience et une douceur d'agneau. Les maîtres n'eurent aucune sympathie pour ce brave garçon, les maîtres aiment les sujets brillants, les esprits excentriques, drolatiques, fougueux, ou sombres et profondément réfléchis qui dénotent un talent futur. Tout en Fougères annonçait la médiocrité. Son surnom de Fougères, celui du peintre dans la pièce d'Églantine[1], fut la source de mille avanies ; mais, par la force des choses, il accepta le nom de la ville où il *avait vu le jour.*

Grassou de Fougères ressemblait à son nom. Grassouillet et d'une taille médiocre, il avait le teint fade, les yeux bruns, les cheveux noirs, le nez en trompette, une bouche assez large et les oreilles longues. Son air doux, passif et résigné relevait peu ces traits principaux de sa physionomie pleine de santé, mais sans action. Il ne devait être tourmenté ni par cette abondance de sang, ni par cette violence de pensée, ni par cette verve comique à laquelle se reconnaissent les grands artistes. Ce jeune homme, né pour être un vertueux bourgeois, venu de son pays pour être commis chez un marchand de couleurs, originaire de Mayenne et parent éloigné des d'Orgemont[2], s'institua peintre par le fait de l'entêtement qui constitue le caractère breton. Ce qu'il souffrit, la manière dont il vécut pendant le temps de ses études, Dieu seul le sait. Il souffrit autant que souffrent les grands hommes quand ils sont traqués par la misère et chassés comme des bêtes fauves par la meute des gens médiocres et par la troupe des Vanités altérées de vengeance. Dès qu'il se crut de force à voler de ses propres ailes, Fougères prit un atelier en haut de la rue des Martyrs, où il avait commencé à piocher[3]. Il fit son début en 1819. Le premier tableau qu'il présenta au Jury pour l'Exposition du Louvre représentait une noce de village, assez péniblement copiée d'après le tableau de Greuze[4]. On refusa la toile. Quand Fougères apprit la fatale décision, il ne tomba point dans ces fureurs ou dans ces accès d'amour-propre épileptique auxquels s'adonnent les esprits superbes, et qui se terminent quelquefois par des cartels envoyés au directeur ou au secrétaire du musée, par des menaces d'assassinat. Fougères reprit tranquillement sa toile, l'enveloppa de son mouchoir, la rapporta dans son atelier en se jurant à lui-même de devenir un grand peintre. Il plaça sa toile sur son chevalet, et alla chez son ancien maître, un homme d'un immense talent, chez Schinner, artiste doux et patient, et dont le succès avait été complet au dernier Salon ; il le pria de venir critiquer l'œuvre rejetée. Le grand peintre quitta tout et vint. Quand le pauvre Fougères l'eut mis face à face avec l'œuvre, Schinner, au premier coup d'œil, serra la main de Fougères.

« Tu es un brave garçon, tu as un cœur d'or, il ne faut pas te tromper. Écoute ! tu tiens toutes les promesses que tu faisais à l'atelier. Quand on trouve ces choses-là au bout de sa brosse, mon bon Fougères, il vaut mieux laisser ses couleurs chez Brullon[1], et ne pas voler la toile aux autres. Rentre de bonne heure, mets un bonnet de coton, couche-toi sur les neuf heures ; va le matin, à dix heures, à quelque bureau où tu demanderas une place, et quitte les Arts.

— Mon ami, dit Fougères, ma toile a déjà été condamnée, et ce n'est pas l'arrêt que je demande, mais les motifs.

— Eh bien, tu fais gris et sombre, tu vois la Nature à travers un crêpe ; ton dessin est lourd, empâté ; ta composition est un pastiche de Greuze, qui ne rachetait ses défauts que par les qualités qui te manquent. »

En détaillant les fautes du tableau, Schinner vit sur la figure de Fougères une si profonde expression de tristesse qu'il l'emmena dîner et tâcha de le consoler. Le lendemain, dès sept heures, Fougères, à son chevalet, retravaillait le tableau condamné ; il en réchauffait la couleur, il y faisait les corrections indiquées par Schinner, il replâtrait ses figures. Puis, dégoûté de son rhabillage, il le porta chez Élias Magus. Élias Magus, espèce de Hollando-Belge-Flamand, avait trois raisons d'être ce qu'il devint : avare et riche. Venu de Bordeaux, il débutait alors à Paris, brocantait des tableaux et demeurait sur le boulevard Bonne-Nouvelle. Fougères, qui comptait sur sa palette pour aller chez le boulanger, mangea très intrépidement du pain et des noix, ou du pain et du lait, ou du pain et des cerises, ou du pain et du fromage, selon les saisons. Élias Magus, à qui Pierre offrit sa première toile, la guigna longtemps, il en donna quinze francs.

« Avec quinze francs de recette par an et mille francs de dépense, dit Fougères en souriant, on va vite et loin. »

Élias Magus fit un geste, il se mordit les pouces en pensant qu'il aurait pu avoir le tableau pour cent sous. Pendant quelques jours, tous les matins, Fougères descendit de la rue des Martyrs, se cacha dans la foule sur le boulevard opposé à celui où était la boutique de Magus, et son œil plongeait sur son tableau qui n'attirait point les regards des passants. Vers la fin de la semaine, le tableau disparut. Fougères remonta le boulevard, se dirigea vers la boutique du brocanteur, il eut l'air de flâner. Le juif était sur sa porte.

« Hé bien, vous avez vendu mon tableau ?

— Le voici, dit Magus, j'y mets une bordure pour pouvoir l'offrir à quelqu'un qui croira se connaître en peinture. »

Fougères n'osa plus revenir sur le Boulevard, il entreprit un nouveau tableau ; il resta deux mois à le faire en faisant des repas de souris, et se donnant un mal de galérien.

Un soir, il alla jusque sur le Boulevard, ses pieds le

portèrent fatalement jusqu'à la boutique de Magus, il ne vit son tableau nulle part.

« J'ai vendu votre tableau, dit le marchand à l'artiste.

— Et combien ?

— Je suis rentré dans mes fonds avec un petit intérêt. Faites-moi des intérieurs flamands, une leçon d'anatomie, un paysage, je vous les paierai », dit Élias.

Fougères aurait serré Magus dans ses bras, il le regardait comme un père. Il revint, la joie au cœur : le grand peintre Schinner s'était donc trompé ! Dans cette immense ville de Paris, il se trouvait des cœurs qui battaient à l'unisson de celui de Grassou, son talent était compris et apprécié. Le pauvre garçon, à vingt-sept ans, avait l'innocence d'un jeune homme de seize ans. Un autre, un de ces artistes défiants et farouches, aurait remarqué l'air diabolique d'Élias Magus, il eût observé le frétillement des poils de sa barbe, l'ironie de sa moustache, le mouvement de ses épaules qui annonçait le contentement du Juif de Walter Scott fourbant un chrétien[1]. Fougères se promena sur les Boulevards dans une joie qui donnait à sa figure une expression fière. Il ressemblait à un lycéen qui protège une femme. Il rencontra Joseph Bridau[2], l'un de ses camarades, un de ces talents excentriques destinés à la gloire et au malheur. Joseph Bridau, qui avait quelques sous dans sa poche, selon son expression, emmena Fougères à l'Opéra. Fougères ne vit pas le ballet, il n'entendit pas la musique, il concevait des tableaux, il peignait. Il quitta Joseph au milieu de la soirée, il courut chez lui faire des esquisses à la lampe, il inventa trente tableaux pleins de réminiscences, il se crut un homme de génie. Dès le lendemain, il acheta des couleurs, des toiles de plusieurs dimensions ; il installa du pain, du fromage sur sa table, il mit de l'eau dans une cruche, il fit une provision de bois pour son poêle ; puis, selon l'expression des ateliers, il piocha ses tableaux ; il eut quelques modèles, et Magus lui prêta des étoffes. Après deux mois de réclusion, le Breton avait fini quatre tableaux. Il redemanda les conseils de Schinner, auquel il adjoignit Joseph Bridau. Les deux peintres virent dans ces toiles une servile imitation des paysages hollandais, des intérieurs de Metzu [1], et dans la quatrième une copie de *La Leçon d'anatomie* de Rembrandt [2].

« Toujours des pastiches, dit Schinner. Ah ! Fougères aura de la peine à être original.

— Tu devrais faire autre chose que de la peinture, dit Bridau.

— Quoi ? dit Fougères.

— Jette-toi dans la littérature. »

Fougères baissa la tête à la façon des brebis quand il pleut. Puis il demanda, il obtint encore des conseils utiles, et retoucha ses tableaux avant de les porter à Élias. Élias paya chaque toile vingt-cinq francs. À ce prix, Fougères n'y gagnait rien, mais il ne perdait pas, eu égard à sa sobriété. Il fit quelques promenades, pour voir ce que devenaient ses tableaux, et eut une singulière hallucination. Ses toiles si peignées, si nettes, qui avaient la dureté de la tôle et le luisant des peintures sur porcelaine [3], étaient comme couvertes d'un brouillard, elles ressemblaient à de vieux tableaux. Élias venait de sortir, Fougères ne put obtenir aucun renseignement sur ce phénomène. Il crut avoir mal vu. Le peintre rentra dans son atelier y faire de nouvelles vieilles toiles. Après sept ans de travaux continus, Fougères parvint à composer, à exécuter des tableaux passables. Il faisait aussi bien que tous les artistes du second ordre, Élias achetait, vendait tous les tableaux du pauvre Breton qui gagnait péniblement une centaine de louis par an, et ne dépensait pas plus de douze cents francs.

À l'Exposition de 1829, Léon de Lora[1], Schinner et Bridau, qui tous trois occupaient une grande place et se trouvaient à la tête du mouvement dans les Arts, furent pris de pitié pour la persistance, pour la pauvreté de leur vieux camarade; et ils firent admettre à l'Exposition, dans le grand Salon, un tableau de Fougères. Ce tableau, puissant d'intérêt, qui tenait de Vigneron[2] pour le sentiment et du premier faire de Dubufe[3] pour l'exécution, représentait un jeune homme à qui, dans l'intérieur d'une prison, l'on rasait les cheveux à la nuque. D'un côté un prêtre, de l'autre une vieille et une jeune femme en pleurs. Un greffier lisait un papier timbré. Sur une méchante table se voyait un repas auquel personne n'avait touché. Le jour venait à travers les barreaux d'une fenêtre élevée. Il y avait de quoi faire frémir les bourgeois, et les bourgeois frémissaient. Fougères s'était inspiré tout bonnement du chef-d'œuvre de Gérard Dow : il avait retourné le groupe de la Femme hydropique[4] vers la fenêtre, au lieu de le présenter de face. Il avait remplacé la mourante par le condamné : même pâleur, même regard, même appel à Dieu. Au lieu du médecin flamand, il avait peint la froide et officielle figure du greffier vêtu de noir; mais il avait ajouté une vieille femme auprès de la jeune fille de Gérard Dow. Enfin la figure cruellement bonasse du bourreau dominait ce groupe. Ce plagiat, très habilement déguisé, ne fut point reconnu.

Le livret contenait ceci :

510. Grassou de Fougères (Pierre), rue de Navarin, 27.
LA TOILETTE D'UN CHOUAN, CONDAMNÉ À MORT EN 1809.

Quoique médiocre, le tableau eut un prodigieux succès, car il rappelait l'affaire des chauffeurs de Mortagne[5]. La foule se forma tous les jours devant la toile à la mode, et

Charles X s'y arrêta[1]. MADAME, instruite de la vie patiente de ce pauvre Breton, s'enthousiasma pour le Breton. Le duc d'Orléans marchanda la toile. Les ecclésiastiques dirent à madame la Dauphine que le sujet était plein de bonnes pensées : il y régnait en effet un air religieux très satisfaisant. Monseigneur le Dauphin admira la poussière des carreaux, une grosse lourde faute, car Fougères avait répandu des teintes verdâtres qui annonçaient de l'humidité au bas des murs. MADAME acheta le tableau mille francs, le Dauphin en commanda un autre. Charles X donna la croix au fils du paysan qui s'était jadis battu pour la cause royale en 1799. Joseph Bridau, le grand peintre, ne fut pas décoré[2]. Le ministre de l'Intérieur commanda deux tableaux d'église à Fougères. Ce salon fut pour Pierre Grassou toute sa fortune, sa gloire, son avenir, sa vie. Inventer en toute chose, c'est vouloir mourir à petit feu ; copier, c'est vivre. Après avoir enfin découvert un filon plein d'or, Grassou de Fougères pratiqua la partie de cette cruelle maxime à laquelle la société doit ces infâmes médiocrités chargées d'élire aujourd'hui les supériorités dans toutes les classes sociales ; mais qui naturellement s'élisent elles-mêmes, et font une guerre acharnée aux vrais talents. Le principe de l'élection, appliqué à tout, est faux, la France en reviendra. Néanmoins, la modestie, la simplicité, la surprise du bon et doux Fougères, firent taire les récriminations et l'envie. D'ailleurs il eut pour lui les Grassou parvenus, solidaires des Grassou à venir. Quelques gens, émus par l'énergie d'un homme que rien n'avait découragé, parlaient du Dominiquin[3], et disaient : « Il faut récompenser la volonté dans les Arts ! Grassou n'a pas volé son succès ! voilà dix ans qu'il pioche, pauvre bonhomme ! » Cette exclamation de *pauvre bonhomme !* était pour la moitié dans les adhésions et les félicitations que recevait le peintre. La pitié élève autant de médiocrités que l'envie rabaisse de grands artistes. Les journaux n'avaient pas épargné les critiques, mais le chevalier Fougères les digéra comme il digérait les conseils de ses amis, avec une patience angélique. Riche alors d'une quinzaine de mille francs bien péniblement gagnés, il meubla son appartement et son atelier rue de Navarin, il y fit le tableau demandé par monseigneur le Dauphin, et les deux tableaux d'église commandés par le ministère, à jour fixe, avec une régularité désespérante pour la caisse du ministère, habituée à d'autres façons. Mais admirez le bonheur des gens qui ont de l'ordre ! S'il avait tardé, Grassou, surpris par la révolution de Juillet, n'eût pas été payé. À trente-sept ans, Fougères avait fabriqué pour Élias Magus environ deux cents tableaux complètement inconnus, mais à l'aide desquels il était parvenu à cette manière satisfaisante, à ce point d'exécution qui fait hausser les épaules à l'artiste, et que chérit la bourgeoisie. Fougères était cher à ses amis par une rectitude d'idées, par une sécurité de sentiments, une obligeance parfaite, une grande loyauté ; s'ils n'avaient aucune estime pour la palette, ils aimaient l'homme qui la tenait. « Quel malheur que Fougères ait le vice de la peinture ! » se disaient ses camarades. Néanmoins Grassou donnait des conseils excellents, semblable à ces feuilletonistes incapables d'écrire un livre, et qui savent très bien par où pèchent les livres ; mais il y avait entre les critiques littéraires et Fougères une différence : il était éminemment sensible aux beautés, il les reconnaissait, et ses conseils étaient empreints d'un sentiment de justice qui faisait accepter la justesse de ses remarques. Depuis la révolution de Juillet, Fougères présentait à chaque Exposition une dizaine de tableaux, parmi lesquels le jury en admettait quatre ou cinq. Il vivait avec la plus rigide économie, et tout son domestique consistait dans une femme de ménage. Pour toute distraction, il visitait ses amis, il allait voir les objets d'art, il se permettait quelques petits voyages en France, il projetait d'aller chercher des inspirations en Suisse. Ce détestable artiste était un excellent citoyen : il montait sa garde[1], allait aux revues, payait son loyer et ses consommations avec l'exactitude la plus bourgeoise. Ayant vécu dans le travail et dans la misère, il n'avait jamais eu le temps d'aimer. Jusqu'alors garçon et pauvre, il ne se souciait point de compliquer son existence si simple. Incapable d'inventer une manière d'augmenter sa fortune, il portait tous les trois mois chez son notaire, Cardot[2], ses économies et ses gains du trimestre. Quand le notaire avait à Grassou mille écus, il les plaçait par première hypothèque, avec subrogation dans les droits de la femme, si l'emprunteur était marié, ou subrogation dans les droits du vendeur, si l'emprunteur avait un prix à payer. Le notaire touchait lui-même les intérêts et les joignait aux remises partielles faites par Grassou de Fougères. Le peintre attendait le fortuné moment où ses contrats arriveraient au chiffre imposant de deux mille francs de rente, pour se donner l'*otium cum dignitate*[3] de l'artiste et faire des tableaux, oh! mais des tableaux! enfin de vrais tableaux! des tableaux finis, chouettes, kox-noffs et chocnosoffs[4]. Son avenir, ses rêves de bonheur, le superlatif de ses espérances, voulez-vous le savoir ? c'était d'entrer à l'Institut et d'avoir la rosette des officiers de la Légion d'honneur ! S'asseoir à côté de Schinner et de Léon de Lora, arriver à l'Académie avant Bridau ! avoir une rosette à sa boutonnière ! Quel rêve ! Il n'y a que les gens médiocres pour penser à tout.

En entendant le bruit de plusieurs pas dans l'escalier, Fougères se rehaussa le toupet, boutonna sa veste de velours vert bouteille, et ne fut pas médiocrement surpris de voir entrer une figure vulgairement appelée *un melon* dans les ateliers. Ce fruit surmontait une citrouille, vêtue de drap bleu, ornée d'un paquet de breloques tintinnabulant. Le melon soufflait comme un marsouin, la citrouille marchait sur des navets, improprement appelés des jambes. Un vrai peintre aurait fait ainsi la charge du petit marchand de bouteilles, et l'eût mis immédiatement à la porte en lui disant qu'il ne peignait pas les légumes. Fougères regarda la pratique sans rire, car M. Vervelle présentait un diamant de mille écus à sa chemise.

Fougères regarda Magus et dit : « *Il y a gras !* » en employant un mot d'argot, alors à la mode dans les ateliers.

En entendant ce mot, M Vervelle fronça les sourcils. Ce bourgeois attirait à lui une autre complication de légumes dans la personne de sa femme et de sa fille. La femme avait sur la figure un *acajou répandu*[1], elle ressemblait à une noix de coco surmontée d'une tête et serrée par une ceinture. Elle pivotait sur ses pieds, sa robe était jaune, à raies noires. Elle produisait orgueilleusement des mitaines extravagantes sur des mains enflées comme les gants d'une enseigne. Les plumes du convoi de première classe flottaient sur un chapeau extravasé. Des dentelles paraient des épaules aussi bombées par-derrière que par-devant : ainsi la forme sphérique du coco était parfaite. Les pieds, du genre de ceux que les peintres appellent des *abatis,* étaient ornés d'un bourrelet de six lignes au-dessus du cuir verni des souliers. Comment les pieds y étaient-ils entrés ? On ne sait.

Suivait une jeune asperge, verte et jaune par sa robe, et qui montrait une petite tête couronnée d'une chevelure en bandeau, d'un jaune carotte qu'un Romain eût adoré, des bras filamenteux, des taches de rousseur sur un teint assez blanc, des grands yeux innocents, à cils blancs, peu de sourcils, un chapeau de paille d'Italie avec deux honnêtes coques de satin bordé d'un liseré de satin blanc, les mains vertueusement rouges, et les pieds de sa mère. Ces trois êtres avaient, en regardant l'atelier, un air de bonheur qui annonçait en eux un respectable enthousiasme pour les Arts.

« Et c'est vous, monsieur, qui allez faire nos ressemblances ? dit le père en prenant un petit air crâne.

— Oui, monsieur », répondit Grassou.

« Vervelle, *il* a la croix, dit tout bas la femme à son mari pendant que le peintre avait le dos tourné.

— Est-ce que j'aurais fait faire nos portraits par un artiste qui ne serait pas décoré[1]?... » dit l'ancien marchand de bouchons.

Élias Magus salua la famille Vervelle et sortit, Grassou l'accompagna jusque sur le palier.

« Il n'y a que vous pour pêcher de pareilles boules.

— Cent mille francs de dot !

— Oui ; mais quelle famille !

— Trois cent mille francs d'espérances, maison rue Boucherat, et maison de campagne à Ville-d'Avray.

— Boucherat, bouteilles, bouchons, bouchés, débouchés, dit le peintre.

— Vous serez à l'abri du besoin pour le reste de vos jours », dit Élias.

Cette idée entra dans la tête de Pierre Grassou, comme la lumière du matin avait éclaté dans sa mansarde. En disposant le père de la jeune personne, il lui trouva bonne mine et admira cette face pleine de tons violents. La mère et la fille voltigèrent autour du peintre, en s'émerveillant de tous ses apprêts, il leur parut être un dieu. Cette visible adoration plut à Fougères. Le veau d'or jeta sur cette famille son reflet fantastique.

« Vous devez gagner un argent fou ? mais vous le dépensez comme vous le gagnez, dit la mère.

— Non, madame, répondit le peintre, je ne le dépense pas, je n'ai pas le moyen de m'amuser. Mon notaire place mon argent, il sait mon compte, une fois l'argent chez lui, je n'y pense plus.

— On me disait, à moi, s'écria le père Vervelle, que les artistes étaient tous paniers percés.

— Quel est votre notaire, s'il n'y a pas d'indiscrétion ? demanda Mme Vervelle.

— Un brave garçon, tout rond, Cardot.

— Tiens ! tiens ! est-ce farce ! dit Vervelle, Cardot est le nôtre.

— Ne vous dérangez pas ! dit le peintre.

— Mais tiens-toi donc tranquille, Anténor, dit la femme, tu ferais manquer monsieur, et si tu le voyais travailler, tu comprendrais...

« Mon Dieu ! pourquoi ne m'avez-vous pas appris les Arts ? dit Mlle Vervelle à ses parents.

— Virginie, s'écria la mère, une jeune personne ne doit pas apprendre certaines choses. Quand tu seras mariée... bien ! mais, jusque-là, tiens-toi tranquille. »

Pendant cette première séance, la famille Vervelle se familiarisa presque avec l'honnête artiste. Elle dut revenir deux jours après. En sortant, le père et la mère dirent à Virginie d'aller devant eux ; mais malgré la distance, elle entendit ces mots dont le sens devait éveiller sa curiosité.

« Un homme décoré... trente-sept ans... un artiste qui a des commandes, qui place son argent chez notre notaire. Consultons Cardot ? Hein, s'appeler Mme de Fougères !... ça n'a pas l'air d'être un méchant homme !... Tu me diras un commerçant ?... mais un commerçant, tant qu'il n'est pas retiré, vous ne savez pas ce que peut devenir votre fille ! tandis qu'un artiste économe... puis nous aimons les Arts... Enfin !... »

Pierre Grassou, pendant que la famille Vervelle le discutait, discutait la famille Vervelle. Il lui fut impossible de demeurer en paix dans son atelier, il se promena sur le Boulevard, il y regardait les femmes rousses qui passaient ! Il se faisait les plus étranges raisonnements : l'or était le plus beau des métaux, la couleur jaune représentait l'or, les Romains aimaient les femmes rousses, et il devint Romain, etc.[1] Après deux ans de mariage, quel homme s'occupe de la couleur de sa femme ? La beauté passe... mais la laideur reste ! L'argent est la moitié du bonheur. Le soir, en se couchant, le peintre trouvait déjà Virginie Vervelle charmante.

Quand les trois Vervelle entrèrent le jour de la seconde séance, l'artiste les accueillit avec un aimable sourire. Le scélérat avait fait sa barbe, il avait mis du linge blanc ; il s'était agréablement disposé les cheveux, il avait choisi un pantalon fort avantageux et des pantoufles rouges à la poulaine. La famille répondit par un sourire aussi flatteur que celui de l'artiste, Virginie devint de la couleur de ses cheveux, baissa les yeux et détourna la tête, en regardant les études[2]. Pierre Grassou trouva ces petites minauderies ravissantes. Virginie avait de la grâce, elle ne tenait heureusement ni du père, ni de la mère ; mais de qui tenait-elle ?

« Ah ! j'y suis, se dit-il toujours, la mère aura eu un regard de son commerce. »

Pendant la séance, il y eut des escarmouches entre la famille et le peintre, qui eut l'audace de trouver le père Vervelle spirituel. Cette flatterie fit entrer la famille au pas de charge dans le cœur de l'artiste, il donna l'un de ses croquis à Virginie, et une esquisse à la mère.

« Pour rien ? » dirent-elles.

Pierre Grassou ne put s'empêcher de sourire.

« Il ne faut pas donner ainsi vos tableaux, c'est de l'argent », lui dit Vervelle.

À la troisième séance, le père Vervelle parla d'une belle galerie de tableaux qu'il avait à sa campagne de Ville-d'Avray : des Rubens, des Gérard Dow, des Mieris, des Terburg, des Rembrandt, un Titien, des Paul Potter, etc.

« M. Vervelle a fait des folies, dit fastueusement Mme Vervelle, il a pour cent mille francs de tableaux.

— J'aime les Arts », reprit l'ancien marchand de bouteilles.

Quand le portrait de Mme Vervelle fut commencé, celui du mari était presque achevé, l'enthousiasme de la famille ne connaissait alors plus de bornes. Le notaire avait fait le plus grand éloge du peintre : Pierre Grassou était à ses yeux le plus honnête garçon de la terre, un des artistes les plus rangés, qui d'ailleurs avait amassé trente-six mille francs ; ses jours de misère étaient passés, il allait par dix mille francs chaque année, il capitalisait les intérêts ; enfin il était incapable de rendre une femme malheureuse. Cette dernière phrase fut d'un poids énorme dans la balance. Les amis des Vervelle n'entendaient plus parler que du célèbre Fougères. Le jour où Fougères entama le portrait de Virginie, il était *in petto* déjà le gendre de la famile Vervelle. Les trois Vervelle fleurissaient dans cet atelier qu'ils s'habituaient à considérer comme une de leurs résidences : il y avait pour eux un inexplicable attrait dans ce local propre, soigné, gentil, artiste. *Abyssus abyssum*[1], le bourgeois attire le bourgeois. Vers la fin de la séance, l'escalier fut agité, la porte fut brutalement ouverte, et entra Joseph Bridau : il était à la tempête, il avait les cheveux au vent ; il montra sa grande figure ravagée, jeta partout les éclairs de son regard, tourna tout autour de l'atelier et revint à Grassou brusquement, en ramassant sa redingote sur la région gastrique, et tâchant, mais en vain, de la boutonner, le bouton s'étant évadé de sa capsule de drap.

« Le bois est cher, dit-il à Grassou.

— Ah !

— Les Anglais[1] sont après moi. Tiens, tu peins ces choses-là ?

— Tais-toi donc !

— Ah ! oui ! »

La famille Vervelle, superlativement choquée par cette étrange apparition, passa de son rouge ordinaire au rouge cerise des feux violents.

« Ça rapporte ! reprit Joseph. Y a-t-il *aubert en fouillouse*[2] ?

— Te faut-il beaucoup ?

— Un billet de cinq cents... J'ai après moi un de ces négociants de la nature des dogues, qui, une fois qu'ils ont mordu, ne lâchent plus qu'ils n'aient le morceau. Quelle race !

— Je vais t'écrire un mot pour mon notaire...

— Tu as donc un notaire ?

— Oui.

— Ça m'explique alors pourquoi tu fais encore les joues avec des tons roses, excellents pour des enseignes de parfumeur ! »

Grassou ne put s'empêcher de rougir, Virginie posait.

« Aborde donc la Nature comme elle est ! dit le grand peintre en continuant. Mademoiselle est rousse. Eh bien, est-ce un péché mortel ? Tout est magnifique en peinture. Mets-moi du cinabre sur ta palette, réchauffe-moi ces joues-là, piques-y leurs petites taches brunes, beurre-moi cela ! Veux-tu avoir plus d'esprit que la Nature ?

— Tiens, dit Fougères, prends ma place pendant que je vais écrire. »

Vervelle roula jusqu'à la table et s'approcha de l'oreille de Grassou.

« Mais ce *pacant-là*[1] va tout gâter, dit le marchand.

— S'il voulait faire le portrait de votre Virginie, il vaudrait mille fois le mien », répondit Fougères indigné.

En entendant ce mot, le bourgeois opéra doucement sa retraite vers sa femme stupéfaite de l'invasion de la bête féroce, et assez peu rassurée de la voir coopérant au portrait de sa fille.

« Tiens, suis ces indications, dit Bridau en rendant la palette et prenant le billet. Je ne te remercie pas ! je puis retourner au château de d'Arthez à qui je peins une salle à manger et où Léon de Lora fait les dessus de porte, des chefs-d'œuvre. Viens nous voir ! »

Il s'en alla sans saluer, tant il en avait assez d'avoir regardé Virginie.

« Qui est cet homme, demanda Mme Vervelle.

— Un grand artiste », répondit Grassou.

Un moment de silence.

« Êtes-vous bien sûr, dit Virginie, qu'il n'a pas porté malheur à mon portrait ? il m'a effrayée.

— Il n'y a fait que du bien, répondit Grassou.

— Si c'est un grand artiste, j'aime mieux un grand artiste qui vous ressemble, dit Mme Vervelle.

— Ah ! maman, monsieur est un bien plus grand peintre, il me fera tout entière », fit observer Virginie.

Les allures du Génie avaient ébouriffé ces bourgeois, si rangés.

On entrait dans cette phase d'automne si agréablement nommée l'*Été de la Saint-Martin*. Ce fut avec la timidité du néophyte en présence d'un homme de génie que Vervelle risqua une invitation de venir à sa maison de campagne dimanche prochain : il savait combien peu d'attraits une famille bourgeoise offrait à un artiste.

« Vous autres ! dit-il, il vous faut des émotions ! des grands spectacles et des gens d'esprit ; mais il y aura de bons vins, et je compte sur ma galerie pour vous compenser l'ennui qu'un artiste comme vous pourra éprouver parmi des négociants. »

Cette idolâtrie qui caressait exclusivement son amour-propre charma le pauvre Pierre Grassou, si peu accoutumé à recevoir de tels compliments. L'honnête artiste, cette infâme médiocrité, ce cœur d'or, cette loyale vie, ce stupide dessinateur, ce brave garçon, décoré de l'ordre royal de la Légion d'honneur, se mit sous les armes pour aller jouir des derniers beaux jours de l'année, à Ville-d'Avray. Le peintre vint modestement par la voiture publique, et ne put s'empêcher d'admirer le beau pavillon du marchand de bouteilles, jeté au milieu d'un parc de cinq arpents, au sommet de Ville-d'Avray, au plus beau point de vue. Épouser Virginie, c'était avoir cette belle villa quelque jour ! Il fut reçu par les Vervelle avec un enthousiasme, une joie, une bonhomie, une franche bêtise bourgeoise qui le confondirent. Ce fut un jour de triomphe. On promena le futur dans les allées couleur nankin qui avaient été ratissées comme elles devaient l'être pour un grand homme. Les arbres eux-mêmes avaient un air peigné, les gazons étaient fauchés. L'air pur de la campagne amenait des odeurs de cuisine infiniment réjouissantes. Tout, dans la maison, disait : " Nous avons un grand artiste. " Le petit père Vervelle roulait comme une pomme dans son parc, la fille serpentait comme une anguille, et la mère suivait d'un pas noble et digne. Ces trois êtres ne lâchèrent pas Grassou pendant sept heures. Après le dîner, dont la durée égala la somptuosité, M. et Mme Vervelle arrivèrent à leur grand coup de théâtre, à l'ouverture de la galerie illuminée par des lampes à effets calculés[1]. Trois voisins, anciens commerçants, un oncle à succession, mandés pour l'ovation du grand artiste, une vieille demoiselle Vervelle et les convives suivirent Grassou dans la galerie, assez curieux d'avoir son opinion sur la fameuse galerie du petit père Vervelle, qui les assommait de la valeur fabuleuse de ses tableaux. Le marchand de bouteilles semblait avoir voulu lutter avec le roi Louis-Philippe et les galeries de Versailles[2]. Les tableaux magnifiquement encadrés avaient des étiquettes où se lisaient en lettres noires sur fond d'or :

RUBENS

Danses de faunes et de nymphes.

REMBRANDT

Intérieur d'une salle de dissection.
Le docteur Tromp[3] faisant sa leçon à ses élèves.

Il y avait cent cinquante tableaux tous vernis, époussetés, quelques-uns étaient couverts de rideaux verts qui ne se tiraient pas en présence des jeunes personnes[4].

L'artiste resta les bras cassés, la bouche béante, sans parole sur les lèvres, en reconnaissant la moitié de ses tableaux dans cette galerie : il était Rubens, Paul Potter, Mieris, Metzu, Gérard Dow ! il était à lui seul vingt grands maîtres.

« Qu'avez-vous ? vous pâlissez !

— Ma fille, un verre d'eau », s'écria la mère Vervelle.

Le peintre prit le père Vervelle par le bouton de son habit, et l'emmena dans un coin, sous prétexte de voir un Murillo. Les tableaux espagnols étaient alors à la mode[5].

« Vous avez acheté vos tableaux chez Élie Magus ?
— Oui, tous originaux !
— Entre nous, combien vous a-t-il vendu ceux que je vais vous désigner ? »

Tous deux, ils firent le tour de la galerie. Les convives furent émerveillés du sérieux avec lequel l'artiste procédait en compagnie de son hôte à l'examen des chefs-d'œuvre.

« Trois mille francs ! dit à voix basse Vervelle en arrivant au dernier ; mais je dis quarante mille francs !
— Quarante mille francs un Titien ? reprit à haute voix l'artiste, mais ce serait pour rien.
— Quand je vous le disais, j'ai pour cent mille écus de tableaux, s'écria Vervelle.
— J'ai fait tous ces tableaux-là, lui dit à l'oreille Pierre Grassou, je ne les ai pas vendus tous ensemble plus de dix mille francs [1]...
— Prouvez-le-moi, dit le marchand de bouteilles, et je double la dot de ma fille, car alors vous êtes Rubens, Rembrandt, Terburg, Titien !
— Et Magus est un fameux marchand de tableaux ! » dit le peintre, qui s'expliqua l'air vieux de ses tableaux et l'utilité des sujets que lui demandait le brocanteur.

Loin de perdre dans l'estime de son admirateur, M. de Fougères, car la famille persistait à nommer ainsi Pierre Grassou, grandit si bien, qu'il fit gratis les portraits de la famille, et les offrit naturellement à son beau-père, à sa belle-mère et à sa femme.

Aujourd'hui, Pierre Grassou, qui ne manque pas une seule Exposition, passe dans le monde bourgeois pour un bon peintre de portraits. Il gagne une douzaine de mille francs par an, et gâte pour cinq cents francs de toiles. Sa femme a eu six mille francs de rentes en dot, il vit avec son beau-père et sa belle-mère. Les Vervelle et les

Grassou, qui s'entendent à merveille, ont voiture et sont les plus heureuses gens du monde. Pierre Grassou ne sort pas d'un cercle bourgeois où il est considéré comme un des plus grands artistes de l'époque. Il ne se dessine pas un portrait de famille, entre la barrière du Trône et la rue du Temple, qui ne se fasse chez ce grand peintre et qui ne se paie au moins cinq cents francs. La grande raison des Bourgeois pour employer cet artiste est celle-ci : « Dites-en ce que vous voulez, il place vingt mille francs par an chez son notaire. » Comme Grassou s'est très bien montré dans les émeutes du 12 mai [1], il a été nommé officier de la Légion d'honneur. Il est chef de bataillon dans la Garde nationale. Le musée de Versailles n'a pas pu se dispenser de commander une bataille à un si excellent citoyen, qui s'est promené partout dans Paris afin de rencontrer ses anciens camarades et leur dire d'un air dégagé : « Le Roi m'a donné une bataille à faire [2] ! »

Mme de Fougères adore son époux, à qui elle a donné deux enfants. Ce peintre, bon père et bon époux, ne peut cependant pas ôter de son cœur une fatale pensée : les artistes se moquent de lui, son nom est un terme de mépris dans les ateliers, les feuilletons ne s'occupent pas de ses ouvrages. Mais il travaille toujours, et il se porte à l'Académie, où il entrera. Puis, vengeance qui lui dilate le cœur ! il achète des tableaux aux peintres célèbres quand ils sont gênés, et il remplace les croûtes de la galerie de Ville-d'Avray par de vrais chefs-d'œuvre, qui ne sont pas de lui.

On connaît des médiocrités plus taquines et plus méchantes que celle de Pierre Grassou qui, d'ailleurs, est d'une bienfaisance anonyme et d'une obligeance parfaite.

Paris, décembre 1839.

DOSSIER

CHRONOLOGIE

BALZAC ET LES ARTS

On n'a pas voulu retracer ici une complète biographie de Balzac : simplement donner, à côté des indispensables repères, une idée chronologique des préoccupations artistiques de l'écrivain — musique exclue — et des œuvres où, dans *La Comédie humaine,* se rencontrent artistes, œuvres d'art, collectionneurs...

Quand une œuvre est mentionnée sans autre précision, la date est celle de la publication (ou exposition).

1799. *20 mai :* naissance à Tours d'Honoré Balzac, fils de Bernard-François Balzac et d'Anne-Charlotte Sallambier. On connaît deux portraits du père de Balzac, dont un (1822 ? coll. Lovenjoul, Institut de France, Paris) par Marie-Éléonore Godefroid (1778-1849). C'est peut-être par cette élève de François Gérard qu'Honoré fut admis dans le salon du grand peintre davidien.
David : *L'Enlèvement des Sabines* (Louvre).
1800. Naissance de Laure, sœur et confidente de Balzac (elle épousa Eugène Surville en 1820 dont le beau-frère, Adolphe Midy, « peintre de paysage, de genre et lithographe », a peut-être servi de modèle à Pierre Grassou).
1802. Naissance de Laurence, seconde sœur, qui épousa Armand Michaut de Saint-Pierre de Montzaigle en 1821. Henry (1807-1858), demi-frère de Balzac, fils de Jean de Margonne le propriétaire de Saché en Touraine — où l'écrivain résida souvent —, devint marin.
1807. Collège de Vendôme.

1814. *Novembre :* les Balzac s'installent à Paris.
Girodet expose au Louvre l'*Endymion* qu'il avait peint en 1791. Balzac demande à Damblin : « Ayez [...] l'obligeance de me procurer un billet pour le jour où il est sensé n'y avoir personne. » Son tableau favori hante son œuvre : entre autres *Sarrasine, La Vendetta* où il est copié par Ginevra di Piombo.
Ingres : *La Grande Odalisque* (exposée au Salon en 1819, Louvre). En déformant la ligne — on reprocha au peintre le dos trop long de sa figure — Ingres pousse l'imitation du réel au-delà de la nature.

1816-1819. Études de droit et emploi de clerc de notaire.

1817. Guérin expose au Salon *Énée racontant à Didon les malheurs de la ville de Troie* (Louvre). Balzac cite souvent le tableau : *Les Secrets de la princesse de Cadignan, La Bourse...* Baudelaire, en 1855, vit dans cette Didon une héroïne de Balzac.

1819. Affirmation de sa vocation d'écrivain. Balzac s'installe dans une mansarde rue de Lesdiguières, évoquée dans *Facino Cane* comme dans d'autres ouvrages *(La Peau de chagrin, Z. Marcas).* Sa famille habite alors Villeparisis.
Géricault : *Le Radeau de la Méduse* (Louvre)

1820-1825. Premiers essais littéraires sous divers pseudonymes. Balzac s'efforce d'épouser les goûts de l'époque : *Cromwell,* tragédie, *Falthurne* et *Sténie,* romans philosophiques ..
Laure de Berny, la duchesse d'Abrantès, deviennent ses maîtresses.
Achille Devéria fait son portrait (sépia de la collection Lovenjoul, Institut de France, Paris).

1822. Delacroix : *Dante et Virgile aux Enfers* (Louvre).

1824. *Annette et le criminel,* sous le pseudonyme d'Horace de Saint-Aubin.
Delacroix : *Scène des massacres de Scio* (Louvre).
Ingres : *Vœu de Louis XIII* (commande du gouvernement français, mis en place à la cathédrale de Montauban en 1826).

1827. Balzac participe à la publication de textes intitulés *Arts* qui n'ont rien à voir avec le monde artistique : *L'Art de payer ses dettes, L'Art de ne jamais déjeuner chez soi, L'Art de mettre sa cravate...*

Dans la maison occupée par Balzac, alors imprimeur, 17, rue des Marais-Saint-Germain, actuelle rue Visconti, s'installent les peintres Paul Delaroche et Eugène Lami. Delacroix y habita en 1835 — mais Balzac avait quitté les lieux en 1828.
Viénot, fils d'un officier que Balzac avait connu, élève de Guérin, expose au Salon le portrait de Zulma Carraud avec son fils Ivan. Elle fut la plus fidèle amie de Balzac
Ingres : *Apothéose d'Homère* (Louvre).
1828. Delacroix : *Mort de Sardanapale* (Louvre).
Séjour à Fougères dont Balzac devait faire la ville natale de Grassou.
Chateaubriand, ambassadeur de France à Rome, commande un monument en l'honneur de Nicolas Poussin pour l'église San Lorenzo in Lucina.
1829. *Mars : Le Dernier Chouan ou la Bretagne en 1800*, qui devint *Les Chouans* en 1834, signé Honoré Balzac, marque le retour à la littérature après d'infructueuses années où Balzac s'est voulu éditeur puis imprimeur typographe.
19 juin : mort de Bernard-François Balzac. Un an plus tard, *L'Élixir de longue vie* met en scène un fils, don Juan, au lit de mort de son père.
Décembre : Physiologie du mariage. Le succès vient.
1829 ou 1830. Rencontre avec Delacroix chez Mme O'Reilly, ou plus probablement, selon André Joubin, le commentateur du *Journal* du peintre, Mme O'Donnel, fille de Sophie Gay et sœur de Delphine de Girardin. « C'est là [chez " Mme O'Reilly "] aussi et chez Nodier d'abord que j'ai vu pour la première fois Balzac, qui était alors un jeune homme svelte, en habit bleu, avec, je crois, gilet de soie noire, enfin quelque chose de discordant dans la toilette et déjà brèche-dent. Il préludait à son succès » (Delacroix, *Journal*, p. 289, voir la *bibliographie générale*).
1830. *Janvier : El Verdugo*, signé Honoré de Balzac, paraît dans *La Mode*.
Février-avril : article *Des artistes* dans *La Silhouette*.
Mars : Étude de femme.
Avril : parution de *La Maison du Chat-qui-pelote*, dont le héros, Théodore de Sommervieux, peintre, séduit son modèle. *La Vendetta* dans *La Silhouette*.

Mai : Les Deux Rêves, repris plus tard dans *Sur Catherine de Médicis*. *Mœurs aquatiques*, commentaire des dessins de Grandville dans *La Silhouette*. La même année, Balzac donne trois articles artistiques à *La Mode* consacrés en particulier à Gavarni. Il publia un autre article sur lui dans *L'Artiste*.

Octobre : parution de *L'Élixir de longue vie* dans la *Revue de Paris*.

Novembre : Sarrasine.

Décembre : Une passion dans le désert. Article *Des Caricatures* dans *La Caricature*. On y lit ce dialogue d'un peintre et d'une femme du monde : « Faites des tableaux, dit-elle. — Des tableaux ? Hélas ! madame, et qui les achètera ? [...] — Eh ! bien, mon ami, faites... des caricatures. »

Projet avorté de pièce de théâtre en collaboration avec Eugène Sue, *La Vieillesse de don Juan ou l'Amour à Venise.*

Théophile Gautier : *Poésies.*

Charles Nodier : *Histoire du Roi de Bohême et de ses sept châteaux* ainsi que l'essai *Du fantastique en littérature.*

1831. Delacroix expose *La Liberté guidant le peuple* (Louvre).

Février : Le Réquisitionnaire.

Mars : Les Proscrits (Revue de Paris).

Du 31 juillet au 7 août : parution, dans la revue *L'Artiste*, du *Chef-d'œuvre inconnu*, conte fantastique.

Balzac commence à fréquenter les mercredis du baron Gérard, qui lui offre des estampes.

Août : parution dans la *Revue de Paris* de *L'Auberge rouge*, nouvelle composée chez Laure de Berny au mois de mai.

Parution en volume de *La Peau de chagrin*, signée — c'est la première fois pour un volume — Honoré de Balzac. Dans ce roman, le magasin de l'antiquaire constitue le premier « musée » balzacien.

Décembre : parution de *Maître Cornélius*, écrit à Saché, dans la *Revue de Paris.*

La Peau de chagrin, avec douze autres récits, dont *L'Élixir de longue vie* et *Le Chef-d'œuvre inconnu* forment, chez l'éditeur Gosselin, les trois volumes des *Romans et contes philosophiques.* Ces textes trouveront place — à l'exception de *La Comédie du Diable* — dans les *Scènes de la vie parisienne, de la vie privée* ou *de la vie de province* de *La Comédie humaine*.

1832. *Nouveaux contes philosophiques.*

Premier dizain des *Contes drolatiques*, assez proches de l'esprit de *Maître Cornélius* — le deuxième parut en 1833, le troisième en 1837.

Delacroix écrit à Balzac pour le féliciter de *Louis Lambert* : « Permettez-moi, en forme de remerciement, de vous faire part des idées qui me sont venues à propos de votre *Lambert* et que j'écrivais au coin de mon feu solitaire tout en le lisant, non pas vite, ce qui m'est impossible, surtout dans les livres qui me plaisent : c'est-à-dire ceux où les idées de l'auteur réveillent à chaque instant les miennes » (*Correspondance générale d'E. Delacroix* publiée par André Joubin, tome I, 1804-1837, Plon, 1935, p. 342-343). Un croquis, attribué à Delacroix (coll. particulière, reproduit dans *Balzac par lui-même* de Gaëtan Picon, Seuil, 1956, et ayant figuré à l'exposition Balzac de la Bibliothèque nationale en 1950), daterait de ces années : il montre Balzac et son cheval. Balzac répond à David d'Angers qui voulait le faire poser : « S'il n'existe ni litho, ni portrait, ni quoi que ce soit de moi, c'est que je suis lié par une promesse à ce sujet. Cette promesse est d'ailleurs en harmonie avec mes goûts. » Il affirme avoir refusé de même à Schnetz, Ary Scheffer et Gérard. David d'Angers attendit dix ans.

Est-ce cette année-là que Balzac fit la connaissance de Théophile Gautier ?

1833. *Le Médecin de campagne.*

Début de la publication de *La Duchesse de Langeais*, où il se venge du dédain de Mme de Castries. Balzac joue les mondains. Horace Vernet expose au Salon *Judith et Holopherne*. Son modèle est Olympe Pélissier, future femme de Rossini, qui fut, en 1833, la maîtresse de Balzac.

Octobre : contrat pour la publication des *Études de mœurs au XIXe siècle*, auquel succède, l'année suivante, celui des *Études philosophiques*.

Décembre : *Eugénie Grandet, L'Illustre Gaudissart, Le Curé de Tours.*

1834. Début de la liaison avec Mme Hanska (l'*Étrangère* qui correspond avec lui depuis 1832). Balzac avait fait lithographier une vue de sa maison rue Cassini pour le recueil de Régnier et Champin, *Habitations des personnages célèbres* afin qu'elle en eût une idée.
Delacroix : *Femmes d'Alger dans leur appartement* (Louvre). Dans une lettre à Mme Hanska, Balzac dit son admiration pour ce tableau.
Séraphîta, La Recherche de l'absolu, La Femme de trente ans.
Décembre : parution d'*Un drame au bord de la mer*, dont une partie avait été publiée par *Le Voleur* en novembre.

1835. Jean-Pierre Dantan fait deux portraits-charges de Balzac, se moquant de sa fameuse canne. Il en est si fier qu'il les signale à Mme de Castries — « Envoyez-les donc prendre chez Susse » — ainsi qu'à Mme Hanska. Il assiste, lors de son séjour viennois aux séances où Mme Hanska pose pour le miniaturiste Daffinger. Balzac fit copier la miniature en 1836, voulut demander à Meissonier, spécialiste des petits formats, d'en faire un portrait en pied. Ève Hanska, en 1844, lui envoie l'original : il exulte.
Le Père Goriot, La Fleur des pois [qui devint *Le Contrat de mariage*], *Le Colonel Chabert, Melmoth réconcilié.*

1836. *17 mars :* parution de *Facino Cane* dans la *Revue de Paris*. Balzac y développe sa théorie de la « seconde vue » du romancier.
Le Lys dans la vallée.
Juillet-août : séjour italien
Balzac a promis au *Figaro* une œuvre intitulée *Les Artistes*, qui demeura un projet inabouti, avant de devenir *Pierre Grassou.*

1837. Troisième version, très remaniée, du *Chef-d'œuvre inconnu*. Début d'*Illusions perdues, César Birotteau.*
Second séjour italien, découverte de Venise décrite déjà dans *Facino Cane*. Alessandro Puttinati (1800-1872), rencontré à Milan, sculpte un *Balzac* en pied. Balzac lui commande *Séraphîta montant au ciel*. À Florence en avril, il visite l'atelier de Lorenzo Bartolini (1777-1850) pour y voir le buste de Mme Hanska.

Théophile Gautier : *Mademoiselle de Maupin* précédé de la fameuse *préface* où Gautier expose ses idées sur l'art.
Prosper Mérimée : *La Vénus d'Ille.*
Louis Boulanger, dédicataire de *La Femme de trente ans*, expose au Salon le portrait de Balzac fait pour Mme Hanska (sans doute le tableau conservé au musée des Beaux-Arts de Tours). « Ce que Boulanger a su peindre et dont je suis le plus content, c'est la persistance à la Coligny, à la Pierre-le-Grand, qui est la base de mon caractère. » Louis Boulanger avait esquissé une « *Léda* d'après Michel-Ange » qui faisait l'unique décoration du salon de Balzac rue des Batailles.

1838. *La Torpille* [début de *Splendeurs et Misères des courtisanes*], *Les Employés, La Maison Nucingen.*

1839. *1ᵉʳ mars* : ouverture du Salon. Balzac en fait la critique dans les premières pages de *Pierre Grassou*.
Mai : Stendhal commence *Feder*, histoire de l'ascension sociale d'un peintre médiocre finissant par épouser une jeune fille qui a posé pour lui. Balzac a-t-il déjà pensé à *Grassou* à cette date ?
Le Cabinet des antiques, Une fille d'Ève, Béatrix (première partie), *Le Curé de village* (début), *Massimilla Doni.*

1840. Balzac devient président de la Société des Gens de Lettres.
Parution de *Pierre Grassou* dans *Babel* (voir la notice de *Pierre Grassou*).
Une princesse parisienne [*Les Secrets de la princesse de Cadignan*], *Pierrette, Z. Marcas, Un prince de la Bohème.*
Fonde l'éphémère *Revue parisienne* où il publie un article enthousiaste sur *La Chartreuse de Parme*.
Balzac s'est installé en octobre 1840, à Passy, dans l'actuelle rue Raynouard.

1841. Delacroix expose au Salon l'*Entrée des Croisés à Constantinople* (Louvre).
2 octobre : signature du traité avec Furne pour ce qui s'intitule désormais *La Comédie humaine*. Balzac, « jetant sur ses ouvrages le regard à la fois d'un étranger et d'un père, trouvant à celui-ci la pureté d'un Raphaël, à cet autre la simplicité de l'Évangile, s'avisa brusquement, en projetant sur eux une illumination rétrospective qu'ils seraient plus beaux réunis en un cycle où les mêmes personnages revien-

draient et ajouta à son œuvre, en ce raccord, un coup de pinceau, le dernier et le plus sublime » (Marcel Proust, *La Prisonnière*). Dix-sept volumes de *La Comédie humaine* paraissent de 1842 à 1848.
Mémoires de deux jeunes mariées.

1841-1842. Parution dans *La Presse*, en deux parties, de *Deux Frères* qui deviendra *La Rabouilleuse*. Le personnage du peintre Joseph Bridau a certains traits de Delacroix. On le rencontre en outre dans *Illusions perdues* où il participe au Cénacle de Daniel d'Arthez, dans la diligence d'*Un début dans la vie*, dans les *Mémoires de deux jeunes mariées*, dans *La Cousine Bette* où il vient en aide au sculpteur Steinbock.

1842. Louis-Auguste Bisson exécute un portrait de Balzac au daguerréotype (Maison de Balzac). « Je suis ébaubi de la perfection avec laquelle agit la lumière », écrit-il à Mme Hanska ; il décrie en revanche le lumineux pastel de Gérard Séguin (musée de Tours).
Albert Savarus, Ursule Mirouët, La Fausse Maîtresse.

1843. Dans l'édition Furne, apparaît la dédicace de *La Fille aux yeux d'or* « À Eugène Delacroix, peintre » (*Ferragus* est dédié ainsi à Hector Berlioz, *La Duchesse de Langeais* à Franz Liszt).
Voyage à Saint-Pétersbourg pour retrouver Ève, désormais veuve du comte Hanski. À Dresde, sur la route du retour, Balzac ne manque pas d'admirer, comme le fit Dostoïevski en 1867, la *Madone de Saint-Sixte* de Raphaël : un tableau que l'on porte aux nues au XIXe siècle.
David d'Angers exécute un croquis, deux médaillons, et un buste (musée Carnavalet) de Balzac.
Version complète de *Sur Catherine de Médicis*, regroupant trois textes antérieurs.
Honorine, La Muse du département, Une ténébreuse affaire.

1844. *Modeste Mignon.*

1845. « Honoré de Balzac, homme de lettres », est fait chevalier de la Légion d'honneur. Il s'était moqué dans *Pierre Grassou* des décorations briguées par les artistes. En 1849, il échoue à l'Académie française. *Un homme d'affaires, Béatrix.*

1846. Balzac commence sa collection de peintures : Sebastiano

del Piombo, Holbein, Guido Reni, Van Dyck, Greuze, le Dominiquin — « Je ne veux que des choses capitales ou rien. » Quel marchand d'art aujourd'hui oserait gratifier un tableau de la provenance « collection de Balzac » ?
La Cousine Bette paraît en feuilleton avant d'être publié l'année suivante en librairie.

1847. *Le Provincial à Paris :* reprise du *Chef-d'œuvre inconnu,* avec quelques retouches, sous le titre de *Gillette.*
Mars : publication du roman qui est, par excellence, celui de la collection et de l'amour de l'art, *Le Cousin Pons.*

1848. Balzac, qui a déjà séjourné plusieurs mois en Russie depuis l'automne 1847 et se dispose à y retourner, dresse l'inventaire de sa maison de la rue Fortunée (l'actuelle rue Balzac) où il s'est installé l'année précédente. Sur cet intéressant état de ses collections d'art et son activité de « bricabracomane », on se reportera aux *Annexes* de l'édition Folio du *Cousin Pons* (préface de Jacques Thuillier, postface et notes d'André Lorant, Gallimard, 1973.)

1849. Balzac, malade, séjourne en Ukraine chez Mme Hanska à Wierzchownia : « Cette habitation est exactement un Louvre », avait-il écrit, deux ans plus tôt, à sa sœur. Il pensait à l'architecture du bâtiment autant qu'aux œuvres d'art qu'il renfermait.

1850. *20 mai :* retour de Balzac à Paris avec Mme Hanska devenue Mme de Balzac. La maison de la rue Fortunée a été saccagée par un domestique fou.
18 août : mort de Balzac. Eugène Giraud trace au pastel le portrait du défunt (musée de Besançon). « Quand je l'avais quitté [un mois auparavant], il m'avait reconduit jusqu'à cet escalier, marchant péniblement, et m'avait montré cette porte, et il avait crié à sa femme : " Surtout, fais bien voir à Hugo tous mes tableaux. "
Le garde me dit :
" Il mourra au point du jour. "
Je redescendis, emportant dans ma pensée cette figure livide ; en traversant le salon, je retrouvai le buste immobile, impassible, altier et rayonnant vaguement, et je comparai la mort à l'immortalité » (Victor Hugo, *Choses vues*).

1854. Publication posthume du *Député d'Arcis*, suivi en 1856 des

Petits Bourgeois achevés, avec l'accord de Mme de Balzac, par Rabou. Dans *Les Petits Bourgeois*, sont citées une dernière fois les toiles de Pierre Grassou.

1855. Publication posthume des *Paysans* achevés par Mme de Balzac.

Gustave Doré illustre les *Contes drolatiques*.

1858. Étude de Théophile Gautier consacrée à *Balzac*. Il n'y mentionne pas *Le Chef-d'œuvre inconnu*.

1882. Mort de Mme de Balzac qui venait de vendre l'hôtel de la rue Fortunée, auquel elle n'avait rien changé, à la baronne Salomon de Rothschild. Tout fut dispersé, la maison jetée à bas.

NOTICES

Dans la rédaction des notices suivantes, ainsi que pour les notes, on a eu recours à l'immense travail des éditeurs de Balzac dans la Bibliothèque de la Pléiade : Marcel Bouteron en premier lieu, et bien sûr toute l'équipe réunie par Pierre-Georges Castex pour son édition de 1976-1981, en particulier René Guise pour *Le Chef-d'œuvre inconnu*, *L'Élixir de longue vie* et *Maître Cornélius*, Anne-Marie Meininger pour *L'Auberge rouge* et *Pierre Grassou*, Moïse Le Yaouanc pour *Un drame au bord de la mer*, et André Lorant pour *Facino Cane*.

Le Chef-d'œuvre inconnu

HISTOIRE DU TEXTE

Paru dans la revue *L'Artiste* en deux livraisons (31 juillet 1831, *Maître Frenhofer*, 7 août, *Catherine Lescault*), *Le Chef-d'œuvre inconnu* fut repris en volume, avec de nombreuses corrections de Balzac, par l'éditeur Gosselin (*Romans et contes philosophiques*, tome III, 1831, puis en 1832 dans la version en deux volumes). Lors de la réédition de son texte avec les *Études philosophiques* en 1837, Balzac le retravailla, peut-être sous l'influence d'articles de Théophile Gautier parus dans *La Presse* à la fin de 1836 et au début de 1837 ou de conversations avec le chantre de l'art pour l'art. C'est ce texte qui, presque tel quel, est reproduit en 1846 dans l'édition Furne.

Traditionnellement, on considère que les exemplaires de cette édition, corrigés de la main de Balzac, conservés dans le fonds Spœlberch de Lovenjoul à la bibliothèque de l'Institut à Paris, constituent le dernier état du texte de *La Comédie humaine.* Pour *Le Chef-d'œuvre inconnu* toutefois, il n'est pas possible de s'en tenir au « Furne corrigé ». Sous le titre *Gillette,* Balzac a en effet repris sa nouvelle, dans un volume intitulé *Le Provincial à Paris* (du nom du premier roman du recueil, qui s'appelle, dans *La Comédie humaine, Les Comédiens sans le savoir*) et qui parut en 1847 : il modifie encore le texte, sans intégrer pourtant ses corrections manuscrites, probablement déjà faites à cette date. Le parti suivi par René Guise pour l'établissement du texte dans l'édition de la Pléiade, qui est ici repris, a été de s'en tenir à la version ultime du *Provincial à Paris,* en y faisant figurer les quelques retouches portées par Balzac sur le Furne.

Il ne saurait être question de répertorier ici l'ensemble des variantes qui distinguent ces multiples éditions. Les lecteurs curieux se reporteront à l'édition de la Pléiade. Pourtant, on a tenu à donner en note les quelques endroits où Balzac a notablement modifié son récit. *Le Chef-d'œuvre inconnu* est un texte mythique, dont aucun détail ne doit être laissé dans l'ombre : on trouvera donc en fin de volume les passages où Catherine Lescault est qualifiée de courtisane, son surnom de *la Belle-Noiseuse,* la manière dont les soudards de l'Empire faisaient parfois des moustaches aux saintes et les descriptions romantiques d'un atelier d'artiste du XVIIe siècle. Pour avoir une idée complète de la version de 1831, on se reportera à Pierre Laubriet qui la reproduit *in-extenso* (voir *Un catéchisme esthétique...,* dans la *bibliographie*).

LA QUESTION DES SOURCES

Francis Haskell a montré (voir la *bibliographie*) que les Français du début du XIXe siècle goûtent beaucoup les romans, feuilletons, articles, pièces de théâtre, récits, tableaux qui mettent en scène des artistes, des scènes de la vie des maîtres d'autrefois. En peinture, il a étudié en effet la floraison de ces sujets, aujourd'hui bien oubliés : depuis le *Léonard de Vincy mourant dans les bras de François Ier* de François-Guillaume Ménageot (Salon de 1781), jusqu'aux peintres de l'Empire — *La Mort de Raphaël* de Nicolas-André Monsiau (Salon de 1804) — et de la Restauration — Louis-Charles-Auguste Couder expose *La Mort de Masaccio* au Salon de 1817, Paul Delaroche un *Philippo Lippi chargé de peindre un tableau pour un couvent devient amoureux de la religieuse qui lui servait de modèle* à celui de 1824 — jusqu'aux fameux *Raphaël et la Fornarina* d'Ingres (1814) et *Michel-Ange dans son atelier* de Delacroix (1849-1850). L'étude consacrée par Francis Haskell à cette veine artistique qui court à travers l'époque permet de mieux comprendre comment *Le Chef-d'œuvre inconnu* a pu être lu par ses contemporains. Un récit qui rend vivant le plus grand nom de l'École française, Poussin, mais qui se distingue des romans sur l'art du temps en ce qu'il prétend percer les mystères de la création. Une nouvelle comme celle que signe Clémence Roret dans la *Revue des feuilletons* de 1846 — exemple choisi entre cent parce que ce texte s'intitule *Nicolas Poussin* — retrace la vie de l'artiste comme un roman de cape et d'épée, mentionne quelques tableaux et commandes, mais ne dit pas un mot sur l'*art*. Balzac voulait plaire, et se distinguer dans la masse des « romans d'artistes » — c'est sans doute la raison pour laquelle il a retravaillé son texte jusqu'à en faire ce « catéchisme esthétique » qui séduit tant.

La question des sources de ces pages esthétiques a donc été maintes fois posée. René Guise a écarté l'hypothèse d'une collaboration importante de Théophile Gautier, en qui on avait pu voir le véritable auteur de la nouvelle. Ses idées générales sur l'art, sa maîtrise du vocabulaire technique, n'en ont pas moins certainement influencé Balzac. Pour René Guise, la source principale du discours balzacien sur l'art est à chercher dans Diderot, dont les *Salons* de 1759 et de 1761 avaient été édités en 1813 et 1818 (il cite, dans sa remarquable édition de la Bibliothèque de la Pléiade, de nombreux rapprochements convaincants); pour Marc Eigeldinger et Max Milner (introduction, notes et documents de l'édition Garnier-Flammarion *Le Chef-d'œuvre inconnu, Gambara, Massimilla Doni*, 1981), c'est plutôt Delacroix qui aurait fourni à Balzac quelques clés de son art. Deux sources qui ne s'excluent pas. Même si les pages du *Journal* de Delacroix que l'on peut mettre le plus clairement en rapport avec la nouvelle sont souvent postérieures. Jamais il ne parle du *Chef-d'œuvre inconnu*. Il a pourtant tenu en main les volumes du *Provincial à Paris* qu'il critique très sévèrement (*Journal*, 6 septembre 1854, p. 462, voir la *bibliographie générale*), mais visant uniquement le premier texte du recueil. Ce sont sans doute plus les peintures de Delacroix, que tout Paris a pu voir, qui ont donné à Balzac matière à observations et à rêveries — au même titre que les tableaux du Louvre, les Rembrandt, les Titien, les Corrège que Stendhal n'était pas seul à vénérer. Balzac a une bonne connaissance des milieux artistiques de son temps, mais n'en est pas spécialiste. Lorsqu'il évoque, dans *Pierre Grassou*, les grands Salons où exposèrent les artistes romantiques, il se trompe et confond les dates. Il a pourtant des amis critiques, comme Auguste Jal, des amis artistes aussi — et il était naturel que l'on cherchât parmi ces derniers les modèles de Frenhofer.

FRENHOFER GRAVEUR ?

On s'accorde souvent à penser qu'outre de possibles conversations avec Delacroix, bien sûr, Louis Boulanger, pour lequel Balzac posa en 1837, a pu lui fournir des indications techniques mises à profit dans les additions de 1837, des mots d'atelier. Sans doute Boulanger posait-il aussi, à son insu, devant Balzac. L'auteur du plus célèbre portrait de l'écrivain ne doit pas faire oublier un autre artiste, fidèle de Balzac à l'époque, celui dont il aime « les élégants dessins », Gavarni. C'est précisément la revue *L'Artiste* qui les rapproche : Gavarni y donne une illustration de *La Peau de chagrin* dont Balzac espère qu'elle « popularisera » son livre, lui-même y écrit des articles à la gloire des lithographies de son ami. Or, quelques termes, qui surgissent dans *Le Chef-d'œuvre inconnu*, semblent incontestablement plus d'un dessinateur et d'un graveur que d'un peintre : « un trait soigneusement ébarbé », « marqué sèchement », « on ne peut rendre avec des traits que des figures géométriques », « avec le trait et le noir, qui n'est pas une couleur, on peut faire une figure ». Un burin, par exemple, qu'est-ce d'autre qu'un travail qui, de près n'est qu'un chaos de traits et de hachures et prend forme à convenable distance, une œuvre que l'on peut aussi facilement gâter en multipliant les « tailles » — qui obscurcissent et risquent de rendre illisibles les tirages ? Un graveur comprend immédiatement l'échec de Frenhofer. Il n'est pas question ici de désigner, après d'autres, un nouvel « inspirateur du *Chef-d'œuvre inconnu* », simplement de souligner que la grande complicité, en 1830 et 1831, de Gavarni et de Balzac ne rend pas invraisemblable des discussions entre eux. À ces conversations avec des amis artistes et critiques, à ses lectures de Diderot, il convient d'ajouter des sources moins prestigieuses : les « usuels », compilations de seconde main, dictionnaires, que Balzac avait dans sa bibliothèque. Leur rôle, dans la réunion des matériaux qui servirent à l'écriture du *Chef-d'œuvre inconnu* ne doit pas être sous-estimé.

LE CHEF-D'ŒUVRE INCONNU ET LES AUTRES NOUVELLES DE CE RECUEIL : RAISONS D'UN CHOIX

La nouvelle précédait, dans les *Études philosophiques*, *Gambara* et *Massimilla Doni* — à paraître dans la collection Folio, avec d'autres œuvres de Balzac d'inspiration musicale. Se trouvaient ainsi réunis trois textes sur l'art, l'un sur la peinture, les deux autres sur la musique et l'opéra. Le 11 juin 1837, Balzac écrivait à Maurice Schlesinger : « Lisez ce que votre cher Hoffmann le Berlinois a écrit sur Gluck, Mozart, Haydn et Beethoven et vous verrez par quelles lois secrètes la littérature, la peinture et la musique se tiennent. » En réunissant les trois nouvelles, il rivalise avec Hoffmann. *Massimilla Doni* et *Gambara* restent les précieux compléments du *Chef-d'œuvre inconnu*. Toutefois, on a préféré intégrer le texte à la série de nouvelles qui en sont, à la même époque, les plus proches par la couleur et qui permettent de situer, avec précision, le chef-d'œuvre que Balzac consacre à la peinture dans l'ensemble de sa production. Toutes ces nouvelles ne parlent pas explicitement d'art, une atmosphère incontestablement picturale se dégage pourtant de chacune.

En outre, dans l'œuvre de Balzac, c'est l'ensemble des « tableaux », des personnages, des actions qui « se tient » par une loi sans cesse réaffirmée, qui relève de ce que Balzac appelle sa philosophie et que son prête-nom Félix Davin a été par lui chargé d'expliquer aux lecteurs : toutes ces œuvres illustrent le pouvoir destructeur de la pensée, mettent en lumière « la pensée tuant le penseur ». C'est aussi cette forte appartenance du texte à l'un des aspects primordiaux de *La Comédie humaine*, son versant philosophique, que l'on a voulu souligner.

« Nous sommes de la même étoffe que nos songes », écrit Shakespeare dans *La Tempête*. Chaque personnage vaut, chez Balzac, ce que vaut son rêve. Le peintre Frenhofer se rêve démiurge, nouveau Prométhée, et se brûle au feu qui consume ses toiles, l'innocent dans *L'Auberge rouge* se rêve criminel et périt condamné comme tel, don Juan dans *L'Élixir de longue vie* se rêve immortel et n'échappe qu'imparfaitement à la mort, Pierre Grassou, un barbouilleur, se veut peintre d'histoire — et s'il y parvient, de manière dérisoire et heureuse, c'est peut-être parce que le génie ne l'illumine pas —, Facino Cane se sait prince et riche à millions et meurt dans un hospice à Paris, loin de son palais de Venise, l'avare maître Cornélius rêve que tous le volent — et se vole lui-même —, le père Cambremer, dans *Un drame au bord de la mer*, rêve à un enfant modèle — et finit par tuer de ses mains le fils qui ne ressemble pas au portrait qu'il s'en était fait. À la lecture, les héros de ces histoires se confondent dans leurs luttes avec l'ange. Aucun ne sort indemne. Sauf Grassou, mais c'est à force de modestie. On croit voir défiler la série des monomanes peints par Géricault, portant sur leurs visages les indices de leurs incurables pathologies — comme les saints des tableaux se reconnaissent aux instruments de leurs martyres. L'histoire de Frenhofer ne se comprend donc que lue avec ces autres récits — dont les héros sont ces hommes qui se battent contre la pensée qui les habite.

Dans *Les Martyrs ignorés*, en 1837, Balzac écrit : « La pensée est le plus violent de tous les agents de destruction ; elle est le véritable ange exterminateur de l'humanité, qu'elle tue et vivifie, car elle vivifie et tue. [...] Penser, mon enfant, c'est ajouter de la flamme au feu. [...] Savez-vous ce que j'entends par pensée ? Les passions, les vices, les occupations extrêmes, les douleurs, les plaisirs sont des torrents de pensée. Réunissez sur un point donné quelques idées violentes, un homme est tué par elles comme s'il recevait un coup de poignard. » Faut-il prendre au sérieux cette philosophie de Balzac ? Force est de constater qu'il y croit. Aussi fermement qu'aux mécanismes de la finance et aux actes notariaux, il croit en l'existence d'un monde spirituel, avec ses pensées antagonistes, ses phénomènes ésotériques. Il croit depuis toujours en sa propre *aura*, espère que ses divers portraitistes pourront la rendre sensible. Le visible et l'invisible entrent à parts égales dans le credo de *La Comédie humaine*. D'un côté *Séraphîta*, de l'autre *Eugénie Grandet*

— indissociables. Car, à bien lire, tous les personnages de Balzac sont ainsi possédés, habités de leurs démons, tous, aussi bien ceux des premiers contes qui cèdent aux modes fantastiques ou historicistes du temps que les héroïnes et les héros du monde réel, Nucingen, la duchesse de Langeais, Vautrin. S'éclaire ainsi le chemin qui, entre les pages de ce volume, va de don Juan — le plus explicitement mythique des personnages que Balzac ait peint — à Pierre Grassou — le plus naïvement « réaliste » de ses peintres — en passant donc par Frenhofer.

On espère avoir composé un recueil qui, rendant hommage au sens artistique de l'écrivain, à tout ce que sa sensibilité pouvait avoir de pictural, servira aussi d'introduction au monde de *La Comédie humaine*.

L'Élixir de longue vie

HISTOIRE DU TEXTE

Premier texte donné par Balzac à la prestigieuse *Revue de Paris*, avec laquelle il devait assidûment collaborer jusqu'en 1836, *L'Élixir de longue vie* parut le 24 octobre 1830. Reprise en recueil chez l'éditeur Gosselin en 1831 dans le tome III des *Romans et contes philosophiques*, la nouvelle fut rééditée sans grande modification, jusqu'à l'édition Furne, au tome XV, et ne fut plus corrigée ultérieurement. Cet état ultime, de 1846, est enrichi notamment de l'avis « Au lecteur ».

LE *DON JUAN* DE BALZAC

Sous la signature d'Horace de Saint-Aubin, Balzac avait, en 1822, publié un roman noir, *Le Centenaire ou les deux Beringheld*, qui déjà traitait de manière fantastique le thème du désir d'échapper à la mort. Influencé par un conte anonyme, *L'Élixir d'immortalité*, paru en 1805 dans l'*Almanach du prosateur* — il y fait allusion dans l'avis « Au lecteur » —, Balzac reprend, pour composer sa nouvelle, l'ébauche d'une pièce demeurée inachevée, à laquelle il avait rêvé, avec son ami Eugène Sue, dans les premiers mois de 1830 : *La Vieillesse de don Juan ou l'Amour à Venise*. Réminiscences d'Hoffmann, du *Faust* de Goethe, visions héritées des peintures de Delacroix — ce dandy qui devait, autant que Sue, fasciner Balzac —, chevalet posé devant les œuvres de Molière et de Byron, tout était en place pour que Balzac, quelques mois après la mort de son père, compose le moins connu des *Don Juan*. La même année, Pouchkine écrit le *Convive de pierre*, qui ne fut publié qu'après sa mort.

Y A-T-IL UN FANTASTIQUE BALZACIEN ?

L'influence d'Hoffmann sur les contes de Balzac a beaucoup prêté à controverses. *Les Contes fantastiques* (*Fantasiestücke*), dont Balzac connaissait bien le traducteur Loève-Veimars, parurent à partir de 1829. Il les a lus. Les a-t-il démarqués ? On a cru retrouver dans une traduction intitulée *La Leçon de violon*, parue dans *L'Artiste* en avril 1831, un possible modèle du *Chef-d'œuvre inconnu* qui fut publié dans cette même revue quelques mois plus tard. De même, on cite *La Cour d'Artus*, où le peintre Gottfried Berklinger s'écrie : « Mon tableau à moi n'est pas une fantaisie, c'est un fait, il ne désigne pas, il est. » Pour écrire *Gambara*, Balzac a lu les *Kreisleriana*. Autant de sources cachées. Or, dans *L'Élixir de longue vie*, il avoue clairement ce qu'il doit à Hoffmann. Mais il se trompe : le conte qu'il a cette fois en tête n'est pas de celui-ci. Peu importe. Balzac répond superbement à ceux qui le traitent de pasticheur — de Grassou avant la lettre. Roland Barthes a montré quel sens, dans l'univers pictural du roman balzacien, on peut donner au « pastiche ». Imiter un texte ou imiter un tableau en une description procède du même « réalisme » : « ainsi le réalisme (bien mal nommé, en tout cas souvent mal interprété) consiste, non à copier le réel, mais à copier une copie (peinte) du réel · ce fameux réel, comme sous l'effet d'une peur qui interdirait de le toucher directement, est *remis plus loin*, différé, ou du moins saisi à travers la gangue picturale dont on l'enduit avant de le soumettre à la parole : code sur code, dit le réalisme. C'est pourquoi le réalisme ne peut être dit " copieur " mais plutôt " pasticheur " (par une *mimesis* seconde, il copie ce qui est déjà copié) ; d'une façon ou naïve ou éhontée, Joseph Brideau [*sic*] n'éprouve aucun scrupule à faire du Raphaël [...] pas plus que Balzac n'en éprouve à déclarer ce pastiche un chef-d'œuvre » (*S/Z*, Éditions du Seuil, 1970, p. 61-62). C'est ainsi que l'on peut comprendre l'allégeance à Hoffmann et au fantastique qui ouvre *L'Élixir de longue vie*. Au regard de sa conception d'un monde dominé par la puissance de la pensée, le fantastique reste dans l'œuvre de Balzac un modèle secondaire, dont son originalité se nourrit.

L'Élixir de longue vie contient en germe bien des pages balzaciennes. Le vieillard qui s'écrie « Dieu, c'est moi » annonce Frenhofer et sa quête prométhéenne. À travers la réécriture d'un mythe, c'est sa propre œuvre que Balzac est surtout soucieux d'édifier. C'est ainsi que, comme l'a remarqué P.-G. Castex, don Juan Belvidéro peut être lu comme une première esquisse d'un des personnages qui reviendra le plus dans *La Comédie humaine*, Henri de Marsay. Dans *La Fille aux yeux d'or*, Balzac écrit de celui-ci : « Il ne croyait ni aux hommes ni aux femmes, ni à Dieu ni au diable. » Et à ce don Juan réincarné il ne donne plus pour cadre une Ferrare romantique et imaginaire, mais le Paris de son siècle.

L'Auberge rouge

HISTOIRE DU TEXTE

Un fragment de manuscrit, concernant la dernière page, permet de dater l'achèvement de *L'Auberge rouge* de l'été de 1831. Publié en feuilleton dans la *Revue de Paris* les 10 et 27 août de cette année, le texte fut repris dans les *Nouveaux Contes philosophiques* édités par Gosselin en 1832 puis, en 1837, dans les *Études philosophiques*, avec *Le Chef-d'œuvre inconnu*, chez Delloye et Lecou qui avaient succédé à Werdet. Balzac intègre l'histoire à l'ensemble de son œuvre en appelant Taillefer le banquier protagoniste du drame : c'est le père de la Victorine Taillefer du *Père Goriot*.

On considère comme définitif le texte de l'édition Furne de 1846 que Balzac ne corrigea pas, à l'exception d'une mention de détail qui prouve qu'il n'en avait pas négligé la relecture.

QUAND BALZAC SE MOQUE DU « ROMANTISME »

Intrigue complexe, deux époques, deux milieux : des convives réunis par le hasard de la vie parisienne évoquent d'autres convives, arrivés dans une auberge sans se connaître. L'Allemagne de *L'Auberge rouge* est aussi convenue que la Venise de *Facino Cane.* Ce sont les « vues de Suisse symétriquement accrochées sur les parois grises de la salle à manger » qui semblent donner le ton. Pour le lecteur d'aujourd'hui ces descriptions des bords du Rhin ont en effet le charme des lithographies jaunies de 1830, qui montrent des « paysages pittoresques ». L'Allemagne, terre d'élection du romantisme et du fantastique ne sera décrite qu'avec les couleurs du Diorama de Daguerre, panorama artificiel et immobile, pour mieux mettre en valeur, sur ce fond de décor de théâtre mal peint, le drame dans toute sa puissance. Rien n'est épargné de ce pittoresque attendu, ni les « toits pointus », ni les « barques balancées par les flots dans le port ». Balzac avoue ses sources au détour d'une phrase, quand il fait paraître « une grosse petite femme, ayant le bonnet de velours noir, [...] le trousseau de clefs, l'agrafe d'argent, les cheveux tressés, marques distinctives de toutes les maîtresses d'auberges allemandes, et dont le costume est, d'ailleurs, si exactement colorié *dans une foule d'estampes*, qu'il est trop vulgaire pour être décrit ». Balzac, sourire aux lèvres, calligraphie : « En voyant cette terre merveilleuse, couverte de forêts, et où le pittoresque du Moyen Âge abonde, mais en ruine, vous concevez le génie allemand, ses rêveries et son mysticisme. » Il n'a jamais été dupe, on le sent, et n'y regarde pas de trop près — situant en Souabe une nouvelle où les villes qu'il cite se trouvent toutes en Rhénanie. Le récit commence donc sur le ton de l'anecdote. « Ce drame ne fait qu'entourer l'autre, comme un cadre », remarquait Alain (*Avec Balzac*, 1937). Le schéma est, en apparence, tellement éculé que Balzac adopte un ton qui frise souvent la parodie. Il se moque de lui-même et des traditionnelles mises en scène romantiques, raille les ficelles à la mode, qu'il sait lui-même si bien employer. À commencer par ses méthodes scientifiques ou ésotériques — le romanesque « don de seconde vue » dont *Facino Cane* illustre et défend le principe — : il parle ainsi de sa « science divinatoire », se livre « en pure perte » à des « observations phrénologiques ». Son conteur quant à lui est « sans respect pour le romantisme et la couleur locale », — « Il se nommait Hermann, comme presque tous les Allemands mis en scène par les auteurs. » Enfin, comble d'ironie, l'écoute « une jeune personne pâle et blonde qui, sans doute, avait lu les contes d'Hoffmann et les romans de Walter Scott » : la lectrice du Balzac de ces années-là. C'est elle d'ailleurs qui a réclamé « une histoire allemande qui nous fasse bien peur ».

Pourtant, au fil du texte, c'est le lecteur qui prend *de facto* ce qui lui est conté au sérieux. Les deux jeunes soldats du début portent sur le monde ce regard du romancier balzacien, ils le découvrent « en artistes, en philosophes, en observateurs ». Des qualités qui servent au narrateur à mener une véritable enquête. Balzac utilise alors des procédés qui sont déjà ceux du roman policier, encore assez maladroitement toutefois : par exemple, l'insistance sur un détail en apparence anodin — la fenêtre ouverte ou fermée — réutilisé et expliqué lors de la conclusion. Walter Scott avait, dans ses romans historiques, ménagé de telles « pierres d'attente ». On a salué en *Une ténébreuse affaire* le premier roman policier de la littérature française, ce titre va mieux à *L'Auberge rouge*. Le genre policier y naît sur le terreau du roman d'observation et du roman judiciaire. Et quant au criminel, protéiforme, c'est toujours le même dans les romans balzaciens et l'on ne doit pas le chercher longtemps sous les divers masques des personnages : la pensée, bien sûr, elle seule. Balzac poursuivit dans cette voie « policière », mais sur un thème médiéval, avec *Maître Cornélius* où malgré la naïveté étudiée de l'intrigue — Balzac aime faire un *Conte drolatique* de plus —, se trouve posée l'énigme de la chambre close.

Maître Cornélius

HISTOIRE DU TEXTE

Balzac veut rivaliser avec Hugo, ou du moins bénéficier lui aussi de la mode médiévale qui culminait avec le succès récent de *Notre-Dame de Paris*, en 1831. Quelques feuillets de manuscrit conservés au fonds Lovenjoul et que Balzac avait offerts à son amie et correspondante Zulma Carraud sont les seules traces de son travail, avant les deux livraisons de la *Revue de Paris* des 18 et 25 décembre 1831. L'édition originale est publiée par Gosselin en octobre 1832, en septembre 1836 chez Werdet, puis en 1846 chez Furne. *Maître Cornélius* est-il donc un conte de Noël ? Cadre médiéval, maison troubadour, « intérieur d'église » comme disent les catalogues des musées de peinture : tout enchante le lecteur de 1831. Un romantisme toutefois bien sage et convenu qui évoque certes les peintures de Delacroix, mais plus souvent encore peut-être, celles de Paul Delaroche.

UN HISTORICISME PLUS PICTURAL QUE LITTÉRAIRE

C'est le roi de France qui mène l'enquête. Un roi de France alors fort à la mode : celui de *Quentin Durward* de Walter Scott — que Balzac cite explicitement et qu'il entend, sur de nombreux points, corriger —, de l'*Histoire des ducs de Bourgogne* (1824) de Barante, de *Notre-Dame de Paris* — Louis XI. La confrontation de Cornélius et du roi est au centre de l'action — une action que Balzac, pour intégrer ensuite ce texte dans une *Comédie humaine* qui s'y pliait mal, relut comme « l'idée d'avarice tuant l'avare » afin d'en faire un avatar de « la pensée tuant le penseur », fil conducteur des *Études philosophiques*. Cornélius devint ainsi — artificiellement ? — frère de Frenhofer, de Facino Cane, de Frédéric Taillefer et de Louis Lambert. René Guise a écrit, dans son introduction à la nouvelle (Bibliothèque de la Pléiade) : « Walter Scott, Hoffmann, Swedenborg, Rabelais : le lecteur peut, dans *Maître Cornélius*, retrouver quatre tonalités, quatre inspirations qui se côtoient et qui, aussi, se contrarient, quatre aspects de l'art de Balzac, quatre orientations qui le sollicitent à des titres divers en cette fin d'année 1831, où l'écrivain garde la nostalgie de ses ambitions historiques, amorce la série de ses *Contes drolatiques*, vient de s'engager sur la pente qui le mènera au mysticisme et doit sacrifier à la mode du fantastique. *Maître Cornélius* nous livre, par là même, à nu, les tentations diverses et contradictoires d'un Balzac à la recherche de lui-même. »

Dans l'un des *Contes drolatiques*, *Les Joyeulsetez du roy Loys le unziesme*, interviennent le roi et maître Cornélius et l'on a, à juste titre, souligné la parenté des deux récits. Or, dans l'*Avertissement du libraire,* rédigé par Balzac en 1832 et placé en tête des *Contes,* se trouve proclamé un aveu qui, en tous points, vaut pour *Maître Cornélius :* « Si ce livre n'était pas une œuvre d'art dans toute l'acception de ce mot, peut-être un peu trop prodigué de nos jours, l'éditeur ne se serait point hasardé à le publier [...]. Ne serait-ce pas une inconséquence que de blâmer en littérature les essais encouragés au salon et tentés par les E. Delacroix, les E. Devéria, les Chenavard et par tant d'artistes voués au Moyen Âge? Si l'on accueille la peinture, les vitraux, les meubles, la sculpture de la Renaissance, en proscrira-t-on les joyeux récits, les fabliaux comiques? » (Pléiade, *Œuvres diverses,* tome I, p. 5-6). Balzac se garde bien d'invoquer l'abondante production des romans historiques de la Restauration — une mode qui a donné à la littérature *Cinq-Mars* (1826) de Vigny et la *Chronique du règne de Charles IX* (1829) de Mérimée — et ne nomme que des peintres. Ses recréations historiques ne seraient-elles pas toujours des rêveries sur des tableaux?

Un drame au bord de la mer

HISTOIRE DU TEXTE

Datée du 20 novembre 1834, contemporaine de la rédaction du *Père Goriot,* cette nouvelle parut la même année au tome V de l'édition Werdet des *Études philosophiques,* à la suite de *L'Élixir de longue vie.* Elle trouva place dans le tome XV de l'édition Furne en 1846.

LA MER, UN PAYSAGE NOUVEAU

Dans sa description de la côte sauvage et du Croisic, qui lui servent ici de décor, Balzac innove : empruntant un vocabulaire pictural — notations de couleur, de lumière, souci de composer un paysage — il brosse une sorte de marine littéraire qui doit moins aux scènes de tempêtes à grands effets de Joseph Vernet qu'aux recherches contemporaines des Anglais, Turner et Bonington en particulier, sur le littoral de la Manche. Il ne s'agit pas de démontrer que Balzac a vu leurs peintures et s'inspire d'elles plutôt que du paysage des environs de Guérande qu'il connaissait, mais de simplement constater la convergence de propos entre des peintres de paysage et le romancier. Une nouvelle sensibilité vient de naître et s'affirme de mode — la mer, qui n'avait servi jusqu'alors de support qu'à des réflexions théologiques ou philosophiques, s'offre désormais à la contemplation romantique. Balzac, en 1830, a joué les touristes aux confins d'une Bretagne encore peu décrite et explorée, du moins par les écrivains : attentif observateur des mœurs locales, il réinvente toutefois un peu le paysage, exagérant les distances et les altitudes de la côte. Mais les paysagistes ne travaillaient-ils pas ainsi, à l'époque de Pierre-Henri de Valenciennes et de Corot : une vue, esquissée « sur le motif » au moyen d'une rapide « étude » se devait d'être retravaillée en atelier avant d'être exposée au public.

Moïse Le Yaouanc a donné de cette nouvelle une lecture plus sociale : Balzac, dénonciateur de la misère des pêcheurs de cette région éloignée du royaume. Il commente : « La population — pêcheurs, terriens, paludiers — est aussi nettement évoquée. Des traits pittoresques sont notés. Plus remarquable est l'attention portée aux niveaux, aux conditions de vie. Si les marins aisés, comme Pierre Cambremer, pêchent sur leurs barques sardines et " haut poisson ", les pauvres gens, tel le guide de Louis et de Pauline, sont condamnés à fouiller les rochers et l'eau le long de la grève. Et plusieurs autres détails manifestent la misère foncière d'une région où une couturière gagne " cinq sous ", où le peuple ne peut se procurer du bois. Écrit vers la fin de 1834, *Un drame au bord de la mer* fait connaître un secteur de la société française, tout comme le premier chapitre de *La Fille aux yeux d'or*, daté de mars de la même année. Ici Balzac a dessiné l'échelle des classes parisiennes avec tout en bas les prolétaires ; là il a peint la pauvreté de la Bretagne sans négliger de montrer les inégalités » (Pléiade, tome X, p. 1151-1152).

Il reste que ce constat ne suscite chez le romancier nul appel à la révolte. L'histoire qu'il bâtit l'intéresse plus. Comme dans *L'Auberge rouge*, un second récit est enchâssé dans le premier : second langage aussi, car Balzac donne la parole à un pêcheur breton qui multiplie archaïsmes et provincialismes au nom de la couleur locale. C'est sans doute moins la dénonciation de la misère — qui n'engendre chez le narrateur qu'une mélancolie romantique en harmonie avec le cadre — que cette étude régionale et ce vibrant discours, où Balzac fait frémir son public aux échos de l'infanticide, qui pouvaient en effet passionner le lecteur de 1834. Le pêcheur a des traits du Marche-à-Terre des *Chouans.* Son portrait se veut réaliste et fidèle ; le paysage peint de même, avec précision, les environs du Croisic et de Guérande : la côte sauvage, la lande littorale, le désert des marais salants.

Dans ces pages trop oubliées, Balzac veut donner un pendant aux rêveries alpestres de Rousseau, un équivalent français aux méditations maritimes de Byron au IVe chant de *Childe Harold.* Ce faisant, il débroussaille un chemin qui, parti du *Tableau de la France* de Michelet dont la parution précède de peu *Un drame au bord de la mer,* mène au Victor Hugo des *Travailleurs de la mer* (1866) et aux marines que Proust prête au pinceau du peintre Elstir.

Facino Cane

HISTOIRE DU TEXTE

Écrit en une nuit, publié dans la *Chronique de Paris* du 17 mars 1836, repris au tome XII des *Études philosophiques* chez Delloye et Lecou en 1837, *Facino Cane* réapparaît sous le titre *Le Père Canet* dans un volume intitulé *Les Mystères de province* (le titre entend naturellement profiter du succès des *Mystères de Paris* d'Eugène Sue, qui paraissent en 1842-1843) chez l'éditeur Souverain en 1843 — où il côtoie *Un drame au bord de la mer* rebaptisé *La Justice paternelle* — avant de prendre rang, parmi les *Scènes de la vie parisienne,* au tome X (1844) de l'édition Furne de *La Comédie humaine.*

SOUS LE MASQUE DE DANTE

Deux histoires s'imbriquent dans *Facino Cane :* celle du musicien fou qui croit « sentir l'or » retient peut-être moins l'attention du lecteur contemporain que les pages où le narrateur évoque sa jeunesse. Balzac livre en effet dans le début de la nouvelle une analyse du métier de romancier. Explications que l'on trouve ailleurs dans *La Comédie humaine,* mais nulle part si clairement mises en forme. Doué, comme cet autre porte-parole de Balzac qu'est Louis Lambert, d'une « seconde vue », le narrateur recueille le récit d'un musicien symboliquement aveugle qui semble avoir les traits du masque de plâtre pris sur le visage mort de l'auteur de *La Divine Comédie.* On ne peut scinder ce diptyque. L'autobiographie se tourne vite en conte, non seulement parce que le romancier « voyant » y fait figure de magicien, mais parce qu'il exerce ses talents divinatoires devant ce vieillard qui « sent » à travers les murs, dernier rejeton d'une illustre famille vénitienne métamorphosé en joueur de clarinette pour les noces populaires. « Tous les aveugles jouent de la clarinette », signale Flaubert dans le *Dictionnaire des idées reçues.* Facino Cane prince de Varèse porte un masque, celui du père Canet, musicien misérable ; l'étudiant, romancier en espérance, n'a pas encore baissé le sien, révélant à ses lecteurs mais pas à l'interlocuteur, le monde d'images qui habite en lui. Dans l'édition définitive, la dimension autobiographique l'aurait emporté sur ce portrait d'un personnage fantastique digne d'Hoffmann puisque l'*Étude philosophique* est devenue une *Scène de la vie parisienne* — comme *César Birotteau* ou *Pierre Grassou.*

Deux villes sont mêlées, pourtant, dans la nouvelle : le Paris pauvre et mystérieux du quartier du Marais et une Venise imaginée à travers cartes et estampes, où Balzac n'est pas encore allé. La fortune promise, le trésor enfoui à Venise, n'est qu'un instrument de la conquête de Paris, projet balzacien par excellence. Entre un Paris où le miroir des fossés de la Bastille prend la couleur du Grand Canal et cette Venise surgie à l'angle du boulevard Bourdon, dialoguent un aveugle devenu poète — dans sa tirade enfiévrée où le mot « or » revient comme une respiration — et un poète aveugle au délire de son compagnon.

Certes, il le voit fou mais d'une folie guère différente de la sienne

Cette histoire d'un destin, comme celle de Frenhofer, de don Juan Belvidéro, de Frédéric Taillefer, concentrée en quelques pages, est aussi l'histoire de la confrontation fantastique avec le double : « J'ai eu vingt ans comme vous les avez en ce moment. » Mais si le vieil aveugle peut ainsi servir de reflet au jeune romancier, c'est que ce dernier, inspiré par sa propre folie, a pris possession de son âme : « Nos pensées étaient sans doute communes. » Dans ce masque, il se reconnaît — et sous ce masque, identifié au premier coup d'œil, il ne s'étonne pas de trouver un poète. Paris n'est-il pas « cet enfer, qui, peut-être, un jour, aura son DANTE » ? (*La Fille aux yeux d'or*, Folio, p. 256).

Ce n'est donc pas un hasard si Balzac a saisi le récit des aventures du père Canet, descendant ignoré des princes de Varèse, pour y livrer quelques secrets de son art poétique.

Pierre Grassou

HISTOIRE DU TEXTE

En 1839, Balzac, président de la Société des Gens de Lettres fondée l'année précédente, eut l'idée, pour venir en aide à cette association, de publier un volume collectif, *Babel*. Hugo lui envoya un texte, George Sand et Lamartine refusèrent, lui-même entreprit *Pierre Grassou* qui fut prêt à la fin de l'année pour le tome II de *Babel*. À la différence des autres œuvres réunies ici, on en possède le manuscrit complet, ainsi que plusieurs jeux d'épreuves. Intégré au tome XI de l'édition Furne (1844), le roman se rattache aux *Scènes de la vie parisienne*.

L'ARTISTE ET L'ARTISAN

Guillaume Apollinaire, en 1914, rendant compte d'une exposition de mobilier au musée Galliéra, écrivait : « Que l'ébéniste fasse de l'ébénisterie et le peintre de la peinture. [...] Mais qu'on ne nous casse plus la tête avec ce personnage moderne, digne de Molière à moins qu'il ne le soit de Balzac : l'artiste-ouvrier et l'artisan-esthète » (*Chroniques d'art* 1902-1918, Folio essais, p. 499). Il stigmatisait la prétention des artisans qui signent leurs créations. Pierre Grassou s'engage dans la carrière des arts avec les méthodes de l'artisanat. Bien peu esthète, il aurait pu devenir un honnête graveur d'interprétation, qui sont aux Beaux-Arts ce que sont les traducteurs dans la République des lettres. Comme Frenhofer, il pèche par orgueil.

À la même époque, Stendhal compose une nouvelle dont l'argument est similaire : *Feder*. On y voit un barbouilleur faire sa fortune en devenant le peintre attitré de la Garde nationale, la milice bourgeoise parisienne, fidèle soutien de la monarchie de Juillet. Comme Grassou, Feder est décoré et amoureux d'une jeune fille dont il a fait le portrait. Stendhal et Balzac étaient en relations cette année-là, mais la critique n'a pas pu déterminer si l'un avait influencé l'autre.

DU *CHEF-D'ŒUVRE INCONNU* À *PIERRE GRASSOU*

On a souligné dans la *préface* les rapprochements thématiques entre *Le Chef-d'œuvre inconnu* et *Pierre Grassou*. Dans le laps de temps qui sépare les deux textes, Balzac a inventé sa formule romanesque. Avec *Melmoth réconcilié* en 1835, en même temps qu'il rendait hommage à l'Irlandais Maturin qui fut une des grandes références de sa période philosophique et mystique, il avait commencé de s'attacher aux mœurs du temps. *Melmoth réconcilié* était un roman philosophique qui portait la marque de Paris, des affaires, de la finance. *Pierre Grassou* quant à lui, est une étude de mœurs qui comporte, avec ironie et distance, une dimension mythique. Dans le détail — les descriptions du travail du peintre — *Pierre Grassou* et *Le Chef-d'œuvre inconnu* se répondent. Rétrospectivement, pour le lecteur, la scène où Frenhofer parachève un tableau de Porbus — « Voilà comment cela se beurre » — peut se lire comme une version « en costumes » du XVIIe siècle, de la visite de Bridau dans l'atelier de Grassou — « Beurre-moi cela ! » Et peut-être, mais on l'ignorera toujours, un souvenir d'une « chose vue » chez Louis Boulanger ou quelque autre peintre.

La « peinture de genre », le portrait, le paysage, toutes ces catégories inférieures de la peinture dont se moque Balzac, connaissaient alors une grande vogue. Ni l'officielle peinture d'histoire, ni les innovations des peintres romantiques ne touchent le public « consommateur » de toiles. Ceux qui se satisfont d'accrocher un portrait au-dessus d'une commode aiment se donner l'illusion de contribuer au vaste mouvement des arts. Déjà, ils appartiennent — c'est une des grandes leçons du livre — au marché de l'art dont les règles, à Paris, sont alors bien établies. « Il ne faut pas donner ainsi vos tableaux, c'est de l'argent », dit Vervelle à Grassou.

Martin Babelon a démonté ce qu'il nomme « le jeu du faux » dans *Pierre Grassou* (voir la *bibliographie*). L'imitation est au centre de la nouvelle. Et il n'est pas interdit de penser que Balzac a voulu peindre ici un faux *Chef-d'œuvre inconnu*, une « réplique » du moins, à tous les sens du mot. Tous les problèmes posés par Frenhofer y sont résolus sur le mode de la comédie. Le vieux maître ne cherchait que la vérité. Il avait découvert que l'imitation parfaite n'est pas illusionniste, qu'elle doit véritablement donner naissance à une créature nouvelle — qui ait sa vie, s'incarne et ne soit pas simple copie de la nature. Son tableau à lui, Pierre Grassou l'épouse. Comme il ne cherche que le bonheur, il le trouve.

Manque à *La Comédie humaine* une vraie figure de grand artiste romantique : Balzac l'avait sans doute en tête quand il montre Grassou aidé par Joseph Bridau, Schinner ou Léon de Lora. Figures trop passagères dans la fresque balzacienne et où l'on peut identifier tel ou tel trait de Gros, Delacroix ou Decamps. Mais il n'a pas consacré un roman à faire le portrait de l'un d'eux. Son grand artiste inspiré reste, à jamais, Frenhofer.

BIBLIOGRAPHIES

BIBLIOGRAPHIE GÉNÉRALE

On se reportera aux grandes éditions de *La Comédie humaine* :

La Comédie humaine, édition de Pierre-Georges Castex, Bibliothèque de la Pléiade, Gallimard, 12 vol., 1976-1981. Cette édition est suivie des *Œuvres diverses* dont le t. I a paru en 1990.

Œuvres complètes de Honoré de Balzac... Texte révisé et annoté par Marcel Bouteron et Henri Longnon, L. Conard, 40 vol., 1912-1940.

La Comédie humaine, texte établi par Marcel Bouteron, 1re édition dans la Bibliothèque de la Pléiade, Gallimard, 10 vol., 1935-1937.

Œuvres complètes, édition nouvelle établie par la Société des Études balzaciennes (sous la direction de Maurice Bardèche), Club de l'Honnête Homme, 28 vol., 1955-1963.

Œuvres complètes illustrées, publiées sous la direction de Jean-A. Ducourneau, Les Bibliophiles de l'originale, 30 vol., 1965-1976 : il manque les tomes XXVII et XXVIII qui devaient être consacrés à la fin des *Œuvres diverses*. (Pour *La Comédie humaine*, reproduit en fac-similé le Furne corrigé.)

Correspondance, textes réunis, classés et annotés par Roger Pierrot, Garnier, 5 vol., 1960-1969.

Les *Lettres à Madame Hanska* figurent dans les t. XXIX à XXXII de l'édition des Bibliophiles de l'originale

Catalogue de l'exposition *Honoré de Balzac 1799-1850,* Bibliothèque nationale, 1950.
Romantisme, Revue du XIXᵉ siècle, n° 54, « Être artiste », 1986, et n° 55, « L'artiste, l'écrivain, le poète », 1987 (Éditions Sedes).
Adhémar, Jean, « Balzac, sa formation artistique et ses initiateurs successifs », *Gazette des Beaux-Arts,* décembre 1984, p. 231-240.
Amblard, Marie-Claude, *L'Œuvre fantastique de Balzac,* Didier, 1972.
Barbéris, Pierre, *Balzac et le mal du siècle,* 2 volumes, coll. Bibliothèque des Idées, Gallimard, 1970.
Le Monde de Balzac, Arthaud, 1971.
Bardèche, Maurice, *Balzac romancier,* Plon, 1940.
Barthes, Roland, *S/Z,* Éditions du Seuil, coll. « Tel Quel », 1970.
Bonard, Olivier, *La Peinture dans la création balzacienne : Invention et vision picturales de* La Maison du Chat-qui-pelote *au* Père Goriot, Genève, Librairie Droz, 1969.
Bouteron, Marcel, *Études balzaciennes,* Jouve, 1954.
Castex, Pierre-Georges, *Le Conte fantastique en France de Nodier à Maupassant,* José Corti, 1951.
Nouvelles et Contes de Balzac, « Les Cours de Sorbonne », CDU, 1963.
Chollet, Roland, « L'artiste selon Balzac », à paraître dans *L'Année balzacienne.*
Delacroix, Eugène, *Journal* 1822-1863, préface de Hubert Damisch, introduction et notes par André Joubin (édition revue par Régis Labourdette), Plon, 1981.
Foucart, Bruno, préface à *L'Œuvre* d'Émile Zola, Folio Gallimard, (édition établie et annotée par Henri Mitterand), 1983.
Frølich, Juliette, « Le phénomène oral : l'impact du conte dans le récit bref de Balzac », *L'Année balzacienne,* 1985.
Laubriet, Pierre, *L'Intelligence de l'Art chez Balzac,* Didier, 1961.
Pitt-Rivers, Françoise, *Balzac et l'art,* Chêne, 1993 (préface de Félicien Marceau).
Thuillier, Jacques, préface au *Cousin Pons* de Balzac, Folio Gallimard (postface et notes d'André Lorant), 1973.

Pour ceux qui, venus à Balzac par *Le Chef-d'œuvre inconnu,* voudraient s'y plonger, outre l'album Pléiade que Jean-A. Ducourneau a consacré à *Balzac* en 1962, deux petits livres d'initiation :

Gengembre, Gérard, *Balzac Le Napoléon des lettres,* Découvertes Gallimard, 1992.
Longaud, Félix, *Dictionnaire de Balzac,* Larousse, 1969.

BIBLIOGRAPHIES PARTICULIÈRES

Le Chef-d'œuvre inconnu

Collectif, *Autour du* Chef-d'œuvre inconnu *de Balzac,* École Nationale Supérieure des Arts décoratifs, 1985 (en particulier les contributions de René Guise, de Ségolène Le Men et de Jean-Claude Lebensztejn).
Bernard, Claude E., « La problématique de l'échange dans *Le Chef-d'œuvre inconnu* d'Honoré de Balzac », *L'Année balzacienne,* 1983.
Brassaï, *Conversations avec Picasso,* Gallimard, 1964 (p. 58).
Damisch, Hubert, *Fenêtre jaune cadmium — ou les dessous de la peinture,* Le Seuil, 1984.
Didi-Huberman, Georges, *La Peinture incarnée :* Le Chef-d'œuvre inconnu, Éditions de Minuit, 1985.
Eigeldinger, Marc, *La Philosophie de l'art chez Balzac,* Genève, P. Cailler, 1957.
Filoche, Jean-Luc, « *Le Chef-d'œuvre inconnu :* peinture et connaissance », *L'Année balzacienne,* 1980, p. 47-59.
Gans, Éric L., *Essais d'esthétique paradoxale,* p. 179-193 : « Le chef-d'œuvre inconnaissable de Balzac : les limites de l'esthétique classique », Gallimard, coll. « Essais », 1977.
Goetz, Adrien, « Frenhofer et les maîtres d'autrefois », *L'Année balzacienne,* 1994.
Haskell, Francis, *De l'art et du goût jadis et naguère,* chapitre 7 : « Les maîtres anciens dans la peinture française du XIXe siècle », Gallimard, 1989.
Laubriet, Pierre, *Un catéchisme esthétique,* Le Chef-d'œuvre inconnu *de Balzac,* Didier, 1961.

Serres, Michel, *Genèse*, Grasset, 1982.
Sérullaz, Maurice, *E. Delacroix*, Fayard, 1989.
Shillony, Helena, « En marge du *Chef-d'œuvre inconnu*, Frenhofer, Apelle et David », *L'Année balzacienne*, 1982, p. 288-290.
Vouilloux, Bernard, « Presque — ou du narratif en peinture (Apostrophe au *Chef-d'œuvre inconnu*) », *Littérature*, février 1991, Larousse.

L'Élixir de longue vie

Guise, René, « Balzac, lecteur des *Élixirs du diable* », *L'Année balzacienne*, 1972, p. 57-67.
Guyon, Bernard, « Le Don Juan de Balzac », *L'Année balzacienne*, 1977, p. 9-28.
Milner, Max, *Le Diable dans la littérature française de Cazotte à Baudelaire*, José Corti, 1960, 2 vol.
Tolley, Bruce, « The source of Balzac's *Élixir de longue vie* », *Revue de littérature comparée*, 1963, t. XXXVII, p. 91-97.

L'Auberge rouge

Kelly, Dorothy, « Balzac's *L'Auberge rouge*. On reading an ambiguous text », *Symposium*, 1982.
Lascar, Alex, « Les Soldats de la République dans le roman balzacien », *L'Année balzacienne*, 1990.
Meininger, Anne-Marie, « La Femme abandonnée, L'Auberge rouge et la duchesse d'Abrantès ». *L'Année balzacienne*, 1963.

Maître Cornélius

Guichardet, Jeannine, « Le Moyen Âge dans *La Comédie humaine* d'H. de Balzac : masques et visages », *Littérales*, n° 6, p. 93-106.
Hennion, Horace, « Balzac chez Louis XI », *Balzac et la Touraine*, Tours, 1949.
Le Yaouanc, Moïse, *Nosographie de l'humanité balzacienne*, Maloine, 1959 (p. 366-368).

Pupil, François, *Le Style troubadour ou la nostalgie du bon vieux temps*, Presses univ. Nancy, 1985.

Un drame au bord de la mer

Cabantous, Alain, *Les Côtes barbares, pilleurs d'épaves et sociétés littorales en France (1680-1830)*, Fayard, 1993.
Corbin, Alain, *Le Territoire du vide : l'Occident et le désir du rivage, 1750-1840*, Aubier, 1988.
Le Yaouanc, Moïse, « Préface à *Un drame au bord de la mer* », *L'Année balzacienne*, 1966.

Facino Cane

Citron, Pierre, *La Poésie de Paris dans la littérature française de Rousseau à Baudelaire*, au tome II « *La Poésie du Paris de Balzac* », Éditions de Minuit, 2 volumes, 1961.
Mimouni-Delpeuch, Isabelle, « Balzac et l'architecture italienne le cas de Venise », *L'Année balzacienne*, 1992.

Pierre Grassou

Catalogue de l'exposition *Copier, Créer*, Musée du Louvre, Réunion des musées nationaux, 1993.
Galantaris, Christian, et Sarment, Jacqueline, Catalogue de l'exposition *Les Portraits de Balzac connus et inconnus*, Maison de Balzac, 1971.
Babelon, Martin, « *Pierre Grassou* ou le jeu du faux », *L'Année balzacienne*, 1989.
Haskell, Francis, *De l'art et du goût jadis et naguère*, chapitre 4 : « Un mécène italien de l'art néo-classique français », Gallimard, 1989.
Martino, Pierre, « Stendhal et Balzac. Une rencontre ? » *Le Divan*, avril-juin 1950, p. 331-332.
Meininger, Anne-Marie, « Théodore. Quelques scènes de la vie privée », *L'Année balzacienne*, 1964.

NOTES

Le Chef-d'œuvre inconnu

Page 37.

1. La version parue dans *L'Artiste* (1831) donnait en sous-titre :
« *Conte fantastique* ».

À UN LORD : dédicace qui a beaucoup intrigué. Marcel Bouteron a été le premier à voir ce que les cinq — ou quatre selon les éditions — lignes de points qui la suivent doivent aux fantaisies de Sterne, dont Balzac s'inspira, par ailleurs, à la première page de *La Peau de chagrin* ou, dans la *Physiologie du mariage*, avec le premier paragraphe de la « méditation XXV », pure fantaisie typographique. Ségolène Le Men (dans un article du volume collectif *Autour du* Chef-d'œuvre inconnu *de Balzac*, voir la *bibliographie*) propose de voir dans ces lignes un emblème de l'indicible pour l'écrivain, de l'irreprésentable pour le peintre : épigraphe muette et en même temps bandeau ornemental comme il y en a tant dans les éditions romantiques, mais abstrait — illustration du texte qui le suit. Plutôt que de chercher à identifier un britannique dédicataire parmi les fréquentations de Balzac en 1846, la mention « À un Lord » relèverait peut-être du goût pour l'anagramme, bien connu, de cet Honoré qui signa « Lord R'Hoone » certains de ses romans de jeunesse (jusqu'à *Clotilde de Lusignan* en 1822). « À un Lord », anagramme d'Arnould, pourrait renvoyer ainsi, à Sophie Arnould (1744-1803), cantatrice célèbre pour son esprit et dont certains bons mots figuraient encore dans les recueils de citations. Diderot parle d'elle dans les *Lettres à Sophie Volland* (publiées en 1830) et Balzac, dans *Sarrasine* cite un trait d'esprit qu'il lui attribue : « Il n'eut pas d'autre maîtresse que la Sculpture et Clotilde, l'une des célébrités de l'Opéra. [...] L'illustre nymphe, redoutant quelque catastrophe, rendit bientôt le sculpteur à l'amour des Arts. Sophie Arnould a dit je ne sais quel bon mot à ce sujet. Elle s'étonna, je crois, que sa camarade eût pu l'emporter sur des statues. » C'est tout ce qu'il en dit dans *La Comédie humaine*, mais s'il avait cette phrase à l'esprit quand, en 1846, il fait ajouter cette dédicace à l'édition Furne, comment ne pas voir qu'elle s'applique à l'intrigue du *Chef-d'œuvre inconnu* — la beauté vivante en échange de l'art ?

2. Maison qui serait l'Hôtel de Savoie-Carignan, 7, rue des Grands-Augustins, dont le grenier servit de salle de répétition à Jean-Louis Barrault et où Picasso, qui s'y installa en 1937, à une date où il avait déjà donné des illustrations pour le texte de Balzac, peignit *Guernica*.

3. Ce « Porbus » est Frans (François) II Pourbus dit le Jeune (Anvers 1570-Paris 1622). L'article consacré à Pourbus par Périès en 1823, au tome XXXV de la *Biographie* de Michaud, qui constitue, semble-t-il, la source principale de la documentation historique de Balzac (voir la *préface*, p. 13), fait l'éloge du fameux portrait de Henri IV du Louvre : « Le mérite de la vérité y est tellement prononcé que ce portrait a servi [...] de type à tous ceux que l'on a faits de Henri IV. La finesse du pinceau, la perfection des étoffes, la vie répandue dans toute la figure font de ce tableau un des ouvrages les plus précieux qui existent. » Périès indique que Porbus est enterré « dans l'église des Petits-Augustins du Faubourg Saint-Germain ». Poussin ne fut pas l'élève de François II Pourbus, mais *La Cène* de ce dernier, comme l'explique Alain Mérot (*Poussin*, Hazan, 1990, p. 24 et 305), le marqua durablement avant son départ pour Rome.

Page 38.

1. Historiquement, les grandes commandes à Rubens (la série des toiles allégoriques de la *Vie de Marie de Médicis* pour le palais du Luxembourg) datent de 1621. Ces toiles étaient célèbres sous la Restauration quand, pour combler les vides aux murs du défunt musée Napoléon après les restitutions de 1815, autant que pour édifier le mythe dynastique de Henri IV, on les installa au Louvre. Déjà sous Louis XVI, il avait été question de faire un musée au

Louvre où auraient figuré, outre la série des Rubens, celle des *Ports de France* de Vernet et la *Vie de saint Bruno* de Le Sueur.

Page 40.

1. Balzac, qui vient de parler de « touche de pinceau » dans son portrait psychologique du jeune visiteur, poursuit, dans ce style pictural, sa description du vieil homme et en donne la clef à la fin : un Rembrandt « sans cadre ». Le diabolique, propre au conte fantastique, s'allie ici aux métaphores artistiques. Balzac, comme l'a montré Olivier Bonard, compare souvent ses vieillards à des Rembrandt (l'antiquaire de *La Peau de chagrin*, Gobseck, M. Becker dans *Séraphîta*) : Fabien Pillet, au tome XXXVII de la *Biographie* de Michaud (1824), évoquait bien chez l'artiste ses « grands effets, qu'on pourrait appeler fantasmagoriques ». C'est ici la première fois dans le conte qu'une peinture semble avoir pris vie : par la volonté du romancier, plus puissante que le talent du peintre.

2. En 1831, Balzac ajoutait : « Ce serait chose assez importante, un détail artistement historique, que de dépeindre l'atelier de maître Porbus ; mais l'histoire nous prend tellement à la gorge, et les descriptions sont si cruellement difficiles à bien faire, sans compter l'ennui des lecteurs qui ont la prétention d'y suppléer que vous perdrez, ma foi ! ce morceau par moi peint à l'huile, et peint sur place, où les jours, les teintes, la poussière, les accessoires, les figures possédaient un certain mérite...

« Il y avait surtout une croisée ogive coloriée, et une petite fille occupée à remettre ses chausses, exécutées avec un fini vraiment regrettable. C'était aussi vrai, aussi faux, aussi peigné, léché, qu'une croquade d'amateur ; mais les arts sont si malades qu'il y aurait crime à faire encore des tableaux en littérature : aussi nous sommes généralement sobres d'images par pure politesse... »

Balzac a donc estompé deux traits : le parallèle entre littérature et peinture, qu'il a voulu moins explicite, et, par ailleurs, les maladresses de Porbus — à qui il préfère rendre sa place au premier rang des peintres du début du XVIIe siècle.

3. Symboliquement, c'est une toile qui ne représente rien (encore) qui est la première décrite. La toile ultime sera tout aussi énigmatique mais chargée de couleurs.

4. La *Chronique du règne de Charles IX* de Mérimée (1829) a rendu les lecteurs romantiques familiers de ces « reîtres », cavaliers allemands du temps des guerres de Religion.

5. Toujours dans la biographie de Rembrandt du volume de Michaud, on lit : « Il avait, dans son atelier, de vieilles armures, de vieux instruments, de vieilles étoffes ouvragées et il disait ironiquement que c'étaient là ses antiques. » Si Frenhofer était Rembrandt ?

6. La technique des trois crayons remonte à la Renaissance : on utilise mine de plomb, sanguine et crayon blanc, généralement sur papier teinté. On a aussi gravé en « manière de crayon », à l'imitation du dessin, en combinant ces trois couleurs.

7. Description bien différente de l'atelier de Théodore de Sommervieux dans *La Maison du Chat-qui-pelote* ou de celui de Pierre Grassou.

Page 41.

1. Aucune trace d'une telle œuvre chez Porbus, mais le sujet inspira Philippe de Champaigne (musée de Tours). Le thème, un échange, comme l'a remarqué Pierre Laubriet, offre des analogies avec l'histoire de Gillette : la sainte, voulant passer la mer pour aller à Jérusalem, est contrainte de céder aux avances du batelier (ou même, lui offre ses charmes : Balzac parle ensuite de « l'indécision du batelier »). Prostitution d'une sainte sur le chemin de la conversion qui serait l'écho de l' « horrible prostitution » dont parle Frenhofer (p. 60). Mais Balzac ne l'évoque peut-être simplement que comme vraisemblable commande d'une reine étrangère qui se prénomme Marie. Chateaubriand, dans la *Vie de Rancé (Livre second)*, signale que Rancé avait fait peindre pour la Trappe une sainte Marie égyptienne assistée par saint Zozime. Lubin Baugin au XVIIe siècle avait traité le sujet pour Notre-Dame de Paris. Alexandre Dumas, dans *La Dame de Monsoreau* (1846) — au chapitre « Étymologie de la rue de la Jusienne », cette rue où le père Goriot a été si heureux — explique en détails : « Le peintre [anonyme] avait peint à fresque pour François Ier et par les ordres de ce roi, la vie de sainte Marie l'Égyptienne : or, au nombre des sujets les plus intéressants de vie, l'artiste imagier, naïf et grand ami de la vérité, sinon anatomique, du moins historique, avait, dans l'endroit le plus apparent de la chapelle, placé ce moment difficile où sainte Marie, n'ayant point d'argent pour payer le batelier, s'offre elle-même comme salaire de son passage. » Il s'agissait en fait d'un vitrail, supprimé au nom des convenances.

Balzac a fait disparaître le développement suivant qui figurait dans *L'Artiste* de 1831 : « Cette belle page (le mot n'était pas encore inventé pour désigner une œuvre de peinture ; mais j'aurais pu tout aussi bien vous dire : *cette pourtraicture saincte et mignonnement parachevée* ; mais le placage historique me semble fatigant, outre que beaucoup ne comprennent plus les vieux mots) ; cette page donc représentait une *Marie Égyptienne* acquittant le passage du bateau. Ce chef-d'œuvre, destiné à Marie de Médicis, fut par elle vendu à Cologne, aux jours de sa misère ; et, lors de notre invasion en Allemagne (1806), un capitaine d'artillerie la sauva d'une destruction imminente, en la mettant dans son porte-manteau. C'était un protecteur des arts qui aimait mieux prendre que voler. Ses soldats avaient déjà fait des moustaches à la sainte protectrice des filles repenties, et allaient, ivres et sacrilèges, tirer à la cible sur la pauvre sainte, qui, même en peinture, devait obéir à sa destinée. Aujourd'hui cette magnifique toile est au château de la Grenadière, près de Saint-Cyr en Touraine, et appartient à M. de Lansay. »

Nul n'a pris au sérieux les indications de Balzac : ce capitaine est peut-être Carraud, le mari de son amie Zulma, ou Périolas, le dédicataire de *Pierre Grassou*, dont il a fait la connaissance depuis peu et qui est instructeur à Saint-Cyr. Ses états de service confirment qu'il était en Allemagne en 1806. Rien n'indique qu'il ait collectionné les peintures — sauf peut-être la dédicace de *Pierre Grassou*.

Quant à la Grenadière, qui inspira une nouvelle à Balzac en 1832 — où il ne mentionne aucune peinture du XVIIe siècle décorant la maison —, elle existe encore. En 1830, Balzac y avait séjourné avec Laure de Berny, sa « *dilecta* », Béranger y habita ensuite. Le Philippe de Champaigne de Tours n'en provient pas : il était au couvent du Val-de-Grâce et fut attribué au musée de Tours par le Louvre.

2. Dans l'édition des *Romans et contes philosophiques* de 1831, on pouvait lire ce développement, où s'esquissait l'analyse de l'opposition de deux manières : « Elle ne vit pas ! En la regardant longtemps, je ne saurais croire qu'il y ait de l'air entre ses bras et le fond de la toile... Je ne sens pas la chaleur de ce beau corps, et ne trouve pas de sang dans les veines.. Les contours ne sont pas dessinés franchement. — Tu as craint d'être sec en suivant la méthode de l'école italienne, et tu n'as pas voulu empâter les extrémités à l'instar du Titien ou du Corrège. Eh bien ! tu n'as eu ni les avantages d'un dessin pur et correct ni les artifices des demi-

teintes... Tu n'es vrai que dans les tons intérieurs de la chair... Il y a de la vérité là...

Et le vieillard montrait la poitrine de la sainte.

— Puis ici...

Et il indiquait le point où, sur le tableau, finissait l'épaule.

— Ici... tout est faux... Mais n'analysons pas, ce serait faire ton désespoir. »

La comparaison avec le texte définitif montre clairement dans quel sens Balzac a précisé sa pensée.

Page 42.

1. « Fibrilles » : Balzac semble désigner ainsi de petites veines, imperceptibles et donc très difficiles à « rendre » par le pinceau.

2. Développement du mythe suggéré quelques lignes plus haut : « Vous vous imaginez être des peintres et avoir dérobé le secret de Dieu ! »

3. Opposition entre une peinture vénitienne reposant sur le primat de la couleur, celle de Titien et Véronèse et la manière allemande, prônant le dessin, de Hans Holbein et de Dürer. À l'époque où l'on opposait volontiers Ingres le dessinateur à qui l'on reprochait de « peindre gris » et Delacroix le coloriste, Balzac rêvait à une réconciliation. L'échec de Frenhofer peut être lu comme celui de cette impossible synthèse, impossible du moins dans les limites d'une peinture mimétique et figurative — d'où les lectures contemporaines qui insistent sur l'abandon final de la représentation dans cette peinture qui se donne pour but d'*exprimer* la nature (voir la *préface*, p. 10).

4. Le Florentin Benvenuto Cellini (1500-1571) explique ces difficultés techniques dans ses *Traités de l'orfèvrerie et de la sculpture* (préface d'Adrien Goetz, École nationale supérieure des Beaux-Arts, 1992). Balzac utilise ici cette image de la fonte d'un bronze pour rendre sensible, dans un registre susceptible d'être compris d'artiste à artiste, l'échec de Porbus — qui annonce celui de Frenhofer. Frenhofer dénonce une impossibilité sans dire encore que le but de ses recherches est de la lever. C'est cette symétrie entre critiques faites à Porbus et échec final qui donne tout son sens à la nouvelle.

Page 43.

1. « Simule » seulement, car faute de parvenir à cette impossible « fusion » qui produit la vie et fait du peintre un démiurge, mieux vaut se contenter d'un choix illusionniste — et illusoire.

2. « Poète » au sens étymologique de créateur.

Page 44.

1. L'utilisation du terme alchimique d'arcane, désignant une opération mystérieuse, repris par Swedenborg, renvoie à la métaphore de la fusion du métal développée plus haut, qui avait pour objet une véritable transmutation. Plus loin (p. 46), Frenhofer parle des « arcanes de l'art ».

2. L'apprentissage de la peinture ne commençait pas, dans la tradition académique, par le modèle vivant.

3. Protée qui peut changer de forme s'identifie ici à la forme elle-même.

4. Nue comme la Vérité, dans la célèbre allégorie perdue du peintre Apelle, *La Calomnie*, connue par les textes de Pline l'Ancien et de Lucien. C'est bien la recherche de « la vérité en peinture » qui mène le vieux peintre.

5. Raphaël, référence universelle pour les artistes depuis le XVIe siècle, a pu incarner la réconciliation de la peinture : Ingres se réfère à lui autant que Delacroix.

Page 45.

1. « Char élégant » ou « bel homme ». Adolphe Reinach (*Textes grecs et latins relatifs à l'histoire de la Peinture ancienne*, introduction et notes par Agnès Rouveret, Macula, 1985, p. 79) atteste cette coutume chez les premiers artistes grecs et cite ce passage d'Élien : « La peinture, à ses débuts, quand elle était encore pour ainsi dire à la mamelle et en bas âge, donnait des êtres vivants une représentation si fruste, que les peintres y ajoutaient cette inscription : Ceci est un bœuf, cela un cheval, ou bien : un arbre. »

2. Jan Gossaert, dit Mabuse ou de Mabuse (vers 1478-1532). La *Biographie* de Michaud retient l'essentiel, et permet de comprendre pourquoi Balzac le choisit pour maître de Frenhofer : Mabuse a introduit le style italien dans la peinture des Pays-Bas, il a lui aussi réconcilié deux styles antagoniques — et intégré la leçon de Dürer. « [Il] voyagea dans sa jeunesse, demeura longtemps en Italie,

et fut le premier qui en rapporta la manière de dessiner le nu dans le goût et dans les proportions des statues antiques, et qui fit connaître dans son pays le style noble et correct des grands maîtres des écoles de Rome et de Florence. [...] Demabuse a fait plusieurs grands tableaux, placés dans différentes villes de Hollande, et en aurait fait davantage s'il ne s'était livré à une débauche crapuleuse. [...] Demabuse peignait le portrait avec une vérité surprenante. »

3. René Guise rapproche cette expression du passage d'*Albertus* de Gautier qui se moque « des montagnes de chair à la Rubens ».

Page 46.

1. Copier au trait est plus un terme de gravure que de dessin. On parle de gravure au trait pour désigner un travail où n'apparaissent que les contours des figures, sans indication de modelé.

2. En faisant du jeune Poussin le spectateur de la vaine tentative de Frenhofer, Balzac situe sa parabole aux origines de la grande École française. Alain Mérot définit ainsi la place qu'occupait Poussin au XIXe siècle : « Dans la grande famille des artistes français, Poussin va désormais jouer le rôle du " chef " et du " père " [...]. Image en conformité avec le sévère *Autoportrait* du Louvre, mais fondamentalement ambivalente. L'intransigeance du peintre en fait à la fois une référence scolaire, absolue et contraignante, mais aussi le symbole de la force de caractère et de l'indépendance. Ainsi, en plein XIXe siècle, Ingres et Delacroix ont trouvé en lui ce qu'ils entendaient privilégier : d'une part, l'exemple à suivre en matière de composition et d'expression ; de l'autre, " l'un des novateurs le plus hardis " de l'histoire de la peinture, qui osa rompre avec un goût maniéré et exsangue » (*op. cit.*, p. 10-11).

Page 47.

1. Ce parallèle entre la rage de peindre qui prend ici Frenhofer et « une amoureuse fantaisie » annonce le thème de l'échange qui va suivre. « Fantaisie », de même que le « qui discourait si follement » de la page 46, préludent, en demi-teinte encore, à la folie qui s'empare bientôt de l'artiste.

2. L'*O filii* est l'hymne de la Résurrection : pour la *Marie l'Égyptienne* de Porbus, c'est bien de cela qu'il s'agit. Balzac aime ce motet qu'il cite notamment dans *Le Lys dans la vallée*. On trouvera une étude musicale et balzacienne de cette hymne dans l'article d'Annie Prassoloff, « Cris, chuchotements, cloches et tric-trac : du

son balzacien », dans *Romantisme, Balzac Le Lys dans la vallée « cet orage de choses célestes »*, Société des études romantiques, SEDES, 1993.

3. Le « drapé mouillé » des ateliers, plus aisé à prendre pour modèle qu'une simple étoffe.

4. Il semble que Balzac ait lu les articles de Gautier parus dans *La Presse* les 6 décembre 1836 — « Le jour pris d'en haut illumine les luisants satinés de son front » — et 10 mars 1837 — « Il y a les bitumes, les terres brûlées, les ocres roux pour réchauffer ces teintes glaciales... » C'est plus un vocabulaire que Balzac emprunte ici à son ami que des idées sur la peinture et de tels rapprochements ne permettent en aucun cas de conclure que Gautier soit l'auteur véritable de la nouvelle, ou du moins de sa version de 1837 (les pages qui vont de : « Voilà qui n'est pas mal » jusqu'à « En se levant pour prendre un miroir, dans lequel il le regarda » étaient absentes de l'édition originale).

5. Le plus célèbre des élèves de Mabuse fut Lambert Lombard (1505-1566), dont on connaît des dessins, des estampes, des vitraux, mais à qui l'on n'attribue aujourd'hui aucune peinture de manière incontestée. Sans qu'ils soient ses élèves, Mabuse eut cependant une certaine influence sur Lucas de Leyde vers 1525 ainsi que sur Jan van Scorel et Jan Vermeyen.

Page 48.

1. Rare emploi de perler à la forme pronominale.

2. La parenté entre Frenhofer et les personnages d'Hoffmann est ici très nette.

3. Ultime correction de Balzac qui, jusqu'à la reprise dans *Le Provincial à Paris*, avait écrit : « ma Belle-Noiseuse ».

4. C'est la période troublée des débuts de la régence de Marie de Médicis après l'assassinat de Henri IV en 1610.

Page 49.

1. Balzac sait — peut-être par l'article de Gence dans le volume de Michaud — que Poussin est né aux Andelys. Cet article est remarquable, il donne des extraits de la correspondance de Poussin avec Chanteloup, cite les *Entretiens* de Félibien (1666-1668), les *Vite* de Bellori (1672), mentionne en bibliographie Baldinucci (*Noticie de'Professori del disegno*, 1728), Passeri (*Vite de' Pittori*, 1772), Roger de Piles, Charles Perrault (*Éloge des hommes illustres*

du XVIIᵉ siècle, 1696), Fénelon (*Dialogue sur la peinture, à la suite de la vie de Mignard par Monville*), Dézallier d'Argenville, Papillon de la Ferté et l'ouvrage récent de Gault de Saint-Germain *Vie du Poussin considéré comme chef de l'École française* (1806). Balzac put trouver dans Michaud une très ample documentation, à une époque où le néo-classicisme avait confirmé avec éclat la place de Poussin au premier rang des peintres, où Chateaubriand ambassadeur avait fait élever à sa mémoire un buste à San Lorenzo in Lucina, succédant à celui de Segla (1782) où le grand érudit Seroux d'Agincourt avait voulu que l'on gravât « *Pictori philosopho* », « au peintre philosophe ». Balzac ne se veut-il pas, dans ces années, un romancier philosophe ?

2. Allusion à la vie dissolue prêtée à Mabuse par ses biographes dont le volume de Michaud se fait l'écho.

3. Frenhofer veut donner à ce merveilleux *Adam* de son maître son pendant naturel, plus beau et plus difficile, une femme qui soit, symboliquement, une nouvelle Ève. Le véritable Mabuse a traité plusieurs fois le thème d'Adam et Ève (tableaux de Bruxelles, Hampton Court, Berlin, dessins, à l'Albertina de Vienne notamment).

Page 50.

1. Giorgione, communément francisé alors en Giorgion comme Tiziano l'est demeuré en Titien, est déjà, pour les romantiques, un artiste mythique, surpassant Titien lui-même dans l'École vénitienne. Un artiste que Frenhofer dépasse pourtant. C'est peut-être la raison pour laquelle, immédiatement après, Balzac ne s'est pas résolu à donner un nom historique au « dieu de la peinture » qu'il a inventé.

2. Nul n'a percé, malgré de nombreuses hypothèses peu satisfaisantes, le mystère de ce nom à consonance germanique, sans doute pour évoquer l'univers hoffmannien, comme il forge Walhenfer dans *L'Auberge rouge* (Frenhofer est en effet spirituellement parent du peintre Gottfried Berklinger dans *La Cour d'Artus*).

3. La contendance de la « pipe » (mesure de capacité) varie, selon Littré, de 420 à 710 litres.

4. L'essentiel de cette tirade date de 1837.

Page 52.

1. Delacroix écrit de même dans son *Journal* : « Ce fameux beau, que les uns voient dans la ligne serpentine, les autres dans la ligne

droite, ils se sont tous obstinés à ne le jamais voir que dans les lignes... Je suis à ma fenêtre et je vois le plus beau paysage : l'idée d'une ligne ne me vient pas à l'esprit. » À la date du 15 juillet 1849, Delacroix a peut-être lu *Le Chef-d'œuvre inconnu.*

2. Les similitudes avec Rembrandt ou les dernières œuvres du Titien sont nettes (voir la *préface*, p. 16).

3. Cette affirmation est au cœur des angoisses « philosophiques » de Balzac.

4. Comme lorsqu'il faisait référence à Prométhée, Balzac tient à placer son conte dans le champ mythique. Le thème de Pygmalion est fréquent en peinture. Pour ne citer qu'un artiste, le préféré du jeune Balzac, Girodet fit un *Pygmalion amoureux de sa statue* (Salon de 1819). Francis Haskell écrit dans *De l'art et du goût jadis et naguère* (Gallimard, 1989, p. 117) : « Ce tableau bizarre, où le nu artistique se transforme timidement en nudité, embarrasse de nos jours les admirateurs, même les plus enthousiastes, de Girodet. À l'époque, la plupart des critiques le saluèrent comme le plus grand chef-d'œuvre du XIXe siècle, et Sommariva [le commanditaire] en fut si satisfait qu'il passa commande d'un tableau où il serait lui-même représenté dans l'atelier de Girodet, pendant que le peintre travaillerait à son *Pygmalion.* »

5. Le Daimôn intérieur qui habite ce personnage qui ressemble à Socrate (p. 39).

Page 53.

1. Comme l'évocation de Venise fait pleurer Facino Cane.

2. Dans *L'Artiste,* on lisait : « Pour toutes ces singularités, l'idiome moderne n'a qu'un mot : *c'était indéfinissable !...* Admirable expression ! elle résume la littérature fantastique ; elle dit tout ce qui échappe aux perceptions bornées de notre esprit ; et, quand vous l'avez placée sous les yeux d'un lecteur, il est lancé dans l'espace imaginaire, alors le fantastique se trouve tout germé, il pointe comme une herbe verte au sein de l'incompréhensible et de l'impuissance... » Mais très vite, *Le Chef-d'œuvre inconnu* cesse d'être pour son auteur essentiellement un « conte fantastique » (voir la *préface*).

Page 54.

1. Orphée appartient à la mythologie romantique. Les vers célèbres de Nerval (« El Desdichado », *Les Chimères*) datent de 1854 :

> *Et j'ai deux fois vainqueur traversé l'Achéron*
> *Modulant tour à tour sur la lyre d'Orphée*
> *Les soupirs de la Sainte et les cris de la Fée.*

Poussin a peint un *Paysage avec Orphée et Eurydice* (Louvre) que Balzac pouvait connaître.

2. Anecdote rapportée dans le volume de Michaud qui reprend vraisemblablement Descamps (voir la *préface*).

Page 56.

1. Selon l'article de Gence, qui recopie Gault de Saint-Germain, Poussin était gentilhomme. On sait aujourd'hui qu'il n'en était rien (voir Alain Mérot, *op. cit.*, p. 18)

Page 58.

1. Dans *L'Artiste*, en 1831, Balzac avait écrit : « Il ne verra pas la femme en toi, il verra la beauté. » Curieuse variante que Jean-Claude Lebensztejn (voir la *bibliographie*) rapproche du « car cette femme n'est pas une création, c'est une créature » de 1831, qui devient, en 1837, « Cette femme n'est pas une créature, c'est une création » (p. 60) et commente ainsi : « Dans les deux cas, la correction qui renverse les termes dit la même chose que la version première, d'une façon moins banale et plus forte, donnant à réfléchir sur la *nature* de la création humaine, au profit de laquelle s'estompe la création naturelle. »

2. Balzac a supprimé la phrase de *L'Artiste* : « Fils d'un gentilhomme, d'un soldat, il y avait une épée parmi ses pinceaux. »

Page 59.

1. Les hypocondres sont les parties latérales de l'abdomen situées sous les fausses côtes.

2. Le voyage en Grèce ou en Orient constitue le rêve des artistes romantiques.

Page 60.

1. Les artistes de l'époque s'inspirent de ces sujets. Parmi les œuvres les plus connues, il suffit de citer les tableaux d'Ingres, *Raphaël et la Fornarina* (1814, pour la version conservée au Fogg

Art Museum de Cambridge aux États-Unis), *Roger délivrant Angélique* (1819, Louvre).

Page 61.

1. Annonce du dénouement.
2. Le mythe faustien se lit en filigrane à travers toute la nouvelle. Delacroix avait illustré la traduction d'Albert Stapfer du *Faust* de Goethe (en 1827-1828, chez Motte, imprimeur lithographe) et certaines planches où l'on voit l'intérieur du cabinet de Faust évoquent de manière saisissante l'atelier de Frenhofer.

Page 62.

1. Systématiquement, Balzac supprime la mention de la Belle-Noiseuse, ici il avait même écrit « *Catherine Lescault*, une belle courtisane appelée *La Belle-Noiseuse* » (c'est-à-dire « querelleuse »). Le rêve de Frenhofer doit rester parfaitement pur et idéal.

Page 63.

1. Ce type de comparaison montre un Balzac qui ne se détache pas encore des romans qu'il écrivait, sous divers pseudonymes, avant 1830.
2. Exactement comme Frenhofer qui vient de proclamer : « Je suis plus amant encore que je ne suis peintre. »

Page 64.

1. Poussin pour la rassurer lui avait dit : « Il ne pourra voir que la femme en toi. »

Page 65.

1. La description se complétait ainsi dans les *Romans et contes philosophiques* de 1831 : « parmi des statues, des essais, des bustes, des mains, des squelettes et des morceaux d'étoffes, des armes, des meubles, curieux modèles ! » Mais Balzac a complété entre-temps sa description initiale, plus poussée, d'un atelier au XVIIe siècle.

Page 66.

1. « Vieux lansquenet » : expression équivalente à « vieux reître », c'est-à-dire, personne madrée et d'expérience.

2. C'était à une semblable « traversée des épaisseurs » que s'était livré Frenhofer pour comprendre la technique de Titien (p. 51).

Page 67.

1. Autre passage ajouté dans l'édition des *Romans et contes philosophiques* : « relativement à la manière dont les Flamands et les Italiens traitent la lumière et le contour... En dessinant purement la ligne d'après les enseignements du Pérugin, j'ai légèrement dégradé la lumière par des demi-tons que j'ai longtemps étudiés, et au lieu d'emporter le dehors de la ligne, j'ai disposé des ombres dans la lumière. — Approchez !... Vous verrez mieux ce travail. »

2. La fonction du « rehaut », touche ajoutée à la surface picturale, est de faire ressortir un relief, donner du volume, créer un reflet, apporter de la lumière. On utilisait ainsi fréquemment les rehauts de blanc, dont l'abus était considéré comme une facilité.

3. C'est-à-dire réconcilier deux manières antinomiques, qui du début à la fin de la nouvelle, s'affrontent radicalement (voir la *préface*, p. 15-16).

4. Le célèbre tableau *L'Inspiration du poète* de Poussin n'était pas encore au Louvre : il n'y entra qu'en 1911.

5. René Guise rapproche ce passage d'une phrase de Diderot *(Essais sur la peinture)*, où il analyse que l'insatisfaction devant son œuvre pousse l'artiste à la détruire. Ce sentiment, « le portant en avant, le trompe sur ce qu'il peut, et lui fait gâter un chef-d'œuvre : il était, sans s'en douter, sur la dernière limite de l'art ». Parlant du dernier tableau achevé de Poussin, *L'Hiver ou le Déluge*, pour lui « le chef-d'œuvre du génie, et, l'on ose dire, de la peinture », Gence dans l'article Poussin, déjà cité, de la *Biographie* Michaud, signale que la perfection est proche du « défaut » : « Si la touche un peu molle qu'on a remarquée dans *Le Déluge*, son dernier tableau, semble convenir à une nature noyée par les eaux ; ce qui alors pourrait être une beauté, serait, partout ailleurs, un défaut. Le tremblement de sa main se fait sentir dans les derniers dessins de ce temps, dont le trait est mal assuré. »

Page 68.

1. Maheustre est l'équivalent de spadassin (de soldat de la gendarmerie royale à l'origine, le mot en était venu à désigner un assassin). Chez les ligueurs, on appelait « Maheutres » les soldats protestants.

2. Bardache : synonyme de mignon.

3. Selon Gence, source principale de Balzac dans cette nouvelle (voir la note 1, p. 49), Poussin à propos d'un tableau fait par un homme de qualité, disait « qu'il ne manquait à l'auteur que d'être moins riche pour devenir un bon peintre ». Balzac semble en effet donner habilement à Frenhofer bon nombre de traits du véritable Poussin âgé : comme si ce dernier avait tiré les leçons de sa mythique rencontre avec le Frenhofer du conte. Ainsi, le Poussin historique — toujours selon Gence qui ici reprend Bellori — ramassant une poignée de terre et disant « voilà Rome ancienne » pense-t-il à son propre *Diogène* où il avait mis en scène l' « action du philosophe, qui fait sentir que, là où la nature est tout, l'art devient superflu ». D'où ce « rien » de la peinture qui conclut le conte.

4. Ce sont là plus que des jurons. Frenhofer en appelle à la seule « incarnation » possible : celle de Dieu dans l'Eucharistie. Mystère avec lequel, comme un Prométhée chrétien, il a voulu rivaliser.

Page 69.

1. La nouvelle, en 1831, se terminait sur ces mots. Balzac, après les transformations de 1837, préfère conclure avec la mort de l'artiste et la destruction de ses œuvres.

2. La parenté de Frenhofer avec maître Cornélius est évidente ici.

3. Une mort bien différente de celle, édifiante, de Poussin telle que la peignit François-Marius Granet dans son tableau *Le Poussin, avant d'expirer, reçoit les soins du cardinal Massimo et les secours de la religion*, Salon de 1834, Aix-en-Provence, musée Granet.

L'Élixir de longue vie

Page 73.

1. La source de Balzac, comme l'a montré Bruce Tolley (voir la *bibliographie*), est une adaptation française d'un conte de Steele datant de 1715, parue sous le titre *L'Élixir d'immortalité* dans l'*Almanach du prosateur* de 1805 — volume consulté par Balzac en 1829 à la Bibliothèque royale. Il reste que Balzac avait été marqué par sa lecture des *Élixirs du diable* d'Hoffmann. En 1829, Christian Dietrich Grabbe (1801-1836) avait, avec *Don Juan und Faust*, tragédie en quatre actes en vers, explicitement lié le mythe de Don Juan et celui créé par Goethe.

Quant au thème de l'élixir appliqué par le fils sur le corps de son père pour le faire revenir à la vie, on le trouve expliqué dans *La Légende dorée* de Jacques de Voragine : « On lit dans l'évangile de Nicodème (chap. XIX) qu'Adam étant devenu malade, Seth, son fils, alla à la porte du paradis et demanda de l'huile du bois de la miséricorde pour oindre le corps de son père afin qu'il recouvrât la santé. [...] Mais on lit, dans une histoire apocryphe des Grecs que l'ange lui donna du bois de l'arbre par le fruit duquel Adam avait péché, en l'informant que son père serait guéri quand ce bois porterait du fruit. À son retour, Seth trouva son père mort et il planta ce rameau sur sa tombe » (traduction de J.-B. M. Roze, Garnier-Flammarion, p. 342).

2. Les tontiniers, du nom de Laurent Tonti qui inventa sous Louis XIV cette sorte de loterie, abandonnaient leur capital au dernier vivant parmi eux.

Page 74.

1. La constitution d'un majorat inaliénable au profit de l'aîné d'une famille permettait de préserver les fortunes. Les cadets se contentent de toucher une « légitime » (voir Guillaume de Bertier de Sauvigny, *La Restauration*, Flammarion, 1974, p. 386-387). Balzac, défenseur du droit d'aînesse, a notamment traité cette question du majorat dans *Le Contrat de mariage*.

Page 75.

1. *Diis ignotis* : « Aux dieux inconnus. » Voir les *Actes des Apôtres*, XVII, 22-23, où la formule figure au singulier et dans un tout autre sens.

Page 76.

1. L'action est située dans une Renaissance italienne de convention : Ferrare, les Este, le duc d'Urbin (lequel ?), Jules II (pape de 1503 à 1513), ne permettent guère de dater avec précision ce récit d'une vie, où Balzac n'a cherché qu'à suggérer la couleur locale.

Page 77.

1. *Bravi* : pluriel de *bravo*, synonyme de coupe-jarret

Page 78.

1. René Guise identifie ici une phrase de *Gargantua* que Balzac cite approximativement (chap. XXI).

2. La scène du festin de Balthazar, remise alors à la mode avec la gravure de John Martin (1821), est racontée dans l'*Ancien Testament, Livre de Daniel*, V, 1-30.

Page 79.

1. Première apparition du barbet noir, témoin du drame, bien dans la tradition du conte fantastique.

Page 84

1. Renversement de la figure, paternelle, de la statue du Commandeur : ici, c'est l'être de chair qui devient statue de marbre. Chez Balzac, le Commandeur — auquel il n'est fait qu'une allusion en passant, p. 91 — n'est pas le père d'Elvire, c'est Bartholoméo lui-même, père de don Juan : le fils, dans la suite du conte, lui élève d'ailleurs un tombeau.

2. Élément classique des horloges à automates par référence au reniement de saint Pierre.

Page 85.

1. Définition de la peinture de vanité telle qu'elle était pratiquée au XVIIe siècle. Don Juan de même, plus loin, croit voir « un œil d'enfant dans une tête de mort ». La tonalité baroque de toute cette nouvelle — une des composantes du romantisme d'après 1830 — va crescendo jusqu'à la scène finale, théâtrale et religieuse.

Page 87.

1. Comme le pied de Catherine Lescault sur la toile de Frenhofer, vestige échappé à la destruction, cet œil témoigne de la vie passée et de celle qui pourrait renaître.

Page 88.

1. Delacroix illustra le combat de Jacob avec l'ange dans sa célèbre peinture murale de Saint-Sulpice terminée tardivement, en 1861.

Page 89.

1. Balzac ne cite aucun artiste. Preuve que ses notions d'histoire de l'art, à cette date, devaient être assez vagues — malgré les petits faits vrais pêchés dans la *Biographie* de Michaud (voir la *préface*, p. 13).

2. Orientaliste a alors le sens de « celui qui connaît les langues orientales ». Il ne s'agit donc ici ni de « l'amour oriental, aux plaisirs longs et faciles » pratiqué par don Juan, ni de l'orientalisme des artistes romantiques qui sert de toile de fond à ce récit espagnol qui se conclut dans « l'antique mosquée du couvent de San Lucar, merveilleux édifice bâti par les Maures » (p. 98).

3. Saint-Simon a une phrase similaire, fort admirée par Stendhal, à propos de Charles II d'Espagne : « Il commençait à ne regarder plus les choses de ce monde qu'à la lueur de ce terrible flambeau qu'on allume aux mourants » (*Mémoires*, édition d'Yves Coirault, Bibliothèque de la Pléiade, tome I, p. 766).

Page 90.

1. Le thème de la barque de don Juan vient de Byron dont le *Don Juan, an Epic Satire*, en seize chants, avait été publié entre 1819 et 1824. Cette image de la barque fut reprise par Baudelaire — *Don Juan aux Enfers* parut dans *L'Artiste* le 6 septembre 1846 — et très vraisemblablement par Delacroix en 1840 (qui avait exposé, au Salon de 1822, une autre « barque » qui avait fait date : *Dante et Virgile aux Enfers*). Dans la suite du texte (p. 95), c'est don Juan lui-même qui est comparé à « une felouque entrant dans un chenal dangereux ».

Page 91.

1. C'est le sentiment, courant au XIXe siècle, que l'art a pris la place du sacré. En ce sens, Hegel écrit dans l'*Esthétique (Situation de l'art à l'égard de la religion)* : « Si parfaites que nous puissions trouver les images des dieux grecs, quels que soient l'excellence et l'accomplissement des représentations de Dieu le Père, du Christ et de Marie, cela ne sert de rien : nous ne plions plus les genoux. »

2. Molière, *Dom Juan*, acte IV, scène III.

3. Habilement, Balzac fait de son tardif don Juan le modèle de ses prédécesseurs. Il lie ainsi le thème du *Faust* de Goethe, à celui de don Juan, que Byron venait d'illustrer. De Charles-Robert Maturin

(1782-1824), auteur irlandais qu'il aime citer, Balzac écrit, dans la *préface* de *La Peau de chagrin* : « [...] l'auteur moderne le plus original dont la Grande-Bretagne puisse se glorifier, Maturin, le prêtre auquel nous devons *Eva, Melmoth's, Bertram*, était coquet, galant, fêtait les femmes, et l'homme aux conceptions terribles devenait, le soir, un dameret, un *dandy*. » Delacroix a peint, en 1831, d'après un sujet tiré de Maturin, *Melmoth* ou *Intérieur d'un couvent de dominicains à Madrid* dit aussi *L'Amende honorable*, Philadelphie, Museum of Art.

4. « Peut-être » car Rossini, dédicataire du *Contrat de mariage*, ami de Balzac qui écrivit à son propos dans *Massimilla Doni* en 1839 qu' « il faut être à la fois poète et musicien pour comprendre la portée d'une pareille musique », ne composa pas de *Don Juan*.

5. Curieuse énumération qui pointe, comme autant d'incarnations de don Juan, quelques figures historiques de séducteurs : jusqu'aux époques contemporaines avec le maréchal de Richelieu (1696-1788) dont les *Mémoires,* apocryphes sans doute, traduisaient pour les romantiques l'esprit du XVIIIe siècle et jusqu'à Talleyrand, auteur d'une célèbre formule sur « la douceur de vivre », que Balzac, par respect, ne nomme qu'en une périphrase.

6. Julien de la Rovère, Jules II, est ici choisi par Balzac comme incarnation du pontife de la Renaissance : souverain guerrier, commanditaire de Michel-Ange et de Raphaël, il fit mettre en chantier le nouveau Saint-Pierre. La vente des Indulgences, à laquelle il est fait allusion dans la conversation où Belvidéro et le pape traitent de puissance à puissance, fut rendue nécessaire pour financer ce projet et figure au nombre des causes de la réforme luthérienne.

Page 92.

1. Édifiée sur les plans de Raphaël pour Jules de Médicis (Clément VII), la Villa Madame fut continuée par Jules Romain qui en décora l'intérieur et par Antonio da Sangallo le Jeune.

2. La lithographie était à la mode à l'époque romantique. Dans ces années, le thème de don Juan inspira quelques illustrateurs : Alfred Johannot, Alexandre Colin, Eugène Devéria, Louis Boulanger, Horace Vernet. Un dessin de Devéria, gravé par Arnold Jehotte vers 1825, représente ce « duel avec une pierre » mais il ne s'agit pas d'une lithographie.

Page 93.

1. Balzac joue à faire de l'Elvire de Molière l'épouse d'un don Juan âgé.

2. Peut-être Balzac a-t-il présent à l'esprit la figure du duc d'Orléans (1703-1752), fils du Régent, qui mena une vie d'études et de dévotion.

Page 95.

1. La nature s'est définitivement substituée à Dieu, c'est elle qui, maîtresse de ce don Juan auquel manque un Sganarelle, n'oublie pas de lui donner, au dénouement, des « gages ».

Page 96.

1. « Dans le désert » : allusion à un épisode biblique (*Nombres*, 20).

Page 98.

1. L'*Antinoüs* du Vatican, parangon de beauté dans de nombreux textes balzaciens.

2. Cette Espagne mauresque devenue chrétienne était à la mode depuis l'*Itinéraire de Paris à Jérusalem* de Chateaubriand et certains poèmes des *Orientales* de Hugo, comme la pièce XXXI, intitulée *Grenade*.

3. Les Espagnoles du romantisme français portent des vêtements à petites basques ou basquines, sans doute parce que la transparente étymologie du mot est sensée être assez évocatrice :

> *Jusqu'à cette Espagnole, envoi du dey d'Alger,*
> *Qui soulève, en dansant son fandango léger,*
> *Les plis brodés de sa basquine!*

écrit Hugo, en 1829, dans *Les Orientales* (XXI), ou, comme l'a relevé René Guise, Balzac lui-même dans *La Peau de chagrin* parle de « la basquina lascive des Andalouses ».

Page 99.

1. Balzac donne à ce dernier tableau la couleur d'une pièce de théâtre baroque à machines : cérémonie religieuse, pompe funèbre,

chœurs et manifestation démoniaque. On songe au spectre et aux flammes qui concluent le *Dom Juan* de Molière.

Page 101.

1. Exemple de jeu de mot facile auquel Balzac cède souvent : l'impie pousse l'ironie jusqu'à singer les prélats.
2. Boniface, Pantaléon : deux saints choisis ici pour le ridicule attaché à leurs noms.
3. Juron obscène espagnol, traduisant le *coglione* italien qui suit peu après.
4. Nodier et Ackermann, dans leur *Vocabulaire de la langue française extrait de la sixième et dernière édition du dictionnaire de l'Académie* (Firmin Didot, 1857), donnent pour irruption « débordement, envahissement de la mer, d'un fleuve sur les terres », faisant bien du mot, par extension et non en vertu d'une coquille, étonnante dans un texte relu par Balzac, un quasi substitut d'éruption. À moins qu'il ne s'agisse de cette « vulgarité de langage » qui, selon Proust (*Contre Sainte-Beuve*, Pléiade, p. 264) est, chez Balzac, « si profonde qu'elle va jusqu'à corrompre son vocabulaire, à lui faire employer de ces expressions qui feraient tache dans la conversation la plus négligée ».

L'Auberge rouge

Page 105.

1. Astolphe de Custine (1790-1857), le brillant auteur de *La Russie en 1839*, publiée en 1843. Cette dédicace date de l'édition Furne (1846).
2. Le vin paillé ou paillet est ainsi désigné à cause de sa couleur qui rappelle celle de la paille.

Page 106.

1. Le Gymnase : non le *gymnasium* germanique, qui désigne un lycée, mais le théâtre de boulevard qui porte ce nom.
2. La *Physiologie du goût* d'Anthelme Brillat-Savarin (1755-1826) fut rééditée en 1839 avec le *Traité des excitants modernes* de Balzac.

Page 107.

1. La lithographie a permis la grande diffusion des vues et paysages pittoresques qui décorent nombre d'intérieurs de l'époque. Voir Jean Adhémar, *Les Lithographies de paysage en France à l'époque romantique*, A. Colin, 1937.

2. « Chercheur de tableaux » : de tableaux de mœurs, mais aussi de tableaux vivants. La description qui suit, commençant par « j'admirais », en est bien un, véritable transposition d'art, scène de genre à la hollandaise.

Page 108.

1. Le Diorama connaît un grand succès à l'époque. Daguerre et Bouton avaient inventé cette attraction, ouverte en 1822 : elle permettait de voir s'animer des paysages, sortes de trompe-l'œil peints comme des décors de théâtre, grâce à des jeux de lumière ; mais les personnages y restaient en effet « immobiles ». Balzac y fait allusion dans *Le Père Goriot* (Folio, p. 80).

2. « Si l'on en peut voir un plus fou, je l'irai dire à Rome » (Molière, *Le Bourgeois gentilhomme*, acte V, scène 6).

3. « Fournisseurs des armées impériales » : le père de Balzac, directeur des vivres de la division militaire de Tours, avait été en rapport avec le fournisseur Doumerc. Cette catégorie de fonctionnaires avait la réputation de s'être considérablement enrichie sous l'Empire.

4. C'est la Victorine Taillefer du *Père Goriot*, qui paraît à la fin de la nouvelle.

Page 109.

1. *In anima vili* : « sur l'âme vile. »

2. Balzac croit en la phrénologie qui permet de déduire les caractères d'après la forme des crânes.

3. Par exemple, tous ceux qui démarquent Hoffmann sans le citer explicitement. Balzac joue à répondre aux critiques qui avaient pu lui être faites à ce sujet.

4. Le général Augereau (1757-1816), qui commanda en effet l'armée de Rhin-et-Moselle, se trouvait alors à Paris.

Page 110.

1. Jean-François Coste (1741-1819), premier médecin des armées, médecin en chef de l'Hôtel des Invalides. Bernadotte (1763-

1844), qui avait dans sa giberne son bâton de maréchal et la couronne de Suède, était alors ministre de la Guerre.

Page 119.

1. *Hoc erat in votis :* « Ceci était l'objet de mes vœux » (Horace, *Satires*, II, 6).

Page 121.

1. Question, en droit, de l'*iter criminis*, le chemin du crime : à quel moment de celui-ci — conception, recherche des moyens... — commence la culpabilité ? Le jurisconsulte Antoine Loysel (1536-1617) a le premier formulé l'idée qu' « en tout méfait, la volonté est réputée pour le fait ».

Page 129.

1. « L'impériale » : jeu de cartes.

Page 131.

1. Quand Prosper est rentré de sa promenade nocturne, c'est lui qui a refermé les fenêtres (p. 123). Dans l'obscurité, il ne voit pas que le crime est alors déjà commis et que le coupable a fui. Il s'enferme donc avec le cadavre et le bruit qu'il prend pour celui de l'horloge est celui du sang qui tombe goutte à goutte. Il s'endort aussitôt et ne découvre qu'à son réveil le spectacle qui l'accuse sans équivoque.

Page 139.

1. M. Brousson : Balzac, lorsqu'il invente ce nom, pense sans doute à l'un des plus célèbres médecins du temps, François Broussais (1772-1838).

2. Moxa : procédé de cautérisation qui, appliqué à la tête, était censé faire office d'irritant et aider à l'évacuation de la maladie. Cette thérapeutique habituelle est citée par le meilleur aliéniste de l'époque, Jean Étienne Dominique Esquirol (1772-1840) : « Je ne puis omettre de faire quelques remarques sur l'usage du feu, du moxa, appliqués sur le sommet de la tête, sur l'occipital ou sur la nuque, même dans la manie. Le docteur L. Valentin a publié quelques observations précieuses de manie guérie par l'application du feu. J'ai plusieurs fois appliqué le fer rouge à la nuque, dans la manie compliquée de fureur, quelquefois avec succès » (*Des maladies mentales*, 1838).

Page 140.

1. L'acide prussique, dont le nom vient du bleu de Prusse et qui se reconnaît à son odeur d'amande amère, venait d'être découvert par le Suédois Scheele. Très toxique, il provoque des vomissements, des troubles respiratoires et peut être mortel. Balzac décrit ici plusieurs des traitements dont font état les manuels de psychiatrie d'alors : moxas, sangsues, opium, bains chauds et jusqu'à « la camisole des fous ».

2. Selon Jacques Borel (*Médecine et psychiatrie balzaciennes*, José Corti, 1971, p. 119-120), il s'agirait d'épilepsie. C'est peut-être en effet l'explication de la crise qui laissa Taillefer « vingt-deux heures étendu roide » ; selon Moïse Le Yaouanc (*Nosographie de l'humanité balzacienne*, Maloine, 1959, p. 436-443), le banquier souffrirait plutôt de névralgies. Quant à cette « espèce de goutte à la tête », elle est encore décrite sous le nom de « goutte larvée » par Armand Trousseau dans la *Clinique médicale de l'Hôtel-Dieu de Paris* (2e éd. revue et augmentée, tome III, 1865, p. 335 sq.) comme provoquant des troubles semblables à ceux rapportés ici (migraines) et pouvant être suivie d'une crise épileptique : « C'était en 1825, je commençais à peine l'exercice de la médecine [...]. Je subissais, comme beaucoup d'autres, l'influence des doctrines de Broussais alors en pleine vigueur [...]. Des sangsues furent en conséquence appliquées sur la partie affectée, qui fut ensuite recouverte de cataplasmes arrosés de laudanum. L'inflammation céda, à la grande joie du malade, à la grande satisfaction du médecin » (informations aimablement fournies par Jean-Claude Andersson, médecin psychiatre des Hôpitaux).

Page 142.

1. Le général Foy (1775-1825), qui sous la Restauration avait développé des talents d'orateur à la Chambre des députés, était mort dans une pauvreté qui émut l'opinion : une souscription nationale permit de lui élever un tombeau et de doter ses enfants.

2. Racine, *Phèdre*, acte IV, scène II.

Page 143.

1. Le trait dominant de ceux que l'on appelait alors les doctrinaires était de n'avoir nulle doctrine. Ils soutenaient une monarchie constitutionnelle, sans bien s'entendre sur son exacte définition.

Page 145.

1. Éperon d'or : décoration pontificale très largement prodiguée à cette époque.
2. Pour *haceldama*, « champ du sang », du nom du terrain acheté avec les trente deniers de Judas.
3. Le *Dictionnaire des cas de conscience* est un ouvrage de l'Espagnol Antonio Escobar y Mendoza, publié en 1626.

Page 146.

1. Jenny Deans : personnage de Walter Scott (dans *The Heart of Midlothian*, traduit sous le titre de *La Prison d'Édimbourg*).

Maître Cornélius

Page 149.

1. Georges Mniszech (1823-1881), allait épouser en octobre 1846 la fille de Mme Hanska. La dédicace n'apparaît que dans Furne, en août 1846.
2. Hélie de Bourdeilles est un personnage historique, archevêque de Tours, qui mourut cardinal en 1484.

Page 152.

1. Il ne s'agit pas ici à proprement parler de simonie puisque ce n'est ni un sacrement ni un « bien spirituel » qui est vendu.
2. Carreau a ici le sens qu'il a chez Saint-Simon : il s'agit d'un coussin.

Page 153.

1. L'ordre de Saint-Michel, fondé par Louis XI en 1469, alors extrêmement prestigieux.

Page 157.

1. Le personnage comme le nom sont historiques : l'illustre maison de Poitiers des comtes de Valentinois, dont fut issue ensuite Diane de Poitiers, maîtresse de Henri II, possédait la seigneurie de Saint-Vallier (voir la p. 220)

Page 158.

1. Le genet est un petit cheval.

Page 161.

1. Le boucon est un mets empoisonné.

Page 163.

1. Guillaume Juvénal des Ursins, chancelier de France (1400-1472).

Page 164.

1. « Qui servait de montoir » : pour monter en selle.

Page 165.

1. Ces démolisseurs qui s'attaquent alors au vieux Paris et que stigmatisait Hugo dans son article « Guerre aux démolisseurs » paru en 1825, combat qu'il poursuivit dans la seconde préface de *Notre-Dame de Paris* (1832).
2. Se rigoler, que Littré signale comme vieilli, signifiait se divertir.
3. Lombard désigne alors tous ceux qui font commerce d'argent quelle que soit leur nationalité.

Page 166.

1. La baronne de Sassenage donna deux filles à Louis XI qu'il légitima et maria, l'une à Louis, bâtard de Bourbon et l'autre, en effet, à Aymar de Poitiers.
2. Charles le Téméraire (1433-1477) : Delacroix a exposé en 1834 son tableau de 1831, *La Bataille de Nancy (Mort de Charles le Téméraire)*, dont on critiqua à l'époque l'exactitude historique (Nancy, musée des Beaux-Arts).

Page 170.

1. Compagnie écossaise que Walter Scott a popularisée dans *Quentin Durward.*

Page 172.

1. La panacée est, par définition, un remède universel.

Notes

Page 173.

1. Selon René Guise, l'expression serait l'équivalent de « recevoir le don d'amoureuse merci », c'est-à-dire obtenir les faveurs d'une femme.
2. « Tiretaine » : étoffe grossière.

Page 176.

1. « Visage de rebec » se trouve chez Rabelais, par référence aux figures grotesques sculptées sur les instruments de musique appelés rebecs.

Page 177.

1. Le *besant* est une monnaie d'or de Constantinople et tire d'ailleurs son nom de Byzance. C'est aussi une figure héraldique que l'on ne s'étonne pas de voir aux armoiries du banquier Nucingen.

Page 178.

1. Le tribunal des *Parchons* (Partages) tranchait des affaires d'héritage.

Page 179.

1. Saint Bavon est le patron de la ville de Gand.

Page 180.

1. En vertu d'une complète invraisemblance chronologique.
2. « Rubrique » : compris comme ruse, astuce.

Page 181.

1. « Pourpris » : habitation.

Page 183.

1. « Chéneau » : élément de toiture amenant l'eau dans les gouttières.

Page 184.

1. « Rumb » : « Ce nom marin de *Rhumbs* a intrigué quelques personnes — de celles, je pense, pour qui les dictionnaires n'existent pas. Le *Rhumb* est une direction définie par l'angle que fait dans le plan de l'horizon une droite quelconque avec la trace du méridien

sur ce plan. *Rhumb* est français depuis fort longtemps. Voiture a employé ce mot. Il existe même un verbe *arrumer,* car *Rhumb* s'est écrit parfois *rumb* et parfois *rum* » (Paul Valéry, *Rhumbs,* Note).

Page 185.

1 « Coyctier » : Jean Coitier, médecin de Louis XI.

Page 186.

1. « Emblés » : dérobés

Page 187.

1. Encore un mot du registre rabelaisien cher à Balzac : « grabeler » signifie « passer au crible ».

Page 189.

1. René Guise signale que l'expression « la petite oie » est employée en ce sens par La Fontaine :

> *Au demeurant, je n'ai pas entrepris*
> *De raconter tout ce qu'il obtint d'elle;*
> *Menu détail, baisers donnés et pris,*
> *La petite oie; enfin ce qu'on appelle*
> *En bon français les préludes d'amour.*

Contes, « L'Oraison de Saint-Julien », II, 5.

Page 191.

1. « La mine du roi d'Égypte » : le roi d'Égypte était le chef des bohémiens. Victor Hugo a popularisé les traditions de la « Cour des miracles ».

Page 193.

1. Argus, monstre mythologique surnommé « panoptès », possédait cent yeux. Décapité par Hermès, ses yeux, selon l'ordre d'Héra, ornèrent la queue du paon.

Page 195.

1. Anne de Beaujeu, duchesse de Bourbon, fille de Louis XI et de Marguerite de Savoie et régente à la mort de son père.

2. *Plexitium*, parc clos, est l'étymologie, donnée par Walter Scott dans *Quentin Durward*, de « Plessis »

Page 196.

1. Louis XI mourut en 1483.
2. Marguerite, fiancée à trois ans au futur Charles VIII — qui épousa finalement Anne de Bretagne.
3. Philippe de Crèvecœur, baron d'Esquerdes, d'une famille de serviteurs du duc de Bourgogne, rallié à Louis XI après la mort du Téméraire, et que Charles VIII fit maréchal, mort en 1494.

Page 197.

1. Le premier, sire de Montrésor, est, si l'on en croit la suite du texte, Imbert de Bastarnay, conseiller de Louis XI, le second, Jean du Fou, seigneur de Montbazon, grand échanson de France.

Page 198.

1. « Derniers moments » : en effet, le Louis XI de Notre-Dame de Paris n'est pas le vieux roi dont Balzac peint ici la figure de manière aussi précise que celle du père de don Juan expirant dans *L'Élixir de longue vie* (p. 80-81). Iconographiquement, l'image de Louis XI est alors bien fixée : il apparaît tel que le décrit Balzac dans les illustrations que donnent, en 1830, Achille et Eugène Devéria aux éditeurs Fonrouge, Ostervald aîné et Tilt à Londres, pour l'édition de *Quentin Durward* de Walter Scott. C'est l'image que le XIXe siècle se fit de ce souverain, et que l'on retrouve encore, par exemple, au Salon de 1869, avec le tableau de Pierre-Charles Comte *Bohémiens faisant danser de petits cochons devant Louis XI malade* où la chambre du roi à Plessis-lez-Tours est évoquée dans un grand souci d'exactitude archéologique.

Page 199.

1. « Myrrhe » : Balzac orthographie ainsi le mot mire qui, au Moyen Âge, désigne un médecin.

Page 205.

1. Bréhaigne, c'est-à-dire stérile.

Page 206.

1. S'engarrier : s'engager dans une affaire.

Page 207.

1. Une layette désigne un petit coffre ou le tiroir d'un meuble.

Page 209.

1. Balzac emploie « septérée » pour setier, ancienne mesure de capacité.

Page 210.

1. Jacques de Beaune, baron de Samblançay, financier finit pendu en 1527 pour malversations.

Page 214.

1. C'est-à-dire monseigneur le Dauphin.

Page 215.

1. Myrobolan désigne des variétés de fruits desséchés auxquelles on attribuait d'hypothétiques et merveilleuses vertus médicales.

Page 219.

1. Sardanapale a sa place dans l'imaginaire romantique grâce à Byron et à Delacroix dont *La Mort de Sardanapale* fut exposée en 1828.

Page 220.

1. Thomas Bohier baron de Saint-Cyergue acquit la terre de Chenonceaux et commença en 1515 à édifier le célèbre château. Son fils le vendit à François Ier et il fut donné, en 1547, par Henri II à Diane de Poitiers. Catherine de Médicis en prit possession à la mort du roi. L'audacieuse construction ne correspond qu'à une partie du plan initial et le château est en effet « encore inachevé ».

2. « Destinée fameuse » car Jean de Poitiers, condamné à être décapité pour avoir pris le parti du connétable de Bourbon, fut gracié par François Ier.

Un drame au bord de la mer

Page 225.

1. Caroline-Tatiana, comtesse Walewska (1789-1846), d'une ancienne famille polonaise à laquelle l'épisode napoléonien venait de donner une illustration nouvelle, était devenue russe par son second mariage avec le général prince Alexandre Sergueiévitch Galitzine. Tous deux vivaient au château de Genthod près de Genève. Dans ses lettres à Mme Hanska, Balzac commence par se moquer de cette « mauvaise pécore » : cette dédicace (ajoutée en 1846 dans l'édition Furne) prouve qu'il avait modifié son jugement — tirait-il vanité de l'amitié d'un si grand nom ?

2. La pensée apparaît avant les personnages : il s'agit bien d'un « conte philosophique », dans l'acception que Balzac donne au genre. Le récit n'est que l'illustration de la « philosophie » énoncée dans cette ouverture, relayée par l'idée directrice de cette série de contes : la pensée peut se faire meurtrière — autant qu'elle peut être créatrice.

3. « Les romantiques font du rivage un lieu privilégié de la découverte de soi », écrit Alain Corbin dans *Le Territoire du vide* (p. 188. Voir la *bibliographie*). Balzac a toujours aimé échafauder des plans : une histoire de France racontée en une série de romans qui avorta, *La Comédie humaine* elle-même dont quelques pans ne sont qu'esquissés — en particulier les romans consacrés au monde de l'art qui eussent dû être plus nombreux. Proust se souvint de ces métaphores architecturales balzaciennes pour sa propre cathédrale.

4. Pauline Salomon- de Villenoix, fiancée du narrateur de la nouvelle qui n'est autre que Louis Lambert (identifiable *in fine*). Voir en effet *Louis Lambert*, la grande œuvre philosophique et mystique, esquissée en 1832, reprise en 1835 et ultérieurement. Dans une phase de rémission et de lucidité, Louis voyage ici avec celle qu'il allait épouser au moment où il fut frappé de folie.

Page 226.

1. Alain Corbin, dans *Le Territoire du vide* (p. 204 notamment et au chapitre IV « Le Parcours éphémère » de la deuxième partie de son livre), a clairement identifié dans cette page de Balzac les deux types de baignade maritime de cette époque : nage pour les hommes,

bain pour les femmes. L'image de la « femme sortant du bain » que Balzac met en scène ensuite renvoie en même temps à un thème éternel de la peinture depuis Apelle : Vénus anadyomène. L'approche nouvelle du rivage romantique ne vient pas contredire sa lecture mythologique.

2. Balzac est allé au Croisic avec Mme de Berny en juin 1830. Moïse Le Yaouanc, qui a le mieux étudié ce texte de Balzac, dans son introduction à la nouvelle dans l'édition de la Bibliothèque de la Pléiade, cite cette lettre de Balzac à Victor Ratier : « Oh, mener une vie de Mohican, courir sur les rochers, nager en mer, respirer en plein air, le soleil ! » (21 juillet 1830). Un Balzac, bien différent de l'écrivain en robe de chambre que Louis Boulanger légua à la postérité. Celui-ci ouvre ici une veine romanesque qui, consciemment ou inconsciemment, se réfère à cette nouvelle fondatrice : depuis *Les Travailleurs de la mer* en 1866 — « le bruit du vent écouté dans ces solitudes donne une sensation de lointain extraordinaire », écrit Hugo au chapitre VII du prologue, « L'Archipel de la Manche » — jusque *À l'ombre des jeunes filles en fleurs* et les descriptions des toiles de l'atelier d'Elstir : « Une de ses métaphores les plus fréquentes dans les marines qu'il avait près de lui en ce moment était justement celle qui comparant la terre à la mer, supprimait entre elles toute démarcation. »

3. « Astolphe sur son hippogriffe » : souvenir du *Roland furieux* de l'Arioste.

Page 227.

1. Balzac se livre à une véritable peinture de paysage. Comme Turner à Calais en 1803, comme Bonington peignant les côtes normandes vers 1820, il joue à faire de ces « deux steppes bleus » — ce substantif est alors masculin — un miroir de la sensibilité romantique. C'est la nouvelle approche de ce « rivage », analysé par Alain Corbin (*op. cit.*), qui, de lieu terrible qu'il paraissait encore au XVIIe siècle, devient alors cadre de la rêverie ou de l'émerveillement :

· Les romantiques n'ont pas découvert la mer. Bien avant la fin du XVIIIe siècle, les rivages de l'océan étaient devenus des lieux de contemplation et de délectation. Gravir la dune en quête d'un point de vue, arpenter le sommet de la falaise, s'enivrer du sublime spectacle de la tempête, guetter la découpe d'une " marine " dans le panorama constituent des conduites banales quand paraît *Childe Harold* (1818). [...] Cependant, les créateurs romantiques [...] ont puissamment enrichi les modes de délectation de la plage et accentué le désir inspiré par cette indécise frontière. Ils ont renouvelé le sens, élargi la portée de pratiques déjà solidement ancrées » (p. 187).

2. Balzac parachève sa description, très picturale, avec cet emploi significatif du verbe tracer.

3. La lisière est un cordon du type de ceux qui bordent un tissu.

4. Héros de l' « Histoire d'Aboul Cassem Basri » au début des *Mille et Un Jours* de Pétis de La Croix.

Page 228

1. Au-delà de l'indication botanique, c'est Vénus tout entière qui est invoquée à la fin de cette page aux accents tour à tour orientaux et rousseauistes. Rousseau a transformé la montagne, lieu de l'effroi, en un admirable paysage — ici, Balzac contribue à faire du rivage un lieu de songes. Et ce n'est pas par hasard qu'il cite, quelques lignes plus loin, le lac de Bienne et l'île de Saint-Pierre, paysages devenus indissociables des *Confessions (Livre douzième)* et de la *Cinquième promenade* des *Rêveries*. C'est là, en outre, que Balzac et Mme Hanska, en 1833, s'étaient promis l'un à l'autre. Balzac en 1833, dans la *Théorie de la démarche*, écrivait : « Être un grand écrivain et un grand observateur, Jean-Jacques et le Bureau des Longitudes, tel est le problème. » On trouve sans peine ces deux sources d'inspiration dans ses observations de la côte du Croisic.

Page 230.

1. « Chanceux » : un métier hasardeux ; c'est l'opposition entre la pêche à pied — avec des « engins » c'est-à-dire des filets ou des nasses — et la pêche hauturière.

2. La lubine, ou le lubin, est un des noms du bar ou du loup.

3. La somme proposée par le couple en échange de sa pêche correspond donc, comme l'a calculé justement M. Le Yaouanc, aux trois quarts de son gain annuel.

4. Il faudrait que le pêcheur aille travailler à Guérande — également évoquée dans *Béatrix*. Dans la veine des *Voyages pittoresques*, Balzac décrit à côté des curiosités du pays, les mœurs des habitants. Il cherche au moins autant, ce faisant, à intéresser son public par des détails vrais qu'à faire œuvre de critique sociale.

Page 231.

1. Alimentation bretonne traditionnelle. Balzac soigne la couleur locale. Les bernicles (ou berniques) sont de petits coquillages.

2. « Tirer à la milice » : le tirage au sort pour la conscription — Balzac avait ainsi tiré un « bon numéro ».

3. Proust s'est peut-être souvenu de ces notations orientales qui émaillent la peinture balzacienne des rivages, en particulier dans ses descriptions de ce lieu éminemment pictural qu'est Balbec.

Page 232.

1. « Tan » : écorce pulvérisée utilisée pour tanner les peaux.

Page 233.

1. Les « brodequins » font partie de la tenue obligée des bains de mer de 1830. Ils furent remplacés, à la Belle Époque, par le « port de la chose appelée espadrilles » dont se moque le baron de Charlus dans *Le Côté de Guermantes*.

2. L'église de Batz est surmontée d'une haute tour. Le parallèle avec l'église de Balbec décrite par Proust peut être tenté. Swann dit en effet : « L'église de Balbec, du XIIe et XIIIe siècle, encore à moitié romane, est peut-être le plus curieux échantillon du gothique normand, et si singulière, on dirait de l'art persan ! » Et le narrateur de *Du côté de chez Swann* poursuit : « J'essayais de me représenter comment ces pêcheurs avaient vécu, le timide et insoupçonné essai de rapports sociaux qu'ils avaient tenté là, pendant le Moyen Âge, ramassés sur un point des côtes d'Enfer, aux pieds des falaises de la mort ; et le gothique me semblait plus vivant maintenant que séparé des villes où je l'avais toujours imaginé jusque-là, je pouvais voir comment, dans un cas particulier, sur des rochers sauvages, il avait germé et fleuri en un fin clocher. [...] Alors, par les soirs orageux et doux de février, le vent [...] mêlait en moi le désir de l'architecture gothique avec celui d'une tempête sur la mer. » Balzac avait écrit (p. 234) : « Je conçois ici les poésies et les passions de l'Orient [...]. Cette dune est un cloître sublime. »

Page 234.

1. Le caractère pictural de cette « marine littéraire » est encore souligné ici.

Page 236.

1. Duo du *Don Juan* de Mozart, acte I, scène 9.
2. L'émouchet est un oiseau de proie (épervier).

Page 237.

1. Truisse désigne, notamment en Touraine, une souche ou un têtard de bois. Balzac emploie souvent le mot, dans *Les Chouans, Eugénie Grandet* ou *Le Lys dans la vallée.*

Page 238.

1. Victor Hugo décrit ainsi Gilliatt, au début des *Travailleurs de la mer* (Première partie, Livre premier, chapitre 6) : « Il avait dans le profil quelque chose d'un barbare antique. Au repos, il ressemblait à un Dace de la colonne Trajane. [...] Le hâle l'avait fait presque nègre. On ne se mêle pas impunément à l'océan, à la tempête et à la nuit [...]. Il avait le sombre masque du vent et de la mer. »
2. Déjà dans la Bretagne de Mme de Sévigné, châtelaine des Rochers, un recteur est un curé de paroisse.
3. Voici où Proust a pu trouver le nom des propriétaires de la Raspelière. Mais ici, l'étymologie du nom de Cambremer s'explique par le contexte (p. 240) — « Quel beau nom pour un hardi marin ! » écrit Moïse Le Yaouanc — moins plaisamment que ne le fait Proust, dans ce dialogue de Swann et de la duchesse de Guermantes à la soirée de Mme de Saint-Euverte : « — C'est quelqu'un de très en colère et de très convenable qui n'a pas osé aller jusqu'au bout du premier mot. — Mais puisqu'il ne devait pas pouvoir s'empêcher de commencer le second, il aurait mieux fait d'achever le premier pour en finir une bonne fois. » Balzac n'y pensait pas — qui avait, en 1822, traversé le village normand qui s'appelle en effet Cambremer.

Page 239.

1. Le vent de galerne souffle du nord-ouest. La fameuse « virée de Galerne », épisode héroïque des guerres de Vendée, avait amené les Vendéens devant Granville en 1793.
2. Le patois de Balzac est aussi bien breton que tout simplement moliéresque ; on songe aux discours de Pierrot dans *Dom Juan* qui décrit lui aussi, au deuxième acte, « un drame au bord de la mer ».
3. Dans cet homme de granit s'incarne ainsi tout le paysage.

Page 240.

1. Balzac fait de « défunt » l'équivalent de « feu », qui peut être invariable quand il est employé avant l'adjectif possessif, l'article défini ou un nom propre.

Page 241.

1. « Berloques » : breloques, peut-être par une déformation, née, dans la bouche du vieux pêcheur, de la contamination de « bernicle » ou de l'expression « battre la berloque », qui signifie, dans le vocabulaire militaire notamment, battre tambour pour le rappel, et de manière imagée, divaguer, agir de manière insensée.
2. « Méchant comme un âne rouge » : Littré donne cette expression avec pour sens « d'un naturel difficile ».
3 « Mette » : huche à pain.
4. « Faire ses frigousses » : expression obscure : fricoter ?

Page 242.

1. Selon M. Le Yaouanc, « riole » ou « riolle » est l'équivalent de « ribote », c'est-à-dire débauche de table, excès de boisson. Riboter est employé plus loin.

Page 243.

1. Croyance populaire en la faculté de « sentir l'or », qui est à la base de l'intrigue de *Facino Cane* et qui se trouvait déjà dans le personnage de Maître Cornélius.

Page 244.

1. « Pouiller » : épouiller, c'est-à-dire brosser ses habits.
2. Aurait-on ici une nouvelle réécriture, dans une tonalité bien différente de *L'Élixir de longue vie*, du thème de don Juan ? Une existence impie connaît finalement le jugement. Il s'agirait d'un don Juan qui, comme Belvidéro dans la nouvelle de Balzac, doit des comptes à son père-Commandeur — ici, la figure paternelle de *Pierre* Cambremer, dépeint depuis le début comme une statue, « pétrifié » dans le granit (p. 237). « Cette main de statue ébauchée avait-elle frappé ? » se demandait Louis. La fin du récit répond à la question.

Page 246.

1. « Fringaler » signifie, selon M. Le Yaouanc, tituber.
2. « Porter » pour supporter

Page 247

1. Les mulons sont des tas de sel.
2. « S'harmoniait » : forme verbale alors admise pour « s'harmonisait ». L'idée est à cette date déjà un poncif. Balzac a lu les pages où Chateaubriand, dans le *Génie du Christianisme* (Première partie, livre 6, chapitre VI), évoque le rivage : « Errant sur des grèves sauvages, et prêtant l'oreille à cette voix qui sort de l'océan, il [le Barbare du Nord] tombait peu à peu dans la rêverie ; égaré de pensée en pensée, comme les flots de murmure en murmure, dans le vague de ses désirs, il se mêlait aux éléments, montait sur les nues fugitives, balançait les forêts dépouillées, et volait sur les mers avec les tempêtes. »

Page 248.

1. Les bains de mer, en particulier le « bain à la lame », étaient alors considérés comme une thérapie. Le prénom du narrateur révélé enfin, permet au lecteur de Balzac de comprendre qu'il s'agissait de Louis Lambert.

Facino Cane

Page 251.

1. Indications autobiographiques : Balzac s'est installé en août 1819, dans une mansarde de la rue de Lesdiguières et passe ses journées à la bibliothèque de l'Arsenal. Charles Nodier en était devenu, en 1824, le bibliothécaire : citer cet endroit, en 1836, c'est implicitement, dès l'attaque de la nouvelle, faire référence à l'auteur de *Du fantastique en littérature.*

Page 252.

1. *Les Mille et Une Nuits* étaient bien connues de Balzac dans la traduction adaptée d'Antoine Galland (parue entre 1704 et 1717). Félix Davin, au nom de Balzac, dans son *Introduction* aux *Études philosophiques*, avait avoué l'ambition du romancier d'écrire « Les

Mille et Une Nuits de l'Occident ». Proust voulut de même « un livre aussi long que *Les Mille et Une Nuits* peut-être, mais tout autre. »

2. L'Ambigu-Comique : ce théâtre, ouvert en 1828 au n° 2 *ter* du boulevard Saint-Martin était voué au drame depuis 1830. Il fut démoli en 1966.

3. Une « pratique » est un client.

4. Ce thème qui fait l'unité des *Études philosophiques* est, comme toujours, appliqué au romancier lui-même.

Page 253.

1. « Ville de douleur » : expression qui vient de Dante (*La Divine Comédie, Enfer*, chant III, c'est l'inscription qui surmonte la porte de la « Cité dolente » et qui s'achève par « Vous qui entrez, laissez toute espérance »).

2. L'irrationnel a donc partout sa place dans la création romanesque : dialogue des âmes, « rêve d'un homme éveillé », « ivresse », « folie » et enfin le « hasard ». La description qui suit aussitôt — le portrait de la femme de ménage — et qui illustre la mise en œuvre de ces théories n'en est pas moins d'un réalisme social très étudié. C'est le paradoxe constitutif de *La Comédie humaine*.

Page 254.

1. La Courtille était un village sur le territoire de Belleville réputé pour ses guinguettes.

2. « Les Quinze-Vingts » : hospice des aveugles dont la création remonte à Saint Louis.

3. Le flageolet est une flûte à bec rendant des sons clairs et aigus.

Page 255.

1. C'est de ce célèbre masque, moulé à Ravenne après la mort du poète, que Balzac s'inspire en 1831 quand il fait, dans *Les Proscrits*, son portrait de Dante (Folio — à la suite de *Louis Lambert* —, p. 189). En 1822, Delacroix a exposé *Dante et Virgile aux Enfers*, le tableau qui, acheté par Louis XVIII pour le musée royal du Luxembourg, fit, le premier, parler du peintre. Dante y a ce visage si facilement reconnaissable. Le pauvre musicien, par la puissance de transfiguration et d'évocation fantastique du romancier, devient ainsi Dante et plus loin Homère lui-même. L'identification s'explique : « car mon âme passa dans le corps du joueur de clarinette ».

2. Le quinquet, au début du XIXe siècle, est une lampe à huile communément désignée, par antonomase, du nom de son fabricant.

Page 257.

1. « Goutte sereine » : synonyme d'amaurose, « cécité causée par la paralysie de la rétine et du nerf optique » (Littré).

Page 258.

1. Personnage historique que Balzac a pu trouver dans la *Biographie* de Michaud. On y lit, à la notice consacrée à ce « condottière, tyran d'Alexandrie », l'esquisse d'un destin brisé qui a peut-être inspiré le romancier : « La principauté de Facino Cane comprenait [...] Pavie, Alexandrie, Verceil, Tortone, Varèse, Cassano, et toutes les rives du lac majeur. [...] Il marchait à de plus grandes conquêtes lorsqu'il tomba grièvement malade au commencement de mai 1412. » L'expression le « plus grand des condottieri » qui figure plus loin relève de l'exagération romanesque.

2. « Voir », au sens de la « seconde vue ». Balzac, quand il écrit *Facino Cane*, ne connaît Venise que par l'art. Il écrit en effet, en 1837, à la comtesse Clara Maffei (*Correspondance*, édition Garnier, tome III, p. 264) : « Si vous me permettez d'être sincère et si vous ne voulez montrer ma lettre à personne, je vous avouerai que, sans fatuité ni dédain, je n'ai pas reçu de Venise l'impression que j'en attendais, et ce n'est pas faute d'admirer des tas de pierres et les œuvres humaines, car j'ai le plus saint respect pour l'art ; la faute en est à ces misérables gravures anglaises qui foisonnent dans les *keepsakes*, à ces tableaux de la légion de ces exécrables peintres de genre, lesquels m'ont si souvent montré le Palais Ducal, la Piazza et la Piazzetta sous tant de jours vrais ou faux, dans tant de postures, sous tant d'aspects débauchés, avec tant de licencieuses fantaisies de lumière que je n'avais plus rien à prêter au vrai et que mon imagination était comme une coquette qui a tant fatigué l'amour sous toutes ses formes intellectuelles que, quand elle arrive à l'amour véritable, à celui qui s'adresse à la tête, au cœur et aux sens, elle n'est saisie nulle part par ce saint amour » (cité par André Lorant et par Olivier Bonard, voir la *bibliographie*). Byron lui fournit également, dans le lot d'images à la mode, les pages du chant IV du *Pèlerinage de Childe Harold* et il a très certainement connu aussi, fût-ce par des adaptations françaises, *Doge et dogaresse* d'Hoffmann. Balzac ne décrit rien avec précision et son érudition

vénitienne reste floue — rien de comparable au grand roman vénitien du romantisme français, *Consuelo*, de George Sand, qui parut en 1842-1843.

Page 260.

1. André Lorant, dans sa préface à la nouvelle dans l'édition de la Pléiade, rapproche ingénieusement cette anecdote, d'un conte d'Hoffmann, *Mademoiselle de Scudéry*, dont le héros, Cardillac argue de causes semblables pour expliquer sa monomanie des pierreries. L'orfèvre d'Hoffmann, qui tue ses clients, compterait peut-être au nombre des sources du personnage de Maître Cornélius.

Page 261.

1. Un provéditeur est l'administrateur d'une des provinces vénitiennes. Ici, il s'agit probablement du provéditeur commun, dans la ville, qui entre autres attributions contrôlait la police. Le mot est connu des lecteurs romantiques : dans *Lorenzaccio* (1834), Musset a fait de Roberto Corsini le provéditeur de la forteresse de Florence.

Page 263.

1. C'est toute l'imagerie romantique de la redoutable Venise, gouvernée par le Conseil des Dix et les espions qu'il délègue, dont *Angelo, Tyran de Padoue*, drame de Victor Hugo, représenté en 1835, venait de donner une saisissante vision.

2. Cette évasion des puits des prisons vénitiennes semble comme un écho du fameux *Histoire de ma fuite des plombs de Venise* que Casanova publia à Leipzig en 1788. En 1832, Silvio Pellico, condamné dix ans auparavant à Venise, incarcéré aux Plombs puis au fin fond de la Moravie, avait publié, *Le mie prigioni* [*Mes prisons*] qui connut un succès considérable en Europe et fut traduit une première fois en français en 1833. La dévotion édifiante du narrateur prisonnier contraste avec la folie du personnage de Balzac qui aurait plutôt l'étoffe d'un Casanova.

Page 265.

1. *L'Histoire de Gil Blas de Santillane*, le célèbre roman de Lesage, dont l'édition définitive remontait à 1747, était encore à la mode, lu et adapté. Il appartient toutefois à la culture du siècle précédent et il n'est pas surprenant de le voir cité par le vieillard.

2. En 1797. Venise fut cédée à l'Autriche par le traité de Campo Formio.

Page 266.

1. Au terme du récit, les deux villes se confondent.
2. *Super flumina Babylonis* : incipit du psaume 137 (136) : « *Super flumina Babylonis, illic sedimus et flavimus, cum recordaremur Sion.* » (« Assis sur le bord des fleuves de Babylone, nous répandons des torrents de larmes au souvenir de Sion. »)
3. Voir *Massimilla Doni* : « Marco Facino Cane, prince de Varèse, était mort dans un hôpital de Paris. La preuve du décès était arrivée. Ainsi les Cane Memmi devenaient princes de Varèse. » En 1839, quand il publie ce roman sur la musique, Balzac est allé à Venise, il en connaît mieux l'histoire. Il ajoute « car mon titre passe aux Memmi » dans l'édition Furne pour donner cohérence à ses récits vénitiens.

Pierre Grassou

Page 271.

1. Louis-Nicolas Périolas (1785-1859) : ami de Balzac qui l'avait connu par ses fidèles correspondants d'Angoulême, les Carraud. Voir au sujet de ce capitaine haut en couleur, l'article de Marcel Bouteron, « Le capitaine Périolas et *La Bataille* », *Études balzaciennes*, Jouve, 1954. Cette dédicace date de l'édition Furne.
2. Balzac écrit sous le coup de sa visite au Salon de 1839, et reprend à son compte un poncif d'alors : plus de deux mille toiles avaient été montrées et l'ensemble de la critique trouvait ce nombre excessif. L'exposition de peintures, traditionnellement organisée dans le Salon carré du Louvre, était en effet devenue pléthorique depuis que l'on avait décidé, après 1830, que le jury serait constitué par tous les membres de l'Académie des Beaux-Arts. Le résultat fut une exposition de plus de trois mille toiles en 1831. Une abondante littérature de libelles, pamphlets, petits guides humoristiques, saluait chaque Salon. *Pierre Grassou*, dans ces premières pages, adopte le ton, polémique et critique, de ces « *Salons* ». Sur l'histoire du « Salon » depuis Colbert, voir l'article de Bruno Foucart dans l'*Encyclopædia Universalis*.

3. La première fois, c'était en 1793, après l'abolition du jury de 1791.

4. La Grande Galerie du Louvre, la plus prestigieuse.

Page 272.

1. Balzac écrit vite : il a énuméré sept termes dont certains se recoupent. Le genre historique constitue, dans la hiérarchie classique, le sommet de la peinture. Au-dessous, les genres mineurs, portrait — que Balzac semble oublier alors que sa nouvelle ne parle que de cela —, animaux, paysage, nature morte — les fleurs sont très goûtées et Mme Vallayer-Coster (1744-1818) et ses émules ont illustré cet inépuisable thème — et tout ce qui n'est rien de tout cela, que l'on appelle simplement « peinture de genre ». Ce sont là « les tableaux de chevalet », catégorie à laquelle n'appartiennent ni les fresques, absentes bien évidemment du Salon, ni les autres productions exposées lors de ces occasions : estampes, aquarelles... Mais quand Balzac écrit « tableaux de chevalet », peut-être pense-t-il tout simplement au portrait qui en constitue l'essentiel. Bien souvent, la grande peinture historique n'est pas considérée comme peinture de chevalet.

2. Dans l'esprit du temps, le modèle muséographique de la « tribune » du musée des Offices est encore prégnant. Mais la *Tribuna* florentine était un « trésor » de chefs-d'œuvre de l'art ancien. Le Louvre du début du XIXe siècle était le paradoxal héritier des collections royales, du grand Musée public de 1793 et du musée Napoléon. Le Salon, qui lui ajoute une nouvelle dimension, doit-il être démocratique ou ouvertement élitiste ?

3. Alexandre-Gabriel Decamps (1803-1860) très en vogue à l'époque. Balzac cite quatre des dix tableaux qu'il exposait au Salon de 1839, parmi lesquels les toujours fameux *Enfants jouant près d'une fontaine (Turquie d'Asie)* (Chantilly, musée de Condé) et *Le Supplice des crochets* (Londres, Wallace Collection).

4. Balzac regroupe en 1826 quelques grands tableaux de la génération nouvelle. Ingres exposa la grande *Odalisque* en 1819, Xavier Sigalon (1788-1837) la *Jeune Courtisane* en 1822, Géricault *Le Radeau de la Méduse* en 1819, Delacroix *Scène des massacres de Scio* en 1824. En 1827-1828, rivalisaient *La Mort de Sardanapale* de Delacroix et *Le Baptême d'Henri IV* d'Eugène Devéria (tableaux qui se trouvent tous aujourd'hui au Louvre).

Page 273.

1. Fougères : ville chère à Balzac, qui lui rappelle son premier vrai grand livre, *Les Chouans*.
2. Gautier résida au cœur de la Nouvelle Athènes, de 1837 à 1846, d'abord au n° 27 comme Grassou (voir ci-dessous p. 282), puis au 2, puis au 14.
3. L'un des deux obélisques de Louxor, dons de Méhémet Ali en 1831, fut érigé place de la Concorde en 1836. Charles de Verninac, neveu de Delacroix, commandait le vaisseau qui l'avait rapporté d'Égypte en 1834.
4. On croit voir en effet un intérieur hollandais, un tableau de genre. La description d'atelier est un motif cher à Balzac : on le retrouve dans *La Maison du Chat-qui-pelote*, dans *La Vendetta* et bien sûr, dans *Le Chef-d'œuvre inconnu*.

Page 274.

1. Magus, le mage, qui transforme les croûtes en tableaux de maître à la façon d'un alchimiste, est un des personnages récurrents de *La Comédie humaine*. C'est le Gobseck du marché de l'art. On le retrouve dans *Le Cousin Pons* où il joue un rôle central. Balzac s'inspire des marchands et « tableaumanes » qu'il connaît, Susse, qui possède le plus grand magasin de Paris pour les œuvres d'art, et un marchand du quai Voltaire précisément appelé Mage.
2. Balzac imite la langue des ateliers, que Grassou, qui n'y a jamais été à l'aise, emploie lui-même par affectation.

Page 275.

1. Si aujourd'hui l'on comprend encore « Je crains les Grecs même lorsqu'ils offrent des présents » (*Énéide*, II, 49) — Magus aux mille ruses, dans *Le Cousin Pons*, aime faire l'ignorant —, on a oublié l'ours Lageingeole, mis alors à la mode par la comédie de Scribe et Saintine *L'Ours et le Pacha*.
2. La jeune fille est « un vrai Titien » qui, portraiturée, devient une authentique Grassou, et une Grassou de Fougères par mariage. Le peintre est plus habitué aux métamorphoses inverses, ses croûtes devenant, par l'entremise de Magus, précisément des Titien.

Page 276

1. Non loin de Sèvres où Balzac avait sa ruineuse propriété des

Jardies sur la route de Ville-d'Avray C'est la région des résidences de campagne des Parisiens : les parents de Corot par exemple y avaient acquis une maison en 1817, ce qui explique que le village soit devenu peu après un rendez-vous des peintres de paysage.

2. « Servin » : personnage imaginaire apparu dans *La Vendetta* où il protège les amours de Luigi Porta et de Ginevra di Piombo Balzac fait défiler ensuite « ses » peintres : Hippolyte Schinner qu'on a vu faire ses débuts dans *La Bourse* et qui tient de Decamps, de Gros et de Delacroix, Théodore de Sommervieux, Prix de Rome, héros de *La Maison du Chat-qui-pelote*. Comme à son habitude Balzac mêle à ses créatures quelques noms bien réels : François-Marius Granet (1775-1849), l'ami d'Ingres, paysagiste, maître des scènes de genre et de l'aquarelle, et un Drolling qui n'est peut-être pas le célèbre Martin Drolling (1752-1817) qui avait renoué avec les intérieurs flamands mais plutôt son fils, Michel Drolling (1786 1851), Pierre Duval-Lecamus (1790-1854), peintre ordinaire de la duchesse de Berry.

Page 277.

1. *L'Intrigue épistolaire*, comédie de Fabre d'Églantine représentée en 1791 dont un personnage se nomme Fougère. On y entend sa femme lui dire :

> *À peindre le portrait est-il quelque péril ?*
> *On fait les hommes beaux et les femmes jolies [...]*
> *L'on encadre au besoin*
> *Son boucher, son hôtesse et l'épicier du coin.*

(Cité par Anne-Marie Meininger dans l'édition de la Pléiade.)

2. Cette fois, Balzac, très soucieux à cette date de donner cohérence à son œuvre, cite une famille de Fougères qu'il avait inventée dans *Les Chouans* : l'abbé d'Orgemont, indigne prêtre jureur et son frère le banquier qui a acheté des biens nationaux.

3. Familièrement, piocher signifiait s'échiner au travail.

4. *L'Accordée de village* (1761) de Jean-Baptiste Greuze (1725-1805). Tableau du Louvre que Balzac admirait. Il écrit le 29 juillet 1846 à Georges Mniszech, lui vantant sa collection personnelle, qu'il a acquis pour seulement 300 francs une toile dont il ne met pas en doute l'authenticité, « la femme de Greuze, faite par Greuze, pour

lui servir de modèle pour sa fameuse accordée de village » (cité en annexe de l'édition Folio du *Cousin Pons*, p. 424).

Page 278.

1. « Brullon » : marchand de couleurs installé rue de l'Arbre-Sec en 1828

Page 280.

1. Ce Juif apparaît dans *Ivanhoé* (1819), c'est Isaac d'York, le père de Rebecca : « Ses traits ouverts et réguliers, son nez aquilin, ses yeux noirs et perçants, son front haut et ridé, ses cheveux et sa barbe grise, lui auraient donné un air respectable, si sa physionomie, toute particulière, n'eût dévoilé en lui le descendant d'une race [...] dont les traits prédominants, pour n'en pas dire davantage, étaient la bassesse, l'avarice et la cupidité » (traduction d'Alfred Montémont, 1835).
2. Joseph Bridau est l'un des artistes les plus intéressants de *La Comédie humaine*. Balzac vient de lui donner corps dans *Un grand homme de province à Paris* (deuxième partie d'*Illusions perdues*). Or le retrouve dans *La Rabouilleuse* : c'est sans doute, de tous les peintres balzaciens, celui qui tient le plus de Delacroix.

Page 281.

1. « Metzu » : Gabriel Metsu (1629-1667), Balzac peut entre autres connaître *La Femme adultère* (1653) du Louvre.
2. *La Leçon d'anatomie* du Mauritshuis de La Haye (toile de 1632) est connue de toute l'Europe et popularisée par la gravure.
3. La peinture sur porcelaine, dont Sèvres était alors le laboratoire, fut très goûtée sous la Restauration et la monarchie de Juillet, on voulait y voir une technique susceptible de révolutionner la peinture en rendant les couleurs indestructibles.

Page 282.

1. Léon de Lora, peintre de renom dans *La Comédie humaine* et ami de Bridau, n'est autre que le rapin Mistigris tel qu'il apparaîtra quelques années plus tard dans *Un début dans la vie*.
2. Pierre-Roch Vigneron (1789-1872), artiste prolifique, peintre de genre, lithographe, célèbre pour *Le Soldat laboureur* et ses scènes mélodramatiques qui évoquent bien le tableau que Grassou

donne au Salon, *Un duel* (1822) ou *Exécution militaire* (1824), où ne manque pas même le chien fidèle aux côtés du condamné à mort.

3. Claude-Marie Dubufe (1790-1864) a pu servir de modèle à Grassou. Cet artiste alors très décrié et guère réhabilité depuis était, comme l'écrit Baudelaire dans son *Salon de 1845*, « depuis plusieurs années la victime de tous les feuilletonistes artistiques » Les deux noms cités à titre de comparaison, Vigneron et Dubufe, suffisent à classer Grassou dans l'esprit des lecteurs de l'époque.

4. *La Femme hydropique* de Gérard (Gerrit) Dou (orthographié couramment Dow) (1613-1675) était alors considérée comme son chef-d'œuvre. C'est ainsi que l'inépuisable *Biographie* de Michaud la mentionne, mais pour signaler toutefois les limites de ce peintre qui ne peut exceller que dans les scènes de genre : « ici tout est grand, tout est noble, plus de caricature, plus de grotesque ; c'est vraiment Raphaël et le Poussin [...]. L'ensemble est savant comme l'œuvre d'un grand maître, et les détails sont précieux comme d'un artiste qui ne sait faire que cela. »

5. « L'affaire des chauffeurs de Mortagne » : un des derniers sursauts de la chouannerie sous l'Empire.

Page 283.

1. Un tableau de Heim montre *Charles X distribuant les récompenses aux artistes à la fin du Salon de 1824* (Louvre).

2. Balzac met en scène une famille royale de 1829 conforme à l'imagerie : la fougue de la duchesse de Berry (Madame), future reine de la Vendée et « illustre captive de Blaye », la mesquinerie du futur Louis-Philippe (alors duc d'Orléans), la bigoterie de la duchesse d'Angoulême (madame la Dauphine), la bêtise du duc d'Angoulême (monsieur le Dauphin) qui s'extasie devant le rendu de la poussière — un des morceaux les plus admirables des *Enfants d'Édouard* de Delaroche n'est-il pas ainsi l'aspect poussiéreux du grand lit à colonnes ? La description du tableau de Grassou rappelle ce que Balzac, dans une première version du *Chef-d'œuvre inconnu*, disait du tableau trop « vrai » pour n'être pas faux, de Porbus (passage cité à la note 2 de la page 40).

3. Domenico Zampieri, dit le Dominiquin (1581-1641), l'un des peintres de prédilection de Stendhal, était réputé pour sa modestie.

Page 285.

1. Le service dans la Garde nationale, qui fait vivre le Feder de la nouvelle de Stendhal et auquel Balzac était pour sa part réfractaire.

2. Cardot est le notaire que l'on retrouve dans toute *La Comédie humaine.*

3. Cicéron (*De Oratore*, I, 1) met en balance l'*otium cum dignitate,* « le loisir honorable » et le *negotium sine periculo,* « les affaires sans danger ».

4. Volonté ici encore de transcrire les bons mots de l'esprit « rapin »

Page 286.

1. « Un acajou répandu », c'est-à-dire un teint vulgaire.

Page 287.

1. Dans son article *Des artistes* (paru dans *La Silhouette* en 1830), Balzac écrit . « Les rois leur jettent des croix, des rubans, hochets dont la valeur baisse tous les jours, distinctions qui n'ajoutent rien à l'artiste ; il leur donne du prix plutôt qu'il n'en reçoit. » Être décoré compte pour un artiste soucieux de ses commandes. L'habitude s'était prise, après David en particulier, pour les peintres membres de la Légion d'honneur, de dessiner la croix après leur signature

Page 289.

1. Toujours le regret de ne pas être « peintre d'histoire ».

2. « La femme d'un artiste est toujours une femme honnête », avait écrit Balzac dans la *Physiologie du mariage* (Folio, p. 55). Les artistes décoraient leurs ateliers d'études, morceaux préparatoires destinés à servir de modèles pour de plus grandes compositions ou pour le travail des élèves. Au Salon de 1824, Paul Delaroche avait exposé un tableau dont le sujet, célèbre, montre bien que l'intrigue sentimentale de la nouvelle rattache ironiquement Grassou à la lignée des maîtres : *Philippo Lippi, chargé de peindre un tableau pour un couvent, devient amoureux de la religieuse qui lui servait de modèle,* (Dijon, musée Magnin).

Page 290.

1. *Abyssus abyssum vocat :* l'abîme appelle l'abîme (Psaume 42 (41)).

Page 291

1. « Les Anglais » : les créanciers.

2. « Aubert en fouillousse » : emprunt à la langue de Rabelais chère à l'auteur des *Contes drolatiques* : argent en poche.

Page 292.

1. « Pacant » est synonyme de rustre. Littré le donne comme vieilli.

Page 294.

1. L'éclairage des peintures était un des grands soucis de la muséographie naissante. Balzac, dans une lettre à Édouard Malus du 26 mars 1820, cherche à lui procurer des billets pour visiter la galerie du plus grand collectionneur et mécène de Paris, le marquis de Sommariva, qu'il avait lui-même admirée, comme Stendhal et bon nombre d'amateurs parisiens du temps. Sommariva avait étudié avec un soin extrême l'éclairage qui mettrait le mieux en valeur la plus belle de ses sculptures : la *Madeleine* de Canova. « M. de Sommariva avait fait faire exprès pour elle au fond de son appartement un petit sacellum, moitié chapelle, moitié boudoir, meublé en violet et qui ne recevait le jour que d'une lampe d'albâtre pendue à la coupole », écrit le baron de Frénilly (1768-1848) dans ses *Souvenirs d'un Ultraroyaliste* (introduction et notes de Frédéric d'Agay, Perrin, 1987, p. 221). Le dévoilement final des tableaux, « grand coup de théâtre », qui amène la conclusion du récit, n'est pas sans rappeler la découverte de *Catherine Lescault* et la catastrophe du *Chef-d'œuvre inconnu*.

2. L'inauguration fastueuse du nouveau musée dédié « À toutes les gloires de la France » avait été l'événement de l'année 1837.

3. Pour « le docteur Tulp ».

4. La distribution des tableaux dans une galerie est une métaphore balzacienne de l'agencement de ses propres romans, conçus comme autant de tableaux, dans l'ensemble de *La Comédie humaine*. Il écrit ainsi, en 1842, dans l'*Avant-propos* (Pléiade, tome I, p. 18), parlant de la société et de « la collection de ses faits et gestes » : « ce nombre de figures [les deux ou trois mille figures saillantes d'une époque], de caractères, cette multitude d'existences exigeaient des cadres, et, qu'on me pardonne cette expression, des galeries. »

5. La fameuse collection espagnole de Louis-Philippe, ouverte en 1833, fit beaucoup pour la mode espagnole qui marqua le romantisme français.

Page 295.

1. Dans *Le Chef-d'œuvre inconnu*, Poussin s'écrie : « Quel beau Giorgion ! — Non ! répondit le vieillard, vous voyez un de mes premiers barbouillages. — Tudieu ! je suis donc chez le dieu de la peinture. » Égaler les maîtres au point que l'on s'y trompe est pour le naïf Poussin comme pour le père Vervelle, le critère de l'appréciation.

Page 296.

1. Le 12 mai 1839, quand Blanqui et Barbès s'étaient attaqués à l'Hôtel de Ville.
2. Le couronnement d'une carrière d'artiste officiel.

Préface d'Adrien Goetz 7

Le Chef-d'œuvre inconnu 35
L'Élixir de longue vie 71
L'Auberge rouge 103
Maître Cornélius 147
Un drame au bord de la mer 223
Facino Cane 249
Pierre Grassou 269

DOSSIER

Chronologie 299
Notices 309
Bibliographies 328
Notes 333

DU MÊME AUTEUR

Dans la même collection

LE PÈRE GORIOT. *Préface de Félicien Marceau.*

EUGÉNIE GRANDET. *Édition présentée et établie par Samuel S. de Sacy.*

ILLUSIONS PERDUES. *Préface de Gaëtan Picon. Notice de Patrick Berthier.*

LES CHOUANS. *Préface de Pierre Gascar. Notice de Roger Pierrot.*

LE LYS DANS LA VALLÉE. *Préface de Paul Morand. Édition établie par Anne-Marie Meininger.*

LA COUSINE BETTE. *Édition présentée et établie par Pierre Barbéris.*

LA RABOUILLEUSE. *Édition présentée et établie par René Guise.*

UNE DOUBLE FAMILLE suivi de LE CONTRAT DE MARIAGE et L'INTERDICTION. *Préface de Jean-Louis Bory. Édition établie par Samuel S. de Sacy.*

LE COUSIN PONS. *Préface de Jacques Thuillier. Édition établie par André Lorant.*

SPLENDEURS ET MISÈRES DES COURTISANES. *Édition présentée et établie par Pierre Barbéris.*

UNE TÉNÉBREUSE AFFAIRE. *Édition présentée et établie par René Guise.*

LA PEAU DE CHAGRIN. *Préface d'André Pieyre de Mandiargues. Édition établie par Samuel S. de Sacy.*

LE COLONEL CHABERT. *Préface de Pierre Barbéris. Édition établie par Patrick Berthier.*

LE COLONEL CHABERT, suivi de EL VERDUGO, ADIEU, LE RÉQUISITIONNAIRE. *Préface de Pierre Gascar. Édition établie par Patrick Berthier.*

LE MÉDECIN DE CAMPAGNE. *Préface d'Emmanuel Le Roy Ladurie. Édition établie par Patrick Berthier.*

LE CURÉ DE VILLAGE. *Édition présentée et établie par Nicole Mozet.*

LES PAYSANS. *Préface de Louis Chevalier. Édition établie par Samuel S. de Sacy.*

CÉSAR BIROTTEAU. *Préface d'André Wurmser. Édition établie par Samuel S. de Sacy.*

LE CURÉ DE TOURS, suivi de PIERRETTE. *Édition présentée et établie par Anne-Marie Meininger.*

LA RECHERCHE DE L'ABSOLU, suivi de LA MESSE DE L'ATHÉE. *Préface de Raymond Abellio. Édition établie par Samuel S. de Sacy.*

FERRAGUS, CHEF DES DÉVORANTS (« Histoire des Treize » : 1er épisode). *Édition présentée et établie par Roger Borderie.*

LA DUCHESSE DE LANGEAIS. LA FILLE AUX YEUX D'OR (« Histoire des Treize » : 2e et 3e épisodes). *Édition présentée et établie par Rose Fortassier.*

LA FEMME DE TRENTE ANS. *Édition présentée et établie par Pierre Barbéris.*

LA VIEILLE FILLE. *Édition présentée et établie par Robert Kopp.*

L'ENVERS DE L'HISTOIRE CONTEMPORAINE. *Préface de Bernard Pingaud. Édition établie par Samuel S. de Sacy.*

BÉATRIX. *Édition présentée et établie par Madeleine Fargeaud.*

LOUIS LAMBERT. LES PROSCRITS. JÉSUS-CHRIST EN FLANDRE. *Préface de Raymond Abellio. Édition établie par Samuel S. de Sacy.*

UNE FILLE D'ÈVE, suivi de LA FAUSSE MAÎTRESSE. *Édition présentée et établie par Patrick Berthier*

LES SECRETS DE LA PRINCESSE DE CADIGNAN et autres études de femme. *Préface de Jean Roudaut. Édition établie par Samuel S. de Sacy.*

MÉMOIRES DE DEUX JEUNES MARIÉES. *Préface de Bernard Pingaud. Édition établie par Samuel S. de Sacy.*

URSULE MIROUËT. *Édition présentée et établie par Madeleine Ambrière-Fargeaud.*

MODESTE MIGNON. *Édition présentée et établie par Anne-Marie Meininger.*

LA MAISON DU CHAT-QUI-PELOTE, suivi de LE BAL DE SCEAUX, LA VENDETTA, LA BOURSE. *Préface d'Hubert Juin. Édition établie par Samuel S. de Sacy.*

LA MUSE DU DÉPARTEMENT, suivi de UN PRINCE DE LA BOHÈME. *Édition présentée et établie par Patrick Berthier.*

LES EMPLOYÉS. *Édition présentée et établie par Anne-Marie Meininger.*

PHYSIOLOGIE DU MARIAGE. *Édition présentée et établie par Samuel S. de Sacy.*

LA MAISON NUCINGEN précédé de MELMOTH RÉCONCILIÉ. *Édition présentée et établie par Anne-Marie Meininger.*

SARRASINE, GAMBARA, MASSIMILLA DONI. *Édition présentée et établie par Pierre Brunel.*

LE CABINET DES ANTIQUES. *Édition présentée et établie par Nadine Satiat.*

UN DÉBUT DANS LA VIE. *Préface de Gérard Macé. Édition établie par Pierre Barbéris.*

COLLECTION FOLIO

Dernières parutions

4065. Raphaël Confiant — *Nuée ardente.*
4066. Florence Delay — *Dit Nerval.*
4067. Jean Rolin — *La Clôture.*
4068. Philippe Claudel — *Les petites mécaniques.*
4069. Eduardo Barrios — *L'enfant qui devint fou d'amour.*
4070. Neil Bissoondath — *Un baume pour le cœur.*
4071. Jonathan Coe — *Bienvenue au club.*
4072. Toni Davidson — *Cicatrices.*
4073. Philippe Delerm — *Le buveur de temps.*
4074. Masuji Ibuse — *Pluie noire.*
4075. Camille Laurens — *L'Amour, roman.*
4076. François Nourissier — *Prince des berlingots.*
4077. Jean d'Ormesson — *C'était bien.*
4078. Pascal Quignard — *Les Ombres errantes.*
4079. Isaac B. Singer — *De nouveau au tribunal de mon père.*
4080. Pierre Loti — *Matelot.*
4081. Edgar Allan Poe — *Histoires extraordinaires.*
4082. Lian Hearn — *Le clan des Otori, II : les Neiges de l'exil.*
4083. La Bible — *Psaumes.*
4084. La Bible — *Proverbes.*
4085. La Bible — *Évangiles.*
4086. La Bible — *Lettres de Paul.*
4087. Pierre Bergé — *Les jours s'en vont je demeure.*
4088. Benjamin Berton — *Sauvageons.*
4089. Clémence Boulouque — *Mort d'un silence.*
4090. Paule Constant — *Sucre et secret.*
4091. Nicolas Fargues — *One Man Show.*
4092. James Flint — *Habitus.*
4093. Gisèle Fournier — *Non-dits.*
4094. Iegor Gran — *O.N.G.!*
4095. J.M.G. Le Clézio — *Révolutions.*

4096. Andreï Makine	*La terre et le ciel de Jacques Dorme.*
4097. Collectif	*« Parce que c'était lui, parce que c'était moi ».*
4098. Anonyme	*Saga de Gísli Súrsson.*
4099. Truman Capote	*Monsieur Maléfique et autres nouvelles.*
4100. E. M. Cioran	*Ébauches de vertige.*
4101. Salvador Dali	*Les moustaches radar.*
4102. Chester Himes	*Le fantôme de Rufus Jones et autres nouvelles.*
4103. Pablo Neruda	*La solitude lumineuse.*
4104. Antoine de St-Exupéry	*Lettre à un otage.*
4105. Anton Tchekhov	*Une banale histoire.*
4106. Honoré de Balzac	*L'Auberge rouge.*
4107. George Sand	*Consuelo I.*
4108. George Sand	*Consuelo II.*
4109. André Malraux	*Lazare.*
4110. Cyrano de Bergerac	*L'Autre Monde.*
4111. Alessandro Baricco	*Sans sang.*
4112. Didier Daeninckx	*Raconteur d'histoires.*
4113. André Gide	*Le Ramier.*
4114. Richard Millet	*Le renard dans le nom.*
4115. Susan Minot	*Extase.*
4116. Nathalie Rheims	*Les fleurs du silence.*
4117. Manuel Rivas	*La langue des papillons.*
4118. Daniel Rondeau	*Istanbul.*
4119. Dominique Sigaud	*De chape et de plomb.*
4120. Philippe Sollers	*L'Étoile des amants.*
4121. Jacques Tournier	*À l'intérieur du chien.*
4122. Gabriel Sénac de Meilhan	*L'Émigré.*
4123. Honoré de Balzac	*Le Lys dans la vallée.*
4124. Lawrence Durrell	*Le Carnet noir.*
4125. Félicien Marceau	*La grande fille.*
4126. Chantal Pelletier	*La visite.*
4127. Boris Schreiber	*La douceur du sang.*
4128. Angelo Rinaldi	*Tout ce que je sais de Marie.*
4129. Pierre Assouline	*État limite.*
4130. Élisabeth Barillé	*Exaucez-nous!*
4131. Frédéric Beigbeder	*Windows on the World.*
4132. Philippe Delerm	*Un été pour mémoire.*

4133.	Colette Fellous	*Avenue de France.*
4134.	Christian Garcin	*Du bruit dans les arbres.*
4135.	Fleur Jaeggy	*Les années bienheureuses du châtiment.*
4136.	Chateaubriand	*Itinéraire de Paris à Jerusalem.*
4137.	Pascal Quignard	*Sur le jadis. Dernier royaume, II.*
4138.	Pascal Quignard	*Abîmes. Dernier Royaume, III.*
4139.	Michel Schneider	*Morts imaginaires.*
4140.	Zeruya Shalev	*Vie amoureuse.*
4141.	Frédéric Vitoux	*La vie de Céline.*
4142.	Fédor Dostoïevski	*Les Pauvres Gens.*
4143.	Ray Bradbury	*Meurtres en douceur.*
4144.	Carlos Castaneda	*Stopper-le-monde.*
4145.	Confucius	*Entretiens.*
4146.	Didier Daeninckx	*Ceinture rouge.*
4147.	William Faulkner	*Le Caïd.*
4148.	Gandhi	*La voie de la non-violence.*
4149.	Guy de Maupassant	*Le Verrou et autres contes grivois.*
4150.	D. A. F. de Sade	*La Philosophie dans le boudoir.*
4151.	Italo Svevo	*L'assassinat de la Via Belpoggio*
4152.	Laurence Cossé	*Le 31 du mois d'août.*
4153.	Benoît Duteurtre	*Service clientèle.*
4154.	Christine Jordis	*Bali, Java, en rêvant.*
4155.	Milan Kundera	*L'ignorance.*
4156.	Jean-Marie Laclavetine	*Train de vies.*
4157.	Paolo Lins	*La Cité de Dieu.*
4158.	Ian McEwan	*Expiation.*
4159.	Pierre Péju	*La vie courante.*
4160.	Michael Turner	*Le Poème pornographe.*
4161.	Mario Vargas Llosa	*Le Paradis — un peu plus loin.*
4162.	Martin Amis	*Expérience.*
4163.	Pierre Autin-Grenier	*Les radis bleus.*
4164.	Isaac Babel	*Mes premiers honoraires.*
4165.	Michel Braudeau	*Retour à Miranda.*
4166.	Tracy Chevalier	*La Dame à la Licorne.*
4167.	Marie Darrieussecq	*White.*
4168.	Carlos Fuentes	*L'instinct d'Inez.*
4169.	Joanne Harris	*Voleurs de plage.*
4170.	Régis Jauffret	*univers, univers.*
4171.	Philippe Labro	*Un Américain peu tranquille.*

4172.	Ludmila Oulitskaïa	*Les pauvres parents.*
4173.	Daniel Pennac	*Le dictateur et le hamac.*
4174.	Alice Steinbach	*Un matin je suis partie.*
4175.	Jules Verne	*Vingt mille lieues sous les mers.*
4176.	Jules Verne	*Aventures du capitaine Hatteras.*
4177.	Emily Brontë	*Hurlevent.*
4178.	Philippe Djian	*Frictions.*
4179.	Éric Fottorino	*Rochelle.*
4180.	Christian Giudicelli	*Fragments tunisiens.*
4181.	Serge Joncour	*U.V.*
4182.	Philippe Le Guillou	*Livres des guerriers d'or.*
4183.	David McNeil	*Quelques pas dans les pas d'un ange.*
4184.	Patrick Modiano	*Accident nocturne.*
4185.	Amos Oz	*Seule la mer.*
4186.	Jean-Noël Pancrazi	*Tout est passé si vite.*
4187.	Danièle Sallenave	*La vie fantôme.*
4188.	Danièle Sallenave	*D'amour.*
4189.	Philippe Sollers	*Illuminations.*
4190.	Henry James	*La Source sacrée.*
4191.	Collectif	*«Mourir pour toi».*
4192.	Hans Christian Andersen	*L'elfe de la rose et autres contes du jardin.*
4193.	Épictète	*De la liberté* précédé de *De la profession de Cynique.*
4194.	Ernest Hemingway	*Histoire naturelle des morts* et autres nouvelles.
4195.	Panaït Istrati	*Mes départs.*
4196.	H. P. Lovecraft	*La peur qui rôde* et autres nouvelles.
4197.	Stendhal	*Féder ou Le Mari d'argent.*
4198.	Junichirô Tanizaki	*Le meurtre d'O-Tsuya.*
4199.	Léon Tolstoï	*Le réveillon du jeune tsar* et autres contes.
4200.	Oscar Wilde	*La Ballade de la geôle de Reading.*
4201.	Collectif	*Témoins de Sartre.*
4202.	Balzac	*Le Chef-d'œuvre inconnu.*
4203.	George Sand	*François le Champi.*

4204. Constant — *Adolphe. Le Cahier rouge. Cécile.*
4205. Flaubert — *Salammbô.*
4206. Rudyard Kipling — *Kim.*
4207. Flaubert — *L'Éducation sentimentale.*
4208. Olivier Barrot/ Bernard Rapp — *Lettres anglaises.*
4209. Pierre Charras — *Dix-neuf secondes.*
4210. Raphaël Confiant — *La panse du chacal.*
4211. Erri De Luca — *Le contraire de un.*
4212. Philippe Delerm — *La sieste assassinée.*
4213. Angela Huth — *Amour et désolation.*
4214. Alexandre Jardin — *Les Coloriés.*
4215. Pierre Magnan — *Apprenti.*
4216. Arto Paasilinna — *Petits suicides entre amis.*
4217. Alix de Saint-André — *Ma Nanie,*
4218. Patrick Lapeyre — *L'homme-sœur.*
4219. Gérard de Nerval — *Les Filles du feu.*
4220. Anonyme — *La Chanson de Roland.*
4221. Maryse Condé — *Histoire de la femme cannibale.*
4222. Didier Daeninckx — *Main courante* et *Autres lieux.*
4223. Caroline Lamarche — *Carnets d'une soumise de province.*
4224. Alice McDermott — *L'arbre à sucettes.*
4225. Richard Millet — *Ma vie parmi les ombres.*
4226. Laure Murat — *Passage de l'Odéon.*
4227. Pierre Pelot — *C'est ainsi que les hommes vivent.*
4228. Nathalie Rheims — *L'ange de la dernière heure.*
4229. Gilles Rozier — *Un amour sans résistance.*
4230. Jean-Claude Rufin — *Globalia.*
4231. Dai Sijie — *Le complexe de Di.*
4232. Yasmina Traboulsi — *Les enfants de la Place.*
4233. Martin Winckler — *La Maladie de Sachs.*
4234. Cees Nooteboom — *Le matelot sans lèvres.*
4235. Alexandre Dumas — *Le Chevalier de Maison-Rouge.*
4236. Hector Bianciotti — *La nostalgie de la maison de Dieu.*
4237. Daniel Boulanger — *Tombeau d'Héraldine.*
4238. Pierre Clémenti — *Quelques messages personnels.*

4239.	Thomas Gunzig	*Le plus petit zoo du monde.*
4240.	Marc Petit	*L'équation de Kolmogoroff.*
4241.	Jean Rouaud	*L'invention de l'auteur*
4242.	Julian Barnes	*Quelque chose à déclarer.*
4243.	Nerval	*Aurélia.*
4244.	Christian Bobin	*Louise Amour.*
4245.	Mark Z Danielewski	*Les Lettres de Pelafina.*
4246.	Marthe et Philippe Delerm	*Le miroir de ma mère.*
4247.	Michel Déon	*La chambre de ton père.*
4248.	David Foenkinos	*Le potentiel érotique de ma femme.*
4249.	Éric Fottorino	*Caresse de rouge.*
4250.	J.M.G. Le Clézio	*L'Africain.*
4251.	Gilles Leroy	*Grandir.*
4252.	Jean d'Ormesson	*Une autre histoire de la littérature française, I.*
4253.	Jean d'Ormesson	*Une autre histoire de la littérature française, II.*
4254.	Jean d'Ormesson	*Et toi mon cœur pourquoi bats-tu.*
4255.	Robert Burton	*Anatomie de la mélancolie.*
4256.	Corneille	*Cinna.*
4257.	Lewis Carroll	*Alice au pays des merveilles.*
4258.	Antoine Audouard	*La peau à l'envers.*
4259.	Collectif	*Mémoires de la mer.*
4260.	Collectif	*Aventuriers du monde.*
4261.	Catherine Cusset	*Amours transversales.*
4262.	A. Corréard et H. Savigny	*Relation du naufrage de la frégate la* Méduse.
4263.	Lian Hearn	*Le clan des Otori, III : La clarté de la lune.*
4264.	Philippe Labro	*Tomber sept fois, se relever huit.*
4265.	Amos Oz	*Une histoire d'amour et de ténèbres.*
4266.	Michel Quint	*Et mon mal est délicieux.*
4267.	Bernard Simonay	*Moïse le pharaon rebelle.*
4268.	Denis Tillinac	*Incertains désirs.*
4269.	Raoul Vaneigem	*Le chevalier, la dame, le diable et la mort.*

4270.	Anne Wiazemsky	*Je m'appelle Élisabeth.*
4271.	Martin Winckler	*Plumes d'Ange.*
4272.	Collectif	*Anthologie de la littérature latine.*
4273.	Miguel de Cervantes	*La petite Gitane.*
4274.	Collectif	*«Dansons autour du chaudron».*
4275.	Gilbert Keeith Chesterton	*Trois enquêtes du Père Brown.*
4276.	Francis Scott Fitzgerald	*Une vie parfaite* suivi de *L'accordeur.*
4277.	Jean Giono	*Prélude de Pan* et autres nouvelles.
4278.	Katherine Mansfield	*Mariage à la mode* précédé de *La Baie.*
4279.	Pierre Michon	*Vie du père Foucault — Vie de Georges Bandy.*
4280.	Flannery O'Connor	*Un heureux événement* suivi de *La Personne Déplacée.*
4281.	Chantal Pelletier	*Intimités* et autres nouvelles.
4282.	Léonard de Vinci	*Prophéties* précédé de *Philosophie et aphorismes.*
4283.	Tonino Benacquista	*Malavita.*
4284.	Clémence Boulouque	*Sujets libres.*
4285.	Christian Chaix	*Nitocris, reine d'Égypte T. 1.*
4286.	Christian Chaix	*Nitocris, reine d'Égypte T. 2.*
4287.	Didier Daeninckx	*Le dernier guérillero.*
4288.	Chahdortt Djavann	*Je viens d'ailleurs.*
4289.	Marie Ferranti	*La chasse de nuit.*
4290.	Michael Frayn	*Espions.*
4291.	Yann Martel	*L'Histoire de Pi.*
4292.	Harry Mulisch	*Siegfried. Une idylle noire.*
4293.	Ch. de Portzamparc/ Philippe Sollers	*Voir Écrire.*
4294.	J.-B. Pontalis	*Traversée des ombres.*
4295.	Gilbert Sinoué	*Akhenaton, le dieu maudit.*
4296.	Romain Gary	*L'affaire homme.*
4297.	Sempé/Suskind	*L'histoire de Monsieur Sommer.*
4298.	Sempé/Modiano	*Catherine Certitude.*
4299.	Pouchkine	*La Fille du capitaine.*
4300.	Jacques Drillon	*Face à face.*
4301.	Pascale Kramer	*Retour d'Uruguay.*
4302.	Yukio Mishima	*Une matinée d'amour pur.*

4303.	Michel Schneider	*Maman.*
4304.	Hitonari Tsuji	*L'arbre du voyageur.*
4305.	George Eliot	*Middlemarch.*
4306.	Jeanne Benameur	*Les mains libres.*
4307.	Henri Bosco	*Le sanglier.*
4308.	Françoise Chandernagor	*Couleur du temps.*
4309.	Colette	*Lettres à sa fille.*
4310.	Nicolas Fargues	*Rade Terminus*
4311.	Christian Garcin	*L'embarquement.*
4312.	Iegor Gran	*Ipso facto.*
4313.	Alain Jaubert	*Val Paradis.*
4314.	Patrick Mcgrath	*Port Mungo.*
4315.	Marie Nimier	*La Reine du silence.*
4316.	Alexandre Dumas	*La femme au collier de velours.*
4317.	Anonyme	*Conte de Ma'rûf le savetier.*
4318.	René Depestre	*L'œillet ensorcelé.*
4319.	Henry James	*Le menteur.*
4320.	Jack London	*La piste des soleils.*
4321.	Jean-Bernard Pouy	*La mauvaise graine.*
4322.	Saint Augustin	*La Création du monde et le Temps.*
4323.	Bruno Schulz	*Le printemps.*
4324.	Qian Zhongshu	*Pensée fidèle.*
4325.	Marcel Proust	*L'affaire Lemoine.*
4327.	Bernard du Boucheron	*Court Serpent.*
4328.	Gil Courtemanche	*Un dimanche à la piscine à Kigali.*
4329.	Didier Daeninckx	*Le retour d'Ataï.*
4330.	Régis Debray	*Ce que nous voile le voile.*
4331.	Chahdortt Djavann	*Que pense Allah de l'Europe?*
4332.	Chahdortt Djavann	*Bas les voiles!*
4333.	Éric Fottorino	*Korsakov.*
4334.	Charles Juliet	*L'année de l'éveil.*
4335.	Bernard Lecomte	*Jean-Paul II.*
4336.	Philip Roth	*La bête qui meurt.*
4337.	Madeleine de Scudéry	*Clélie.*
4338.	Nathacha Appanah	*Les rochers de Poudre d'Or.*
4339.	Élisabeth Barillé	*Singes.*
4340.	Jerome Charyn	*La Lanterne verte.*
4341.	Driss Chraïbi	*L'homme qui venait du passé.*

4342.	Raphaël Confiant	*Le cahier de romances.*
4343.	Franz-Olivier Giesbert	*L'Américain.*
4344.	Jean-Marie Laclavetine	*Matins bleus.*
4345.	Pierre Michon	*La Grande Beune.*
4346.	Irène Némirovsky	*Suite française.*
4347.	Audrey Pulvar	*L'enfant-bois.*
4348.	Ludovic Roubaudi	*Le 18.*
4349.	Jakob Wassermann	*L'Affaire Maurizius.*
4350.	J. G. Ballard	*Millenium People.*
4351.	Jerome Charyn	*Ping-pong.*
4352.	Boccace	*Le Décameron.*
4353.	Pierre Assouline	*Gaston Gallimard.*
4354.	Sophie Chauveau	*La passion Lippi.*
4355.	Tracy Chevalier	*La Vierge en bleu.*
4356.	Philippe Claudel	*Meuse l'oubli.*
4357.	Philippe Claudel	*Quelques-uns des cent regrets.*
4358.	Collectif	*Il était une fois... Le Petit Prince.*
4359.	Jean Daniel	*Cet étranger qui me ressemble.*
4360.	Simone de Beauvoir	*Anne, ou quand prime le spirituel.*
4361.	Philippe Forest	*Sarinagara.*
4362.	Anna Moï	*Riz noir.*
4363.	Daniel Pennac	*Merci.*
4364.	Jorge Semprún	*Vingt ans et un jour.*
4365.	Elizabeth Spencer	*La petite fille brune.*
4366.	Michel tournier	*Le bonheur en Allemagne?*
4367.	Stephen Vizinczey	*Éloge des femmes mûres.*
4368.	Byron	*Dom Juan.*
4369.	J.-B. Pontalis	*Le Dormeur éveillé.*
4370.	Erri De Luca	*Noyau d'olive.*
4371.	Jérôme Garcin	*Bartabas, roman.*
4372.	Linda Hogan	*Le sang noir de la terre.*
4373.	LeAnne Howe	*Équinoxes rouges.*
4374.	Régis Jauffret	*Autobiographie.*
4375.	Kate Jennings	*Un silence brûlant.*
4376.	Camille Laurens	*Cet absent-là.*
4377.	Patrick Modiano	*Un pedigree.*
4378.	Cees Nooteboom	*Le jour des Morts.*
4379.	Jean-Chistophe Rufin	*La Salamandre.*
4380.	W. G. Sebald	*Austerlitz.*

*Composition et impression Bussière
à Saint-Amand (Cher), le 25 août 2006.
Dépôt légal : août 2006.
1ᵉʳ dépôt légal dans la collection : avril 2005.
Numéro d'imprimeur : 063055/1.*
ISBN 2-07-030875-8./Imprimé en France.

146603